“公子精英团”

主要人物简介

顾飞（ID：千里一醉）

职业：近战暴力法师

热爱功夫的体育老师，因学生阿发的关系而进入《平行世界》，由于职业在开号时已经设定不能改动，所以顾飞只能用自己的功夫玩法师的职业。游戏加点全敏捷，法力少。

剑鬼

职业：刺客

与韩家公子并称“烟鬼酒鬼”，在风靡一时的旧网游《魔域》中一手创立逆天行会，由于真人过分丑陋的形象与之过分光辉的存在反差太大，大家纷纷离他而去。后与韩家公子建立“公子精英团”。为人正直守信寡语。

韩家公子

职业：光明牧师，“公子精英团”团长

外表貌美绝伦，妖艳更甚于女子，性格尖酸刻薄，自恋成狂，舌毒腹黑。擅长战略战术，谋划布局。据说是最接近于“黄金分割”加点比例的牧师，技术上乘。嗜酒如命。对于节奏把握相当优秀熟练，顾飞曾感叹他若习武定是人才。

御天神鸣

职业：神箭手

曾是网游世界第一法师，由于认为自己在法师职业上已达到巅峰，故在《平行世界》中改行弓箭手。在见识到了顾飞的近战法师这一异种法师后，常常后悔。路痴属性严重，经常迷路。年龄是“公子精英团”中最小的，常被人以此鄙视。爱好泡妞。

佑哥

职业：暗黑骑士

爱好灌水、收集情报。在各论坛的名声要远大于游戏中。游戏技术非常之一般，通常在“公子精英团”中担任情报收集的角色。号称“理论上的巨人，行动上的矮子”。

战无伤

职业：狂暴战士

网游第一战士，貌似成熟稳重，实则与御天神鸣同属一类。两人平常习惯性互相鄙视，同样爱好泡妞。

蝴蝶蓝◎著

网游之近战法师

WANGYOUZHI JINZHANFASHI

Ⅲ 风云决战

新世界出版社
NEW WORLD PRESS

图书在版编目（CIP）数据
网游之近战法师. 3 / 蝴蝶蓝著. ——北京：新世界出版社，2012. 2
ISBN 978-7-5104-2471-7

Ⅰ. ①网… Ⅱ. ①蝴… Ⅲ. ①长篇小说－中国－当代 Ⅳ. ①I247. 5

中国版本图书馆CIP数据核字(2011)第279648号

网游之近战法师（第三部）

作　　者：蝴蝶蓝
责任编辑：陈　琼 施玉环
装帧设计：八　牛
责任印制：李一鸣 黄厚清
出版发行：新世界出版社
社　　址：北京西城区百万庄大街24号（100037）
发 行 部：（010）6899 5968 （010）6899 8733（传真）
总 编 室：（010）6899 5424 （010）6832 6679（传真）
http://www.nwp.cn
http://www.newworld-press.com
版 权 部：+8610 6899 6306
版权部电子信箱：frank@nwp.com.cn
印　　刷：北京中印联印务有限公司
经　　销：新华书店
开　　本：710×1000 1/16
字　　数：367千字　印张：17.5
版　　次：2012年3月第1版　2012年5月第2次印刷
书　　号：ISBN 978-7-5104-2471-7
定　　价：25.00元

01 夜里寻他千百度 001
02 蓦然回首 010
03 一个电系法师的诞生 026
04 落魄的高手们 035
05 捷足先登 042
06 占星的姑娘们 054
07 第五轮战罢 062
08 重装战士 068
09 数据收集 082
10 邀功请分 086
11 八方来客 092
12 落下帷幕 113
13 最不团结的佣兵团 124

14 走访『公子精英团』 136
15 韩家公子的剧本 145
16 黑色爱沾灰 154
17 战前大和谐 160
18 终极三班，集合！ 174
19 双向任务 182
20 狼入村 196
21 灰暗的一天 208
22 长诛短叹的归宿 220
23 佣兵团决战 227
24 调虎离山 243
25 清扫战场 260
26 冠军大奖 267

【前情提要】

顾飞返回云端城，获得奖励装备的他带着重生紫晶的姑娘们越级打怪，还结识了许多新朋友。“平行世界”正式运营，官方举行了行会和佣兵团的对抗赛。顾飞大显身手的机会到了，他带领“公子精英团”创造了新的传奇……

‹ 1 ›

夜里寻他千百度

早在几年前人们就知道，21世纪最宝贵的是人才。建设一个行会，有三类人才绝不可少。

一是有气质的领袖型人才；二是有智慧的军师型人才；第三，就是有强悍战斗力的杀手型人才。

其中第一类人才需要有但只需一个，第二类人才可视行会规模的大小来决定，第三类人才那就是多多益善了。像顾飞这样想秒谁就秒谁的法师，那更是首屈一指的人才，在任何一个大行会里都足以承担核心杀手的角色。

核心杀手，往往拥有以一敌众的强悍实力。这类人作为团队的核心，整个团队都将围绕他打造出一套能发挥其最大能量的独到战术，因此也就不难理解，为什么见识过顾飞强悍法术的行会会长们，都会对他念念不忘了。

是夜，顾飞安然入睡的时候，对酒当歌和云牧两大行会连夜召开紧急会议。就发现此强悍法师的问题进行深入探讨。

原本对酒当歌在昨天就已经着手进行这项工作了，但重生紫晶方面应承给他们的答复到今天也没见回音。对酒当歌的会长逆流而上也不好意思去追问，毕竟自己挖人的企图瞎子都看得出来，人家不说实在是太正常不过了。

得知了今晚的对抗赛上云牧行会也被重生紫晶打败的消息，逆流而上立刻意识到这强悍法师已经由不得他们慢慢悠悠接触，云牧方面的人这时肯定也在抓紧行动了。于是这才连夜又召集人手，想尽快打听出此人的来路和底细。

两大行会的办公室里，两大行会会长的讲话如出一辙："一定要快！要抢在对酒当歌/云牧之前查出这法师的身份，进行接触！"就连会议讨论制定的方案，都很是雷同：

第一，接触重生紫晶自然是最快捷有效的方式，想办法尝试；

第二，接触重生紫晶几天内的对手，或许会有认得这法师的人；

第三，接触云端城内地所有人，或许有人知道这个法师的人。

此外一定要强调的一点就是：不能泄露这个法师是厉害角色，要以恰当的方式进行打探，以免招来第二个对酒当歌/云牧。

方案如此，两个行会执行起来总算是有了些许差异。

对酒当歌不愧是人才济济的大行会。提出接触重生紫晶后，立刻有几个号称是泡妞高手的帅哥主动请缨，声称他们几个一起发动攻势，重生紫晶中肯定会有被迷倒的。逆流而上一听是个办法。立刻批准了他们的行动。并许诺如果成功，过程中的所有开销都由行会承担。

云牧行会方面则是巾帼不让须眉：主动请缨的是女玩家，方案是申请进入重生紫晶，到时直接看行会成员名单就水落石出，简单得很。云中牧敌一听此主意大善，点头许可。并承诺因此任务退出行会造成的损失，云中牧敌会想办法给予补偿。

第二方案的执行，相对来说比较一致：都是从网站上做起。先查询了一下重生紫晶一、二轮的对手是谁，接着进行接触。

两个都是完全不在逆流而上和云中牧敌视线之内的一级小行会，这种名不见经传的小行会，想打听他们的成员都有谁真不是件容易事。不过好在行会大楼那里可以查出两个行会的会长分别是何许人也。

逆流而上和云中牧敌几乎是前后脚进的行会大楼。都是云端城大行会的领导，相互之间谈不上认识，但碰了面还是认得的。两人都猜出对方的来意，互相尴尬地笑了笑，谁也没说话，各干各的事去了。

两个行会的会长姓名很快查出，添加第一个为好友，不在线。

第二个……一看这名字，逆流而上和云中牧敌心里都是“咯噔”一下。

樱冢月仔，居然是个等级排行榜前列的牛人。这种高手，即使在线，好友开关恐怕也不可能打开。两人一试之下，果不其然。各带着郁闷的神情朝大楼外走时，两人再度相遇，此时想到对方的遭遇肯定是和自己一样，两人禁不住又都好受了一点。

方案二继续下去显然需要时间，这正好可以和方案三同时进行。两大行会派出了大量人手，在云端城及其周边地区进行随访。

“重生紫晶里的一个男玩家，你知道吗？”这是大家普遍使用的问题。

得到的答复只有两种。

第一种：啊？重生紫晶也收男玩家了吗？

第二种：怎么又问，你们什么人？

由于行动缺乏科学的协商和统一，加上玩家的流动性，不少玩家被该问题骚扰数遍。一些神经脆弱的不胜其扰，泪流满面地飞奔至下线区下线。当夜创造了云端城自游戏正式运营以来在线人数最少的一晚，全是两大行会的问题给闹的。

更可悲的是，闹成这样了还是没个结果。

当逆流而上和云中牧敌在城中某酒馆歇脚时，已经是二人当夜第四十七次不期而遇了。此时相遇，之前的那点敌视的心情都已经荡然无存了，取而代之的是同病相怜。

“坐吧！”逆流而上有气无力地对云中牧敌说。

云中牧敌一脸疲惫地坐到逆流而上对面，朝酒馆招待挥手：“来两杯酒。”

“你那边怎么样？”逆流而上问。

“问啥呀，还不和你一样。”云中牧敌说。这问题本就不该问，两人的神情就是一个模子里刻出来的，可见境遇多么相似。

“唉！”异口同声地一个长叹，云中牧敌的酒送过来了。

“我就纳闷了，这么厉害的人，怎么就一点名气都没有？”云中牧敌说。

逆流而上直摇头：“可能通宵的人太少，白天的话或许就会有收获了。”

“嗯。或许吧！”云中牧敌也认可这个说法。

重生紫晶的姑娘们，通宵时间似乎都不在线。对酒当歌派出的泡妞帅哥团，在城内四处走访制造巧遇，逢女就问“是重生紫晶的吗”，一听不是扭头就走。很快云端城的好些姑娘就怒了：“怎么个意思？不是重生紫晶的就要被鄙视吗？”

而云牧行会派出的间谍姑娘，直接找去了重生紫晶的行会办公室，同样没人。为表现加入行会的诚意，索性在那儿痴等，之后还被对酒当歌的泡妞团误会是重生紫晶的成员，上去大献殷勤，等最后搞明白了，双方差点没打起来。

“我说，接下来你准备怎么做？”逆流而上问。

“这个……”云中牧敌踌躇。

“嗨，有啥不能说的？就咱们这样折腾，我保证最后知道也就是前后脚的工夫，谁比谁也快不到哪儿去，你信不信？”

“我不是这意思，我是还没想好下面应该怎么弄。”云中牧敌说，“就这么一直乱问我看也不是个事儿，这云端城得有多少玩家啊？十万？二十万？三十万？”

“都有可能！”逆流而上点头，“这得问到什么时候去？要知道咱俩的行会加起来一共才一千多人，而且不可能保证不问重复。”

“还敢问重复？再多重复些我看咱这行会非被云端城的人逐出去不可。”云中牧敌说。

逆流而上却是狡黠地一笑：“嘿，我不瞒你说，昨晚凡是发火追问我们是什么人的，我都统一口径，让他们回答是云牧行会的。”

云中牧敌听后了一怔，突然哈哈大笑起来。

“怎么了？”逆流而上茫然。

云中牧敌大笑不止，说不出话，一会儿指指逆流而上，一会儿指指自己。

逆流而上看他比划了一会儿，突然醒悟：“你是说你们行会的人都说自己是对酒当歌的？”

云中牧敌一边狂笑一边狂点头。

“卑鄙！”逆流而上骂道。

正说着，突然一人急匆匆地跑进来，冲着逆流而上喊：“会长，我想到个办法，咱们可以张贴广告嘛！在云端城里四处都贴，到时候知道的人主动联系咱们就行了，或许那法师看到，他自己联系咱们最好不过啊！”

逆流而上听了脸色一变：“发消息说就行了，干嘛还跑来？”

“呃？我正好经过这里，知道你在这喝酒，怎么了？”

逆流而上没说话，坐他对面那位却是缓缓转过身来，朝这玩家嘿嘿一笑道：“你这办法真不错！”

“云中牧敌？”这玩家险些晕过去，这才知道为什么逆流而上会责怪他，但他哪里会想到他们二人会坐在一起喝酒。

“多好一办法，让你白捡了去。”逆流而上忿忿不平。

“放心，不白听你的。”云中牧敌说。

“这还差不多，收了消息知会我一声啊！”逆流而上说。

“说什么呢？”云中牧敌诧异地望着他。

“嗯？怎么……”

“我的意思是，你的酒我请了！你以为我在得到他的消息后还特意告诉你一声吗？”云中牧敌笑。

逆流而上自作多情了一把，面子上也很挂不住，黑了脸说：“别得意，不要忘了，我们行会的人比你们还要多些。”

眼看超强法师又有了被挖出来的苗头，两人之前惺惺相惜的心态立刻又没了，重新站到了竞争的起跑线上。

云中牧敌倒没急着离开，原桌坐着没动，不一会，倒是有几人找上他来。

“啥事啊老大？”几人进了门就问。

云中牧敌“嘿嘿”一笑：“刚和逆流而上坐了会，他们行会一个冒失小弟跑进来给他出了个主意，不巧被我给共享了。”

“什么主意？”几人问。

“贴广告！”云中牧敌说。

“哦？”几人地眼睛立刻一亮。

“是个不错的主意吧？抓紧时间搞起来，多写一些，咱们不光贴，还在街上当传单一样发，管它飞到哪里，只要有人看到会找上咱们就行了。写上必有重谢！”云中牧敌说。

“谢多少？”一人问。

“这个……”云中牧敌踌躇了，倒不是钱的事。主要是这法子对酒当歌也在用，如果真标个钱数上去，两行会恐怕会打起价格仗，这样下去只能是让那卖情报的人捡了便宜。这事恐怕得和逆流而上协商一下。

云中牧敌正这么想着，逆流而上突然从酒馆外又冲进来了，径直来到云中牧敌跟前：“和你说个事：你们写广告，不会傻到把酬金多少也写上去吧？”逆流而上问。

果然又想一起去了。云中牧敌啧啧称奇，摇摇头笑道：“当然不会，我知道你担心什么。”

“唔。那就好，该合作的地方，还是可以合作一下嘛！”逆流而上笑笑。

“说的是。”云中牧敌点头。

“两位老大，你们真的不准备写上酬金了吗？”突然有声音飘了过来，两人循声望去，看到一个美女从一旁的酒桌上起身，正朝着二人走来。

两人面面相觑了一下，一起问道：“你什么意思？”

“不说明酬金的话，我真不知道我这情报应该卖给谁啊！”美女说。

两人再度对视后问：“你是重生紫晶的？”

“不是。”美女摇了摇头：“只是凑巧知道你们想知道的东西罢了。”

“哦？你怎么知道的？”

“因为我认识你们想找的这个人。”美女说。

“他叫什么？”两人异口同声比音量。

美女依然是笑吟吟的，却不说话。

“唔……”两人反应过来，逆流而上略一想后，笑笑道，“美女你先不要走啊！”说完一扯云中牧敌，把他揪到了一边。

美女站在原地没有动，逆流而上扯着云中牧敌闪到了一旁。

“这女人一直在这里，知道咱俩的意图，咱们可不能被她牵着鼻子走。”逆流而上说，“既然是一起遇上的，就不要争了，咱俩一起出个价，买她这情报好了。”

云中牧敌点头：“这样最好，省得一人拿不到情报，另一人却要被她狠宰。”

两人商量定了，重新回到美女身边。

美女微微一笑：“两位老大商量的怎么样了？”

“你开个价吧！”两人既然不打算竞争叫价，自然是直接让对方开价来得好，很稳妥地的做法。

“哦？我想先听听你们的酬劳会是多少呢！”美女说。

两人相视一笑：“美女别浪费时间了。大家都是明白人，我们不会搞竞价的。你直接报个价来，我们一起买了。”

美女很是无奈地叹了口气：“这样啊，那就1000金币吧！”

“美女你够狠的啊！”两人瞪眼。

虽然正式运营后大量的玩家涌入游戏，冲击市场。造成物品价格上扬，金币贬值。但在经历一个多月后，现在已经趋于稳定。1000金币，这依然不是一个小数目。

以目前游戏中装备的价格来定位的话，带技能武器是价格最高的；之后次于技能武器的，就是无技能的紫金蓝白四字色武器了。四字色武器的不同主要体现在附加属性上：白字武器无附加属性；蓝字有一到两项；金字三到四项；而紫字则是五项以上。价位就要看附加属性的内容和数值来判定了，常见的大众货都在百金之内，而少见的被称之为极品的货色，价钱均在千金以上。至于传说中的绿字套装，那可真是传说了，目前市场上根本还没见过，自然无从定价。

眼下这美女一开口，报的就是一件极品装备的价钱，两人立刻都以为她疯了。

两人都一心想把自己行会搞大这事不假，如果你说给1000金币保证此法师加入自己行会，那倒可以毫不犹豫。但现在只是一个人名而已，这就值这个价钱，两人都觉得很是不忿。

美女笑了笑：“太贵吗？那就算了吧！”

“算了吧，我们还是去发广告。”逆流而上淡淡地说，末了一扯云中牧敌就走。

云中牧敌心下还有一点犹豫，逆流而上连忙一边给他眼色一边飞快地去了条消息：“别急，肯定会叫咱俩的。只是一个人名，过了这村她还能换钱吗？”

两人这一晚上也算没白一起忙，起码现在连好友都加上了。

云中牧敌想想也觉得有理，于是就跟着逆流而上一起头也不回地朝酒馆外走去。

“还不叫咱们？”眼看门就在眼前了，云中牧敌心下有点着慌。

“那也不能回头，1000金币！要掏你去掏，我宁可发广告去，我就不信云端城这么大，就她知道这法师是谁！”逆流而上给自己鼓劲。

结果两人真出了酒馆后，那美女悦耳的声音也依然没有传来。

“得，真要发广告了。”云中牧敌叹息。

逆流而上摊了摊手表示无奈。

正说着，已见两个对酒当歌地成员从眼前走过，看到逆流而上招呼了一声，接着就把两张笔记本上扯下来的破纸帖在了酒馆门外的墙上。

“太狡猾了，你小子已经贴起来了？”云中牧敌惊呼，一边去看对酒当歌张贴的广告内容：

“寻人启事：寻混入重生紫晶行会中的某男玩家，知其身份者，请速与本人联系。”然后是“必有重酬”四个字，写得极大。最下面的落款却是人名，而不是行会名称。

“嗯！”云中牧敌点头敲着那张纸对几个手下说，“也这样写，不要以行会的身份出面，那样太惹人注意了。”

“快叫行会上下行动起来。”云中牧敌看到对酒当歌都贴起来了，心下着急，一边亲手掏小本写了两份贴在了酒馆门口，一边在行会里下达指示：“动作要快，对酒当歌贴过的地方，咱们要贴；他们没贴过的地方，咱们也要贴！”

“字不错啊！”逆流而上看着云中牧敌龙飞凤舞的两张广告说。

“咱们可是良性竞争，大家贴归贴，不许撕了对方的啊！”云中牧敌说。

“当然当然，必要的团结是需要的。”逆流而上一边说一边在行会里指示：“和云牧约好了，大家看到他们的广告不要撕。”

“不撕，我们可以把咱们的广告贴到他们的上面嘛！”对酒当歌真是不乏足智多谋之士。

随后两大行会就风风火火地忙起来了：云端城各处街道的墙上，商铺的门上，人流密集的大路上……都贴满了他们的小广告。云中牧敌更是指示手下去钟楼上抛撒了一部分。

“就让风来传递我们的信息吧！”这是云牧方面的广告词。

一时间，云端城里城外纸片纷飞，玩家走到哪里都可见众口一词的广告，许多人已经可以朗朗背诵了。

两大行会派出的接线员很快就开始接到来电查询，咨询酬劳的情况以及到底需要什么样的情报。

“您好，我们会根据您所提供的信息，酌情付给您合适的报酬。如果您有此人的情报，希望可以和您面谈。”两方接线员都以事先准备好的台词进行回应。

于是很快就有人提出要面谈。云中牧敌和逆流而上都是心花怒放，各自设立了接待处，等候情报送上门来。

但事情的发展很快就让两人觉得有些不对劲：因为申请面谈的人越来越多，个个都说有情报。两人突然间醒悟：他们对那法师是一无所知啊，完全无法判断来人送上的情报是真是假。而且看此刻如此热火朝天的景象，两人完全有理由相信这些来面谈的都是骗子。

转眼间，两方接待处已经替顾飞收集了三十七个别名。负责接待的人倒也不傻，一看这情况也意识到事情有些不妙，可是又不知这些人中是否有货真价实的，真是收也不是，不收也不是。眼看再不掏钱就要被PK的时候，逆流而上和云中牧敌各带人马赶到了己方的接待现场。

看着手下收集到的一列名字，二人都是痛心疾首——当真是世风日下，道德沦亡啊！连游戏里的民风都一点都不淳朴。逆流而上刚试着添加这帮人提供的人名，全都不在线，更有一个叫“蝴蝶蓝”的直接查无此人。

“这名字谁送的？”逆流而上和蔼地问。

有一人眼睛一亮，连忙跳出来：“是我是我。”

“你傻啊！骗人都不会，弄个查无此人，我叫你查无此人！”逆流而上瞬间暴怒，一串法术丢下去，当场把此人轰杀。

接着法杖朝地一砸，抖落着手中那张记录着名字的破纸：“还有哪个说自己的是真的？”

在场的所有人都不敢说话了，一个个灰溜溜地退了出去。

“这法子看来也不行啊！”逆流而上皱眉。

“需要让他们出示可以说服我们的有力证据。”一名手下建议。

逆流而上点了点头。刚才逃走的这些显然都是骗子，假如真的握有情报，自然可以留下理直气壮地理论一番。

并不是所有的玩家都约齐了这个时间来，赶走了这一帮后，相继还有人来企图浑水摸鱼。而经证实是骗人的，都受到逆流而上惨无人道的威胁。此外加上广告内容的更新，终于玩家们知道浑水摸鱼在这里是行不通的，于是乎，半个小时过去了。逆流而上身边的接待处一片冷清。

“你那边怎么样？”逆流而上发消息问云中牧敌。

“我忙着呢！”云中牧敌说。

“啊？你打听到了吗？”逆流而上一怔。

“洗PK呢，我PK值28了！”云中牧敌泣不成声，“刚才差点被巡逻兵给逮了。”

逆流而上哑然失笑。看来云中牧敌的脾气比他火爆多了，把浑水摸鱼的全给手刃了。

“难道整个云端城真的没人认识他？”逆流而上想着，“不可能啊，一定是认识他的人不在线……或者，在线的人是他的朋友，不会出卖他……唉！”

负责接待的玩家半个多小时没事干，又是熬夜通宵，此时脑袋小鸡啄米似的，眼看就要趴倒在桌上了。逆流而上自己也很困倦，这一晚上啥事没干，全折腾这个了。看来这样下去也没个结果，不如等白天在线人多些的时候再试。

这样想着，逆流而上正准备吩咐收摊，一人飘然而至。逆流而上抬头一看，愣了：“是你。”

酒馆中的美女。

美女依然是一副笑吟吟的模样，看着逆流而上说：“你们的广告成果怎么样啊？”

逆流而上沉默不语。这女人起码可以自信地说出那法师是39级，光这点上就比其他人靠谱。她认识那人多半不假，但现在逆流而上绝不能承认自己的广告事业非常失败，否则这女人又要趁机抬高价码了。

“逆流老大你在想什么呢？”美女看着逆流而上变幻的眼神问道。

“美女你要价太高了。”逆流而上说。

“是吗？”美女淡淡地笑了笑，“我以为经历了这一晚上的事，你们会意识到我手中信息的价值。”

“你早猜到会是这样？”逆流而上神色一凛。

美女却只是笑了笑。

“现在你想怎么样？”逆流而上问。

“继续兜售我手里的信息呀！”美女说。

“我们想知道的只是一个名字而已，美女，你的叫价太过分了。”逆流而上没有退让。

美女缓缓摇了摇头说：“看来你不经常做生意。但奇货可居你总该听过吧？有些看起来微不足道的玩意儿，在特定的时候，就会有它特定的价值，问题只在于你能不能抓住它。”

逆流而上冷笑：“你觉得区区一个名字就是奇货？”

“你忙活了两天还没得到的东西，还不是奇货？”美女反问。

“我只是忙了一晚而已，晚上人比较少，明天白天我一定可以打听到。”逆流而上嘴硬。

美女笑笑：“我算是比较了解他的情况的。我可以负责任的告诉你，明天白天，你遇到的情况将和今晚一模一样，因为本来就没有什么人认识他。”

逆流而上怔了怔，随即突然笑道：“现在是晚上，重生紫晶的人都不在线，明天白天她们在的时候，我还怕打听不到？难道重生紫晶的人也都不认识他？”

“那倒是认识。”美女莞尔一笑，“但是你猜我会不会告诉她们：千万不要暴露那人的身份，因为有人在挖墙角。最近接近她们的男男女女，都有可能是不怀好意的？”

“你……”逆流而上想不到他们的意图都被这女人识破了，“你到底注意了我们多久？”

“哦……也没多久。只是晚上三番五次有人问我是不是重生紫晶的人，知不知道重生紫晶某个男玩家的事时，我才开始留意。”美女说，“也是从那时开始，我意识到我手中握着了一件奇货。奇货嘛，当然要好好经营一下，你放心，除了我，你绝对再找不到第二个人可以问到他的情况。”

“唬我？哼，我倒真想试试看，这奇货是不是真的只有你一个人把握。”逆流而上说。

“呵呵，你尽管试。不过我好心提醒你一下，明晚对抗赛结束后，你还没试出来的话，那价格可就要涨了。你应该知道，现在还没有被淘汰的都是不小的行会，想必都和你一样有志于挖掘强人。呃，明天重生紫晶的对手是谁呢？以他的实力，无论重生紫晶是输是赢都会引起注意的。不过我希望他赢，他闯关越多，引起的注意就越多，等所有大行会都想知道他姓甚名谁时，啧啧，不知道可以要价多少呢？”美女说完后，狡黠地眨了眨眼，一脸憧憬的神情。

没等逆流而上再开口，她已经挥舞着衣袖转过身去，走了两步却又回眸一笑：“我先走了，逆流老大你好好考虑，明天对抗赛前，价格我就暂定在1000金币。需要的话随时发信到我信箱，我的名字是席小天。”

说完这话席小天就飘然离去了，只留下逆流而上和几个会里的成员在发怔。

1000金币，买，还是不买，这真是个问题！

2 蓦然回首

天已经蒙蒙亮，无论游戏中还是现实世界，此时都是一天中的清晨。

微风拂面，几张碎纸片如纸鸢一般从逆流而上头顶上缓缓飘过，飘飘荡荡的。可惜此时逆流而上的心情却不像早上七八点钟的太阳一样朝气蓬勃，扬手一挥，一个小火球打了出去，将飘在风中的几张碎纸燃成了灰烬。

天亮了，逆流而上对某法师的追查却毫无结果，他心情坏到了极点。除此之外，他也着令行会成员会顺便打听了一下这个叫席小天的女人。结果这女人的消息倒是打听出不少，是在交易界很有名气的一个家伙，据说从她口中报出的物品价格，不会高也不会低，俨然有点云端城物价风向标的派头。

“专职商人吗？”逆流而上皱眉。他从来都是很讨厌这类人的，他觉得身为一个游戏玩家，不去练级打宝，整天琢磨着做生意就像是不务正业一样可耻，“死也不会叫这种人赚走1000金币。”逆流而上暗想，同时却也有些担忧，因为还有云中牧敌。

好友栏中云中牧敌依然在线，逆流而上给他去了一条消息：“做什么呢？”

“刚洗完PK，准备下了。”云中牧敌长出了口气。

“你那有什么线索没有？”逆流而上问。

“没有……我准备白天再说了，通宵的人的确有些少。”云中牧敌回答。

“酒馆里那个女人有没有再找过你？”逆流而上实在没心情兜着圈子试探，直来直去就问上了。

“没有。”云中牧敌说，“你还想着她？你疯了吧！1000金币？掏100金币找重生紫晶的妞，我就不信没有见钱眼开的。不过是问个名字，能不能挖走还没谱呢，她们至于这么小心谨慎？”

“嗯，你说的是。”逆流而上回答。这也是他想到过的办法之一。

“不说了，太累，下了。”云中牧敌回了最后一条，离开了游戏。

逆流而上此时也很困倦，随即在行会频道中发布了一条公告，让白天在线的人记得继续做这件事，只要是打听出这情报的人，行会也会给予奖励。

安排妥当后，逆流而上和身边几个会里的朋友一同朝最近的安全区法师学院走去，眼看就要到了，突然身后有人吼了一嗓子：“通缉任务，没事的闪啦！”

逆流而上怔了怔，他身上也是有PK值的，虽然没云中牧敌那么疯狂一下子搞出28来，但也达到了6点，为此还特意提醒了疯狂洗PK的云中牧敌一声，别把他给领了。但没想到此时还是有洗PK值的人把他瞄上了。

逆流而上和几人一起缓缓转过身，望向身后这个不厚道的家伙，瞬间就热泪盈眶了。

当真是众里寻他千百度，蓦然回首，法师原来就在我身后！

逆流而上激动啊，伸个手指着对方“你你你你”了半天。没说出话来。

站在他身后的的确是顾飞不假。身为一个体育老师，早晨大多是没有课的，不过一般顾飞也不会利用工作时间来玩游戏。只是昨晚两场对抗赛后顾飞升至了40级，所以想着把转职任务做了，晚上对抗赛时就可以实战研究了，这才在早操结束后就匆匆跑回来上了游戏。

上了线后，顾飞就从下线安全区朝法师学院去了，途中正巧经过通缉任务发布处。大概是一个多月以来天天来这里反复领任务已经习惯成了自然，顾飞鬼使神差地拐进了任务发布厅，然后一扫云端城的通缉榜，发现了一只有5点PK值的肥羊，这在云端城可是比较少见的，顾飞当然乐呵呵地笑纳了。

御天神鸣100次通缉任务完成，也领到了追风纹章，自然把顾飞的那个还了回来。此时坐标一分钟一刷，几分钟后，顾飞已经判断出这人前进的方向：法师学院。

顾飞甚是欣慰，正好砍了他后做转职任务，实在是顺手。

随后顾飞继续朝法师学院进行，在穿出一条胡同后，看到了前面被注了通缉号的通缉目标，当即发出了他招牌式的警告：“通缉任务，没事的闪！”

随后看到对方几人回过头来，看上去很是激动，其中一个人指着自己还“你你你你”叫个不停。

顾飞当即接过他的话头：“没错，就是你，其他人让让！”说着生怕对方跑了，又追上前几步，这才认出此人有些面善，略一回想后说，“哦！是你，对酒当歌的会长！”

“啊，没错，是我！我们见过面的。”逆流而上甚是欣慰，对方还认得自己，说起话来方便不少！

结果顾飞兴奋地搓着手：“是高手啊，刺激了！”说完已经伸手从口袋里拔出了暗夜流光剑，望着逆流而上旁边的其他几人说：“你们要动手吗？”

几人面面相觑，一起望向逆流而上。

“等等！”逆流而上连忙喊，“其实我们找你一个通宵了。”

“呵呵，我知道。”顾飞随手一挥，抓住了空中飞过的一张纸片，拿在手中读出：“‘寻混迹于重生紫晶行会中的某男性法师玩家，知其下落者请与本人联系。必有重酬’。呃，这个就是你们发的吧？”

逆流而上摇了摇头：“那个不是。”说着用脚点了点地皮，指着铺路石板上贴着的巴掌大的小广告说：“那个才是。”

“辛苦了……”顾飞由衷地说。他一路跑来满街小广告也见了不少，可以料想这工作量是挺庞大的。要不是赶时间，他很有心情照上面的联系方式去联系一下。

“哪里，值得的。”逆流而上还谦虚上了。

顾飞上前两步，歪着脑袋看着地上石板上的广告：“呃……这上面也说必有重酬。这是多少呢？我现在本人亲自送上门来了，是不是应该翻个倍啥的？”

逆流而上怔了怔，随即道：“应该的，你开个价来吧！”为了招揽眼前这个强人，逆流而上决定用上可以讨好的一切手段。就算是1000金币，直接给这本人也总比给那席小天要强不知道多少倍吧？就算拉拢失败，也能让人念下个好来。

谁想顾飞只是“嘿嘿”笑了笑：“开什么价啊，我只是开个玩笑。”说着手一扬，紫黑的一道剑光闪过，“来吧！”

“干什么？”逆流而上一怔。

“通缉任务啊，我的目标是你。”顾飞说。

搞半天白套近乎了。逆流而上险些晕倒，连声道：“别忙别忙，先听听我找你什么事。”

“我知道什么事，加入你们行会呗！不用啦，我现在这行会挺好。”顾飞说。那天逆流而上带人来酒馆打听顾飞时，他可就在旁边的包间里窝着，当然知道逆流而上找他为了什么。

逆流而上早知不会这么顺利。哪怕是从世俗玩家的角度考虑，一个男玩家混入了纯女生行会，这是多少人梦寐以求的事。从此种角度出发考虑，顾飞已经达到了行会事业的巅峰，再大的行会也无法动摇他的决心。呃，除非是更多美女的纯女生行会。

“重生紫晶……这种小行会有什么意思。”逆流而上企图从价值观角度扭转顾飞的认识。

“是没啥意思。”顾飞点头同意。

“所以来我们大行会啊！”逆流而上欣喜若狂，难不成自己天赋异禀，有令人信服的魔力，随便一句话就能扭转他人的想法？

“再大的行会也没啥意思。”顾飞说。

逆流而上意识到自己又自作多情了：“那什么有意思？”

顾飞扬了扬手里的剑：“来啊！”

“唔……”逆流而上皱了皱眉，立刻对顾飞有了定位：PK狂！

这种人才，更不应该留在女生行会里！逆流而上的招揽心情更迫切了，望向顾飞同样迫切的眼神，突然有了主意：“呃，既然这样，咱俩来打个赌。我们单挑一场，如果你输了，就来我的行会；如果你赢了，我就……”

“我赢了的话你就去牢里了，就不用别的惩罚了。”顾飞说。

“你赢了我这根法杖送你。”逆流而上掏出了他那根水蓝色的法杖。

顾飞没再说话。倒不是稀罕逆流而上那法杖，只是赌注下得大一些的话，这人打起来也会认真些，这样才有意义嘛！于是手挽了个剑花说：“你可不要手下留情，挂了我也没关系，我会遵守诺言的。”顾飞深知手下留情对会实力造成很大影响。

逆流而上笑了笑：“来吧！”

大清早在线的人少，街道上人迹罕至。逆流而上同行的几人退到了一旁，静待二人出手。

顾飞深吸了口气，神情严肃。

逆流而上，法师总榜第九位，那也是平行世界里顶尖的法师高手了。对于这批游戏中的高手，顾飞不敢有轻视的心态，在许多方面顾飞是比不上他们的。逆流而上手中那根法杖光芒很是惹眼，显然也是极品，这人的法术伤害或许也是秒杀级的。

“火球，射！”顾飞率先出手，打了个火球出去，跟着紧追在火球后面冲了过去。

“火球，射！”逆流而上同样打出了一个火球，紧接着手中法杖一顿地，“寒封冰径，走！”

地面发出“啵”的一声，像是人走在积雪上踏出的脚步声，连绵不绝。地面凝结出了一层一米多宽的碎冰，朝顾飞脚下铺过来。

这奇异的景象顾飞从没见过，禁不住一愣，但很快朝旁踏开两步。碎冰铺成的小径盖过了顾飞之前的落脚点，晶莹地反射着清晨的阳光。

“这是什么东西？”顾飞一边好奇地问着，一边随手挑落了追至身前的火球。

“呵呵。卷轴学来的技能。火球，射！”逆流而上一边回答，一边又一次完成吟唱。一枚火球在他指间燃起，刚好拦下了顾飞射到的那枚。两颗火球相撞，一同碎成一片火星。

“不简单嘛！”顾飞赞叹。稳稳地召出火球拦下对方火球，这所需要的手法、眼力比直接挥剑把火球挑了的难度还要高些。

“见笑了。”逆流而上一边谦虚着，一边又一次法杖戳地，“寒封冰径，走！”

又一道碎冰铺了过来，顾飞不以为然地朝旁一闪，笑道：“这招蛮好看，可惜速度太慢，怎么打得到我？”

“冰旋风！旋！”逆流而上这次再没说话，吟唱后打出一道冰旋风。

顾飞侧了身想闪，结果逆流而上法杖略移了移，冰旋风明显也变向朝着顾飞移动的方向去了。这个技能，施法者可以以持续消耗法力为代价，在一定时间内操纵它的移动。

冰旋风速度不慢，而且逆流而上的遥控技术不俗，那天对抗赛时曾遥控一道冰旋风将速度快过它的细腰舞阻拦，如今控制着它打中顾飞也绝不是难事。

一看无法躲闪，顾飞当机立断，口中高呼“双炎闪”，以攻对攻，仰仗高熟练度的双炎闪把这道冰旋风给劈散了。

逆流而上却不着慌，抬手一挥，又是一道冰旋风打了出来。

顾飞暗叫不好，贫法是他的一大问题，满打满算双炎闪也只能用四次。这逆流而上看起来是看穿了这一点，所以有意想耗尽顾飞的法力。

思虑间冰旋风已经到了跟前。顾飞无奈再出一记双炎闪将其解决，但接着就飞快地斜剑一指：“天降火轮，降！”

“呵呵，你的法术延迟很长，你不知道吗？”逆流而上笑道。

“我当然知道。”顾飞说。

“而且……你计算不到我，你这个法术，我站着都不用动。不过还是再往前走两步更保险吧！”逆流而上说着闲庭信步地朝前走了两步，接着就见他身后的天空中火光浮现，火环从天而降。逆流而上回头扫了眼，笑道：“果然，这两步都多余了，你法术放得还是很精准的。”

“果然是高手。”顾飞也惊叹了。以他的法术延迟，如果只是对着人召唤法术攻击，那谁都有足够时间跑开。所以他必须算计对手，猜测对方的跑动方向，然后进行欺骗式的进攻。刚才这一击，就是想着逆流而上可能会顺势后退和顾飞拉开距离，所以把天降火轮扔在了他身后的位置，想砸他个正着，不想却被他看穿。

这也是很无奈的。顾飞预测攻击完全靠猜，逆流而上却不用。法术释放，在吟唱过程中，手或者手中武器必须指向目标，像逆流而上这种经验丰富的法师，从方才顾飞暗夜流光剑的指向上就已经判断出来这个天降火轮的方位。

用顾飞练武一来接触的术语来说，逆流而上的眼够快，而顾飞手太慢，自然完全打不到他。

“冰旋风，旋！”逆流而上再一次招唤出了冰旋风。

但这次顾飞也早有准备，横身掠了出去。他只能再放一个双炎闪，砍得了这次总砍不了下次。所以他只能躲，只能妄图在冰旋风追到自己前接近逆流而上，那样他可以用一记“双炎闪”把逆流而上和冰旋风一同解决。

顾飞如此想着，身子掠得飞快，斜出几步却是之前逆流而上召出的寒封冰径。第一条此时已经消失，但第二条还在，顾飞不敢踩，轻轻一跃想从上方跳过。与此同时，突得听到逆流而上再度吟唱：“寒封冰径，走！”

同样的“啵”一声响，这次寒封冰径转瞬之间已经帮顾飞铺好了落脚点。顾飞迈开大步，企图不让自己的双脚落在冰上，终究还是慢了一步。“轧轧”两声响，顾飞稳稳踩在寒封冰径上，顿时一股寒意从脚底升起，两腿失去了知觉，想迈，却使不上劲。

逆流而上乐呵呵地正准备说两句场面话，突见顾飞把剑插回了口袋，一把褪去身上的暗月灵袍，另一只手指着地面嘟哝了句什么。

“喂，你这是干什么？”逆流而上一怔。寒封冰径冻住了顾飞，他觉得胜负已分，却被顾飞奇怪的举动弄迷糊了。

顾飞微微一笑：“吟唱呢！”

“啊？”逆流而上没反应过来，突然顾飞脚下火焰升起，瞬间将他吞没。

自焚？这家伙打算说他是自杀的，所以不是败在我手？这不是耍无赖吗？

逆流而上正想着，突见火光中顾飞已经疾速冲出，顿时目瞪口呆。

顾飞的速度显然是恢复了，但冰冻效果不应该这么短暂，难道说，这个火树千重焰解除了身上的冰冻效果？

从常理上说，火是热的，解除冰冻合情合理。但逆流而上不知游戏中是否有这种设定，就算有，恐怕也没有几人会这样胡来。中了冰冻效果，那肯定也受到一些伤害了，再紧接着给自己一把火树千重焰，这还不真把自己给焚了？弄个小火球烤烤手还算是靠谱。

逆流而上虽这样想，但事实却是顾飞这个火树千重焰不仅解除了冰冻，逆流而上那个追着他过去的冰旋风也在火光中不知所踪了。

“真有人这样胡来啊！”逆流而上哭笑不得。顾飞已经来到了身前，逆流而上却也没有太慌乱，淡淡地道：“你已经输了。”

“什么？”顾飞一怔。

“你还有法力吗？”逆流而上微笑。两个双炎闪，一个天降火轮，一个火树千重焰，之前还丢过一个小火球，以那天行会战时顾飞的出手，逆流而上算定他法力一定已经枯竭了。

顾飞却淡淡一笑：“比法术我比不过你，因为那根本不是我的强项。”

说完手往口袋一掏，炎之洗礼已经握在手上，挥手一刀就劈了过来。

逆流而上大吃一惊，没想到这法师如此剽悍，身上还藏着刀子，没了法力竟然玩起了肉搏，真是一点法师的风度都没有啊！

正这样想着，那刀已经兜头劈了下来，逆流而上的反应总算也不慢，举着法杖迎了上去。不想顾飞这兜头一砍根本就是欺负他们这些外行人一记虚招。一看把逆流而上的法杖引上去了，立即收刀变招，一记横削切在了逆流而上的腰上。

逆流而上中了这刀，一看伤害数值反倒放下心来，他生怕顾飞又有什么怪门道，一看这伤害，果然肉搏不是法师的强项。

“抗拒……”逆流而上正想召个抗拒火环出来，不想顾飞第二刀来得更快，才吐了两字就劈到他身上。吟唱被打断不说，顾飞那刀身上还突然烧起一道红光，一抹就燃到了逆流而上身上。

“附法攻击！”逆流而上一怔。这种攻击模式有段时间很流行，因为有一个编号27149的家伙用这种打法蹂躏了一个盗贼，引起了许多人关注。而这个人，就是个法师，他的出处，就是云端城。

逆流而上终于失去了沉着冷静，难道眼前这法师就是那个家伙吗？那样的话，近身战能蹂躏盗贼，恐怕真如他所说，法术不是他擅长的。

“完了！”逆流而上心中吐出这两字。他想吟唱，结果又一次被顾飞的快刀打断，附法攻击再度燃起。法师的附法攻击，那可是不低的。

顾飞人快，刀更快，一刀紧似一刀，劈得逆流而上红光满面。中了这么多刀还没死，一是因为顾飞今天运气欠佳，附法出的不多；二来因为逆流而上是法师，所以有大量消化法术伤害的装备，将附法伤害削弱了不少。

虽如此，这样一刀一刀地挨下来，挂也不过是个时间问题。逆流而上的几个行会伙伴一开始以为顾飞近了身也会被逆流而上轻松解决，不想竟是这样一个局面。逆流而上完全被动挨打，想吟唱却屡屡被顾飞打断，唱了也是白唱。

几人面面相觑。要不要帮忙，这实在是个问题！

单挑是逆流而上自己提出来的，几人现在看他情况不利，立刻出手相助，这无异于抽逆流而上的嘴巴。几人犹豫了一下，终于只是叹了口气，没有做出任何相助的举动。

顾飞这刀法使得是一气呵成，已经完全淫浸其中，砍得兴高采烈。终于逆流而上化作白光去了时，顾飞眼中还包含着道不尽的遗憾：再来两刀，他这唐刀九连中断浪三式的每式三个变化可就使齐了。真可惜啊！顾飞摇着头。

收刀归口袋，看了眼自己的生命值，红得也只剩个位数了。逆流而上别说用法术了，就是直接砸顾飞几法杖都能敲死他。

“真是好险啊！”顾飞连连感慨。然后一边回顾本次PK历程，总结经验教训，一边从口袋里掏了个面包啃着，补充生命。随后望向街边对酒当歌的那几个观战者，几人表情虽然都挺恍惚，但显然没有要上来和顾飞动手的意思。

“人品真好啊！”顾飞失望。他很希望这几人品质不良，一看逆流而上被干掉就跳上来找他报仇。

“你们没个没事吧？没事的话我就走了。”顾飞心有不甘。

几人摇了摇头。

“那我走了。”顾飞和几人招呼。

“等下，兄弟你叫什么名字？”一人问。

“千里一醉。”顾飞回答了他。

那人点了点头。随后几人目送顾飞去了法师学院。

大清早法师学院也是比较冷清的。顾飞径直走向了那个平素教导法师们法术的NPC老师。一瞅顾飞已经40级，NPC老师主动询问顾飞是不是要转职，顾飞自然称是。于是老师飞快地交待了转职任务，PK场上无敌手的顾飞瞬间就被这个任务打懵了。

任务很简单，但充分暴露了游戏公司的内心世界，此任务就一个字：钱。

转职无需做任何事，只需要交纳200金币的转职手续费。

顾飞的口袋里一共只有37个金币，21个银币和78个铜币。

最早的两单佣兵生意，让顾飞也曾经富豪过一把。也就是因为有过那两单生意。所以顾飞到现在也没有意识到钱的问题。否则以他四个法术就要吃一个苹果的奢侈开销，平时不去专心经营一下钱包是根本坚持不到今天的。

如今，面对系统在转职任务面前的狮子大张口，顾飞意识到了自己钱包的渺小。

垂头丧气地从法师学院出来后，顾飞想起身上还挂着通缉任务，于是启动“追风纹章”将自己送回了通缉任务发布大厅。

任务完成，领取奖励，有经验，也有钱。

平时这点小钱，顾飞觉得挺满意。但此时有200金币这座大山压在肩上，顾飞顿时意识到了系统是多么地刻薄：“花这么长时间砍死一个人，还差点害得自己没命，就给这么几个钱，太没有人性了！”顾飞对着另一个正在选取任务的玩家抱怨。

这人头也没回，说：“是啊，这任务风险极大，奖励却不咋地，性价比真的是超低的。”

“怪不得冷冷清清的，都没人做这任务。”顾飞四下张望一圈。整个通缉大厅空荡荡的，只有他和眼前这人。

“那倒也不是的。你知道吗？咱们城有个人，专爱做这垃圾任务，每天都来刷。”

“唔？你见过他吗？”

“没有，我是听人说的。听说是个法师，穿一身黑色法袍，武器是把剑，好像倒是挺厉害的。你说挺厉害一人，为啥刷这垃圾任务啊？”这人一边说着一边领好了任务，扭头望向顾飞。此时才发现眼前这人正是一个法师，一身黑色法袍，然后手在口袋里摸了半天，掏出了一把紫色长剑，伸到他眼前问：“你说的是这把剑吗？”

“不是，当然不是！”此人当机立断，“其实通缉任务也是很有意义的，你看我现在也在做不是吗？好了，我领好任务了，先走了。”说完此人立刻飞一般地消失了，留下顾飞一人在空荡荡的大厅里独自郁闷。

“钱啊！上哪儿弄钱啊！”顾飞出了大厅后，依然被这问题所纠缠。钱这东西果然是很影响和谐的，此时的顾飞甚至对韩家公子生出抱怨之心：佣兵团也不好好经营下，就做过那么两次生意！

想到生意，顾飞突然有了主意。打怪练级以来，顾飞零零散散也打到了不少东西。由于这些寻常东西在拍卖行寄售非常容易亏本，所以想拿这些东西换钱非得亲自摆摊兜售不可。顾飞此时缺钱，无奈也得当一回商人了。

清晨这个时间段，游戏中的任何地方都很冷清，但有一个地方却是例外，那就是交易第二街。

这条街道是在游戏正式运营后形成的。那时占据交易一街的全是公测时的老玩家，他们手中的货物，品质相对较高，对于大部分新人来说因为价格问题只能望洋兴叹。于是新人们只能按照自己的需求开始逐渐形成适合他们的市场，这就是交易二街的雏形。

交易二街发展很快，因为新人们总是充满热情的，每天在线时间很长，人数又远比公测玩家要多很多，这导致二街在任何时间都有人在兜售着手中的物品。哪怕之后又有三街四街诞生，但却只有二街延续着这份热情。

云端城的玩家都知道，在通宵或是清晨这种在线人数较少的时间做买卖的话，二街是最佳的选择。只有这里，无时不刻不充满了生机。

顾飞走在街道上，寻觅着适合他摆摊的空位。和普通玩家相比，顾飞这一麻袋的货物实在太多了，正常空位根本容不下他。

眼看走过了四分之一条街，顾飞终于看到一处较大的空地，连忙迈步上前占据，放倒了麻袋，“哗啦”一声，顾飞的货物悉数撒满空地，甚至有几个蹦蹦跳跳地被挤到了路中央。

“哇！”无数玩家的眼珠被吸引过来，尤其顾飞左右的那两位，眼珠子都快掉出来了。

顾飞的东西堆得如小山一般，两人的小摊上都只是零星几件，如此一比，实在太渺小了。

囤积大量的商品，这是商人们在某些特别时期才会干的事。

网游规律：随着时间推移，越是初期的装备越是一文不值。目前这批装备的价格，用股票术语来说就是已经跌破发行价了，而且还是很难抛出的那种。因为囤积的人虽没有了，但市场上的正常交易还是存在的，竞争相当激烈。

此时顾飞一把甩出这一堆装备，明眼人一看，立刻发现绝大部分都属于初期的普通装备，立即把顾飞联想成了倒卖浪潮中的失败商人之一。而且此人居然把这支烂股长期持有到了现在，当真是失败中的失败啊！

一群人乐呵呵地瞅着顾飞，毫无同情心。

顾飞不知就里，看自己好像挺受关注，心中高兴，觉得自己的生意前途必定一片光明。随后蹲下身来，把倒在地上的装备细心整理了一番。平行世界的装备虽无等级要求，但看装备的属性数据。还是明显可以分出层次的。再根据附加属性，就可以决定一件装备的价值了。

顾飞很快把装备分门另类码好，头上戴的身上穿的手里握的脖子上挂的指头上套的胸前配的脚上地蹬的……所有类别都有。顾飞满意地点了点头，抹了抹额前的汗水，抬起头来。

早有人在注意着顾飞的举动了，顾飞立刻报以和蔼的微笑：“装备，有要的吗？”

大家高兴地摇头。

顾飞的微笑有些僵硬了，于是大家更高兴了。

先不说顾飞的东西有些过时，就是需要，大家心底也不想买顾飞的装备。交易街这么长。顾飞手里的都是些最普通的货色，不愁别的地方买不到，所以“就让他赔死在手里！”大家不约而同怀上了此种心态，一边发出嘘声，一边散了开去。不少还人流连忘返，多次回头欣赏顾飞的表情。

顾飞茫然不解。

是自己的装备太过时了吗？顾飞倒也想到了此点：他这些装备绝大部分都是他20多级到30级这个时段打到的，目前来看属于相当低廉的装备。但顾飞一路走来，留意其他玩家的小摊时，发现同类别的装备也时常可见，觉得这些东西也并不是完全没有市场，不过想来会选择这些装备的人会很少，自己还是耐心等等吧！如此想着，顾飞不再焦虑，找了个舒服的姿式坐到地上，开始耐心地等候。

交易街，最常听到的声音自然就是讨价还价声了。顾飞一边静候顾客上门，一边通过这种旁听学习市场知识。

对于装备的价位，顾飞是从来都没研究过的。原本设想的是统一定价，每样10金币，赚够200金币即可。但在留意了一下周边几个摊位讨价还价的情况后，顾飞发现自己高估手头里这点东西的价值了。

他手里这堆过期产品，恐怕绝大多数根本不值10个金币。之前斜对面那个小摊，一双鞋比顾飞摊上的这些属性都要出色，最终的成交额居然只有8个金币。

横向对比属性后，顾飞终于发现自己真是盲目乐观了。先不说手里这堆货能不能卖掉，就算全卖掉，恐怕连50个金币都凑不够。这要凑够200金币，自己可得来回奔波好几趟。

顾飞卖东西，和他人物加点一样，追求的是速度。他只希望尽快存起200金币，至于是赚是亏，他毫不在意。如此想着，他索性拉开了嗓子：“一元店，每件装备只要1个金币，要的来！”

低价永远是市场上最美丽动人的诱惑。顾飞这嗓子一喊，立刻有无数玩家飞奔过来，甚至连一些原本摆着摊的玩家都忍不住过来一观。

顾飞乐开了花，心里盘算着：“一件装备1金币，200件就可以凑够200金币，自己仓库里的所有，应该差不多有这个数了。只要多跑几趟，200金币没问题。”

但没想到这又是一次盲目乐观。被“一元店”的呼喊招呼过来的玩家，在细细看了一遍顾飞摊上的商品后，绝大多数很快就摇着头走了。

便宜的确诱人，但如果是不需要的东西，再便宜也无用。而且顾飞这些小杂碎也没有什么低买高卖的价值，几个抱着这种心态过来一观的摆摊玩家，看过后也是意兴阑珊地离去了。

最终留下的玩家倒也有，都是一身新手服装，打着赤脚的绝对新人。由于装备没有等级要求，能穿20来级装备对他们来说也是很诱人的。但是这么新生的玩家，钱包也是可想而知的瘪——他们更熟悉的是银币和铜币，而只要携着金币二字，对他们来说就是巨款了。

为此，为着1金币他们也固执地要和顾飞讨价还价。

顾飞强硬的一句“已经够便宜了，不还价”，当场走了三个。

余下两个很有耐心，和顾飞一阵软磨硬泡，光“哥哥”就叫了不计其数，最后硬是替顾飞搞出个“买三赠一”的促销活动，每人花了3金币，从顾飞这里各拿了4件装备，兴高采烈地去了。

终于赚了6个金币。顾飞好生感慨，掏出钱袋把6个金币甩入，低着头又好生数了一遍。很遗憾先前顾飞没有少数，此时他的金币是37加6，43枚，距离200金币还差157。

“这些都卖1金币吗？”顾飞正算钱呢，突然又有人问。

“啊，是！”顾飞一边回答一边连忙抬头。

“是你！”两人同时一怔。

来顾飞摊位问价的，居然是月夜城的莽莽的茫茫。

顾飞只是为遇到了一个相识的人而感到意外，而莽莽的茫茫，除此之外却还多了些疑惑。她认识的顾飞，是在云端城外帮她解过围的人，瞬间手刃六人的高手。

在网游里，高手往往就意味着富裕，虽然没有这么绝对，但是总不至于太贫困。如顾飞这般需要甩卖如此一堆垃圾赚取金币，这份落魄实在让莽莽的茫茫觉得太意外了。

茫茫的莽莽心里虽然疑惑，嘴上却什么也没说。网游是个充满能人异士的地方，相比那个赔钱开酒馆的小雷，顾飞的行为至少是个正常人。

顾飞则在短暂地惊讶了一下后，迅速恢复了生意人的面孔，热情招呼这个主动上门的客户：“要点什么，随便看啊！”

于是茫茫的莽莽真就蹲下身细心地看了起来。

顾飞闲着无事，对茫茫的莽莽施加了一个鉴定术：等级31，一身装备极其简陋，饰品的部位甚至还存在空缺，即便是一个新手玩家升到31级也不至于是这种情况，何况茫茫的莽莽还曾经有过一段风光无限的时期。顾飞心中奇怪，忍不住问：“你怎么会没有装备的？”

茫茫的莽莽此时已经开始在顾飞的地摊里挑三拣四，抬头望了望他说：“老被打死，暴光了。”

“你死过多少回啊？”顾飞忍不住好奇。

“死了一个多月，不知道多少次。”茫茫的莽莽果然够彪悍，死亡不是按次数算的，而是按时间。

“那你没成10级？”顾飞疑惑。

茫茫的莽莽惊讶地看了顾飞一眼：“等级可以练啊！”

“练上来，然后再被他们杀？”顾飞问。

“难道我还怕他们不成？”茫茫的莽莽说。

原来这区区一个牧师，在面对追杀毫无还手之力的情况下，还要如此执拗地抗争，只是为了心中的一句“我并不怕你们”吗？这性子可真是刚烈得有些偏激啊！顾飞禁不住感慨，末了问了句：“现在他们不追杀你了？”

“上次之后没有过了，或许是懒得再来了，或许是先忙着对抗赛吧！”茫茫的莽莽说。

“哦……”顾飞点了点头。

茫茫的莽莽一边低头挑着装备一边说："上次的事还没有好好谢谢你。"

"你谢过了。"顾飞提醒她，那天茫茫的莽莽讲"谢谢"不只一次。人是又憔悴又谦逊，丝毫没有在月夜城时的嚣张模样。

"我是说地牢门口的时候，很感谢你会把你听到的告诉我。"茫茫的莽莽说。

"没什么。"顾飞说，"你等到他了吗？"

"没有。"

"没有？"顾飞意外，从没听说过地牢还有另外的出口。

"你走后没多久，我也离开了。"茫茫的莽莽说。

"哦？"

"明明早已经有预感了，还非要追过来问个究竟，连你这个外人都已经清楚是怎么回事了，我又何必要自己欺骗自己？"茫茫的莽莽说。

顾飞没说话，把自己所知道的说出来，顾飞认为这就是他一个陌生人所能做到的极限。至于感情最终的取舍，顾飞并不认为自己有任何权力发表看法。虽然是游戏，但很明显茫茫的莽莽感情投入比较认真。至于银月，那倒也是相当一部分游戏玩家推崇的理念：游戏嘛！一切皆是游戏。

"所以喽，应该好好谢谢你。"茫茫的莽莽说。很显然，对于此事她所产生的谢意比起顾飞那天从六人手中解救她要来得隆重。毕竟从她的角度来说她不怕那些人，也不怕挂，所以谢不谢的只是流于表面。而在这事上，茫茫的莽莽才是从心底接受了顾飞的好意。

顾飞自然不会理会这么多，只是淡淡地说了句："没什么。"

"加个好友吧！"茫茫的莽莽大方地说。

顾飞倒也无所谓，点点头后开了好友开关，立刻接到"茫茫的莽莽将你加为好友"的系统提示。

"等我有了钱，请你好好喝一杯，看你的名字一定是很喜欢喝酒的吧？"茫茫的莽莽苦笑。

顾飞无奈，那陈芝麻烂谷子的破故事他也懒得讲了，只是随口回了句："用不着了。"

"你说你在月夜城就见过我，什么时候啊？"茫茫的莽莽问。

"我是27149。"顾飞不淡不咸地回了句。

"吧嗒"一声，茫茫的莽莽手里刚捡起的一枚徽章掉地上了，猛得抬头望向顾飞。

"怎么样，你还要请我喝酒吗？"顾飞问。

"说过的话，终归是要算数的。"茫茫的莽莽说，"不过，我本来准备赚了钱请你喝好酒喝个够，现在的话，我只想买最次的酒请你喝一杯，过往的一切全部抵消，如何？"

"酒就免了，直接折现吧！"顾飞手一挥。

"你真这么缺钱？"茫茫的莽莽惊叹。最便宜的一杯酒，折现的话只有10个铜板。她以为顾飞在这里摆摊卖垃圾只是爱好，没想到真是为了赚钱。

顾飞苦闷地点了点头。

“那你为什么不去打高级装备，就卖这些要卖到什么时候去？”茫茫的莽莽说。

“我以为现成的装备卖起来会比较快，我还赶时间！”顾飞刚说完这话，立刻跳起来大叫，“不好。”

“怎么了？”茫茫的莽莽问道。半条街的人被顾飞这嗓子吓了一跳。

“帮我看下地摊，我过一会回来。”顾飞飞快地从地摊后面跳了出来，茫茫地莽莽随即接到一条系统消息：“千里一醉将你设置为摊主。”

“你干什么去啊？”茫茫的莽莽很茫然。

“课间操要开始了，我马上回来！”顾飞已经飞奔而去。

“课间操？什么啊？”茫茫地莽莽更加茫然了。

顾飞飞快地跑到安全区，飞快地下了线，飞快冲出家门，飞快地来到了学校的操场上。

音乐响着，学生们朝操场上蜂涌着，顾飞长出了口气——总算没耽误工作。

没错，体育老师虽然在早晨一般都没有课，但是督促学生们早操和课间操却是直属于他们的工作内容。顾飞奔波于两个世界，就是为了赶课间操这十几分钟的场子……

待得忙完这项工作，重新回到游戏时，顾飞发现自己的摊位跟前，正有一人在和茫茫的莽莽扯皮。

“怎么都只卖1金币呢？这可有点亏呢，美女你看，这个戒指，卖2到3金币是没问题的啊！还有这把匕首，属性还是不错的，5金币才对。倒是这几个……”此人指着几件装备。“1金币也卖不了，完全是垃圾嘛！”

“唉，这样卖钱真的挺辛苦的。其实我练级正好差个牧师，美女你技术怎么样啊？不如跟我一起练级去，打高级装备，然后咱们一起来卖。我现在40级，有你这个牧师帮忙的话，再越个5级也没问题。你可就是越10多级，经验多多，还有高级装备，多好，去不去啊？”

此人滔滔不绝地说着，那模样活脱脱地就是在诱拐涉世未深的少女。放在游戏当中，茫茫的莽莽31级，一身破装备，而且还在卖一堆破装备，而且定的价也非常的不了解市场，完全符合“涉世未深”这个概念。

只可惜此人这次终究是看走了眼，忙忙活活说了一大堆后，茫茫的莽莽翻了翻白眼：“别来这套了，没戏。”

此人动机被看破，怔了怔，但不想他居然还能厚着脸皮继续：“哟，美女看起来不是新人嘛！”

茫茫地莽莽冷笑。

此人接着说：“那可就更应该明白啦，卖这些东西有什么前途？走，我带你练级去。看你级这么低，平时没有高手带吧？”正说得吐沫横飞，突然觉得眼前多了道影子，回头一看，顾飞正在他身后，当即一怔，“是你。”

顾飞未及答话，此人已经飞快起身攀上顾飞肩头：“兄弟，这可是哥们先看上的，你不能乱来啊！再说了，你一个人独享重生紫晶五十多个美女，想必已经忙得够呛了吧？”

猥琐啊！真是太猥琐了！顾飞心惊。

眼前这人是樱冢月仔，花丛中永生的创始人和会长，论猥琐，绝对是顾飞所见过的人里最猥琐的一个。更令人发指的是，这么猥琐的一个人，长得倒是挺人畜无害的，比御天神鸣还要可爱。

此时顾飞的出现让他大为紧张：在他心目中，一个可以混进纯女生行会如鱼得水的男人，恐怕就是传说中的情圣了，这竞争对手未免太强大了，所以一见顾飞现身就一堆说辞。顾飞还没说什么，他已经事先打起招呼来，显示出了极大的不自信。

顾飞看看他，又看看茫茫的莽莽，真不知说什么好了。

倒是茫茫的莽莽身为一个美女玩家，恐怕对这事已经见多了，她见怪不怪地站起身来，朝顾飞道：“摊子还你。”

樱冢月仔顿时瞪大了眼，望着二人：“你们认识？”

顾飞点了点头，和茫茫的莽莽进行了位置交换，他站到摊子后面，茫茫的莽莽回到了街道中央。

“太过分了，你想扫尽天下美女吗？”樱冢月仔气愤地说。

顾飞低下了头，他觉得只要接了这人的话，自己都会显得很猥琐。

“走了！”茫茫的莽莽的眼中樱冢月仔直接就是空气，和顾飞招呼了一声后就已经准备离开，樱冢月仔连忙也甩下顾飞追上，继续纠缠：“美女你叫什么名字啊？我叫樱冢月仔，你叫我仔仔就可以了。”

顾飞脸色发绿，朝左右摊位的玩家一人解释了一句：“我不认识他。”

“嗯嗯！”两边的人都含糊地答了顾飞一下，大家正忙着吐呢！

那边茫茫的莽莽也忍不住发作了，本来姑娘受男玩家欢迎也是件很愉快的事，但遇上这么一个猥琐家伙没命地纠缠那就是另一番景象了。茫茫的莽莽朝樱冢月仔大吼一声：“吵死了，不要跟着我！”

樱冢月仔的目光中却透着坚定：要知道这世界上的美女并不是那么多的，更何况游戏里没有化妆，全是原生态，那漂亮姑娘就更少了。樱冢月仔好容易发现一个，不撞个头破血流是断然不肯放弃的。

“美女要去哪啊？我陪着你吧！”

“你不是月夜城来的吗？对我们这儿很陌生吧，我带你转转！”

“我们云端城外有处云郊湖畔，风景极好，要不要去看看啊？”樱冢月仔的笑容极其猥琐，全云端城玩家都知道云郊湖畔主要是做什么用的。

“走开，走开！”茫茫的莽莽掏出牧师法杖驱逐樱冢月仔。

能逼得牧师都挥棍子打人，樱冢月仔也算是个人才了。此时他继续笑嘻嘻地一边躲闪一边问："走去哪里啊？云郊湖畔吗？"

茫茫的莽莽怒啊，火啊！她以前也是个杀人不眨眼的主，此时恨不能将樱冢月仔撕成碎片。但问题她只是一个牧师，别说还差着等级呢，就是同级，也没有杀人的能力！

"你杀了我吧！"茫茫的莽莽一边挥着棍子猛敲樱冢月仔一边喊。

"那怎么行？我是想保护你，你看你一个牧师，孤单一人在云端城，挺危险的，我们这里坏人其实很多，尤其是色狼，非常多！"樱冢月仔完全没有动手的打算。

太无耻了，群众们暴汗！

茫茫的莽莽转头想跑，但樱冢月仔的速度连顾飞都不是对手，他轻松地和茫茫的莽莽并肩而行："要不要我拉着你啊？可以跑得快一点。"

茫茫的莽莽选择了视而不见，两眼直视前方，只顾走自己的。

樱冢月仔一点不以为意，就这么跟着。

"兄弟，你太狠了！"有人惊叹地对樱冢月仔说。

樱冢月仔微微笑了笑，停了两步对大家说："不抛弃，不放弃嘛！"说完又快步追上，留下了一路无语的人群。

作为认识二人的顾飞，则被雷得更深一些：茫茫的莽莽也是个凶悍的狠角，可怜她是个牧师，否则随便换个职业，恐怕刚才都和樱冢月仔拼命了。而樱冢月仔面对姑娘那是绝对不会下杀手的，此时茫茫的莽莽这种态度，他居然还扯什么"不抛弃不放弃"，此人之厚脸皮当真是天下无双。

茫茫的莽莽，你这次是遇到对手了。顾飞叹息，不知这算是幸还是不幸。

但对于顾飞来说是绝对不幸的，樱冢月仔这个不速之客把他的生意给搅黄了。

这个臭小子！顾飞暗自嘟囔了句，随手又从口袋里掏出钱袋数钱。这等心思多少人都有，仿佛这钱数着数着可能变多似的。

幻想当然不可能成为现实，钱袋中的43枚金币，分文不动。

"唉！"顾飞叹息着，又把手伸进了口袋，似乎是想从角落中搜刮出没装好的钱币。

不想这一搜刮，立时怔住，手再从口袋里掏出时，又拽出一个钱袋，一个暗红色的钱袋。

为什么会有这个钱袋，顾飞想不通。直到今天之前，顾飞是从不数钱的，只有当有消费的时候才会拿出钱袋抓一把。

游戏里的钱袋也如口袋一样是个储物空间，只要还有钱，手进钱袋就能抓出东西来。眼下这钱袋，顾飞抓了一把又一把，越数眼睛越大，很快清点出来，金币429枚。

这么大的一笔进账，到是让顾飞很快想到它的由来——赢的！

坐牢的时候，和银月那帮人玩骰子时赢的。

只是这钱不知怎么的系统给顾飞又装了一个钱袋，导致他一时未察。乱放钱是一种经常会制造出惊喜感的好习惯，想不到系统大神也有这嗜好，顾飞很是欣慰。

有钱的顾飞自然不会再当商人，将一堆东西以20金币的超低价就近甩给了旁边一个练摊的玩家，拿了钱后拂袖而去。

回到法师学院，付上金币，转职任务立马完成。NPC老师笑逐颜开，告诉顾飞他现在随时可以进行水系或电系的就职仪式。

这可是件大事，收了200金币的系统还是很付责任的，NPC交给顾飞一本魔法手册，对水系和电系进行了详细的说明，提醒玩家慎重选择。

顾飞想转水系是已经打定主意的，两系技能的差别他根本不在意，他需要的只是水系法师所能发挥的冰冻效果。拿着手册随便翻了下，正准备进行就职仪式时，突然听得身边有人说："哟，是你，好久不见啊！"

顾飞扭头一看，红尘一笑。这人的名字的确好久不亮了，顾飞一度认为他已经做够了测试，已经不再进游戏了，还挺遗憾失去了一个活字典，此时再遇，顾飞非常有玩家素质地扔了个鉴定术上去，才32级。看来的确是没怎么玩，而一身装备也是朴素的掉渣。顾飞刚才那堆垃圾没甩掉的话，有些倒是可以支援他一下。

"好久不见！"顾飞回应他。

"最近太忙，没时间玩游戏。"红尘一笑叹息。

"有什么内幕消息？"顾飞随口打听。

"我是一个……"

"行了，知道了！"虽然长时间没见，顾飞倒是没忘他的口头禅。

这时红尘一笑瞥见了顾飞手中的魔法手册，笑笑道："哟，要转职啦！"

顾飞点了点头。

"转哪系啊？"红尘一笑问。

"水系。"顾飞说。

红尘一笑皱了皱眉，从他们后台所观察的数据来看，目前已经转职的法师当中，有八成选择了水系。这对于游戏公司创收是没啥影响，但对于他们游戏制作者来说却是件挺难受的事。毕竟电系那也是经过精心设计打造出来的一套体系，现在如此不招人待见，等于将他们很大一部分工作都否定了。

红尘一笑自认设计的这两个体系之间绝没有厚此薄彼：水系的冰冻效果可以让人行动变缓，但电系的麻痹效果可以让人无法施展技能，一样很实用。此外电系还有技能发动快、速度快、攻击高等一系列特点……

此时红尘一笑为电系鸣不平，心中想的全是电系的好处，面对眼前这个又是要投入水系大军的家伙，忍不住道："为什么要转水系？其实电系也一样强啊！"

3 一个电系法师的诞生

顾飞不以为然地笑了笑说:“是吗?”就算红尘一笑是游戏内部人员,但也没可能把水系的效果改到电系上去吧?除了这效果,其他都不是顾飞想要的。

“你为什么想转水系?”红尘一笑想了解一下玩家的内心世界。

“冰冻效果。”顾飞说。

“呃,这个……”红尘一笑一时间也无言以对了。如果是为这个原因,那他也无力辩解。这效果的确就是水系一大特色,你不能说冰冻的用处就不如麻痹,那等于就是自己在抽自己嘴巴,两种体系可都是他们打造的。所以,他只能强调一下电系的好处,这么多人不选电系,估摸着就是没发现电系的优势在哪里。

“麻痹状态的人无法使用技能,没有技能的角色,那都是纸老虎,你游戏玩得比我多,应该很了解。”

“电系技能中瞬发的很多,如果能善加利用这些技能,那么法师在精神方面的加点可以再投入的少一些,这些点数如果你喜欢投入到智力上,那么再加上电系本身就强大的伤害,最终的攻击力一定很恐怖哦!”

刚说完这点,红尘一笑自己都怔了下,因为他觉得这不是说服顾飞的好理由,眼前这个家伙是全敏加点的法师,跟他说什么智力精神的会有意义吗?

但他却不知他这段话中的另一点打动了顾飞。

瞬发技能!

这个对顾飞来说倒是挺诱人的:目前火系法术中的双炎闪就是一个瞬发技能,是顾飞法师技能中使用最多最强的一个,就因为它能更容易结合着功夫来使用。很显然,瞬发技能在这方面是有优势的。

但顾飞很快转念一想：自己有双炎闪一个技能提高一下剑法的攻击力就够了，完全没必要追求更多的瞬发技能。自己要用的是功夫，如果没有水系的冰冻效果让自己追上对手，有再多瞬发技能也是白搭啊！

这边想着，那边红尘一笑还在阐述着电系的其他好处，顾飞趁他换气的工夫，问了声："电系有冰冻效果吗？"

之前的全白说了，红尘一笑愤慨，一时忍不住接过话道："冰冻效果，如果只是为了这效果，好多武器上都附加的。倒是麻痹效果，有这效果的武器可不多见哦！"这话乍听有理，但如果是对一个法师来说的话，那就有些纯忽悠了。平行世界里要发挥武器上的一些特效，必须是使用武器攻击到对方身上的时候，而法师挥舞着法杖放出的法术可不算此列。你得拿法杖敲人才行，有这么战斗的法师吗？

不过这次歪打正着，对一般法师的忽悠，到顾飞这里反到有些适用了。顾飞再一次略有心动，但转念一想，又不对了："我这有现成的技能，学了就行，干嘛还要弄个武器去啊？"

红尘一笑苦口婆心："我是怕你只为一个冰冻效果就选了水系，将来也许会后悔哦！"

"我说，你身为一个自律的游戏工作者，这样引导玩家进行选择，不公正吧？"顾飞说。红尘一笑企图把顾飞拉入电系，这意图太明显了。

"哪里！"红尘一笑连忙解释，"我只是觉得有许多玩家没有意识到电系的优势，所以加以说明，希望你做出最需要的选择罢了。"

"电系有什么优势？"

"我刚才说半天了你都没听吗？"红尘一笑抓狂了。

"其实我只是需要水系的冰冻效果来减缓敌人的速度，更方便我追上对手。你看，这就是我最需要的。"顾飞说。

"追上对手？"红尘一笑怔了怔，"那更应该选电系啊！"

"为什么？"

"因为……电系有技能瞬移啊！"红尘一笑说。

"瞬移？"顾飞一怔，连忙翻看小册子，这方面他是个只知游戏皮毛的菜鸟，听"瞬移"两个字，怎么写都不知道。

"就是瞬间移动，在平行世界它属于电系技能，公布的技能树上没有标。"红尘一笑说。

瞬间移动！顾飞这次已经不仅仅是心动那么简单了。和瞬间移动相比，再高的移动速度那也是渣啊！瞬移的速度，理论上趋近于无穷大。

"这技能得多少级才会？"顾飞问，他已经迫不及待想尝试了。

"呃，比较后期，不过可以弄卷轴来学习。"红尘一笑说。

“转电系！”顾飞拍板了。

“呃，那个……”红尘一笑还有话要说，却见顾飞身上开始电光浮动，显然已经是在进行就职电系的仪式，这时后悔已经来不及了。

“恭喜玩家千里一醉就职电系法师，你的法力已经接受了雷电的祝福。”

过场动画播放完毕，系统信息宣布顾飞就职完成，同时也掌握了电系法师第一个技能：“雷电术，召唤从天而降的雷电击中目标。吟唱口诀：雷电，降。”

顾飞有点无语，问红尘一笑：“你说电系技能发动较快，是不是就是因为吟唱口诀短？”

“不是，的确会快，你用了就知道了。”红尘一笑说。

“哦！”顾飞满意地点点头，他喜欢速度。

“你还有什么要说的？”顾飞问红尘一笑。

看着顾飞意气风发的模样，红尘一笑心中突然有点打鼓：难道自己无意间又做了什么不恰当的事吗？这个家伙，自己其实挺想和谐他的，看他现在这副模样，自己好像反而助了他一臂之力？

的确，自带全套技能的顾飞在游戏中进行游戏的方式是打破游戏设计固有思路的，虽是法师，他却是以近战职业自居的。瞬移，本是法师被人近身后逃生，或是拉开距离与人周旋的主力技，现在让一个近战法师拥有了自然会催生出了不一样的反应，红尘一笑的确又在无意中把顾飞引上了一条更光明的道路。

“对了，有个事一直想问你来着。”顾飞看红尘一笑沉默了，于是自说自的。

“什么事？”红尘一笑刚才拉顾飞入电系时的劲头已经没了，有些无精打采。

“你看。”顾飞掏出了暗夜流光剑给红尘一笑看。

红尘一笑脸部肌肉跳动了一下，和谐顾飞的愿望极其强烈：拿着这么超前的装备，其他同级的玩家还能有活路吗？

顾飞不知红尘一笑的心理状态，对红尘一笑说：“这剑叫暗夜流光剑，属性你看得到吗？”

“不用，我知道。”红尘一笑说。一些极品装备也是设计者的得意之作，这暗夜流光剑是其中之一，数据红尘一笑不用看也清楚。

“这剑有个技能叫暗夜流光，我拿到时就说条件不符，无法使用，过了好长时间还是这样，究竟是什么条件？”顾飞说。

“没达到装备要求，当然条件不符。”红尘一笑回答。

“只是这样吗？”顾飞有些失望。暗夜流光剑的装备要求，有剑系数和法系数。顾飞靠着月夜灵袍才达到法系数，剑系数遥遥无期。力量加点是提高剑系数的主要途径。顾飞目前敏捷尚嫌不足，还没有开始加力量的打算。顾飞战斗，主要靠的是自己的身手。其实每次用火树千重焰一类的技能一秒一大片的时候，别人看着太牛了，他自己却觉得挺没劲的。

因此听了这答案后，顾飞也就不再说话了。

这一沉默，顿时让红尘一笑觉得极失落。他刚刚决定，对于顾飞这个破坏平衡的家伙自己不能再提供帮助，如果他要问起有关系数方面的知识，自己就要冷酷的回答“不知道”、“不能说”。

谁想顾飞似乎并不怎么关心这个，连问都没问一下。

红尘一笑正想再说什么，就见顾飞朝他挥了挥手：“你忙吧，我下了。”

白光一闪，顾飞消失了。

“啊啊啊！”红尘一笑郁闷得真想捅自己一刀。

顾飞虽下了线，但有关他的事态发展却还并没有停止。

逆流而上和顾飞在PK中落败，坠入牢中，心中对顾飞的念想却没就此搁下。可是一入地牢深似海，在游戏里绝无和其他人联系的可能。逆流而上脑子倒也不慢，迅速下了线后，通过其他手段联系了那几个见证他与顾飞一场PK的行会战友。

得知对方问到了顾飞的名字后，逆流而上颇觉安慰。随后叮嘱几人暂且不要声张出去，重新回到游戏里蹲牢房去了。

一场PK，让逆流而上更加了解顾飞。如何投其所好吸引这人入会，成了逆流而上眼下准备攻克的课题。

另一方面，云牧行会的会长云中牧敌并不知道自己洗尽一身PK反而错过了让顾飞主动上门的最好机会，下了线吃饱睡足重新回到游戏时，已是下午时段。相比凌晨和清晨时段，游戏里自然是另一番光景。

刚上线就他们收到女间谍传来的消息：已经和重生紫晶的人接触上了，但遭拒绝，这行会进人居然需要会里的人引荐，毛遂自荐的一概不要。

云中牧敌怔了怔。不同的行会有不同的招人方式，如重生紫晶这种却是最难缠的。这类行会一般都不大，且也没什么远大理想，但行会内的气氛却是极好的。成员之间关系亲密，在游戏中形影不离。想入这种行会不是不可能，却需要花时间。

这折腾下去不知道要到什么时候去了，云中牧敌当即取消了间谍计划，准备实施他一早就在准备的金元计划。

打开好友栏时，看到逆流而上还在线。云中牧敌去了条消息，结果收到“对方不在服务区”的系统提示。经验丰富的云中牧敌知道这意味着什么，心下窃喜，心道逆流而上这小子马失前蹄跌进了牢，这场猎头战自己是要占得先机了。

如此云中牧敌更加沉稳起来，不慌不忙地布置在线的行会成员开展工作，而他则是信步朝城门方向去了。这时系统提示，他有一封新邮件。

“打听出你想要的东西了吗？需要的话随时给我来信。”

云中牧敌看着这封短信，时间是在他下线不久后发的，信封上的属名是席小天。

“是她……”云中牧敌想到了昨晚那个叫价1000金币的美女，冷笑了一声后，随手把信撕成了渣——1000金币？不如去抢！随便掏几个钱砸重生紫晶的姑娘，就不信没有见钱眼开的！云中牧敌对他的金元计划有着无比自信。

片刻后，云牧行会的眼线已经遍布全城。昨天夜里是姑娘们都不在线，这才一个都找不到。此时光天化日之下，云中牧敌已经接到数个线报，指出了数名重生紫晶姑娘的所在。

“你们盯着就行了，我一个一个接触。”云中牧敌指示。

此时距离他最近的目标正朝着他所在的东城门方向来了。云中牧敌整了整盔甲，摆了个潇洒无比的姿势立于城门下。不大一会儿，就见到重生紫晶的四个姑娘们朝这方向走来。

云中牧敌等着四个姑娘徐徐接近了，清了清嗓子：“美女，向你们打听个事儿。”

“什么？”姑娘们还是挺热心肠的。

“你们是重生紫晶的吧？”云中牧敌明知故问。

四个姑娘点头。

“你们行会里有个男玩家是吗？”这还是明知故问。

四个姑娘还是点头。

“他叫什么名字？”云中牧敌故意说得很随意。

四个姑娘立刻警觉起来：“你是谁？”姑娘们这种警觉的意识是平时养成的，因为时常会有男玩家打听行会姑娘的姓名企图追求，为了避免纠缠，在问过当事人意见之前，姑娘们绝不会把会里哪个姑娘的名字随便说出去。顾飞虽然是男人，但姑娘们已经养成这种习惯，有人打听会里的人，首先要摸摸对方的来意。

“我叫云中牧敌。”云中牧敌说。战士总榜第六位，单此一项，云中牧敌的名字就是拿到其他主城去也会引人注目。但同是云端城的四个小老乡却茫然地互相对视着：“那是谁？”

“云牧行会的会长啊，昨晚和你们交过手的。”云中牧敌挺郁闷。见了面不认识就罢了，听了名字怎么也不认识？自己有这么路人脸吗？

“哦，就是明明有500人，行会战却只来了50个人的那个傻瓜行会吗？”一个姑娘说。

“喂！”旁边另个姑娘立刻揪了她一下，“不要乱说话！”

云中牧敌委屈啊，却又不好说什么，因为这是事实。至于傻不傻的……结局是云牧输了，你说是傻还是不傻？

云中牧敌咳嗽了声，转移了这个尴尬的话题：“我想问问你们那个男法师叫什么名字？”

“啊！我记得你了。”一个姑娘叫出声，“昨晚打完行会战，你就有过来问的。”

云中牧敌点了点头：“是啊！”

“小舞姐都说了不能告诉你，我们走！”四个姑娘转身匆匆离开。

“哎……”云中牧敌一手已经进口袋抓着钱袋了，正准备启动金元计划，突然又闭上嘴松开了手。

刹那间，云中牧敌动了一点小心思。

这四个姑娘在一起，如果要掏钱的话，得让四个人都满意才行。这就意味着要加钱，加四倍的钱，这太不划算了。

何必在这一棵树上吊死？如此想着，云中牧敌询问了下一个目标的所在。

“交易三街，摆摊中！”有人报上第二接近云中牧敌的目标。

云中牧敌快步赶往交易三街，街口早有手下接近，引着云中牧敌来到了某个姑娘摊前。

云中牧敌打量了一下这姑娘，是个格斗家，此时双手抱膝蹲在地上，身前小摊几个破烂的装备，姑娘正四下张望，翘首以盼。

“看起来很缺钱。”云中牧敌微笑着，走上前去。

数分钟后，交易第三街中突然发生骚乱：云中牧敌抱着脑袋挤出人群，身后几个装备追着他砸了出来，一个格斗家姑娘挥舞着拳头在后面叫骂：“想从我们行会挖人！还想拿钱收买我！臭小子你别跑！”

云中牧敌一脸狼狈地逃离了交易三街，这边负责盯梢的行会成员也追了出来，很是不解地望着云中牧敌：“会长，这么怕她干什么？”

“这里人太多了，不适合搞这个！”云中牧敌一头的汗，他的意图刚一显露那姑娘就暴跳如雷。他怕的不是这姑娘，怕的是交易街那么多人的眼光。行贿受贿这些事可都是私下进行，如今在最繁华的街区被人当场呐喊出来，云中牧敌自然是羞愤难当。

“交易街，酒馆这些人多嘴杂地方的先往后放放。”云中牧敌很是后怕地宣布。

“这里人少！”随即有人提交上来一个，是云端城内某条人烟稀少的街道，云中牧敌一边赶去一边询问：“她在那做什么？”

“好像是在刷任务。”会员报告。

“那里有什么任务？”云中牧敌茫然。

“不知道啊！”会员也一样茫然，“会不会是什么隐藏任务？她在这反复刷了好久了。”

“是吗！”云中牧敌欣喜，匆匆来到这条街道。两个会员正在街边探头探脑，看到云中牧敌过来，指着某个方向给他做着说明：

“我们算了下，她每7分钟会到那里一次，现在已经过去6分钟了，马上过来。”

正说着，一姑娘已经在街道另一头现身，“吭哧吭哧”朝二人所指的地方跑去。

“我去了。”一看对方也是个战士，云中牧敌心下已生出几分亲切，整理一下自己的盔甲，也“吭哧吭哧”朝那方向跑去了。

云中牧敌步伐沉稳，心中多了一个非分之想。

不是对眼前的姑娘，而是对这姑娘所进行的任务。此间也有任务？这是云中牧敌没听说过的。大家同是战士，或许这也会是一个对自己很有帮助的任务。云中牧敌心下想着，觉得应该先把这任务套出来。毕竟套出顾飞的信息，是为了壮大行会；得知一个任务，壮大的却是自身。

“咳！”云中牧敌咳嗽了一声，引起了那姑娘的注意。

“美女在这儿做什么呢？”云中牧敌随口问道。

“任务。”姑娘回答。女孩子被搭讪是极平常的，尤其在游戏里大家都厚着一层脸皮，姑娘们对这种事已经习以为常了。

“哦，是什么任务啊？”云中牧敌继续漫不经心地问道。

“泥土中的麦子。”姑娘回答。

每个任务都是有名称的，姑娘说的这个任务云中牧敌可是闻所未闻。虽然听名字这任务非常朴素，但用任务的名字来判断任务的内涵显然是很弱智的，就好比一个人的名字并不能代表他有多少学问一样。

云中牧敌怀着激动的心情，小心翼翼地问道：“怎么领取啊？”

“和这里的人说话。”姑娘说着，已经敲开了房门。

一个佝偻着背的老者打开了房门，那眼中所闪烁着的经验沉淀出的光芒让云中牧敌一下子就心潮澎湃了。游戏设计者经常制作一些神秘老人发布一些神秘任务，看看眼前这位，隐身僻静的街区当中，如果不是有人偶然敲开这扇门，谁会想到这里有着这么一个任务？

“年轻人，帮我个忙吧：我有些麦子散落在了市场，你能帮我找回来吗？记住，一定要在五分钟之内找到，否则麦子可能会被别人捡走。”老者就这样对姑娘发布了任务。

姑娘飞快地转身去了，云中牧敌连忙也想上前，老者却视他不见，退身掩上了房门。

云中牧敌连忙上前敲门，心下着实担忧这任务因为被那姑娘领取而不对他发放了。

房门打开，老者再度现身，望着云中牧敌，把对姑娘说过的话又重复了一遍。云中牧敌想也没想就连忙答应，随即在任务栏中也出现了“泥土中的麦子”这样一个任务。

任务的说明看起来实在没有什么出奇的地方，云中牧敌一边疑惑着，一边朝市场方向去了。NPC口中的市场，自然不是玩家自己形成的交易街，而是有一些系统商人集中出售系统商品的所在。这里比不了交易街那么热闹，但来来往往的玩家还是不少，云中牧敌在市场一带四下寻觅，却始终没有找到麦子。

难道是因为那姑娘已经把麦子捡走，所以自己才找不到吗？云中牧敌赶到市场时，刚看到那姑娘离开市场。

云中牧敌很快转悠超过了五分钟后，一声系统提示，任务被打上了“失败”的标签。

“有难度啊！”云中牧敌动容了，这时他看到那姑娘又一次在市场现身。

看到云中牧敌，姑娘也笑了："你领任务啦？"

云中牧敌点了点头。

"找到麦子了吗？"

云中牧敌摇了摇头。

"呵呵。这任务叫什么名字？"姑娘发问。

"泥土中的麦子。"云中牧敌回答。

"所以呢，这麦子应该在泥土里找呀！"姑娘说。

"呃？"云中牧敌怔了怔。

"你看！"姑娘一边说着，一边走到一处墙角。揪住从地上泥土中露出的一截破布，用力一扯，一个小布袋到了她的手中。

"这就是泥土中的麦子啦！"姑娘快活地对云中牧敌说，说完已经转身去了。

云中牧敌目瞪口呆，他发现，他从一开始就把简单的问题复杂化了。这任务似乎仅仅是一个相当初级的"找东西"类任务，此类任务因为系统乱七八糟地藏起任务物品一直遭到玩家诟病。但是，这姑娘似乎是在反复刷取这个任务，如果只是这么简单的小任务，为什么要这么做？

云中牧敌觉得这当中必有什么玄妙，于是重回老者那里领取了一回。

这次已知目标，但掩在土里的一小截碎布头岂是那么容易发现的？结果又一次超时告负。如此来来往往一直到了第七次，对市场每一寸土地都了若指掌的云中牧敌终于成功在五分钟之内揪到了碎布头。

云中牧敌发出兴奋的怒吼，匆匆回到接任务处，无比激动将小半袋麦子交还给了老者。

"谢谢你啊年轻人，你可帮了我大忙了！"老者说着，递上奖励。云中牧敌接过一看，十个银币！

"怎么会这样……"云中牧敌喃喃自语，仅仅是这点奖励吗？云中牧敌心有不甘。如果仅仅是这点奖励，那姑娘为什么会反复刷取？想着这问题时，云中牧敌四下一打量，意识到那姑娘已经走远，连忙发消息询问负责盯人的行会成员。结果会员比他还要茫然："老大你不是已经去和她接触了吗？"

"呃……这个……"云中牧敌实在不好意思说他因为一己私欲，暂时抛弃了壮大行会的远大理想。

第三次出击以目标人物失踪告终，同时给云中牧敌留下了深深的疑惑。

"这么一个简单的任务，为什么她会反复领了那么多次？"

这个问题徘徊在云中牧敌心头，缭绕不去。可惜他的两个行会成员此时已经没在这边盯着，否则一定可以告诉他：会长，你也来来回回反复了七次……

不过正事还是得接着办，云中牧敌继续接受着手下的报告，有人称在拍卖行看到有重生紫晶的姑娘在闲逛，而且拍卖行里此时也没什么人。云中牧敌闻讯飞快赶到，冲进拍卖行仅五秒就退了出来。

守在门外的两个行会成员疑惑不解，云中牧敌很没好气："拿钱收买细腰舞？你俩有脑子没！"

失败……云中牧敌的金元攻势最终的结局就是失败，而且是偷鸡不成蚀把米的失败，而更让他哭泣的事他还不知道。

顾飞在下午时已经悄然上线，看着还在满城飞舞的小广告，顾飞觉得他们如此辛苦找了这么一天也真是不容易，原本是想主动和他们联系一下。结果却因为出了这档子事，姑娘们众口一词在劝说顾飞。

"哼，有钱就很了不起吗？"这话从网游第一人民币战士细腰舞口中吐出，显得格外掷地有声。连细腰舞都是这种态度，区区云中牧敌真显得猥琐不堪。

"金钱绝不是万能的！"众姑娘齐声呐喊，以一贯的歪楼精神将话题越扯越远。

"你们到底在说什么啊！"一上线就被扯进行会频道参加讨论的顾飞，一时间只觉得一头雾水。

七月代表官方发言，把情况大致叙述了一番。

"呃，现在挺多行会都想拉你过去，你如果想走的话，记得打声招呼。"七月最后说。一站到行会的立场上发言，七月总是这样公事公办的面孔，即使心中也很认可顾飞，但表现出的态度却是尊重他的选择。

行会里的每个成员都能开心，这是七月最大的心愿。如果有人觉得有更好的选择，七月都不会阻拦。曾经因为顾飞一走行会就会解散，已经勉强顾飞留过一回，加上中间解决不笑的事，不知不觉间，行会已经收了许多顾飞的好处。

"希望他不会走……"七月心底是这样想的。

4 落魄的高手们

七月的想法是有些理想化的。任何一个团体，想做到人人都满意那是绝不可能的。此刻的重生紫晶，除了七月保留了真实想法，其他姑娘是众口一词，纷纷表态，出声挽留顾飞。

这就让顾飞更是一头雾水了，在一片叽叽喳喳声中，弱弱地问了句："呃？我什么时候说要离开行会的？"

行会频道里刹那间安静下来。的确，云中牧敌想用金币撬开姑娘们的嘴，无非是想知道个名字，这事和顾飞是不是要离开行会完全没有必然关系。

"哦哦……"姑娘们反应过来后不再讨论这个问题，该干啥的接着干啥去了。唯有几个和顾飞有点私交的，还在和他私下交流。

"那种大行会超烦的，没什么意思。"细腰舞以过来人的身份忠告顾飞，很显然，以她的实力和姿色想入什么大行会那都是勾勾手指头的事。

"那个云中牧敌超傻的，连泥土里的麦子就应该到泥土里去找都不知道。"六月的雨说。

顾飞替云中牧敌感到悲哀，居然沦落到被六月的雨取笑智商，可怜呐！

顾飞感慨着，一路来到小雷酒馆。

姑娘们的佣兵团昨天已被淘汰，七点没有比赛要打，顾飞可还要代表公子精英团参赛，此时照旧来酒馆和其他人汇合。

"我转电系啦！"掀了帘子进门，其他五人都在，顾飞立刻宣布了这个消息。

"啊？"其他人望着他。

"雷电，降！"顾飞一挥手，一道闪电自房顶降落劈在桌上，焦烟四起。

"别闹！"佑哥面如土色，这道闪电劈得离他有点近，顾飞的法术伤害有多可怕，他们可都是清楚的。包间空间这么狭小，顾飞这手万一不巧抖落个弯，这雷可就劈他身上了。

“不要紧，我没拿武器。”顾飞说着已经落座。

“你怎么又突然改变主意转了电系？”佑哥问。

“听说电系有技能瞬移，这个对我来说会很有用。”顾飞说。

几大高手都倒吸了一口凉气：他们更加了解顾飞，所以更能意识到顾飞拥有瞬移后会有多大的化学反应。

“瞬移，我怎么忘了，法师都会有瞬移的！”御天神鸣此时喃喃自语。

顾飞的强悍一次又一次地打击着这群以往游戏中的高手。虽然现在大家都是朋友，但不自觉的，几人心中早把顾飞树立成了假想敌。如何能对付这个家伙，在几人心中都各有一番考量。而御天神鸣在拥有了“追风之靴”后，移动速度优于顾飞，让他觉得已经有了和顾飞抗衡的资本。

顾飞这些逆转职业风格的战斗方式，导致了该职业的技能统统反转作用：比如“双炎闪”这个一般法师的鸡肋技，在顾飞这里成了最强力的杀招，而“瞬移”这个原本是周旋防守的技能，到他这里就也成了发动攻击的技能。

“法师还能玩成这样啊！”高手们纷纷感慨。

“就是听说瞬移这技能好像要挺高级才能学会，所以我想弄个卷轴。希望今天的比赛我能得个卷轴。”顾飞挥挥手腕。

佑哥连连摇头：“你需要什么，系统正好就给你颁发什么？哪有这样的好运！”

“那怎么能搞到？”顾飞问。

“收购！”佑哥说，“去坛论发消息，全游戏收购瞬移的永恒卷轴，这总比你这样碰运气要靠谱得多。”

“这个……很贵吧？”顾飞忧心忡忡，没钱的尴尬他今天已经体会十足了。

“呃，技能卷轴的价值，那得看技能本身的实用性。但问题是以卷轴形式出现的技能大多是目前玩家还没有掌握的，所以实用性还不好评估。如果要交易的话，只能依靠以往游戏中的一些经验来判断了。”佑哥说。

“那瞬移这个技能呢？不是说一般网游都会有的吗？”顾飞说。

“瞬移这技能，一般是瞬发，但是冷却时间会比较长，完全仰仗它来走位和对手周旋是不可能的，最常见的用途是逃命，或者是移动到一些可望而不可及的位置上，价值只能说是一般吧。有它多些便宜，没它也没啥大不了。”佑哥说。

“那是你不会用。”御天神鸣插话了。

佑哥面无表情：“决定一件商品价值的，是大多数人对它的认识，而不是你们这极少部分的高手。如果照你这种标准来定价的话，那对于千里来说瞬移的价格应该是天价。”

“喂，你现在是电系法师了，我那电系的技能卷轴你想不想要了？”御天神鸣企图以此利诱，让顾飞在他面前低一下头。

结果顾飞想都没想："那垃圾玩意儿，要了有啥用？"

御天神鸣虽然也没见识过电流墙壁，但从说明上来看，应该是类似于火墙一类，使用得当会是很有用的技能，价值起码也应该比瞬移要高。只可惜顾飞对这些技能的认识与众不同，得出的结论，也只能让御天神鸣吐血。

"你不是法师！"御天神鸣忿忿道。

大家都没理会他，佑哥接着说："其实这种东西不怕它贵，就怕有价无市。不过现在正赶上系统任务，肯定会有玩家得到这奖励。而且技能卷轴发放无视职业，那么像御天这种衰人应该是很普遍……"

"你才衰人，你才衰人！"御天神鸣大吵大闹。

顾飞把剑拔了出来，横放在桌上，剑尖指向御天神鸣，对佑哥道："接着说。"

佑哥笑了笑，继续道："所以你现在抓紧时间去论坛发帖收购吧！"

"可我现在没钱……这东西再便宜，也得1000金以上吧？"顾飞说。

"凑凑吧！"剑鬼开口说话了，"我这有200多金币。"

"我也有200多，不过我可得留点酒钱。"韩家公子说。

"我这有300多。"佑哥说。

"我靠，都是有钱人啊，我只有50多金币了。"战无伤郁闷。

"哈哈哈哈，你们这帮穷鬼，我有……咦，怎么就400多了？"御天神鸣本是狂笑，转眼开始哭天抹泪。他在和细腰舞的生意中大赚了一笔，这种靠卖一件极品装备富起来的人，就是网游中的暴发户，钱来得快，去得也快。

"啧啧，大家都混得不景气嘛。"韩家公子说。网游里高手一般都不会太穷，尤其是像他们这种知名的顶尖高手。虽然已经比普通玩家要阔绰了，但对于他们的认知来说，实力上有顾飞这么一个高大的阴影，经济上也这么窘迫，这次游戏玩得着实有些落魄。

其他人听了韩家公子的感慨，却是一起回头瞪着他。

"本次对抗赛布局已经成熟，佣兵团扬名立万的时候就要到了！以后还怕没钱赚吗？"韩家公子说。

"先不说以后了。"佑哥说，"现在一共就1100多，估计不够，毕竟这永恒技能卷轴是新出来的东西，价格一般只会高不会低，而且未必是你一个人收购，一旦僧多粥少，打起价格战来，没个三五千的心里真没底。"

顾飞苦恼，刚刚经历一次没钱的窘迫，怎么一转头又来了？而且这次明显需求更高，自己那一仓库破烂玩意儿，就是全按市场价甩卖了也还是不够。

"千里，快把细腰舞泡到手吧，我觉得……"御天神鸣没有说下去，因为顾飞的剑尖挑动了一下。

“去卖身吧！现在满城都是找你的，必有重酬呢！”战无伤说。

“那没多少，才给20金币。”佑哥说。

所有人的目光望向他。

“呃，你们想哪去了，我只是路过，路过……”佑哥说。

“你找的哪个接待点？我问的是30金币啊！”战无伤说。

“我也打听的是30啊！”御天神鸣说。

顾飞无语了，自己实在是有些交友不慎。

看到顾飞难看的表情，三人连忙解释：“我们只是好奇打听了一下，没真把你卖了。”

“其实卖了也没大碍。”佑哥说，“千里你的好友开关是关着的吧？”

“你卖了？”御天神鸣和战无伤问佑哥。

“哪能啊！”佑哥说，“才20金币……”

“这只是提供一个名字的价钱，你说我们要是引荐本人和他们相见，价格得涨吧？”战无伤说。

“得涨得涨。”御天神鸣连连点头。

于是大家热切地望向顾飞，仿佛是寻觅到了一件值得炒作的极品装备。

“三七开吧！你拿七，我们三个拿三就好了。”御天神鸣提议。

顾飞面色一寒。

“人家这么辛苦地找你，给他们个机会嘛！”战无伤说。

顾飞也没有刻意藏着掖着的心思，但是突然间自己变成了一笔生意，心下感觉甚是怪异。而且还有这么一帮损友真的就想把他推上市场，实在是太难以接受了。

“别乱来！”韩家公子终于发话了。

唔，这家伙在大原则上还是挺站得住脚的嘛！顾飞正不知如何答复御天神鸣等人的企图，韩家公子帮他解了围，让他甚是欣慰。

韩家公子慢条斯理地说：“现在只是两个行会在关注千里而已，等着对抗赛继续下去，关注他的行会肯定会越来越多。到时候更容易炒出高价嘛！”

“有理啊！”战无伤拍案叫绝。

“千里，好好表现啊！”御天神鸣热切期盼。

“你说这见面费我们收多少合适啊？”佑哥已经开始实际操作了。

“喂！”顾飞觉得这些人也太把他当死人了。

“名字都得二三十，见面怎么也得五六十吧？”

“五六十？起码100！你别嫌贵，就这还不打折呢！你得研究这帮行会老大的心理，都愿意出二三十金币买个名字了，我看也不会在乎多掏一百买一次亲密接触。”

“唉，我觉得这样啊：他们见千里一次，不至于一次就能说服千里吧？只要没加上好友，他们想约千里，就还得通过咱们，这样就可以再收一次费用。如果千里拒绝个他们十次八次的，咱们不就嫌翻啦？”

“你这就有些异想天开了！这样人家就看出来咱们是明目张胆地用这种方式在捞钱了。”

“没错，所以安排见面得假装是在千里没有觉察的情况下，这样人家才不会多心嘛！”

“嗯嗯，要是让他们知道我们在用这种方式赚钱，会显得我们很龌龊！”

“你们还知道龌龊啊？我坚决反对！”顾飞喊。

几人神情古怪，沉默了片刻后佑哥笑了：“呵呵，我们是开玩笑嘛，你当真啊！”

顾飞严肃地将几人打量了一遍，战无伤、御天神鸣都赔着笑脸不住道：“玩笑，玩笑！”

“我有事先走了，一会儿见！没什么事吧？”顾飞望向韩家公子，因为这个时刻一般是要说一下之后的对手情报。

“没事！”韩家公子回答。今天佣兵团的对手很弱，根本不值得赛前一书。

于是顾飞和几人道别，先行离去了。

包间内一片沉默，御天神鸣伸手掀着帘子朝外张望。

“走了吗？”片刻后战无伤问。

“走了！”御天神鸣点头。

“你看，咱们要做这单生意，其实本就用不着千里知道的。”佑哥说，“把什么云中牧敌、逆流而上这些大当家的约出来坐坐，到时再把千里一招呼，不就结了吗？”

“现在知道千里厉害的行会还不多，但他们不知道，我们可以制造机会让他们知道嘛！现在找千里已经找得满城风雨了，我估计所有人都有些好奇心，虽然对酒当歌和逆流而上是希望别人不要意识到这是行会在挖掘人才，但是纸是包不住火的。你看，咱几个不是都知道了吗？”佑哥说。

“如果不是我说，你们会知道？”韩家公子嗤之以鼻。

“你会说，别人也会说，再加上那些满城打听消息发广告的家伙，明眼人看得多了，也会发现这都是两个行会的，终究会意识到他们要找的这个法师大有文章。我们只是放一些风出去，加速这个消息传播罢了，根本用不着千里一轮一轮闯对抗赛去闯出名气。他跟着重生紫晶，没准今天就淘汰了。”佑哥说。

“啊，佑哥，你比我想象的要龌龊多了！”御天神鸣连连感慨。

“我今晚就去论坛开十几个马甲炒作，包管明天所有人都知道对酒当歌和云牧行会打的什么主意。”佑哥说，“到时候像你们纵横四海这样的行会还不得掺和进来？你们的实力和对酒当歌谁强谁弱本就难以定论，就是因为哪边都没有一个这样的超精英份子，谁拉到千里，谁就会是名副其实的云端城第一行会，我看四级以上的行会都会闻风而动。”佑哥说。

“我们发了！”战无伤激动。

“但是……千里那边怎么交待啊！我感觉他不是很乐意这样。”御天神鸣说。

“这个，就当是开他一个玩笑嘛！千里也不是那么小气的人啦！”

“但以他的性格，这样赚来的钱他恐怕是不会要的。”御天神鸣说。

佑哥并不答话，只是在一旁微笑。

御天神鸣恍然大悟：“佑哥，你真是太卑鄙无耻了。”

“那这钱你要吗？”佑哥淡淡地问。

“当然要！”御天神鸣嚷嚷。

“你们呢？”佑哥望向其他几个人。

“我算了吧！”剑鬼淡淡了回了句，起身理了理斗篷，出去了。

佑哥对此似乎并不意外，目光望向了战无伤和韩家公子。

战无伤清晰无比地点着头，而韩家公子只是耸了耸肩，表示对此没有异议，接着就自顾自地喝酒去了。

“剑鬼不会告诉千里吧？”御天神鸣有些担忧地说。

“不会，他不是那么多事的人。”佑哥说。

“你倒也蛮了解他的嘛！”韩家公子扬了扬眉毛。

“呵呵！”佑哥只是淡淡笑了笑。

“那我们也得抓紧点啊！不会有人抢在我们前头吧？”御天神鸣说。

“这个，就要看重生紫晶那边了，除了那边，千里怕是没什么朋友了。你们俩不是和重生紫晶也挺熟的吗？可以去探探口风啊！”佑哥对战无伤和御天神鸣说。

“有理有理！”两人连忙起身就去了，原本探点消息用私聊就够了，但两人岂会放弃任何一次可以和姑娘见面交流的机会？

两人离去后，韩家公子才淡淡道：“重生紫晶方面当然没问题，如果她们愿意说，两大行会也不至于到现在也没打听出来消息。她们不说，恐怕不会是想用这种方法赚钱吧？”

佑哥笑了笑。

“论坛那边的帖子，你是不是早就已经准备好了？”韩家公子问。

“呃，设置了自动更新，第一篇这会儿估计已经放出来了。”佑哥说。

“这生意，原本你一个人做就足够了。”韩家公子说。

佑哥笑而不语。

“又拖上我们几个，看来你也是怕千里事后发作，所以找我们几个蚂蚱拴在一起吧？”韩家公子说。

“哪里，有钱大家一起赚嘛！”佑哥说。

这个时候，离开小雷酒馆的顾飞来到了云端城中央广场的系统酒馆，进了门，就见角落里席小天伸着胳膊朝他挥舞。

顾飞快步朝那里走去。他所说的“有事”，就是席小天在招呼他过来。两人虽然有互加好友，但发私聊消息这还是第一次。顾飞意外得很，于是就赶来看看她有什么事。

角落的酒桌上，除了席小天还另坐着一人，顾飞快到跟前，那人笑吟吟地回过头来，一看顾飞，却立刻一怔：“是你！”

“你们认识？”席小天意外。

“公子精英团，重生紫晶……真想不到，我的佣兵团和行会全是败在你的手下。”酒桌上的这人，赫然是云牧行会的会长云中牧敌，“这样说来，我们俩倒也算是有缘了。”

5
捷足先登

为求“千里一醉”这一个名字，云中牧敌可谓是历尽了磨难，今天下午更是遭到50多位姑娘的一致鄙视，这对任何一个男人来说都是极其痛苦的事。

云中牧敌悲哀、愤慨，更咽不下这口气。终于，他向那个自称是席小天的人发出了邮件，要和她好好谈谈。

结局总算让云中牧敌欣慰了一把，席小天带来了非常有价值的消息：她并不仅仅是出售一个名字，她还可以安排云中牧敌和对方见面！在谈拢了价钱后，双方来到了中央酒馆。

云中牧敌本来还有一点担忧席小天会串通个什么法师过来忽悠自己一把，心中正在盘算如何测试这个法师的能耐，此时回头一看顾飞，心里踏实了不少。双方在佣兵对抗赛上是交过手的，虽然顾飞那天的主要任务是抱头鼠窜，但无疑也看得出是难得一见的高手。是这人的话，多少有些靠谱。

云中牧敌正这么想着，却发现顾飞的脸色极其不善，此时正凶巴巴地瞪着那个席小天。

“兄弟，坐啊！”云中牧敌弱弱地说了句。

顾飞坐了下来。

“先加个好友吧！”云中牧敌说。放长线，才能钓大鱼，云中牧敌没自信一次就说服顾飞，但只要加上好友，以后就有的是机会。这是云中牧敌这次可以和顾飞碰面的底线，只要能达成这一点，他就觉得此行不虚了。

“有什么事？”顾飞问云中牧敌。坦白说，听了下午姑娘们对云中牧敌的叙述，顾飞对他也无好感。此时当然知道他的来意，只是明知故问，想赶紧打发他走算了。

“呵呵，没什么事，想和兄弟你交个朋友。”云中牧敌懂得循序渐进。一上来就力邀对方加入自己行会，连自己都想不出什么合适的理由，又怎么能奢求人家同意？而交个朋友这种简单的客套，普通人应该都不会拒绝吧？

谁想顾飞就偏偏一上来便拒绝了，淡淡道："我看，就没有这个必要了吧！"

"为……为什么？"云中牧敌一怔。

"呃……我不喜欢你的名字。"顾飞说。

这理由形同儿戏，却实在让云中牧敌无可辩驳，一时间竟哑口无言。

"走！"顾飞起身，顺带把席小天也揪了起来。

"怎么了？"席小天目瞪口呆，顾飞却已经在拉着她朝外走了。

"哎……"云中牧敌反应过来，连忙起身来追。那边席小天一边跟着顾飞的步伐，一边也回头伸手朝云中牧敌不停地"哎"着，此情此景，两人像是被恶霸顾飞硬生生拆散的一对情侣。

"你钱还没付清呢，我会再来找你的。"席小天最后的话打破了仅存的婉约。

顾飞揪着席小天飞快出了门，云中牧敌匆匆忙忙追出来，还在不住地"哎哎哎"，却只能眼睁睁地看着两人的身影越去越远。

顾飞和席小天，一个全敏法师，一个全敏弓箭手，云中牧敌那点移动速度根本不够看。一直到身后彻底没了云中牧敌的身影，顾飞这才停下脚步，席小天很是茫然："怎么了啊？"

"把我约出来和他们见面，你收了多少钱啊？"顾飞说。

"呃，400金币。我本来想要1000的，不过最近经济危机，大家钱包都有点紧，要1000金币气得他们龇牙咧嘴的。后来降啊降的，就成400了，这还没收全呐，他才给了我100金币定金。这300我本来是打算给你的哦，你现在突然离开，我看他八成会赖帐……不过算了，姑娘我好心，100金就先分你一半好了。"席小天说着，口袋里掏出个钱袋，在顾飞面前晃了晃，"伸手接着啊！"

顾飞本来是有一肚子火要发的，眼下却又不知从何说起，只是摇了摇头说："我不要。"

"为什么不要？"席小天问。

顾飞深吸了口气："下次要赚钱的时候，麻烦你用别的法子，谢谢。"

顾飞说完转身离开，席小天愣在原地，半晌后反应过来，连忙要去追时，突然一声呼啸，一道狙击从斜旁的街道里射了出来。

席小天的反应速度倒都不赖，一闪身避过了这支箭，接着就听有人大喊着"在这里"。顾飞闻声回头，看到街道里窜出数人将席小天团团围上。

顾飞转了身子，手已插进口袋拔剑，却听到围上的人怒骂了一声"你这个骗子"。顾飞微一怔，口袋里已经握住剑柄的手重新放开。

"谁骗你们啦！"顾飞听到席小天挣扎着辩解了一声，可惜这群人显然不是来听她说话的，围上圈后立刻发动了攻击。

席小天朝着某个空当想溜出去，结果被那空位旁的战士一个旋风砍给劈回了圈内。虽然没死，却也只剩一口气了，两个法师手一伸，抛下两个法术，席小天白光一闪消失了。

“弓手靶场！”几人吆喝着转过身来要赶路，顾飞看到当中一人，怔道：“你们是云牧行会的人？”

几人望向顾飞，眼神中略有些疑惑，一人点了点头说：“是啊！”

“刚才那女的怎么骗你们了？”顾飞问。

“你是谁？”几人互相对望了下，问顾飞。

“我也被她骗过。”顾飞这话倒也不假。

“唔，具体我们不太清楚，反正我们会长说被她骗了。”一人说完，已经顾不上理会顾飞，匆匆朝弓手靶场的方向去了。

顾飞怔了怔，也连忙另寻了条路朝弓手靶场的方向跑去。

一路上看到朝那方向跑的人不少，依然可见一些面善的面孔，像是昨天行会战时见过的，恐怕都是云牧行会的人。

顾飞的速度比普通玩家可要快多了，等他赶到弓手靶场时，却已见不少人聚集于此。刚才那地方离弓手靶场并不远，以顾飞的速度居然还落到这么多人后，只能说明这是一次很有预谋的追杀活动，早就有人埋伏于此了。

这埋伏也太嚣张了吧！直接堵在正门外，谁会傻乎乎地冲出来领死啊？斗争经验丰富的顾飞嘀咕着跑了过来，听得云牧行会的人在大声喧哗。

“人呢人呢？”有人直吆喝。

“不知道啊，一直没见出来。”有人茫然地回答。

数人进了安全区一番搜掠，不见踪迹。

“下线了吧？”有人猜测。

顾飞拉开好友名单一瞅，果然席小天的名字也暗了下来。看来席小天的反追杀经验也是无比丰富，一被杀回安全区就下了线，弄得这么多埋伏在外的人一时间都不知道她到底过来了没有。

云牧行会的人意兴阑珊地正准备散场，不知谁喊了声“会长来了”，人群齐齐转向一个方向。顾飞夹杂在当中，伸着脑袋朝街上一望，果然看到云中牧敌和几个行会的同伴大步流星地赶到了。

“会长，到底怎么回事？”有人还没弄清楚状况。

“这女人串通一个法师，冒充是咱们要找的那个人！”云中牧敌说。

“假冒法师的那人大概有的人见过，就是公子精英团的那个法师，佣兵对抗赛上咱们碰过的！”云中牧敌进一步补充。

人群中的顾飞连忙低头。其实能认出他的人没几个，双方是交过手，不过真和顾飞打过照面的人就不多了。或许顾飞给他们个背影认出来的人反而会多些，那天比赛牧云佣兵团的人尽追逐顾飞的背影了。

众人立刻纷纷发言表示谴责，顾飞按捺不住了，奋力挤出人群说："云牧会长，这是误会吧？"

云中牧敌原本已不怀疑顾飞的身份了，但顾飞和席小天的突然离去实在蹊跷，再加上顾飞"我不喜欢你的名字"如此忽悠的理由，让他情不自禁地疑心大起。

这一天一夜为了这事行会上上下下都是吃尽了苦头，此时又被如此忽悠一把，云中牧敌怎能不怒，当即发动全行会要对二人进行追杀。行会成员纷纷关切地询问被骗损失是多少时，云中牧敌倒是没太好意思说话。

100金币的数目是不算少，但也不至于要动用几百人这样大张旗鼓。云中牧敌对于损失这点钱的遗憾尚在其次，关键是吞不下这口气。正准备好生鼓舞一番士气，发动云牧行会成立以来最有规模的一场追杀时，顾飞突然从人群里钻出，让云中牧敌一下子又陷入了茫然的境地。

"这人是谁啊？"云牧的人都在窃窃私语。果然，根本就没什么人认出顾飞。

"这到底怎么回事啊？"云中牧敌茫然道。

"是误会，先让大伙散了吧！"顾飞说着转身朝云牧的人挥手，"散了吧，大家散了吧！"

居然真有脑袋一根筋的家伙，听人说散了就想走，云中牧敌连忙出声阻拦："等等。"

顾飞很无辜地回头望向云中牧敌。

"给个说法。"云中牧敌说。

"席小天没有骗你，我的确是你们要找的那个人。"顾飞说。

"重生紫晶的？"云中牧敌问。

顾飞点头。

"你怎么证明？"云中牧敌问。

顾飞苦恼。曾几何时，顾飞因为一个大老爷们儿混迹于一个纯女生的行会而感到羞愧，千方百计不想让人知道。哪知会有今日，他竟要想办法向人证明他是这女生行会的一员。

看顾飞一时间没说话，云牧行会以云中牧敌为首，握武器的手都抬起来了。

看来不弄点证据出来实在不足以平众怒。顾飞冥思苦想。砍人他拿手，这种场面可没经历过啊！

云中牧敌冷哼了一声："想冒充行会成员可没那么简单，你有行会的徽章吗？"

顾飞又一次悔不该当初了。行会徽章是一种特殊物品，就是用来证明某个玩家行会身分的存在。拥有某行会的行会徽章，即可百分之百肯定此人是该行会成员。当初落落曾经交给过他一次，顾飞却以他不久就要离开为由婉言谢绝了，之后也没人提过这事。所以，顾飞成了这游戏中唯一一个没有行会徽章的行会玩家。与此同时，他也不巧成了第一个被人要求出示行会徽章证明身份的玩家。

“那个……呃，我没带……”顾飞说。

嘘声一片。

弓箭手搭好了箭，法师的法杖举过了头，战士们的利剑寒光闪耀，盗贼的身影纷纷开始消失，顾飞连忙疾呼：“别慌别慌，还有没有别的方法证明？”

“别的方法？你把我们全杀光好了。”云中牧敌冷笑。

于是顾飞很认真地审视了一下当前局势：云牧行会在弓手靶场外已经聚集了百人之多，对顾飞形成合围之势，情形和当日他孤身飞入对酒当歌阵营后的情形有些相似。只是那天他是以出其不意飞入对方阵中，这才打了对方个措手不及。而此时云牧行会地人已是全面戒备，狭小的空间里，顾飞躲不开法师的范围法术，更没可能在不被打断的情况下释放法术。此时此刻，望着云牧阵容后面的大片空地，顾飞对传说中的瞬移更加向往了。

“怎么样，没话说了吧？”云中牧敌冷笑。

“难度太大了点，能不能降低标准，留个2、30人让我试试？”顾飞说。

云牧的人都是一怔，杀光显然只是随口一提，想不到顾飞竟然当了真。虽然他承认杀不完全部，但如果真能挑战2、30人。那也绝对是极其变态了。

云中牧敌正踌躇，顾飞眼睛突然又一亮，兴奋地道：“要不这样，和你们全部的人打，但大家都不要用技能，这怎么样？”

所有人的眼珠都快掉下来了，不用技能战斗力的确是会被大幅度削弱，但眼前这人可是法师，法师不用技能，战斗力不就是零吗？这种情况下他想挑战百人，这打得是什么主意？

云中牧敌愕然地望着顾飞，细细想了半天，心中有了计较，朝顾飞微微一笑道：“这倒有趣，好吧，就和你玩玩。”

“好！太好了！”顾飞激动地直搓手。

云中牧敌手中大剑一扬，对行会众成员道：“大家听好了，任何技能都不许用了，只用普通攻击。”

众人一边骇然一边点着头。

随后云中牧敌又暗中发布了一条消息：“这家伙移动速度极快，如果他是想趁乱逃走，立刻发动技能挂了他。”

云中牧敌这话一说，当日参加过佣兵战的立刻回味起这个法师是怎么把他们的大队人马风骚地甩到身后的，纷纷称赞会长料敌先机，此人生出这个鬼主意，必然是想趁乱靠速度逃离包围。

云中牧敌听大家都这么说，顿时对自己的判断更有自信，又着令几个盗贼潜行到外围，一旦对方真的意外逃出，就地拦截。

“云牧会长，可以开始了吗？”顾飞问。

云中牧敌回味了一下布置，觉得顾飞肯定是插翅难飞，当即点了点头："可以开始了。"

"好！"顾飞应了声，左手拔剑，右手拔刀，连退数步，靠到了安全区的墙根下。

一上来不进反退，这样子不像是要逃跑啊！而且拿两个武器？这是要搞什么？云牧行会上下都是一怔，但面对不用技能的法师，一百多人怎么会感到惧怕？不等云中牧敌发令，四个战士越众冲出，朝顾飞扑了过去。

不用技能的情况下，暴力战士是平行世界里攻击值最高的职业。四个人四把剑齐头剁下，想一回合就把顾飞消灭。

但以顾飞的身手和速度，不用技能的战士是他最不怕的对手了，唯一要顾虑的也就是战士盔甲的防御。因此顾飞特意把炎之洗礼拿在了右手，就是怕遇这种高物理防御的职业。

四人四剑，顾飞轻松闪过，右手一递，一招"一石二鸟"已经飘出。

这记刀法一刀分斩两敌，顾飞在38级时就已经可以完美施展。此时两名战士看都没看清，胸前已经中刀，没什么伤害，但"噗噗"燃起的两道火焰，还是让二人略有变色。

还没回过味来，刀光已经又一次闪到眼前，两名战士此时还处在刚才砍出一剑后的收剑状态，顾飞出手之快让二人大为骇然，结局自然又是中刀。

待得两人收回剑时，顾飞的第三刀已至。两个战士居然还打了个小配合，一人挥剑去挡顾飞的刀，另一人挥剑继续斩下。不想顾飞左手一扬，暗夜流光剑搭在了对方劈下的剑上，顾飞力有不及，被对方巨剑压下。战士心中正喜，却听到"咣当"一声响，自己这剑劈到了同伴防守顾飞的那一剑上。炎之洗礼乘隙飘入，又在两人身上各放了一把火。

另两位战士此时也再度攻上，顾飞不慌不忙，从容和四人周旋——右手炎之洗礼主攻，左手暗夜流光剑主防。四个战士砍下的剑，只要一被顾飞的剑搭上，不自觉地就砍到另一个方向去了。

炎之洗礼附法攻击不断，烧起血来也是极快。转眼一个战士生命见底，火光一闪后消失了。顾飞一怔，略感几分遗憾，对余下三人说："血红了喊一声，退下去吧！掉级了怪可惜的。"

三人听了又怒又惊，嗷嗷吼叫着，表示自己坚决不会后退。

外围的云牧行会此时也终于发现顾飞身手不凡，数人开始冲出人群参与围剿顾飞的行动。

而顾飞身后就是墙，只要应付身前180度范围的几人即可。云牧行会空有百人之多，实际上可以近身围攻的不过区区几人。顾飞从容不迫，轻松应对。

转眼又有两人倒下，顾飞再次发出"血红就喊声退下"的提示后，云牧上上下下都隐隐有些觉得，如果一直继续这个局面，搞不好真要成全一场百人斩了。

顾飞丝毫没有掩饰自己的功夫：身手利落，攻防节奏井然有序，一招一式潇洒到位。虽然云牧行会中没有一个人是懂功夫的，但总算也看得出来，眼前这人是练过的。

练过的人与普通人交手肯定会具有极大的优势，但是绝没有打倒几十个，甚至上百个的可能。哪怕是像现在这样，每次实际上只面对四、五个人也不可能。因为在现实中存在体力问题，普通人是经不起这样的车轮大战的。等到气力不济时，更不会有女神突然在你心中出现，给你无穷的小宇宙。那时候对手拿指头都可以戳你到死，身手再好也是无用。

但是，顾飞此时身处的环境不是现实，而是游戏。

无论是玩家所需要的游戏的连续性和快感，还是游戏公司需要的最大限度地赢取利润，疲劳都是一项非常不合适的属性，所以不可能存在。

此时的顾飞，完全不见累，只有一个“爽”字。

云牧行会的人比较尴尬。由于顾飞充分利用地形，他们一次冲上去攻击的人数仅限于四人，多一人都会施展不开手脚。即便是四人，也仅限于使用直砍或是斜砍一类的姿式。横着抡臂还需要其他三个人挤挤给你挪点空间，实在太麻烦了。

顾飞一直高声提醒“血红了就退下”，许多人心中已经接纳了，只是第一个吃螃蟹的人始终不现身，大家碍于面子，都只能硬挺。

不大一会儿的工夫，又有三人阵亡。除了新近替补进来的一位，余下三个也都已经血红，左顾右盼，都期望身边有个哥们能放下架子退后一步，自己保证会第一时间响应的。

只可惜，还是没有。

三人心中一样的悲苦，正硬着头皮，突然听到身后有人叫了一声：“血红了就退。”

所有人都听得出这是他们会长云中牧敌的声音，心下甚慰云中牧敌此时站出来，发出的话已不是命令，而是给了所有人一个台阶。正在战局中的三人立刻退了下来。

候补很快顶上，战斗继续。有了云中牧敌的命令，再无人死扛，不大会儿的工夫，相继又有二人退出，于是候补再上。

循环往复，渐渐的，云牧行会的阵容中出现了一个特殊的方阵——这里的成员全部是血红一族。云中牧敌望着这群人，只觉得焦头烂额——不用技能的话，就是云中牧敌亲自出手也不见得比其他人强到哪去。但眼看着上阵的兄弟一个个退下，终究会轮到自己出阵，到时候万一也和所有人一般下场，这会长的面子往哪搁？

正烦躁时，一个会员溜到云中牧敌身边对他说：“会长，不能继续这么下去了。”

“哦？”

“这人身手太好，不用技能根本就是他下的圈套，这样打下去，只要他自己不失误，没人能把他怎么样。”

“我知道……”这点云中牧知自然也瞧得明白，他这不是正在盼着顾飞出点纰漏嘛！

“会长，其实，我们不用这样一板一眼地和他对砍。他的攻击又秒不了人，叫兄弟们死扛着他的攻击一拥而上，他身后是墙，没有退路，那点空间肯定闪不过，四个兄弟足够把他摔翻在地了。”

“这个……”其实这办法云中牧敌早有想到，只是觉得这法子有些无赖，一时间还有些踌躇罢了。

果不其然，这人提出这法子后，立刻就有人反对了：“这有些无耻了吧？”

“那还能怎么办？”

“那就让会长来决定吧！”皮球最终推给了云中牧敌。

云中牧敌犹豫不决，那人又怂恿了一下：“就这样吧会长，这人太强了。”

“太强了……”云中牧敌听得这三个字，突然间反应过来，伸手一挥，“停手。”

围攻的四人怎么出手也攻不到顾飞，不是被他闪了就是被他拿剑架开，正觉得郁闷，听得云中牧敌喊停手，如获大赦，高高兴兴地停了手。

“不用打了。”云中牧敌说，“你很强！”手下无意间对顾飞的一句称赞，总算让云中牧敌想起来他们是为什么会和顾飞打起来的。

是为了检验顾飞的实力，看他是不是那个蒙面黑衣的强力法师。

此时，虽然顾飞的身手看起来和那个蒙面黑衣法师的高法伤没啥联系，但这也是个很牛的高手，这点是可以盖棺定论的。

既然这样，自然没有再继续打的必要，管他是不是那蒙面黑衣男，此时的云中牧敌就一个心思：拉拢。

“咳……”云中牧敌清了清嗓子上前，先夸了顾飞一句，“兄弟身手真不赖啊，练过的？”

“略知皮毛。”这是一个武人应有的谦逊。

对此云中牧敌却并不关心，只是问道：“兄弟现在是哪个行会的？”

“重生紫晶啊！”顾飞回答。

“你真是那人？”云中牧敌问。

“不错！”顾飞应了声，云牧的小广告是飞得满城都是，顾飞随手捡了一张，戳了戳上面道，“我就是这人。”

云中牧敌深呼吸，正准备大展拉拢攻势，突然听到有人一阵呼喊：“干嘛呢干嘛呢！围这么多人干嘛呢？”

一人硬生生挤进了云牧行会的包围圈中，探头探脑朝里望着，一眼看到独在包围圈核心的顾飞，立时一喜：“啊，是你，我正想找你！”

顾飞一瞅，正是那猥琐天下无双的樱冢月仔。

云中牧敌也认得樱冢月仔，谈不上有太深的交情，但起码算在路上相遇会停下脚步寒暄两句的朋友。

云中牧敌知道樱冢月仔也是等级榜上排得上号的高手，而且也经营着一家小行会，此时听到他说正找顾飞，立刻心头一紧。

这家伙也在打这人的主意吗？云中牧敌想着，连忙进了几步，走在樱冢月仔的前面：“月仔，好久没见啊！”

“哦，老牧啊！你怎么在这儿？”说着又四下打量了下周围，问道，“都是你会里的人啊！

搞什么呢？”

没等云中牧敌回答，樱冢月仔望着一圈人把顾飞圈在墙根下，已经意识到是什么事，立刻拍拍云中牧敌道：“老牧啊！这人我认得，给个面子，别难为他了。”

突见樱冢月仔如此正经的说话，顾飞一时间有些不适应，而且还替他说情，真不把他当外人。

“哪里！”云中牧敌连忙道，“先前是有一点小误会，其实我们是想盛情邀请千里兄弟加入我们行会的。”

“加入你们行会？”樱冢月仔仿佛是听到世界上最可笑的笑话一般，一脸夸张的惊讶表情，几步走到顾飞跟着，揽着顾飞的肩头说：“千里兄弟可是我辈中人，你那种破烂行会，他是不会有兴趣的。”

云中牧敌闻言一怔，樱冢月仔的“我辈中人”是什么概念他是听得明白的。想当初刚结识樱冢月仔时，云中牧敌也是极力邀请他加入云牧行会，但樱冢月仔很痛快地回绝了，并向云中牧敌阐述了他的嗜好以及为此奋斗不息的决心。而后不久，云中牧敌就听闻这家伙成立了一个非常恶趣味的行会，汇集了一帮志同道合的玩家，从此云中牧敌就再不打他的主意了。

此时听樱冢月仔说顾飞也是他们的同道中人，隐隐间似乎也想到了什么。

而樱冢月仔也正接着介绍：“而且，千里兄可是我辈中的佼佼者，只身打入重生紫晶这美女行会，风骨，这手段，真的很让我们羡慕和钦佩啊！”

“对啊！”云中牧敌猛然间醒悟。这家伙只身一人混在一堆姑娘的弱小行会里，明显和樱冢月仔是一丘之貉啊！为什么自己早没有想到。

云中牧敌想通此点，顿时一脸失望，望着顾飞的表情也由欣赏换成了恨铁不成钢。在深深地鄙视了二人两眼后，对着云牧众人一挥手：“我们走吧！”

“哎！等等，你们误会了吧？”

“误会什么啊！别废话了，我有急事找你呢！”樱冢月仔扯住顾飞。

顾飞回身面对樱冢月仔，正赶上他用一种非常钦佩的目光仰视着顾飞。

“你找我有什么事？”顾飞问。

樱冢月仔抹了把嘴：“早上那美女，叫什么名字？”

“呃？你连这都没问出来吗？”顾飞见识过樱冢月仔那无耻的纠缠，虽然也知道茫茫的莽莽是意志坚定、极其倔强的类型，但两人相较之下，总会分个高下。顾飞本来是看好樱冢月仔的，因为他的无耻猥琐已经让整条交易二街的人为之“倾倒”。

樱冢月仔略有几分颓然地摇头：“狠，那女人太狠了！”

“怎么？”顾飞问。

“早上我跟着她一直去了练级区，直冲高级地带，我还当她是要和我一起越级开练了，到了那里，她突然就抱住我……”

“哇，太火爆了吧！”顾飞惊呼。

“是够火爆的。”樱冢月仔苦笑，“然后就被十几只小怪团团围住，再然后就一起挂掉，直接回城了。”

“太彪悍了。”顾飞说。

樱冢月仔痛哭流涕：“我好后悔啊……”

“知道厉害了吧？”顾飞替他叹息。樱冢月仔是弓箭手等级榜上排行第18位的人物，能到这排位，经验值恐怕距离升上41级也不远了，但眼下这一挂……啧啧，顾飞对樱冢月仔用了个鉴定术，等级标着个39。

“我当时怎么就紧张了？我为什么没有趁此良机摸上两把！”樱冢月仔不住地懊悔，“如果是千里兄弟你，一定不会犯这种低级错误。”樱冢月仔仰慕的目光又投过来了。

“我要走了。”顾飞已经不想和这人多说话了。刚才这人往顾飞身边一站，就能引起云中牧敌对他的误会，可见此人的形象已经是多么地深入人心。

“哎，别忙走啊！你还没说那女人叫什么呢！”樱冢月仔连忙来追，掉了一级倒没有让他的速度落下多少，还是不输顾飞的。

面对云端城流氓团伙的领袖，顾飞觉得自己非常有义务替女孩保密信息，即使对方是茫茫的莽莽也应该如此。事先征求一下茫茫的莽莽的意见倒是一个很合理的做法，但问题是此刻茫茫的莽莽并不在线。

“我不知道。”顾飞只好这样说。

“怎么会？你们不是认识的吗？”

顾飞眼睛突然一亮，指着樱冢月仔的身后：“看，美女。”说完了掉头就想跑。

结果樱冢月仔对顾飞那句话居然置若罔闻，头都没朝后扭一下，立刻迈步追赶顾飞，没跑出几步就已经赶到顾飞身前把他拦住了。顾飞对此自然大为惊讶，想不到樱冢月仔居然会不上这种当。

樱冢月仔叹着气、摇着头说：“木秀于林，风必摧之啊！”

“什么意思？”顾飞不明白他为什么没头没脑地说了这么一句话。

“在一片森林里最高的那棵树木，总是先被大风吹倒。那姑娘就是我眼中森林里最突出的一棵，我这股大风从此只会吹响她。至于其他花花草草的，已经不在我的视线之内了。”樱冢月仔忧伤道。

樱冢月仔对成语的使用和解构令顾飞叹为观止，更惊讶的当然是这家伙似乎是在用这句话表达他是一个对感情认真专注的人，这实在是太让人难以置信了。

趁着他忧伤的劲，顾飞转了方向又想溜走。樱冢月仔看起来对于死缠烂打一个男人缺乏持久的毅力和兴趣，这次竟然再没有追来。顾飞回头观察情况，看那家伙孤独地站在街道上，似乎也有几分可怜。一时同情心起，朝他挥了挥手：“我打听到她的名字会告诉你的。”

樱冢月仔大喜，一个箭步又追了过来：“真的？”

“真的真的……现在，你让我先走吧！”顾飞说。

“兄弟准备去哪儿？”樱冢月仔的意思看起来是想送顾飞一程。

顾飞怔了怔，突然想起一事，飞速看了眼时间，同时看到了一直在闪烁的消息提示。

时间让他哀号，之前一直没工夫看消息也让他很忧伤。

此时已经是7点03分，佣兵对抗赛是7点准时开始。顾飞和云牧行会的人纠缠太久，居然耽误了时间。

而这一场比赛看起来并不如何激烈，因为顾飞没有到场几人都只是淡淡地询问了一声，根本就没人急切。顾飞心有不甘，告辞了樱冢月仔急匆匆赶到佣兵大楼外的传送阵，但传送阵此时已是只出不进，顾飞尝试了各种姿势，一无所获。

正准备发消息向佣兵团的同志们打听一下战况，传送阵白光闪动，5个熟悉的身影渐渐浮现出来。

这么快已经被传送出来，且5人都是一脸轻松，这场比赛的胜负已经不需多问。

碰头后的6人自然是朝小雷酒馆去了。沿途顾飞向5人打听，得知对手也只有6人，且没有什么顶尖高手后，心中好受了不少。

来到小雷酒馆落座后，韩家公子开始讲话了：“这次对抗赛后，佣兵团的生意将走上正轨，我们恐怕会经常面临一些分配报酬的机会。钱这东西总是会伤感情的，所以，我们有必要认真地、明确地、详尽地制定一套分配制度。”

“平分呗！”顾飞不以为然地说。

“这可是一个会相当影响感情的分配制度。”韩家公子说。

“平均主义，这是原始人的做法！”其他人似乎也不同意。

“那你们说。”顾飞道。

“当然是要选择更符合我国国情的按劳分配了。”其他人众口一辞。

“你们早就商量好了吧？”顾飞说。

5个人相视一笑说：“我们是过来人嘛！”

“哦，那具体是怎么操作？”顾飞问。

韩家公子清了清嗓子：“我决定，本佣兵团将采用积分制。就让我这个团长大人辛苦些，负责记录我们每个人在每次以佣兵团为单位参加的集体活动中做出的贡献，贡献将换算成积分，积分多者，自然会得到较多的奖励。”

显然剑鬼佑哥他们对这种法子司空见惯，并没有任何疑问。

“积分会采取公开公正公平地原则。其实这次对抗赛，我已经将每场比赛当作是一次任务，试着在进行记录了。”韩家公子说。

“是吗？”这消息5人都是头回听说，立刻纷纷表示要求一观。

韩家公子从口袋里掏出个小本扔在了桌上。几人围上前观看，其他几人就是看看韩家公子是如何公平公正的，而顾飞则是以渴求知识的精神虚心上前学习。

大家随手翻了翻，看到的是与牧云佣兵团那场比赛的积分情况。该页上罗列着各人的名字。顾飞大致一观，从心底里感叹人脑到底是比电脑先进。如果让系统来计算这种贡献，许多无法用数据表达的东西肯定会被忽视，而此刻韩家公子的小本上却事无巨细都统筹在内。

举例来说，佑哥为比赛准备情报的工作，就获得了10个积分。而这种贡献，显然系统是统计不出的。

在这一战中先后牺牲的成员，都被视为做出贡献而获得积分。而最后孤军奋战的顾飞，则更是因其重要性直接获取了50的高额积分。

几人逐个扫下，没有看出什么毛病，纷纷赞叹韩家公子细心公正。正说着，这页看罢，随手翻至下页，出现了韩家公子本人在本战中的积分情况，只见上面赫然写着：

韩家公子：
战术设计：20分
大局战略设计：30分
指挥：10分
才华横溢：10分
英俊外表：10分
团长补助：10分
为凑整数：10分
总计：100分

众人骇然变色，匆匆又翻了几页，发现韩家公子本人在每场比赛后都会因上述内容稳获100以上的积分。

在与紫晶佣兵团那一战中，御天神鸣和战无伤因“不听指挥”、“不分敌我”、“重色轻友”等一系列问题分别获得了减100分的伟大积分。

“总分如果出现负数的情况，将被延续到下次任务，在你赢得的积分填平它之前，你不会分到任何酬劳！”韩家公子严肃地对几人说，说完就把小本揪了回去，“好了，我该写今天的了。”说着掏出羽毛笔认真写道：千里一醉，旷工，减200分。

“不要脸！”顾飞拍案而起，御天神鸣和战无伤也跟着起义了：“我们严重不同意这种积分制！”

“韩家公子，不要脸，减500分！”御天神鸣嚷嚷。

6 占星的姑娘们

小雷酒吧包间里，因为韩家公子独到无耻的积分制正乱成一团。

坦白来说，三人的负积分倒也可说是无可厚非。御天神鸣和战无伤在与紫晶佣兵团一战中的表现的确过火，而顾飞直接不到场的行为，那也应该算作是重罪。以韩家公子一贯的心狠手辣，罚比赏重那自然是再正常不过了。

引起三人强烈不满的，主要就是韩家公子给自己的积分记录，亏他之前还把公正公平挂在嘴上了。而更让人愤慨的是他都记成这样了还敢公开，太离奇了。

迎着三人愤愤不平的眼神，韩家公子完全不为所动，还看着他给自己记录的内容，一项一项指着道："有什么不对吗？全是事实啊！战术、战略、指挥、才华、英俊、团长……哪个不对了？嗯，好吧，我承认最后这个是我顺口添上去的，这项去了。"韩家公子说着把"为凑整数"给划去了，望着三人，"没意见了吧！"

"不要脸，减500分！"御天神鸣狂吼。

包间中继续着争吵，最后顾飞提名，由剑鬼负责积分制的换算和记录。这个提议得到了御天神鸣和战无伤的积极响应。六人佣兵团，三人的意见已经统一，韩家公子在积分制分配记录方面的权限将被剥削已经势在必行。又是一番争执后，积分小本最终被郑重其事地交到了剑鬼手上。

"那么对抗赛这段时间的积分要不要用下去？"认真的剑鬼提了个认真的问题。

"不要！"御天神鸣和战无伤立刻抢答，并企图将顾飞再次拉进同一战壕。只可惜已经将无耻消灭了的顾飞，对于这些就都无所谓了，减200分就200分吧，没能参加这场对抗赛，顾飞自己是最痛苦的人。

说话间，行会战时间渐已临近，顾飞离开酒馆去了传送阵，进入战场，照旧和姑娘们随意招呼了一声后就蹲角落去了。

会长七月看着人来得差不多了，起身对众人苦笑了一下："今天我们又抽到了一张大签。"

七月深吸两口气，以千呼万唤始出来的表情宣布："今天咱们的对手，是纵横四海。"

顾飞也忍不住唏嘘了一番：这已经是重生紫晶连续抽到的第三张大签了！对酒当歌、云牧行会、纵横四海，这都是云端城排的上号的大行会。

尤其对酒当歌和纵横四海，事先绝不会有人想到会有行会能先后遇到这两大行会，因为没人想得到哪个行会有能力战胜这两个行会中的任何一个。重生紫晶之前击败对酒当歌已经是掀起了一番惊涛骇浪，此番如果纵横四海一关还能过，相信就算下轮立即被淘汰，也会成为无数人心目中的无冕之王。

当然，游戏中向来小富即安的姑娘们是没有这等志向的，大家从星相学的角度分析了一下，最终认为是因为会长七月的星座运程进入本周后相当不好，所以导致她所领导的行会也是连中大签。

顾飞无奈地只好自己去打听点消息，他倒没忘御天神鸣就是纵横四海的一份子，当即去了个消息："你们行会出战多少人？"

"大概会有七百人左右。"御天神鸣回答。

"不上当吗……"顾飞倒吸口凉气。随后又向韩家公子征询意见，韩家公子淡淡道："我这法子本来就是设计给佣兵团的，适合参战人数100以下的小规模战斗，像行会战这样数百人之多的作战，换做是我，也不会担忧什么大风筝还是小风筝。"

"这么说纵横四海已经有人意识到风筝战术没想象的那么可怕？"顾飞说。

"本来就没那么可怕，否则我们用这打法就一路过关斩将了，还用像现在的你一样盼着对方少出点人吗？"韩家公子说。

"我哪里盼了，人越多我越高兴。"顾飞说。

"哦？那你们准备用什么打法啊？"韩家公子问。

"没打法！"顾飞没好气，本次重生紫晶的战前会议，最终得出一个结论：天蝎座和巨蟹座是最速效最和谐的一对感情伴侣。

直到系统宣布十秒后进场，众姑娘才反应过来，纷纷查看对方已经入场的人数。

"哇，703人！"众姑娘惊呼。总算是在战前准备会议中留了十秒的唏嘘时间送给了纵横四海，没有彻头彻尾无视人家。

白光一闪，大家进了地图。由于参战的总人数极为相近，这场比赛的地图和当日与对酒当歌对决的那地图极其相似。

"怎么打？"都进了地图了，众家姑娘才开始琢磨这个问题，并在七月的率领下，把询问的目光投向了行会两大高手：顾飞和细腰舞。

不自觉地产生依赖性，这的确是大多数女人所拥有的天性，重生紫晶的姑娘家们也没能免俗，这包括细腰舞。其他姑娘询问二人怎么打，于是她把头扭过来，望着顾飞问："怎么打？"

组团正面交锋肯定是没戏，越团死得越快。顾飞想了想，索性一挥手："都散了吧！各自找地躲，尽量不要和对方交手，保命第一。"

细腰舞连连点头："散了散了。"

"你俩呢？"有姑娘临去前问二人。

二人对视了一眼，由于已经合作过几次，两人在战斗上已经多少能体察一些对方的心思了。细腰舞在听到顾飞让姑娘们都躲起来时，就知道他打算只凭二人迎敌，能杀多少杀多少，说白了还是那个打法：拖。

"走吧，找个地方埋伏，你放法，我掩护。"细腰舞说。

顾飞点了点头，两人迎着敌人即将前来的方向出发了。

"刚葡萄帮我算运势，说我今年需要一个幸运伙伴。"细腰舞似乎对于讨论星座意犹未尽，此时拉着顾飞还想交流。

"幸运伙伴？"顾飞对于星座的知识比对网游还不如，也就能叫全十二个星座的名字并知道自己的星座，仅此而已。

但这漫不经心的回答被细腰舞捕捉到后引起了深度不满，当即拍板："算了，就你吧，就这么定了。"

"我能给你带来好运？"顾飞嗤之以鼻。

"需要观察。"细腰舞说。

众姑娘各自搭伙，聊着天上去了。

顾飞唏嘘不已，这都什么时候了，众家姑娘还这么淡定地组团闲聊，多么具有高手的气派啊！反观两个真正的高手，此时跳入地沟，鬼鬼祟祟地朝前爬行着，对手还没找到，先把自己弄了一身土。

"一定要这样吗？"细腰舞很苦恼。

顾飞点了点头："703个人呐，不先把自己藏好了，哪有机会出手？"一边前进，一边向着御天神鸣打探消息，"怎么样？你们什么战术？"

"箭阵。"御天神鸣回答。

"什么？"顾飞又听到了新名词。

"交上手你就知道了。"御天神鸣淡淡地说。

"箭阵……那是什么玩意儿？"顾飞问细腰舞。

细腰舞也很茫然地摇了摇头。

两人在沟里爬了一会，竟在前方发现了两个也一样一边前进一边探头探脑的家伙。

“嘿，你果然是我的幸运星！这两个交给我了！”细腰舞大为欣慰，呐喊着已经一个疾行冲过去了。

这也是细腰舞这个盗贼有别于其他盗贼的地方：一般盗贼发现敌手，第一时间想到的都是潜行欺近身后偷袭，毕竟盗贼的血也很薄，面对面地直接交手，风险挺大。而细腰舞仗着装备好，防高攻高，速度又极具优势，所以勇于正面挑战任何对手。

顾飞一见她已经扑上去了，立即暗叫一声完了。细腰舞速度实在太快，这两个猎物他恐怕是抢不到了。

果不其然，细腰舞全速冲出去，顾飞立即被甩下一截。那两人当然也看到了顾飞和细腰舞，一看二人冲上，立刻做好战斗准备。

这两人都是盗贼，在发现对手准备战斗时，两人一起发动了潜行。

“哎呀，不见了。”细腰舞一边叹息，一边慢下了脚步。

顾飞正急急朝这边赶来，一时间也没能察觉到这两个潜行的盗贼在哪里。这二人显然是把全部的注意力都放在了细腰舞身上了，看都没看顾飞一眼，导致顾飞的气场感应也发挥不了作用。

这种情况下无疑是有些危险的，但细腰舞却是满不在乎，对着空气嚷嚷：“不会是跑了吧！快出来。”

话音方落。一人已在细腰舞身后现身，手挥大棒一下就把细腰舞抡晕了。

顾飞大喜，连忙大叫：“先别打醒她！”

可惜对方想也没想就出手了，一人一个背刺狠狠捅在细腰舞背上。

“唉……”顾飞叹息道，“叫你们不要打醒啊！”

中刀的细腰舞转回身来，伸手一捅已经干掉了一个，另一个此时处在失神状态中——两个背刺的伤害，居然没能秒掉眼前这个女盗贼！这盗贼就在这样的惊讶中，被细腰舞毫不留情地一刀送出了场。

两个对手，顾飞一个都没捞到，垂头丧气地走了过来。

细腰舞一边得意洋洋，一边掏了块面包啃着：“等我恢复了生命再走。”

顾飞无奈地点了点头。心里却在盘算照这样的势头下去，凡是遇到落单的敌手，自己很有可能一个都捞不到啊！

细腰舞坐在地上吃面包。顾飞探了个脑袋四下望风。辽阔的地图上，隐约可见尘土飞扬，看情势似乎正有大部队朝这个方向挺来。

“喂！”顾飞拿脚拨拉了一下一边的细腰舞：“好像有不少人朝这边过来了。”

“是吗？”细腰舞生命也恢复得差不多了，起身也趴到沟边向外张望。

滚滚尘土扑面而来，来的人看来相当不少。

两人趴在沟边，眼看着对方渐渐走近，人形已经依稀可辨。而这队人马前进的速度也让顾飞和细腰舞很意外。一般来说，团队移动时，为了照顾战士、牧师一类移动缓慢的职业，都不会跑太快，但这队伍的前进速度，绝不像是有这种友情成分的，似乎就是一支速度型的队伍。

待得再近了些，两人已然看清，这对人马居然完全是由弓箭手所组成。

顾飞脑中回忆起御天神鸣所说的箭阵，难道就是眼下这帮弓箭手吗？

正想着，一旁的细腰舞推了推他："接近了，你准备啊！"

顾飞刚点头，就听呼啸声起，"呜呜呜"不知多少狙击奔着二人就过来了。两人机敏地一缩脑袋，仰着头，就看超多的箭矢从头顶上飞过，扎在对面地沟的土壁上。

"眼神真好啊！"二人惊叹。要知道二人不过是从沟里露出了个脑袋而已，居然这么轻易就被发现了。

纵横四海阵中，倒影年华手指前方，一声呼喝："射！"

100多名弓箭手张弓搭箭，手一松弦，箭矢铺天盖地地飞出，破空声汇聚在一起，竟已不是箭声，而是成了风声；箭也不是直飞出去，而是斜指向天空，箭矢划过一道弧线，最终准确飞入那道地沟中。

此时箭如飞蝗般落入沟中，顾飞和细腰舞是抱头鼠窜。虽然只是简单的普通攻击，但这么大的排场，真被几箭一起扎上那也得没命。

"我掩护你，放法炸他们！"细腰舞狂喊，说着就要跳出地沟，被顾飞一把揪住："开什么玩笑，弓箭手太多了！"

"那怎么办？"

"换个方向。"顾飞一边回答一边拖着细腰舞继续在地沟里前进，手舞着剑花，将脑袋顶上落下的箭矢一一击落。这种射法，箭矢自由落体下来，速度倒也不怎么快。

地沟似乎也帮了两人一个大忙：前方一个折线后，正好绕道了弓箭手阵营的侧翼。那帮人还在朝着前方猛射，顾飞松了口气道："就是这里了。"

两人狠狠一点头，猛然跳出了沟去。但法术攻击距离不够，顾飞想放法，非得再近点不可。两人飞奔向前，却已被纵横四海的弓箭手们察觉。

倒影年华不慌不忙，微笑着摇手一指："B型变化。"

阵中弓箭手看似乱七八糟地一通换位，只是顷刻间，所有人的箭头已经对准了侧翼冲过来的顾飞和细腰舞。

两人都是一怔，接着已听到倒影年华喊道："射！"

100多支箭再次如飞蝗一般闪到，而且100多人射击的目标，并不是二人这一点，而是一个面，导致两人根本就没有躲闪的空间，无论向左还是向右，都会被箭矢扑个正着。

"快闪！"两人只能希望能在箭到之前飞回那地沟。

距离地沟虽然也不过几步之遥，但人再快又怎能快过箭？或许细腰舞勉强可以冲进地沟，顾飞却无论如何要慢上一步了。

正欲哭无泪，却没想到细腰舞没有靠速度抢先冲出去，而是兜到顾飞身后猛推他。这一来，顾飞地速度快了一点点不说，细腰舞更是在他身后帮他挡下了可能射中的箭。

二人掉入地沟的一瞬，100多支箭矢又一次从头顶飞过，像是刮过了一阵疾风。

细腰舞身后插着数支箭，居然还没挂，正喘着气又摸面包呢！

“冲不过去啊！”细腰舞一面叹气一边啃面包。

“是啊！”顾飞叹息，“这样的箭阵，有再快的速度也没用，除非会瞬移。”

“瞬移？”细腰舞怔了怔，“你40级了？”

顾飞点头。

“进职电系了？”

顾飞再点头。于是细腰舞摸了摸口袋：“那这个你能用喽？”

顾飞接过一看：永恒技能卷轴，瞬间移动。

“你怎么什么都有啊？”顾飞目瞪口呆。

细腰舞很是不忿地撇嘴说：“还不都是这破游戏公司，什么也不交代清楚，我还以为可以用技能卷轴打造独特的技能树，谁知道收了这瞬移，要使用时才告诉我要什么雷电系的法力，还好我只收了这一个。”

“就收了一个，偏偏就是瞬间移动，我看你才是我的幸运星吧？”顾飞说着，两手一拍卷轴，一道流光出现在他的指间，逐渐渗入顾飞的身体，系统就在一旁吆喝着赋予你新的法力，瞬间移动技能就这么被顾飞学会了。

“你用了？”这次是细腰舞目瞪口呆。

“是啊！”顾飞一边应声一边打开了技能树看说明：利用强大的法力扭转空间，让施术者瞬间出现在他所想出现的位置……

杀气！看到这里时，顾飞突然一惊，感觉到近在咫尺的凛冽杀气。转头一看，细腰舞正虎视眈眈地瞪着他，看样子像是要过来掐死顾飞。

“怎么了？”顾飞连忙问。

“谁让你用了，谁让你用了？”细腰舞吼叫。

“那你给我干啥？”顾飞一怔。

“就是给你看看！”

“你留着也没用啊！”。

“卖钱！这是钱！”

“你卖我不就完了？”

细腰舞立刻伸手：“2000金币。”

“这么贵……”顾飞吐舌头。

“我1800金币收到的，只赚你200金币。”细腰舞这生意做的真是透明极了。

顾飞对此也不以为意，只是点点头就拎出个钱袋，打开随便数了数就交给了细腰舞。

如此顺利倒让细腰舞很意外，一边接过一边嘟囔：“看不出来，你也是有钱人啊？”

结果顾飞一笑道：“那里是200金币。先让你赚个利润。至于成本，我得分期付款了，我可没那么多钱。”

细腰舞翻看钱袋一数，果然只有200金币，咬了咬牙，也只能先收下了。至于1800金币的尾数顾飞会不会结清，这就要看顾飞的人品了。

“我现在就突然出现在他们阵中，杀他们一个措手不及，掩护一下。”顾飞整了整装备。此时纵横四海箭阵雨还在稀稀拉拉下着，但对这两个高手算不上什么威胁。细腰舞吃过面包生命值饱满，两人再次猛然从地沟里跳出。

“瞬间移动，动！”顾飞跳出地沟一站稳就开始吟唱。顾飞此时手指的方向，正是他所要移动的位置：纵横四海箭阵的正中心。

而细腰舞此时闪在顾飞身前，用身体和匕首挡下了对方迎面而来的攻击。

顾飞成功吟唱，身处的空间一阵扭曲：如果说盗贼用的潜行和消失是让人慢慢模糊透明，那么瞬移就是在一瞬间将人撕裂。旁人看去，顾飞就像是一块玻璃一样一瞬间就碎裂了。

瞬间移动不愧是瞬间，顾飞只觉眼前突然一花，景物发生了变化。他诧异地回头看向原处，细腰舞的掩护工作都还没有进行完。

但是，更要命的是顾飞这次瞬移居然没有到达他所指的位置。

顾飞仅仅是从细腰舞的身后，移到了她身前五米多的地方，这距离顾飞手指的位置，可差一大截呢！

“你移到那儿干什么？”细腰舞气急败坏。

“不知道啊！”顾飞也很茫然，他确定自己没有指错，为何位置只发生了这么点变化？

瞬间移动的技能说明里没有提到具体移动距离有多少，只是说移动的距离会和消耗的法力成正比。顾飞查看此时的法力，仅用掉了一点点，显然不可能是因为法力不济而未能完成。

这事还没想通呢，对方第二波攻击早已到了——此番攻击的目标锁在了距离他们更近的顾飞身上。

顾飞突然靠近了对方五米，可是有着非常严重的影响。就是这五米，让他进入了对方箭阵部分弓箭手“追踪矢”的射程。

倒影年华一直在指挥箭阵一边射击一边朝地沟处移动，就是想让地沟进入“追踪矢”的攻击范围，这样对手再一露头，就可以十拿九稳地消灭掉了。此时顾飞突然进了这攻击范围，早有准备的众弓箭手立刻毫不犹豫地使用了“追踪矢”。

数十人的箭端闪着白光，弓弦响后，如数十枚流星一般朝着顾飞袭来。

追踪矢是不存在闪避一说的，以顾飞的身手虽然可以挑落几枚，却不可能挑落这数十枚。原本还想上前掩护顾飞的细腰舞一看这阵仗，心知这回顾飞是神仙也难救了，叹了口气，非常敏捷地先行闪回地沟了。

顾飞也是束手无策，想尽最大努力近上前去用上法术，却还是以失败告终。数十枚追踪矢扎到顾飞身上，没有任何悬念地把他解决了。

刚刚被送到行会大楼外，御天神鸣的消息就追过来了：“你刚才用的是瞬间移动？”

“嗯。”顾飞回答。

“哪来的卷轴？”御天神鸣问。

“问细腰舞买的。”顾飞说。

“细腰舞怎么样了？”顾飞忙着被射杀，临死也没能看眼身后细腰舞的情况。

“非常敏捷地又躲回沟里去了。”御天神鸣说。

“快点打吧，打完来和我研究研究这瞬间移动。”顾飞说。

顾飞一时大意败下阵来，细腰舞一个人别说是对付纵横四海的箭阵了，就是随便二三十人的小队她也无能为力。

结局再无悬念，四散于地图上的重生紫晶的姑娘们一个一个被对手找出来干掉，纵横四海行会本轮轻松获胜，重生紫晶也终于没能继续糊弄下去。以她们的实力能闯到这一关，已经很受运气的关照了，姑娘们更是深知此点，加上大多数人对这样的PK比赛兴趣并不浓厚，此时被淘汰，大部分姑娘都没有多失望。只有细腰舞，此刻行会对抗被淘汰，佣兵对抗也被淘汰，一下没了事干，算是唯一一个有几分失落情绪的姑娘。

至于顾飞，失去了这样一个合理砍人的机会他当然也很失望，两人难得一起唏嘘惆怅了一会儿，直到御天神鸣从纵横四海700多人的大方阵中钻出，找到了墙根下的二人，主动向顾飞谈起了有关瞬移法术的问题。

听顾飞说了经过后，御天神鸣仔细询问顾飞当时的姿势、吟唱语速、目光指向、手指是否端正等等一系列的细节问题，提出了近十种假设，正说得顾飞目瞪口呆时，随口问了句：“你觉得会是什么？”

“我想可能是因为新学的法术，熟练度太低，所以没能移动那么远。”顾飞为自己游戏知识的贫乏感到惭愧。

“哦……这个啊……这大概也是可能性之一。”御天神鸣的心底比顾飞还要惭愧。

7
第五轮战罢

顾飞一身超前装备，现在又有了超前技能，却还在得了便宜卖乖，为这技能的第一次使用没有得到期望的效果而黯然神伤。

后经实验，果然，目前顾飞的会瞬间移动的极限就是五米多一点点。而在使用瞬间移动的过程中，可以自由控制法力的消耗，移动距离每增加半米，法力消耗就会上一个层次。而且这技能的冷却时间颇长，需要1分钟，这在法师技能中是非常少见的。

由此可见，虽然瞬间移动的技能说明没说这技能有上限，但是要练到今天顾飞幻想的一样，一次移出一个接近弓箭手射程的距离，那真不知要练到哪年哪月去。

“积累！一定要积累！以后每分钟用一次瞬间移动，把这个意识深入你的骨髓里，这也许会很漫长，但是……”

“行了行了，我知道。”顾飞打断了御天神鸣，他可是练功二十年的人了，这种道理还需要御天神鸣这个小孩来教导吗？

和御天神鸣分开后，顾飞又熟悉了一下瞬间移动距离和法力消耗的控制，这才下了线。

另一方面的叶小五，早上又不小心帮了顾飞一把，心中忿恨，大晚上的心血来潮，不睡觉跑去了游戏运营部的监查组。游戏是24小时在运行，当中负责调控监查的各部门人员当然也是24小时轮班转，而叶小五本身是不属于这个部门的，突然在这个时间出现，把监查组的同事吓了一大跳。

叶小五近些日子工作较忙，已经有些天没有关心一下顾飞的后台数据了，此时却是娴熟不减当初。飞快地调出顾飞的数据一看，差点没吐出一口血来。

顾飞的技能列表里，赫然已经出现了技能“瞬间移动”！

“这……这哪来的？”叶小五指着顾飞的技能问监查的同事们。

“这个……”一个同事凑上来仔细看了看说，“现在就会瞬间移动啦？那当然只能是永恒技能卷轴学习的喽！”

叶小五翻了翻白眼，这个他当然知道，随即自言自语：“他怎么会有卷轴的？早上刚提了一下，晚上就搞到卷轴了，有这么巧的事？”

监查组的同事们没去搭话，因为这次这个问题实在太细节了，如果要查个究竟将非常麻烦。反正从数据流的监视上，一直没有出现过什么异常。

“叶总你也不是外人，有什么需要就自己操作吧！我们不打扰了。”没等叶小五再问，已经有工作人员抢答了，接着大家都埋下了头，坚决不和叶小五进行目光接触。

叶小五怔了怔，一咬牙，真就自己操作上了。

也好在顾飞学到这技能也不是太久以前，叶小五忙活了些时候，还真给追查出来了。从一个ID为细腰舞的玩家手里获得，这让叶小五无奈了。作为一个资深游戏工作者，对一些资深游戏玩家也是耳熟能详的。细腰舞也是名声在外，她拥有什么东西都不会意外。

另一方面，对抗赛至今已经第5轮结束。由于是二分之一淘汰制，5轮下来，各大主城都只剩下5%的行会和佣兵团还存在。这当中有意料之中的强大行会和佣兵团，更有那种起初无人注意，却意外过关斩将的。

云端城这边，重生紫晶原本就扮演着最大黑马的身份，连挑对酒当歌和云牧两大行会，大家正期待着奇迹的第3次发生，谁想到最终还是被纵横四海给拿下了。

佣兵团对抗赛方面，关注的人并不如行会战多。5轮战罢，比较引人注意的有两家，都是以弱胜强。

一家自然是公子精英团，不过在云端城玩家口中，你要说“公子精英团”，恐怕还是没多少人知道，但只要一说“风筝佣兵团”，大家立刻就知道是那个首次运用大风筝战术，把4级牧云行会淘汰的区区6人组了。不过除此一战，这佣兵团似乎还没遇到强硬的大敌。

而另一家，就是顾飞最鄙视的银月建立的银月佣兵团了。这佣兵团不过2级，人数40，但杀过第五轮，先后淘汰了两家人数达80人的4级佣兵团。据败下阵的佣兵团所述，这银月佣兵团以战士为主，骑士和牧师为辅，冲锋陷阵彪悍异常，以摧枯拉朽之势将对方一个个摧残掉。

除了这两家意料之外，其余如黑手佣兵团、纵横四海旗下的四海佣兵团、对酒当歌旗下的水花佣兵团，都四平八稳进到了第6轮。

次日对抗赛前的小雷酒吧会议，连战无伤和御天神鸣都露出了罕见的严肃表情。佑哥一看顾飞进门落座，立刻开始介绍情报。

“今天咱们的对手，是银月佣兵团。”佑哥这话是对着顾飞说的。佣兵团6人，其他5个起码还是会在下线上网的时候关注一下次日的对手是谁。

“哟，还真撞到他了。”顾飞说着，突然“咻”一下人没了影，转眼已经坐在佑哥旁边。

佑哥被吓了一大跳，失手碰翻了桌上的酒杯，一向懒洋洋的韩家公子此时敏捷无比，飞快伸手扶住了酒杯，到底是牧师，数据限制让他慢了些许，酒已经洒出去了半杯，让韩家公子唏嘘不已。而其他人，则都在目瞪口呆地望着顾飞。

“哪里搞到的卷轴啊？”众人开始审讯顾飞。

顾飞如此这般一说，个人反应不尽相同。

战无伤和昨天的御天神鸣没啥两样，两眼狂冒桃花形的星星。

剑鬼和韩家公子这时淡淡感慨：“有钱真好。”

佑哥则是追根问底：“她是个盗贼啊，为什么会有瞬间移动的卷轴？”

顾飞又说了一下原因，佑哥语重心长地朝众人说：“通过这件事大家可以看到，情报工作是很重要的，我提议积分制中情报工作的积分奖励应该有15分。”

“佑哥，你的酒洒了，还要不要再来一杯？”韩家公子问。

“……接着说今天的比赛。”佑哥无奈道，“银月大家在月夜城就打过交道了，他拥有一个群体辅助的技能，所以组成的战士团队会异常强大。”

“唔，这家伙还是这么机灵嘛！他那技能，现在用在佣兵团对抗上比用在行会战里合适多了，佣兵团现在最高5级，不过100人。”韩家公子说。

“佑哥，那么今天你的情报分就没有了。”剑鬼说。

“喂，剑鬼，不用这么认真嘛！”佑哥连忙说。

“那你看看你还能提供什么我们不知道的情报？”剑鬼说。

“呃，银月佣兵团，有40人。”

所有人翻白眼。

“以战士为主，此外……”

“咻”的一声，顾飞一闪又从佑哥身边消失，闪到了剑鬼身旁。佑哥受了惊，要说什么也忘了，其他人也怔怔地望着顾飞。

“别显摆了。”韩家公子喝着酒淡淡地说。

“我在练功。”顾飞认真地说。

有关银月的佣兵团，的确没什么太多可说的，无非就是银月有一个可以强化所有人的技能，可以短时间内让整体的实力上一个台阶。佑哥踌躇满志，誓要用鉴定术挖掘出银月的这件装备到底是什么。

“如果挖出来了，可以加多少积分？”佑哥问剑鬼。

“这也要分？”剑鬼惊讶，随即觉得佑哥也挺辛苦挺不容易的。在实战中，6人以他这个骑士的存在感最薄弱。像剑鬼、御天神鸣他们这些顶尖高手，对付一般玩家有没有骑士给个祝福状态都无所谓，甚至牧师都敢于不带。韩家公子敢于无耻地拿英俊和才华来索分，佑哥至少还没到这个份上。就冲这个不无耻，剑鬼终于点点头说："那就给1分吧！"

于是佑哥心满意足地点了点头。

顾飞跟着"咻"一下又闪到了剑鬼身边："那砍死银月可以给多少分？"

没等回答，韩家公子忽然站起身来："我先走了，战场里见。"

几人很是诧异。自从小雷酒馆的这间包间成为公子精英团的据点后，就数韩家公子在这里待的时间最多，而且从来都是最后一个离开，可今天这是怎么了？众人很是惊奇地望着他。

韩家公子斜视了顾飞一眼："再看他这么闪下去，我要吐了。"说完端着杯子就走了出去。

"今天和银月行会这一场，用不用蒙脸？"佑哥突然问。

"唔，那个卑鄙无耻的家伙，的确需要适当提防。当然，我是不怕的，主要是说你们。"顾飞说。

众高手顿时觉得顾飞是在践踏他们身为高手的自尊，纷纷表态要在光天化日之下和银月决一死战。

末了，佑哥奇怪地问了句："听你的话，你对银月成见很深啊？不过如果我没记错的话，是你到了月夜城就拿人家洗PK上去劈了人家，然后和对方一个行会对峙，再然后才引出月夜城的行会纷纷起义。坦白说，如果没你，人家这会儿在月夜城小日子过得滋润得很，人应该是恨你都来不及，怎么现在看起来是你和他苦大仇深的样子？"

"我苦大了吗？我仇深了吗？我只是不齿那家伙的为人罢了。"顾飞摊手。

"他为人怎么了？"几人一起问。

顾飞这才想起自己在牢里见识的银月猥琐样这帮人是不知道了，当下一讲，不出顾飞所料，御天神鸣和战无伤同时跳起来了。

战无伤一拍桌面："太过分了！好可怜的茫茫的莽莽，她现在在哪儿呢？我觉得她很需要一个有宽阔胸膛的男人为她遮风挡雨，抚慰她受伤的心灵。"

再看御天神鸣，此时心里似乎正在进行着激烈的思想斗争。主要是因为他心里还装着个葡萄，一时间被搞得心猿意马。从样貌角度来说，茫茫的莽莽是要强一些的，而葡萄姑娘看起来对御天神鸣也是略有意思，这让御天神鸣也觉得不好放弃，真是难以抉择啊！御天神鸣叹着气，端起酒杯一饮而尽。

"如今的网络世界真不纯净，无耻的人远比不无耻的多。"剑鬼感慨。

"严重同意。"顾飞表态，说完又"咻"一下瞬间移动了。

"啊啊……好晕……真的好晕，原来喝了酒看你瞬移真的会头晕，不行，我也要出去。”御天神鸣说着起身。

“时间也差不多了，现在可以过去了。”佑哥看了看时间后说。

于是几人一同起身，撩开帘子朝外走了没几步，正与一行人相遇，四目相对，顾飞先是一怔，对面的人反应则快多了，极为热情地冲了过来：“啊，千里兄，真巧，在这里遇到了。”

“是啊，真巧。”对方如此热情，顾飞也不好拒人于千里之外，只好淡淡地应了声。

两人各自招呼了一声，银月用目光把公子精英团的其他几个也扫了一遍后，问：“这是千里兄弟的同伴吗？你们这也是要去参加佣兵团对抗赛吧？”

顾飞笑着点了点头：“更巧的是，我们的对手正好就是你。”

这话让银月一怔：“公子精英团？风筝佣兵团？”

“就是我们。”顾飞说。

“你们……不是一共6个人吗？”银月又数了一遍。

“嗯，SB团长先去了。”顾飞说。

“SB团长”这个称谓似乎赢得了御天神鸣等所有人的好感，大家立刻都跟着顾飞的话狂点头。

“哦，那咱们一会儿战场上见喽！”银月说着朝顾飞伸手过来。

“战场上见。”顾飞一动没动。

银月神色略有几分尴尬，却也只是一笑置之，道了声“先走一步”后，收回手和他的几个同伴离开了。

“你俩怎么认得的？”等对方走远后，佑哥等人开始盘问顾飞。当初月夜城顾飞可是从头到尾都蒙面的人，无人知其身份。

顾飞只得又把狱友的事交待了一番。

“这么说，他还不知道你就是27149喽？”佑哥说。

“原本不知道，不过，如果聪明的话，也许现在他就已经猜到了。”顾飞说。

剑鬼点了点头：“我和他打过照面，也交过手，他应该认得出来。”

“我也射过他一箭。”御天神鸣举手。

“乖。”顾飞摸了摸他的头。

“滚！”御天神鸣伸手去打，顾飞却又一次到了一分钟，“咻”一下闪了一个身位。

几人说着，已经到了佣兵大楼外，从传送阵进入战前更衣室，却没见到韩家公子的身影。

“这家伙不会不来了吧？”几人嘀咕，此时白光一闪，韩家公子拎着俩酒瓶现身了。

“哟，就来了10个人啊！”韩家公子说。

“看来他们对风筝打法很顾忌。”佑哥说。

“当然，他那打法，最怕我们的大风筝的，即使他想到出动的人太少可能会是上了我们的当，他也不得不这么做。”韩家公子说。

“为什么？”

“说实话，他那种打法偶尔用一两次当当奇兵还可以，现在全“平行世界”的玩家都知道他满城尽带黄金甲了，只有SB才会和他们正面对抗。”韩家公子说，“大风筝战术其实也是奇兵，不可能反复使用。银月想必也是看穿这一点，他明知我们不会反复用这打法，却还是装作很怕的样子只来了10个人，其实就是在心理上向我们示弱，然后诱得我们和他正面对抗罢了。其他那些败下阵的佣兵团，一定都是被他示弱的伎俩给骗了，结果小视了银月的那个变态技能。”

“你是说，银月其实已经明白你的意图，他是将计就计，假装上当，然后就骗我们去和他正面对抗？”几人的头都有些晕。

“是这样。”韩家公子说。

“呃，我说一句。”剑鬼插话说，“你会不会又想太多了？上次在月夜城的时候，你就想深刻了，事实可以证明，银月的脑袋没有你那么复杂，你能不能简而化之一下？”

“想那么多干嘛，直接砍完了呗！才10个人。”顾飞说。

“你看，这就是中了计的典型。”韩家公子指着顾飞说。

“那不一样。”剑鬼摇头，“因为千里的确能砍了他们。”

“千里当初好像也没能秒杀掉银月吧？”几人纷纷回忆。月夜城那一闹是几人游戏平行世界至今最热血最豪迈的经历，大多印象深刻。

顾飞点了点头：“是没能秒掉他。”

“那怎么办？”御天神鸣问。

顾飞看了他一眼：“那就再砍第2下。”

8 重装战士

“当当当当”，系统的10秒倒计时开始，10秒后，佣兵团对抗赛第6轮正式开始，白光一闪，几人被送入地图。银月方面再未增加人，双方共计16人参战，地图小的可爱。

“先上高地看看情况。”韩家公子还是一贯的思路。

几人攀上了距离出生地不远的一处小山头，远眺了一下，发现地图对面出生点附近的一座小山头上，隐隐约约有人在活动。

“那边多少人？”韩家公子拿酒瓶指着那山头问御天神鸣。

御天神鸣手搭凉棚，摆了个悟空的姿势后说：“10人，一个不少。”说完又朝剑鬼吆喝，“加分啊！”

顾飞心下有些奇怪，对面那山头上活动的小点他只能看个隐隐约约，而他的视力自小就保护得很好，难不成御天神鸣的眼神能比他还要好？

一问之后方知，御天神鸣是有被动技能的：他已经就职了弓箭手的分枝职业神射手，40级被动技能“鹰眼”，由系统大神帮忙，将人的目力提升了一个台阶，此技能深受近视眼玩家的欢迎。

“御天，盯着他们，先看看他们会采用什么行动。”韩家公子说。

御天神鸣应了声，非常自豪地充当望远镜去了。

一直到御天神鸣迎风望到泪流满面，韩家公子的空酒瓶子扔了一地，顾飞耍剑法耍到了第五套，战无伤直着两眼开始私聊骚扰好友中的第8个姑娘，而剑鬼和佑哥则抱着积分小本指指点点，从说正事发展到了玩大家来找茬，而对面山头小点却是一点变化都没有。

韩家公子一摸口袋，发现已经没有酒了，立即站起身来，骂了句：“无赖啊！”

几人一起望向他。

“这帮家伙难道就是用这种方法逼得别人和他们过去硬拼？”韩家公子思考。

众人一想真是如此，双方对抗，一方就这么一直不动弹，另一方可不得主动上去硬拼吗？

“如果双方都这么一直耗着，结束后会怎么判胜负？”御天神鸣问佑哥。

“延时战，再不分胜负再延时，一直分出为止。”佑哥说。

“一般人打完佣兵战还要去参加行会战，这家伙，看来就是看准了这点，欺负别人不愿意和他在这里一直拖下去，逼得别人主动向他出手，然后当然就只能正面对抗了。”韩家公子分析说。

“上吧！”众高手们都失去了继续刚才无聊事的兴趣，有心上去和银月等人一决胜负了。

“上！”韩家公子一挥手。

“唔？”几人都以为他会很冷静地分析再分析。

“我酒都没了。”韩家公子解释，“赶快结束了去买酒。”

“真是酒鬼啊！”几人感慨着，一起下了山头，朝地图对面去了，一路上御天神鸣继续监视对方的举动，却丝毫没有异动。

“停！”走到一半时，韩家公子挥手叫停。

“怎么？”几人问。

“千里、御天、剑鬼，你们先接近，我和无伤，佑哥在后面给你们压阵。”韩家公子说。

“什么意思？”众人不知韩家公子又弄什么玄虚，尤其御天神鸣，生怕又是把他派出去送死了。

“银月那个技能用过后，移动速度也有大幅提升，如果情势不对，我们3个的速度恐怕很难脱身。”韩家公子说。

于是6人依计行事，韩家公子等3人又就近找了个地观望起来，由顾飞，御天神鸣和剑鬼3人先靠了上去。

到了山脚下，山头上的10人还没动静，御天神鸣不住地赞叹：“这技能好爽啊！我现在连他们的鼻子眼睛都看得清，你俩行吗？”

“放一箭看看。”此时已近弓箭手的射程范围，对方却还是没有任何动静，御天神鸣弯弓搭箭，准备出手了。

对方却突然有了动静，10人突然完全团在一起，而头前3个战士一掏口袋，各自拿出一面硕大的盾牌立在了身前，跟着身子一矮，10人完全隐没在了盾牌之后。

“重装战士……”剑鬼说。

重装战士是战士40级的另一分支，走的是高生命高防御的路线。40级时的新技能是被动技能“防御精通”。这技能除了增加生命成长和额外防御外，另一重大作用就是附加了盾牌精通。唯有40级后的重装战士，在被动技能防御精通的辅助下，可以发挥出盾牌的全部威力。

御天神鸣的箭此时已经放出，一箭正砸在那盾牌之上，竟然发出“咣当”一声巨响。

盾牌纹丝不动，小小箭支跌落在地。

远处的韩家公子也看到了这一幕，微微笑了笑：“原来是这样，早想着他们应该会有什么手段防止被弓箭手远端射杀，原来就是靠重装战士让弓箭手没法远程打击他们，这样的话，只能法师上前了。”

韩家公子这边嘀咕着，顾飞他们却还没有放弃尝试。

御天神鸣快步朝旁绕去，想从侧面试试有没有偷袭机会。结果人家早看在眼里，一看御天神鸣移动，立刻配合着他的步伐调转方向。御天神鸣移动再快，也快不过人家转身，兜来兜去，眼前就是3面大盾牌，连根头发丝都看不到。

御天神鸣做了半天无用功，变得垂头丧气起来，回到顾飞身边拍了拍肩：“看你的了。”

“那就看我的吧！”顾飞拔剑了。

3人快步上前，转眼已入了法师的攻击范围。

“天降火轮！降！”顾飞扬剑了。

对方战士仿佛是听到顾飞的号令一般，立刻把盾举过了头顶。

3人都怔了怔。

“这是干什么？盾牌只是物理防御，抵不住法术攻击的啊！”剑鬼不解道。

说话间火轮在天空燃起、落下，3人看得清楚，眼看就要落到盾牌上的瞬间，盾牌表层似乎浮着一层光晕一样的东西，火到那里自然就熄掉了。

而处于盾牌下的10人屹立不倒。不过脸色都有些骇然，显然顾飞强大的法术伤害还是伤到了他们。

“没死？那盾还有法术防御？”远处的韩家公子惊讶。

“重要情报啊，我去鉴定下看看。”佑哥想要过去。

“让剑鬼鉴定下就行了。”韩家公子拉住了他。

“有物理防御，还有法术防御，这类极品装备可是极少见的。现在居然有这种盾牌，那真的太可怕了。”佑哥以丰富的知识进行分析。

“怪不得只参战10人！”韩家公子恍然大悟，“我一直觉得他们这种打法，来40个人蹲在山头不是更好？原来他们别有高招——这盾牌想必他们就是这3面，掩护10个人已经是极限。远程的弓箭手、法师都拿他们没辙，这样只能近战了啊？”

“让御天和千里一起攻击，他们不就只能顾一头了？”佑哥正这样说着，那边顾飞和御天神鸣已经这样做了，一人放法，一人放箭。

结果，御天神鸣泪流满面了，因为对方无视了他射出的箭，全力去防范顾飞的法术了。

御天神鸣高手的自尊又一次被践踏了。

“人比人，气死人。”剑鬼安慰了他一下。

顾飞的法术攻击秒人无数，伤害的确是可怕无比。但是，此时端着3个盾牌的，却是平行世界中最血牛的重装战士！这帮家伙会选择极端的体质加点，本身生命就高得可怕，此时再高举这么一个拥有法术防御的盾牌，顾飞秒不了他们也不足为奇。

而其他7个人，此时躲在盾牌之下，天降火轮的攻击落到盾牌上只会影响到持盾的3人，他们7个人反倒是一点事都不会有。

这时经验丰富的剑鬼已经对那3个举盾牌的家伙鉴定完毕。

“太变态了！”剑鬼都有点失去冷静了，“囚幽之盾，高物防，高魔防，此外还吸收50%的物理伤害和法术伤害，物理防御和法术防御各强化30%，体质加20……这么变态的装备，他们居然一模一样的有3个？”

“光盾就这防御了，算上全身，再强的攻击上去不都是玩具一样吗？”御天神鸣也骇然变色了。这3人全身装备都算上之后，御天神鸣的最强技能狙击都已经可以歇菜了。

“我还能发挥点作用，起码我的背刺和闷棍都是身后使用，可以避过他的盾牌。”剑鬼勉强笑了笑，笑容中充满了无奈，对方都快抱在一团了，3人身后还是人，剑鬼哪有能在人身后下手的机会？

“看来只能靠我了。”顾飞又朝前走了几步，扬了扬剑，“火树千重焰，起！”

可惜顾飞不加智力不加精神，这法术发动总是有些慢，有经验的高手只看法师手指方向，就能大至判断出是什么法术。何况顾飞吟唱声音还挺大，颇有些“看你们怎么办”的意味。

天降火轮，你们把盾牌顶到天上；现在火树千重焰，难不成你们把盾牌踩到地上不成？

顾飞是这么想的，于是人家也是这么做的：三个重装战士手脚麻利地把囚幽之盾按到了地上，其他7个人再跳到盾牌上，顾飞那慢吞吞的法术此时才“腾”一下燃起，10人看似身处火焰当中，却宛如观音坐莲一般从容不迫。

“这也可以啊！”顾飞泪流满面了。

“你这个法术发动速度实在是……”剑鬼和御天神鸣也挺无语的。坦白说，对方这种极具建设性的法子似乎就是针对顾飞来的：7人让开，盾牌按地上，7人再跳上来。多繁复的一道工序啊！如果不是遇到顾飞这种法师，断然是来不及的。

“等我用两个法术一起轰他们试试。”顾飞一边说着一边掏了个水果出来。4个大法术。这是顾飞目前的法力水平。方才已经用过3个了。

“不必试了。”剑鬼说，“说实话，你的法术发动太慢，如果想躲掉并不难，我看他们只是故意站那儿，是想试试你的伤害罢了。”

果然如剑鬼所说，3个法术轰过，3个重装战士把囚幽之盾重新立于身前，两盾之间开了个小门，银月笑眯眯地站出来讲话了：“千里兄，果然好可怕的法术伤害啊！”

顾飞挤了个笑，正大吞苹果呢，没工夫讲话。

“贵团的那3位兄弟呢，不过来吗？”银月眼望没有过来的韩家公子等3人。

顾飞还在吃苹果，于是御天神鸣抢答了：“对付你们，还用得着全上吗？”

于是顾飞和剑鬼同时转头火辣辣地望向御天神鸣。

“这是场面话……”御天神鸣默默道。

“你这话说到我心坎儿里去了！”顾飞终于把苹果咽下去了，“本来就不用全上，我一个人就够了。”

这话一出剑鬼火辣辣的目光又指向顾飞了，他心目中顾飞可不是这样狂妄无知的人。眼下这个10人组织，剑鬼觉得挺棘手，单那3个重装战士就不好解决，何况对方还有银月那个极强力的技能没有施展。

御天神鸣也是张大了嘴：“你想怎么做？”

“再走近一些。”顾飞迈步要上前，却被剑鬼拉住：“你是想瞬移进行他们阵中？那没用啊，他们几人凭力量就能把你挤住，你身手再好也没有施展空间啊！”

“放心吧，我不会那么傻的。”顾飞笑着拍了拍剑鬼，“必要的时候，你俩给我支援。”

顾飞说完一个人就朝10人走去了，远处一直观望的韩家公子看到都禁不住一怔，对身旁的佑哥说：“这家伙又发什么疯了？要去单挑吗？”

“估计是。”佑哥怔怔地回答。

银月等10人众也很意外顾飞的举动，眼看他独自一人一步一步走上前来，都摸不清顾飞的意图。

“他想干什么？”10人都有些紧张。

虽然有囚幽之盾护身，但顾飞的法术伤害和这盾一样是变态级的，变态遇变态，手里没拿着囚幽之盾的非变态难免要紧张一下。下意识地，7人都朝3个重装战士身边又挤了挤。

顾飞忽然停下了脚步，韩家公子来了个消息。

“你有什么打算？”韩家公子问。

“随机应变。”顾飞回答他。

“就算死，也要干掉三五个再死！”韩家公子说。

“尽量。”顾飞回答。

接着前进，转眼已是5米。顾飞已经可以清楚看到银月那张无耻的面孔，也发现了那些人脸上紧张的神色。

顾飞的脚步更慢了，对方脸上的紧张更强烈了。他们至今还是摸不清顾飞的意图，身为一个法师，越走越近，这不是找死吗？4米、3米……顾飞还在朝前走，银月却已经沉不住气了，突然手插口袋，掏出一物一挥："冲！"

命令明明是"冲"，但几人却一齐缩到了盾牌后面，不见人影。顾飞正纳闷这是什么逆向思维的命令，忽见对方阵中金光一闪，银月的那个群加技能已经施展开了，接着三面盾牌"呼"一声像一面墙一样猛然朝顾飞撞来，盾间留缝，当中还伸出战士最喜欢用的双手巨剑。

原来是冲锋！顾飞顿悟。由于几人都隐到了盾牌后面，顾飞看不到他们的起手式，失去了判断。此时又是在银月"王的号令"技能辅助下，对方这个冲锋，比顾飞见过的任何一次战士的冲锋都要来得更迅猛。

几乎是对方的剑与盾和顾飞相撞的一瞬间，顾飞的瞬移发动成功，"咻"一声已分裂传送出去。

对方是缩在盾牌后面搞冲锋的，丝毫不知顾飞已经不在，反倒是身后没有跟着他们一起冲过来的人，猛然间就看到顾飞出现在了他们眼前。

几人还在张大了嘴巴吃惊，顾飞却已经一剑挥出："双炎闪，闪！"

紫黑的剑光，火红的双炎闪，一抹从身前的三人身上带过。

银月和他的两个骑士兄弟在"王的号令"下，属性都得到了极大的增强，但是依然架不住顾飞这物理法术双管齐下的一记双炎闪。银月的两兄弟当场被秒杀了，只有他还活着。

银月的一身装备不俗，法术防御颇高，30级时即是如此，如今40，装备又是更上一台阶。而顾飞，除了双炎闪的熟练度大大提高外，就是发现了可以配合剑法同时发挥物理攻击和法术攻击两种伤害。他的提高，倒比不上银月显著。

和当日在月夜城一样，顾飞这次还是没能秒杀银月。

"双炎闪"也是有些许冷却时间的，顾飞不可能立刻发动第二剑，随便拿剑撩了银月一下，对方牧师的回复术也已经降临了，银月依然手举他的黄金剑坚强地站立着。

而他身后那个战士已经"呼"一下一个冲锋朝顾飞杀了过来。顾飞早有提防，朝旁一闪，那战士用了当初战无伤使用过的伎俩，冲锋一半突然取消，改为了旋风斩。

同样的打法，这战士使用的火候却远不如战无伤。

他的出手速度倒也不慢，而且有一旁银月的"王的号令"为辅，伤害恐怕还要胜过当日的战无伤。他慢的是节奏，冲锋转换旋风斩，这转换过程中时机的掌握，他远不如战无伤那么恰到好处。如此破绽就让顾飞有了从容应对之机——挥剑直接挡在对方旋来的剑上，借着对方旋来的力量，自己脚下也恰如其分地一蹬地，顾飞飞快地飘了出去。对方双手剑中的副手剑，堪堪从顾飞的衣角划过，这记双手剑的旋风斩被顾飞成功躲过了。

那5个一字排开冲锋的家伙，此时技能施展完毕，回头一瞅，发现自己身后已被顾飞闹得一片狼藉。他们尚不知发生了什么，就见银月大手一挥催促他们速速向顾飞发动攻击。

顾飞"嘿嘿"一笑，迎头就朝他们5人冲了过去。

高举盾牌的3个重装战士是场上最有自信的，挺着大盾就朝顾飞撞了过来。

顾飞当然也知在对方的高防御下，自己硬劈那盾牌是一点用处都没有，当即朝旁迂回前进，企图兜到对方的身后。这情景就有点像最开始御天神鸣找机会射击时的模样了：迂回兜圈，总比不上人家转个身子快，顾飞跑了个C字路线，却还是看到3张盾牌对着自己。

3个重装战士露出得意的笑容，大胆地主动朝顾飞顶了过来。

顾飞嘴角也滑过一丝笑意，手朝前方一点，飞快吟唱。

几乎是同时。那边银月已在高声提示3人：“当心身后！”

“咻”一声，顾飞消失再现，想也不想转身一剑砍出：“双炎闪，闪！”

“当”一声响，这一剑结结实实地砍在了盾上。银月方才的提示非常及时，同时也体现了他与这三名同伙之间着实默契。

听到银月的提示后，3人未问任何原因，更没有任何迟疑，立刻对身后进行了防范，一名重装一转身就把盾牌横在了身后。正赶到顾飞瞬移到此，一剑劈到了盾上。

“果然是瞬间移动吗？”银月的眼神还略带着一些迷茫，正在喃喃自语。

顾飞这一剑砍到盾上，心下也赞叹对方的反应。正准备迂回侧方再度出剑时，却见左边一面大盾已经向一扇门一样扇了过来，连忙向右一闪，却撞到一件硬物，扭头一看，同样是一面大盾。与此同时第3面盾也从正面推了过来，顾飞连忙要退，最终却发出一声“哎哟”。

顾飞退得已经算快，却不及对方一推手来得快。两盾这么一夹，顾飞的身子才移出去半个，余下半截，被牢牢卡在了两面盾中。

“还能这样啊！”顾飞哭笑不得，死命挣扎依然无法脱身。单和对手比力量，他实在差距太大了。

“快上！”银月大喜之下连忙招呼着。

不需他命令，其他3个战士早已经挺着剑朝无法脱身的顾飞冲上去了，但他们始终是快不过御天神鸣的箭。御天神鸣和剑鬼一直时时关注着场上局势，在顾飞搅乱了对方阵容后，2人已经在寻觅攻击的良机。御天神鸣的箭早已经架好，一见此情此景，立刻一记狙击放了出来，正中夹着顾飞的一名重装战士的后心。

没有了囚幽之盾的变态属性，这重装战士也就是普通的高防御，遇上御天神鸣这样的高杀伤射手，这记狙击的攻击力还是不容小视的。更要命的是，御天神鸣紧接着的二连矢、强力矢接踵而至，这么露个背心给御天神鸣，死只是迟早的事。

牧师抢着过来想援救，战士飞快跑来想弄死顾飞，但是，最快的还是御天神鸣的箭。

不过，对方夹着顾飞的重装战士只是2人，他们还有第3个重装战士。

此时背心已中御天神鸣3箭的这人，就见自己生命哗哗地流逝着，而其他人过来似乎都会有些迟，连忙朝近在咫尺的第三名重装战士吼道：“傻站着干嘛！快来帮我挡箭啊！”

这人却依然傻站着，眼珠滴溜直转，表情痛苦，就是一动也不肯动。

“挡什么箭啊？”一个淡淡的声音从他身后飘出，剑鬼缓步走出，随手把一大棒塞回了口袋，手再出来时，已是一把闪耀着蓝光的匕首。

御天神鸣在远端寻觅射击良机，剑鬼却已用潜行接近到战局中来。这些人的所有心思都摆到了顾飞身上，忽略了这两个狠角，这是他们所犯下的致命错误。

那重装战士一看3号战士被剑鬼一闷棍给抡晕，而他现在是大露着后背给了御天神鸣和剑鬼，而其他赶来帮忙的人终究会慢上半拍，自己如果就这么死了，是毫无意义的。于是当机立断，放开顾飞跑向了一旁，用盾牌把自己死死掩护住。

“他血少，快解决他！”剑鬼一边叫着一边一个箭步飞向他左侧，脱困的顾飞心领神会，一个箭步杀向他右侧。可怜这战士一时间也不知盾牌该挡左还是挡右，略一想还是顾飞的法术伤害可怕一些，当即把盾转向了顾飞方向。

剑鬼毫不留情地一记背刺扎出，而顾飞迎着对方的大盾也没停手，执着地放了一个“双炎闪”劈到对方盾上。

而这家伙转左还是转右时，居然完全没有考虑远处的神射手御天神鸣。御天神鸣心中悲愤，也是狠狠地放出了一箭。

实在是因为顾飞的法术伤害太可怕，让这些人一时间都把剑鬼和御天神鸣当透明人了。事实上，剑鬼和御天神鸣那也都是相当拔尖的高手，同等级同职业的家伙拉在一起，这二人的伤害绝对都属于上流阶层。你只能说他们的攻击不是变态级，但也绝不是普通级。

忽视这二人的致命错误，最终真的致了命。三管齐下的攻击，先前已经被御天神鸣耗掉一些血的重装战士终究还是不支，白光骤起，他先一步带着他的盾牌去了。

此时对方的援手方才赶到，顾飞和剑鬼见好就收，一溜烟就朝旁撤去。

剑鬼是自知没有独自对抗这群人的实力，而顾飞，则是因为法力又用光了。

比跑步，这些人可就远不是顾飞和剑鬼的对手，两人潇洒从容地从对方阵中跑出，来到了御天神鸣的身旁。

远处的韩家公子一切看得清楚，此时禁不住露出笑意：“干得不错，这下已经赢定了。”

而银月此时则是一脸的凄苦，因为眼下的局势对他们可以说不利到了极点。顾飞一个出人意料的瞬移，瞬间消灭了他们2人，之后3个重装战士也没能困住他，反而因此又折了一人，此时公子精英团比分领先，实行大风筝战术的条件可以说已经达成。

银月的队伍可是十分惧怕这战术的，因为他们是没有速度的一支队伍，和顾飞、御天神鸣、剑鬼三人一比，简直就是兔子和乌龟的区别。哪怕是韩家公子那3人，和银月团队的速度也就是半斤八两。即使有王者之剑可以提升属性，可惜那技能的时间很短暂，每秒消耗4%的法力，意味着最多使用25秒，这点时间内的优势，完全不可能完成追到那3人的任务。

“老大，怎么办啊？”顾飞此时正在吃水果补充法力，和剑鬼、御天神鸣一起乐呵呵地欣赏着余下众人的模样，看起来似乎没有再上来邀战的意思。对方也意识到了问题的严重性，纷纷向他们的老大银月求解。

银月迷瞪着眼睛四下张望着：顾飞等三人完全是速度型，不用考虑追到他们。银月指挥手下团结起来，准备朝另3人进发，结果刚刚走了两步，那3人也一转身，跑了。

“唉……”最后一点侥幸心理也破灭了，对方就这么兜下去，银月是一点办法也没有。地图虽小，银月他们人也少，无法使用压缩空间一类的包围方式，想找上对手，只有追上对方一个途径，但此时……

韩家公子等3人只跑了几步，一看银月他们不动了，也立刻停下了脚步。

银月唉声叹气的模样没有逃过顾飞等3人的眼睛，顾飞是不屑于和银月太多话的，剑鬼则对口舌之争没有太多的兴趣，只有御天神鸣，此时倒是来劲了，挤眉弄眼地对银月呼叫：“银月老兄，咱们还有必要继续打下去吗？要不你们几个自尽吧，省得咱们继续浪费时间。”

“臭小子，说什么呢！”虽然局势非常不利，但银月的一干同伙也不甘心就此被人奚落，听了御天神鸣的话后立刻反唇相讥，倒是银月对此似乎不怎么放在心上，继续冥思苦想。

御天神鸣孤身一人和对方打起了嘴仗，顾飞继续啃着水果，剑鬼则在和韩家公子与佑哥等人交流着刚刚鉴定到的情况。

银月的金色单手剑拎在手上，剑鬼已经甩过鉴定术了，却几次都没有出现这剑的数据，只能说明这剑的等阶是比较高的，如顾飞的暗夜流光剑一样，能经受住目前玩家的鉴定术水平而不曝光。

“我去试试吧！”佑哥心存侥幸心理不肯放弃。对于揭密这些未知事物，佑哥是极具热情的，说罢就同韩家公子、战无伤一起朝小山这边走来。

银月望到这3人突然不退反进，朝己方接近过来，一时摸不着头脑。但对他来说这终归是件好事，于是装作不太在意的模样，把注意力放到了这边的嘴仗上，同时在佣兵频道里提醒同伴做好随时战斗的准备，一旦那3人进入可以一气拿下的范围，就毫不犹豫地发动攻势。

韩家公子等3人却没有走得太近，只是来到了顾飞3人的身边，并说明了佑哥的意图。

“你的鉴定术水平比我高吗？”剑鬼想进行一下印证。

“也许我的人品比你好。”佑哥在此时突然出现了高手气质。在不涉及实战的领域，佑哥的高手气场也是挺足的。

“我去了！”佑哥散发着壮士一去不复返的气概，决然道。鉴定术也是有距离要求的，佑哥没有顾飞等人的高速度，走得太近，能不能活着回来是个悬念。

“我们会掩护你的。”顾飞说，他特别理解这些有特殊爱好的群体。

韩家公子却淡淡地道：“其实没必要，现在我们领先三个积分，死一个没关系。”

众人："……喂！"

"公子说的是，而且战斗上我也没什么帮助嘛！"佑哥说。

"那也不行，我们可是伙伴啊！"御天神鸣嚷嚷，喊完就看到大家地目光都火热地砸到他身上。

"我有说错吗？"御天神鸣瞪眼。

"话是没错，只不过……"顾飞话说了一半。

"只不过，作为一群成年人。你这话真是雷死我们了。"韩家公子替顾飞把话说完。

而真正拿行动来说话的，是顾飞和剑鬼，两人一左一右跟在了佑哥的身后。如此相同的举动，换来了相视一笑。韩家公子面无表情地望着2人，心下很是不以为然。

"用不着了……"佑哥劝说两人退回。

"我想再试试我的人品。"剑鬼说。

"我的鉴定术也需要练习，不能放过任何机会。"顾飞说。

佑哥终于没再说什么，3人一起继续朝山头走去。

山头上的银月时刻都没放松对山下的关注，此时突然发现3人朝山头上走来时，山顶众人都是一头雾水。

以他们的理解，公子精英团此时只需远远躲开他们，就可以稳获本场对抗的胜利。但现在他们突然又有3人主动欺近身来，这是打什么主意？而且3人当中，还有一个是骑士。银月自己就是骑士，最清楚目前的骑士还不是一个可以独当一面，起到决定胜负作用的职业。

心中的疑惑，带来的就是举棋不定。银月一时间也不知道是该进攻还是该防守，如果说一开始银月对己方阵容有绝对自信的话，那么在被对方已经灭掉3人的情况下，这种自信已经没剩下多少了。

3人越来越近了，这次比起之前顾飞独自一人踏上山头，众人的心中更加惊惧。

"收缩阵容！注意身后。"银月突然沉声道。

余下的7人紧密地站在了一起，头前是竖着两个大盾的重装战士，银月和牧师居中，其余3名战士在银月的特意安排下，一个面朝左，一个面朝右，还有一个面朝后。这是防止顾飞瞬间移动的站位，不管顾飞的攻击是不是能拦下，起码可以第一时间知道顾飞移动到了什么位置。

"我去！"面对这阵容，顾飞3人却齐声骂了一句。

俩大盾牌一竖，银月把自己隐没其后，这还怎么鉴定？

"喂，叫银月出来说话！"顾飞化被动为主动。

俩大盾牌似乎稍露了条缝，银月却还是没有露面，而是在盾牌后面大声招呼："千里兄弟叫我有什么事？"

"商量点事。"顾飞说。

“说。”

“你先露个面才好说。”顾飞说。

“是吗？那就不必说了。”银月越听越不敢露面了，觉得对方一定是准备了什么厉害的陷阱，准备一举将他收拾了。

“没办法了，撤吧！”佑哥叹气。

“干嘛要撤？”顾飞问。

“这……连头都不露，怎么鉴定啊？”佑哥说。

“不露头，就制造机会让他露头。”顾飞坚定地说。

“怎么做？”佑哥问。

“把其他人全砍光。”顾飞拔剑了。

“别冲动啊！”剑鬼和佑哥异口同声。

而两个重装战士是负责监视正面敌人举动的，此时也向身后几人惊呼：“那法师拔剑了。”

“三方向都当心了！”银月连忙道。

“瞬间移动，动！”顾飞已经吟唱了。

消失，再现，顾飞已经出现在了对方阵容的正后方，反手就是一剑。

那战士猛见顾飞出现在他身前，而且是背对着他，以为自己占得了先机，却没料到顾飞转身出剑如此之快，什么叫快节奏？这就是快节奏，不同的动作以最连贯最节省时间的方式衔接在一起，这是顾飞的出手看起来快到令人咋舌的真正原因。

那战士以为自己可以先出手，结果却是慢了，只能挥剑去挡顾飞的攻击。顾飞随手抖了个剑花，剑尖已以普通人难以预料的角度扎了过来，“双炎闪”的火光同时弥漫着，物法两伤，战士瞬间身亡。

对方其他人此时可也没闲着，一起转身朝顾飞发动攻势，尤其那两个重装战士，咬牙切齿地抬着盾牌朝顾飞夹来，看气势是想当场把顾飞压扁。

“又来这手啊！”顾飞喊道，这次他没有躲也没有闪，左手进口袋一掏，把炎之洗礼拿了出来，在身前一横。

这刀长可是超过人宽的，两个盾牌夹过来后顿时被刀抵住，顾飞处在当中安然无恙，左右脚各朝两面盾牌蹬了一脚。以他的力量不足以把对方给踢开，不过人却借着这力跳了起来，“呼”一下从两盾牌之间飞了出来，朝左边落去。

空中一个折身，顾飞双手举着剑顺着身子下落之势劈下，只听得“咔啦咔啦”的金属切割声，顾飞这一剑把一个重装战士从头劈到了脚。

没有施展法术，暗夜流光剑的普通物理攻击对于一个重装战士来说其实算不得什么，但这声势声音实在是太唬人了，所有人都下意识地以为这战士一定是被顾飞劈成两半了。直到这人骇然地扭过头来，众人才发现这人的脑袋还是完整的。

“双炎闪，闪！”此时顾飞双炎闪的冷却已经结束，立刻一剑砍出，正中这名重装战士，还顺带把旁边另一名准备过来援助的战士给带上了。

重装战士扛住了这一下，另一名战士却又瞬间消失了。

顾飞的攻击其实并不只暗夜流光剑的物理和法术伤害，此外暗夜流光剑还具有10%的致命属性，以及身上几个饰品爆发附法攻击，当这些全部触发时，才是顾飞的伤害极限。

身为同伴的银月等人，当然深知那名战士的生命和防御数据，顾飞这一剑的伤害，让他们越发觉得惊悚。

通过鉴定术，他们可以发现顾飞身上戴有附加火法机率的饰品，但顾飞的剑和衣服，却怎么也鉴定不出来。

拥有王者之剑的银月自然知晓这是怎么回事：顾飞的装备，和他的王者之剑一样也是走在了时代的前端，目前的鉴定术和这高端装备不配套，才会导致这种情况。这剑和衣服上到底有什么玄奥？这真让银月等人心痒难耐。

银月此时就在顾飞身前，要砍的话伸手就可以递过去，只是想着还需要留这家伙给佑哥鉴定，顾飞才暂时放弃了向他动手的心思，把剑伸向了银月团伙的另外一名战士。

银月的阵容中有6名战士1名牧师3名骑士，目前被顾飞解决了2个骑士，1个重装战士和2个非重装战士。目前顾飞攻向的这位，不单单是银月阵容中的最后1名非重装战士，同时也是他们阵容中最后1个拥有高攻击输入的家伙了。

“不好，全力掩护！”银月在计算己方剩余成员时，已经意识到了这名战士的重要，一看顾飞果然也要朝这人下手，连忙高声示意。

顾飞这时已经一剑砸了下去，正中对手。不过由于银月料敌先机的提示，牧师的回复术也早已经朝那战士刷来。顾飞双炎闪冷却未过，这次只是一记普通攻击，在回复术的挽救下，形同没砍。

银月横着剑直插2人当中，把这战士护到身后，另2个重装战士也转过来护其左右。一时间，银月阵容把这战士当作核心围在了当中。银月正为自己瞬间的判断感到满意，却见顾飞调头就走，几步已经追到了那牧师身边。

“双炎闪，闪！”顾飞一剑劈了过去。

就在顾飞冲过来出剑的同时，一道黄色的光芒已经加诸于他的身上，这是来自于骑士佑哥的祝福：智慧祝福。

智慧祝福将顾飞的法术伤害又提了一个台阶，与此同时，那牧师身后人影闪现，剑鬼一记背刺也扎了出来，而他身泛红光，那是来自于佑哥的力量祝福。前后夹击之下，这牧师虽然给自己刷了个回复术，却没能用上，他的生命一次就已经到底了。

“声东击西吗？”银月手脚冰冷，望着身后被他和2个重装战士牢牢护在当中的战士，心下悔恨。

顾飞愣了愣，随即笑道："没那么深刻。"

"那……"银月不解。

"我砍他，只是因为他离我最近罢了。"顾飞指着那个被银月等人重点防护的战士说，"随便换个其他人在刚才那位置，我都会砍。"

银月吐了口血，他实在是过分紧张了，又太顾忌顾飞的法术伤害。人一紧张，就容易出错，而此时的一个大意，直接导致牧师阵亡。没了牧师，意味着己方生命将呈现为一个有出没入的情况，这样下去必败无疑。

而远处观战的韩家公子3人显然也看出己方目前已经是绝大优势，根本无需再施展什么大风筝战术，正面对抗，拿下这4人应该没什么大问题的。说话间，3人也已经朝这边走来，而顾飞等3人此时却退了下来，原因当然是顾飞又要吃水果了。

"你这法力啊……啧啧啧！"几人一致叹息。

顾飞倒对此不以为意，指着那边很暴露的银月对佑哥说："快鉴定啊！"

"早鉴过了，真是鉴不出来！"佑哥摇头叹息。

"这东西是不是也是讲机率的？"顾飞问。

"这个……可能吧？"官方没有明确公布有关这方面的资料，谁也说不准。

"其他人全砍了，把银月留下，一起对他鉴定个几百次，说不定能出来。"顾飞提议。

"这就是你折磨他的方式吗？"众人倒吸口冷气。

"这不是佑哥需要的吗？"顾飞望向佑哥。

佑哥擦汗。

"先解决了再说。"韩家公子一挥手。

"等我法力恢复啊！"顾飞连忙道。

"行了吧，你都砍了好几个了，还让不让我们赚积分了。"几人一边很是不满一边摩拳擦掌，完全没有要等顾飞一下的意思。

面对面的交锋，没有什么战术上的狡诈，基本就是个人能力以及同伴之间的配合了。银月4人组，3名战士背对背成了一个三角型，银月居中，飞快地对3人施加了力量祝福，他所能做的，目前也就仅此而已了。

公子精英团方面，也是各司其职，御天神鸣远处放箭，战无伤和剑鬼近身寻觅机会，佑哥给每个人施加着祝福，而韩家公子也抽出法杖，关注着近身上去的两人。银月等人是没有远程攻击能力的，他们这些没有凑上去的人可以说一点危险都没有。

战无伤和剑鬼刚一接近，突然金光闪现，3名战士已经发动冲锋朝两人攻了过来。

但两人似乎早有准备，剑鬼一个疾行绕到了一旁，而战无伤则挺着胸膛迎了对方重装战士的大盾一下。这一撞看起来很是生猛，但在游戏里显示出的伤害实则平平，对于战无伤这个防御也不低的战士职业来说算不得什么。

而战无伤受这一撞看起来也很故意，完了也不反击，而是回头喊出了一个数据。

韩家公子微微一笑，朝佑哥示意了一下。

佑哥也很快领会了精神，结合鉴定出的重装战士的装备数据，开始进行计算。

几人一边做事一边跑，对方此时被附加了“王的号令”的状态，自然想抓紧时间发动点攻击。可惜公子精英团是一帮老手，不会傻到这个时候触其锋头，纷纷四散着跑开。就连距离几人最近的战无伤，也一个冲锋窜了出去，一下和几人拉开一截距离，足够他逃生用了。

不大一会儿，“王的号令”技能时间到，金光散去，几人重新回到龟速，自然再不会有追上任何人的企图。

韩家公子注意了下时间，嘟囔道：“技能冷却起码有10分钟，上次技能持续了有近25秒，这次可有些不足，可能是因为银月事先使用了三个祝福技能，这样看来，他这技能是持续消耗法力的技能了。”说完又朝佑哥喊道，“佑哥，你算得怎么样了？”

“别急啊，哪有这么快就算出来的。不知道刚才那家伙冲锋技能的伤害，算出来可能会不太准，最好谁现在再去被冲锋一下啊！”佑哥说着。

“还冲什么啊，战斗马上就要结束了。”韩家公子望着某处说。

那个方向，顾飞已经恢复了法力，急吼吼地冲过来了。

9
数据收集

“放着我来！”顾飞大喊着，已经现身战场当中。

御天神鸣等人都显得垂头丧气。此时他们的对手还剩3战士1骑士，都是物理防御优于法术防御的类型，尤其那两个重装战士，像御天神鸣的箭射上去人家连知觉都没有。

对付这些人，顾飞的法术伤害显然更有效率，再加上他强悍的身手，几人都知道和顾飞抢生意是断然抢不过的。

但就算抢不过，也要奋力拼一拼，这样才是身为一个高手应有的觉悟。剑鬼和战无伤犹如猛虎下山一般也扑了上去，远距离攻击的御天神鸣此时也“嗷嗷”叫着疯狂放箭。

银月4人一时间不知这帮家伙为啥突然暴发出如此蓬勃的斗志，心底情不自禁地涌现出一股寒意，几人已经在下意识地向后挪步。

“嗖嗖”数声，御天神鸣的箭是最快的，呼啸而至。

“射谁呢你！”顾飞连躲两箭，回头咆哮，御天神鸣似乎是把他当目标之一了。

“嗷嗷嗷嗷！”御天神鸣继续装疯，手中长弓甩得跟机关枪似的突突乱射，十箭里有一半是飞向顾飞的。

“砍死你！”顾飞也跳起来了，返身朝御天神鸣杀了过来。

御天神鸣调头就跑，一边朝那边喊道：“剑鬼，无伤加油！”

御天神鸣的法师经验是过硬的，深知现在顾飞一个瞬间移动就可能飘到自己身旁，因此一直保持在5米开外，顾飞即使瞬移也是于事无补。如此顾飞追又追不上，不追御天神鸣又骚扰个没完，顾飞哭笑不得，朝韩家公子求助：“喂，管管啊，这也太乱来了。”

韩家公子点点头：“本来不想管的，既然你要求，那么……”韩家公子顿了顿，严厉地瞪向顾飞，“滚到一边休息去，给大家留点娱乐机会！”

“啊……”顾飞恍惚了。

那边剑鬼和战无伤已经与对方交上手了。战无伤上来就出绝技，大吼一声旋风斩就放了出去，对方重装战士也没闲着，大盾牌朝前一竖，只听“叮咣叮咣”的声音络绎不绝，敢于如此硬抗旋风斩的，这可还是头一号。双剑与大盾磨擦迸发着火花，战无伤此时俨然像是一个在劳作的电焊工。

剑鬼飞速兜了一圈却没找到下手的机会，对方毕竟也是经历过大场面的高手，此时三人背对背围了个三角形，银月居中，剑鬼想绕到人身后发动攻击却没有机会。而盗贼不偷袭搞正面进攻的话，那可不是战士的对手。

与其和战士正面交手，其实还不如扎那重装战士来得稳妥，毕竟对方现在已经没有牧师，生命少一滴就是一滴，再不会得到喘息的回复机会了。

剑鬼对着另一重装战士的大盾猛扎，正赶上人品爆发，上来就是一个致命攻击。

致命可以说是这类高防高血职业的克星。因为致命是完全无视防御的，而剑鬼的霜之回忆是致命机率30%，致命程度30%，这可是相当可怕的属性了。致命一出，重装战士的血立刻被刮掉了30%，吓出了一身冷汗。从端起这大盾牌开始，还没人可以迎着盾给他造成这么大的伤害。这一击大大鼓舞了剑鬼的士气，接下来就捅得更为自信。

不过致命虽好，却不能真的致命。而对方也不知打着什么主意，就靠这两个重装战士死抗，战无伤过够了电焊工的瘾后，朝剑鬼一打眼色，剑鬼心领神会，两人一左一右绕出，想一起去攻击那个普通战士。但这意图被对方轻易识破，4人娴熟地一个换位，剑鬼和战无伤兜来兜去看到的始终是大盾牌。

如此僵持了没多久，3人圈中的银月长出了口气，长剑一举，几个吟唱放出，三个战士身上各自被施加了一个生命祝福。

生命祝福是每5秒自动回复些许血量的技能，在高节奏的战斗中5秒的间隙或许会显得太长，但此时，对于这有着高防御的战士来说，死抗5秒根本不算什么事。而且这还没完，银月施加完祝福后继续吟唱，圣洁的白光逐一落到两个重装战士身上，风采和牧师依稀有些相似。

经验丰富的高手们都是一怔。这是骑士就职圣骑士后的第一个技能：圣愈术。效果和牧师的回复术一样，同是恢复生命的技能。

剑鬼和战无伤都觉得很郁闷，拥有回复技能的话，那两人想死拼耗尽对方的生命就没那么容易了，毕竟那两个重装战士的防御可是变态级别的。

正没奈何，对方突然转守为攻，两个重装战士一起发动了个“冲锋”，分别撞向了两人。

伤害没有多少，但“冲锋”是有机率制造眩晕效果的。此时的战无伤就很不走运地被撞晕了，一时间无法做出任何动作。剑鬼虽未晕，却被一盾牌顶出了老远，只是瞬息间，战无伤已然落在了对方的包围当中。

“你看。”这边韩家公子对佑哥说话了，“他们刚才死守就是为了等银月恢复法力，再次证明他那个变态技能是持续消耗法力的，刚才已经把他法力用尽了。”

佑哥点了点头，一边很兴奋地朝战无伤吆喝：“刚才那个冲锋伤害是多少啊？”

“伤害个屁，快来帮我！”战无伤吼。此时被4人包围。那两个重装战士没多少攻击力，但俩大盾牌一左一右挡了战无伤去路，跟着一前一后的银月和另一战士拿了剑泄愤一般狂捅战无伤。

佑哥的眼睛更亮了，朝战无伤猛喊：“那剑伤害是多少，快记下来，快记下来。”他企图借这机会把银月手中王者之剑的普通攻击属性都给捣鼓出来。

“真是一群败类啊！”战无伤仰天长叹，欲哭无泪了。

“死也要死得有价值啊！”佑哥朝他呐喊，“收集数据啊！”

话虽如此说，大家倒不会真的就这么任由战无伤被捅死。所有人都暂且放下了手头的活过来援助了。韩家公子飞快抛出几个回复术飘落到战无伤身上；佑哥一个耐力祝福帮他提升了些许防御；剑鬼手挥大棒，疾行过来准备助战无伤脱困；纠缠不清的顾飞和御天神鸣都及时给予援手，御天神鸣“嗷嗷”叫着，终于认真地把箭都射向了敌人；顾飞扔过来个小火球，人也紧随其后。

“坚持下！”银月方面也在咬牙，他们迫切希望在对方援手到来之前解决战无伤，但是只凭他和那战士二人的普通攻击，想解决战无伤这个战士也绝不是一瞬间的事。眼看效率远远不够，银月对面那战士大吼一声：“散开！”

几人的默契当真没得说，两个重装战士朝后退步，银月也是一边退着，一边一个“力量祝福”施加到了这战士身上。

战士一声低吼，剑沉身侧，准备用旋风斩来攻击战无伤，这比2人普通攻击可效率多了，能不能击杀在此一举。

这一切发生得又快又突然，战无伤已经有些反应不及，就在几人期盼的目光下，突然战无伤的身后空间猛然碎裂扭曲。

“我去！”银月咆哮，这一幕他今天见好几次了，着实让他头痛。

顾飞的人已瞬移至战无伤身后，手里的剑更是早已经挥出，挟着“双炎闪”的吟唱，后发而先至，劈到了那战士身上。

在对方旋风斩发动前抢先出手秒杀对方，这本就是顾飞对付战士的拿手好戏。

火光间，战士的剑只举到了一半就连人一起消失了，这一个旋风斩最终施展到了场地以外的地方。

“千里！还是你够义气啊！”战无伤感动。

“废话，你要死了就拿不到perfect了，奖励的经验和钱都会少很多。”顾飞说，尤其在“钱”这个字上加了很重的语气。顾飞现在急缺钱，光债务就多达1800金币。

这时佑哥看战无伤已救下，也连忙朝他叫着：“数据是多少？记下了没有啊！”

战无伤泪流满面了：“到底有没有人真的在关心我的安危啊！”

银月方面只剩3人，最后一个战力也已经消失，3人都显得有些不知所措。而公子精英团的几人到这时候才开始不再胡闹，全力对敌，双方一字排开，互相凝望。

佑哥眼看大好机会也没搜集到数据，心中郁闷。他此时的心态就好像一般玩家打怪掉落了极品装备却没有拣到一般。

一看一时没人动手也没人说话，佑哥第一个跳了出去：“谁敢冲锋我一下啊！”

银月皱眉望着他，他尚没注意到佑哥等人在有意搜索他的装备信息。看到银月望向他，佑哥立刻又朝他喊道：“看什么看，有种砍我啊！”

还好有素来沉稳的剑鬼过来把佑哥拉到了一旁：“冲锋的伤害我记下了。”

佑哥大喜，连忙朝剑鬼索取，他的计算只缺这一点就可以完美估算出来银月那技能的属性了。

拿到数据在小本上略做计算，佑哥终于露出满意的笑容：“看来是提升属性的嘛！在15左右，速度、攻击、生命看起来都有提升，这么说来应该是提升全属性吧？果然够变态啊！”

“不过冷却长达10分钟，技能持续也就25秒，也就搞搞突然袭击吧！”韩家公子说。

“我怎么觉得在月夜城的时候可不只25秒啊，好像时间挺长呢！”御天神鸣说。

几人在这嘀嘀咕咕地讨论，直接把对方3人当空气了。

银月听出对方居然把他王者之剑的技能属性都给挖出来了，心下骇然。这时顾飞已经踏前一步，微笑道：“他们聊，咱们继续吧！”

银月细细看了6人一圈，也是笑了笑：“不必了，我们输了。”说完朝那2人点了点头，3人忽然白光一闪，已经消失掉了。

“怎么回事？”顾飞惊讶。

“认输了。”韩家公子淡淡道。

“好可惜啊！”顾飞叹道，“我才砍了他一剑。”

“有机会的。”韩家公子说，“看他走时那样，新仇旧恨的，早晚会找机会来报复。”

‹ 10 ›

邀功请分

和银月这一战可以说是有惊无险。顾飞的几个瞬移就把银月等人晃得晕头转向了。如果是普通法师，那会个瞬间移动也算不上有多难缠，但问题是顾飞这法师的风格和常人迥异，他一个瞬移突然飘到跟前来砍你，这好比是一个战士会了瞬移，这就太让人接受不了了。

等系统计算完成绩把公子精英团6人送出对战地图后，居然在传送阵外看到了在等候的银月等人。

“打得好！打得好！”一看到6人现身，银月立刻满面堆笑地迎了过来。

6人都挺意外。坦白而言，一般打完对抗赛后双方都会在场外寒暄上几句，毕竟只是系统组织的比赛，不是什么仇杀。况且会输的话，一般说明对方是高手，网游里大多数人都是乐于多结交几个高手并以此为荣的。

但银月却如韩家公子所言，他和公子精英团是有旧仇的，此时又在佣兵战中被公子精英团淘汰，大家都想着这家伙不要在传送阵外搞伏击就好，谁又想到会是这么一个情况。

银月一脸谄笑，伸过手来和众人逐一相握：“怎么称呼，怎么称呼？”除了顾飞，每个人都被他打听了一遍。而这几个人的名字在网游界那是一个赛一个的如雷贯耳，银月听一个，嘴巴张大一分，不住地叫着：“久仰！久仰！”

一直到了韩家公子，银月歪了脖子想了好一会儿，也没记起这个名字是个什么有来头的人物，随即把他也当是和顾飞一样的新锐了。

“想不到云端城聚集了这么多史诗级的高手！”银月不住地感慨着。

史诗级！如此夸张的赞誉让几个高手挺是受用。心下不免都有点轻飘飘的。银月又挑着几个人的长处好一通夸，比如御天神鸣的法师技能，战无伤的战士操作，佑哥的无所不知，剑鬼的王者气质等等。

糖衣炮弹啊！全被腐蚀了。顾飞望着已经乐开了花的御天神鸣、战无伤还有佑哥，心下想着，看人家剑鬼，不愧是当老大出身的人物，面对这样的马屁攻势就相当有抵抗力，丝毫不动声色。而韩家公子银月不知其原装身份，实在不熟，一时间没有啥词，只好就着外表简单说了一句："这兄弟长得太帅了！"

"嗯，我知道。"韩家公子淡淡地回应，直接让银月愣神3秒，一句"太无耻了"是咬紧了牙关才没喷出来。

再接着就要到顾飞了，这次是真的千言万语化为一句话："兄弟你太强了！"顾飞谦虚地笑了笑。至此银月和所有人打完了关系，开始依依惜别："大家都是玩佣兵团的，希望以后有机会合作。"说罢道了声别，先行离去了。

这银月也不愧是高手出身，夸奖的话非常到点子。御天神鸣和战无伤两个当事人，在人家走了后还是一脸如痴如醉，随后来到小雷酒馆，在其余众人对他们的鄙视过程当中，两人却又一口咬定当时他们不过是逢场作戏。

"哼！那种货色，根本不在我的视线之内。"御天神鸣瞪着两眼朝前方做瞄准状。

"不过，看起来他似乎已经不把月夜城的事放在心上了，真是这样的话，这人倒是挺大气的。"佑哥说。

韩家公子却冷笑道："大气？我看是城府很深才是。今天对抗中几次不动声色地下套。还好千里新掌握的瞬间移动彻底把他打乱了，不然结果真不好说。"

"下套了吗？下什么套了？"御天神鸣问。

"以固守的姿态，引诱我们上去和他们做近身战。"韩家公子说。

"远程攻击没用啊！防御太强了。"御天神鸣说。

"所以说，这是你明知这样很不利，也非得踩上去不可的圈套。"韩家公子说。

"切，大家就这么耗着，看谁有耐心。"御天神鸣说。

"我们是无所谓。"韩家公子伸了个懒腰，"就是不知道耗到九点的时候，有没有人要去参加行会对抗。"

"呃……"御天神鸣怔了怔。

"然后再耗上两三小时，不知道有人是不是就要急着下线了。"韩家公子又望向顾飞。

"所以我就冲上去把他们全砍掉了！"顾飞握拳。

一提这事大家又都郁闷了。这场比赛中的敌人又全是由顾飞解决的，其他人就算从旁予以了部分援手，功劳也比不了他。御天神鸣看着一边剑鬼拿出小本统计本场比赛的积分，顿时"啊啊啊啊"地叫个不停。

"其实吧，这场比赛最大的收获，是总结出了银月那技能的数据，你们看是不是？"韩家公子突然说。

众人一听立刻会意，连连表示这才是本场比赛的重点所在，这方面的分值要占绝大多数。

“是在我的战术安排下才挖出了银月那技能的秘密，给我多来几分。”韩家公子凑上去看剑鬼记录。

“我那计算也很繁杂的，多给几分。”佑哥也拍拍剑鬼。

“是靠我扛攻击才测试出的数据。”战无伤也来邀功。

剑鬼点了点头说：“我也被攻击收集了一次数据呢！”

“我呢我呢？”御天神鸣急了，他一时间没想出他在这事上有什么功劳。

“我用的笔和本子是你借给我的。”佑哥扬了扬他刚才的算术本。

“对哦！”御天神鸣转忧为喜。

“千里在这事上一点贡献都没有，啧啧啧！”众人望向顾飞直叹息。

顾飞原本也不想和这帮家伙计较这点破分数，但看着几人这一脸幸灾乐祸的模样，心知他们是在故意使坏，顿时觉得绝对不能让他们的奸计得逞，当即问道：“搜集那技能的情报也能有分啊？”

“当然当然，而且会有很多分。”御天神鸣连忙道。

“给我纸和笔。”顾飞伸手。

“干什么？”

“我有情报。”顾飞说。

众人疑惑，佑哥从本子上扯了张纸，连同笔一起递给了顾飞。

顾飞接过伏在桌上，不大会儿就“刷刷刷”地书写起来，片刻写好，递了回去：“百分之百准确，而且详尽的情报。”众人一面继续疑惑一面接过来看。

“装备王者之剑，附加技能战阵“王的号令”，效果：技能范围内队伍成员全属性+15，每秒消耗法力为上限的4%。技能冷却10分钟。”

不只这技能的说明，顾飞还在纸片上写明了王者之剑的普通攻击数据，以及全属性+8的附加属性。

“编得还挺像的。”御天神鸣第一个嗤之以鼻。

“是真的。”顾飞微笑。

“你怎么会知道的？”御天神鸣说。

“问问茫茫的莽莽就可以了。”顾飞说。

几人木在当场，尤其是做数学做到头快爆的佑哥，一下颓然坐倒在沙发上。

“这样可以得多少分啊？”顾飞问剑鬼。

剑鬼很是同情地看了看费尽心思的那些人，说：“大部分积分还是你的。”

“剑鬼你到底站哪边的！”御天神鸣吼。

“对负责记录积分的人咆哮？你胆子也太大了。”剑鬼淡淡地道。

“哈哈……剑鬼大哥，酒够不够啊，再来一杯吧？”御天神鸣马上换上笑脸。

剑鬼摆了摆手，撕去了刚才记录的积分，重新开始书写。顾飞杀敌最多，情报收集也是最准确最详尽，一人独占了本场对抗赛中75%的积分，围观的几人顿时脸如死灰。

“同学们，害人终害己啊！要记住喽！我先走啦！”顾飞起身出了包间。

“哎！等下！”颓然坐在包间角落的佑哥看到顾飞离去，突然想起什么，跳起身来追去。

“什么事啊？”“咻”的一下，顾飞一个瞬间移动又飘了回来，闪现在佑哥面前，惊得他一口气差点没上来。

“一会行会对抗结束后，有点事找你，你不会就下线了吧？”佑哥问。

“还早，先不下线，什么事啊？”

“到时叫你。”佑哥拍了拍他，“你先忙你的去吧！”

顾飞走后，包间众人一起望着佑哥。

佑哥笑容极其猥琐：“生意进行得非常成功！今晚将有许多客户上门洽谈。”

“好啊！狠狠赚他一笔！”御天神鸣吼道。

佣兵对抗赛后的行会对抗，公子精英团6人只有御天神鸣一个人会去参加。眼看着顾飞离去后，佑哥已经在小雷酒馆里开始张罗了，御天神鸣唯恐分不到这一杯羹，千叮万嘱一定要等他回来后再开始。

“放心吧！”佑哥对他拍着胸脯。得到这答复的御天神鸣，这才放心地去参加他的行会对抗赛。

佑哥对此事早已经设计妥当，连酒吧老板小雷看起来都成了他的合作伙伴。在小雷的调配下，酒馆里的酒客被悉数集中到了左侧，而右侧大片空无一人的地方，佑哥指使着力大无穷的战无伤拉板凳拼桌子，瞬间收拾得像是一个新闻发布会现场。

付出辛苦劳动力的战无伤望着收拾出的场景，张大了嘴：“有必要搞这么大排场吗？”

“这是营销学。”佑哥说，“只有自己都足够重视的商品，才会引起别人购买的欲望。”

端着酒杯从包间里露了个脑袋的韩家公子插话说：“营销学？我看你这是恶搞学吧！真搞这么隆重，你是想玩死千里还是想让千里砍死我们啊！”

“是啊！”战无伤附和说，“你应该私下里安排千里和他们一个一个见面啊，一下搞这么多人，别说千里会不满，我看这些客户也不会乐意吧？”

“一个一个见，大家都乐意，问题是千里那边怎么忽悠得过去？索性一次性忽悠过来，在所有人跟前曝个光就完了。”佑哥说。

“你要小心了。你现在可是在和云端城的各路老大们打交道，随便站几个出来对你心怀一下不满，你以后的日子都不好过。”韩家公子说。

“没事。”佑哥狡黠地一笑，“他们那边我都说好了。这种操作也从一个侧面反映了想结识这法师着实不容易，于是他们这钱掏得就更高兴了。”

“你准备怎么收费？”韩家公子问。

“每人100金币就可以了，不贵吧？”佑哥说。

“对这些有头有脸的人来说的确算不得什么。”韩家公子点了点头。

“那这次一共可以赚多少？”这才是战无伤真正关心的重点。

“呵呵！”佑哥笑了笑，“122家行会、27家佣兵团对此表示了兴趣，你算有多少？”

“14900金币！”战无伤目瞪口呆中。

“这么快就吸引了这么多人注意？效率挺高嘛！”韩家公子说。

“多亏了对酒当歌和云牧行会这两天搞得这么多事，他们那满城飞舞的小广告可是帮了咱们一个大忙。”佑哥淡淡笑道。

“那何必急在今天？多等几天或许会有更多的收益。”韩家公子说。

“现在正是对酒当歌和云牧行会打出的广告效应最强烈的时候，全城人都充满了好奇心，等过了这时候，大家兴趣冷淡下来，很多人恐怕就会采取观望态度了。这种生意，本就是捞一把就走，还计较多少？”佑哥说。

两人这讨论投机倒把的诀窍，那边战无伤正在扳着指头算算数。

“14900！那我可以分多少啊？”战无伤一边盘算着，瞥到了一旁冷眼旁观的剑鬼，信口问道：“剑鬼，这可是天上掉下来的馅饼啊！你真不接着？”

剑鬼漠然地笑了笑说：“我就算了吧！先走了，你们忙。”

“不送了啊！”战无伤完全没有劝说的意思。少一个人参与，就少一个人分钱，自己就可以多拿些，战无伤就是这么个简单的心思。一边想着，一边给御天神鸣发起了消息：“喂，还不来吗？我们要开始了哦，没时间等你了哦！”

“什么什么，才开打5分钟你们就开始，故意的吧！”正在行会战的御天神鸣急了。

“没办法啊！客户就是上帝，很多事是由不得我们的。”战无伤幸灾乐祸，信口胡诌。如果此时御天神鸣气急败坏地嚷嚷“你们搞吧，不用管我了”，那他的真实目的也就达到了。

可惜御天神鸣那小鬼头并没有这么冲动，在冷静地对利益进行权衡后，毅然放弃了行会战，以拉肚子为由，和行会同志们招呼了一声就主动申请阵亡了。出了战场地图，他旋风一般狂奔向了小雷酒馆。

进了酒馆一看，左边人满为患，右边一片空荡，只有佑哥和韩家公子随意挑了个位置在喝酒聊天，看到御天神鸣突然进门，两人都甚感惊诧。

佑哥看了眼时间：“这么快就打完了？纵横四海强大到这个地步了吗？我记得赛程上今天你们的对手也是个4级行会啊，应该没这么快吧？”

御天神鸣眼角一瞥，看到那边角落战无伤正笑得东倒西歪，心知被骗，“嗷嗷”叫着朝战无伤狂放冷箭。

“我不管回复的啊！”韩家公子淡淡地提醒了二人一下。

两人顿时不敢打得太嚣张，生怕一个没轻重把对方给挂了。虽然心底时常盼望对方不得好死，但却是希望对方打怪被围死，出门被偷袭死，或者是战斗中被同伴误伤死，却从不盼望是死在自己手上。

御天神鸣暂缓了怒气，打量了酒馆里的布置，也像那边不知内情的众多玩家一样问道："这是要搞什么啊？"

"集中起来，一次见面会就完了。"佑哥说着，又吩咐了一下战无伤，"你有一个重要任务，就是要看好千里，千万不能让他跑了！到时发现情况不对，他想闪人的话你也要死命揪住他。事已至此，就无视他的个人意愿吧！"

战无伤脸色灰暗："这个任务太凶险了吧！"

佑哥点了点头："所以在金钱方面会给你适当的补助。任何赚大钱的机会，都是存在一定风险的。"

"我怎么感觉这风险是由我独自承担的啊。"战无伤哭丧着脸。

"只有你的力量可以轻松拿住千里让他无法脱身啊！这样，大家凑些抗法的装备你先穿上，到时我会给你施加精力祝福，公子的回复术也会随时准备着，你就安心去吧！"佑哥说。

接着4人又对本次活动流程中的些许细节进行了一下讨论，而小雷老板则在维持着酒馆内始终如一的秩序。

时间一分一秒过去，佑哥喃喃道："差不多该有人到了吧？"

刚刚嘀咕完，酒馆大门已被人拿脚踹开："大爷的，总算找到了。"

佑哥等人扭头一瞅，不由都是一怔。

一起进门的有3人，头前这位竟是目前月夜城的老大，传说中十会联盟的盟主：云中暮。

云中暮也是一眼瞥到了这4人，"嘿嘿"笑着走近道："我就猜那消息是你们发的，想出用这种方法赚钱，真牛啊你们。"

说完一掏口袋，朝桌上扔来一个钱袋："听说是100金币？来，数数吧！"说罢搓了搓手，随便找了个地方落座，四下张望着道，"早就想好好结识一下这位弟兄了，怎么样？人呢？还不来吗？"

佑哥等4人此时都还在发愣状态，搁在桌上的钱袋也没人去动，御天神鸣半晌后第一个回过味来，望着佑哥说："牛啊，生意都开展到外城去了。"

而佑哥显然也很意外："要来的人都事先和我有联系，这家伙，不声不响自己就跑来了。"

"那么像他这样的，恐怕不会是唯一吧？"韩家公子淡淡地道。

"看来还不止14900金币啊！不对，应该说是15000！"战无伤望着桌上那袋钱激动。

‹ 11 ›
八方来客

一伸手就可以秒一片，如此强悍的法师绝对物以稀为贵。云中暮等人显然也因此把顾飞装在了心上，突然在论坛上发现了有结识的契机，立刻不远万里从月夜城跑了过来。

“几位大老远过来，今天不用参加佣兵赛和对抗赛了吗？”佑哥与3人寒暄。从月夜城过来，怎么也得两三个小时。

云中暮哈哈一笑：“以我们佣兵团和行会的实力，少3个人参加根本没啥影响。”说完一扫酒馆里收拾中的空荡场地，“弄这么大排场，今晚要来不少人啊？”

佑哥点了点头。

云中暮再次扫量几人后问：“剑鬼老大呢，怎么没看到他？”当初月夜城一战剑鬼是真正和他们一起并肩做战，相互之间更熟悉些。

“他有事，不过来了。”佑哥说。

“难得过来一趟，完事了大家一起喝一杯哈！”云中暮大声说。

这种提议韩家公子显然是最乐意听到的，不过他和云中暮在月夜城就有过争执，互相都看不顺眼。喝酒这种事也要看对人了喝，否则还不如一人独饮，因此这个本该是韩家公子双手赞成的提议，他一声未吭。

其他几人也任由云中暮嚷嚷而未置可否，这时云端城各路行会和佣兵团的老大开始陆续抵达。佑哥也顾不上搭理云中暮了，起身开始招呼客人。

招呼其实只是其次，重点是在此时把费用先收了。

这时候各人的反应就不一了：有的啥话不说当场掏了钱袋递来；也有人犹犹豫豫担心这是个骗局，有心不见兔子不撒鹰；另有些喜欢笼络人心的见这情况立刻借题发挥，一边递上钱袋一边还要吆喝："就冲你佑哥这个名字，我就信得过你。"

佑哥此时正在耐着性子劝说那些不肯先付钱的："在座的可都是老大，我把你们都骗了，以后还混不混了？"

有的听了觉得有理，当即也痛快地掏了钱袋，但总有那么些死活不肯拿钱的。

如此情况佑哥不得不疑心对方是否才是真的骗子，毕竟佑哥虽是卖方，却处于弱势。面对这些老大级别的人物，如果事后真是死皮赖脸不肯付钱，佑哥真没啥法子。毕竟只是100金币，想纠集人马和人家干仗，就说是为了100金币？那真不够丢人现眼的。

"如果遇上这样的人，怎么办？"这种情况韩家公子早有预料，也一早问过佑哥了。

"那就只好请他出去了。"佑哥如此回答。

此时面对几个死活不肯付钱的，佑哥坦然道："几位，今天这事的规矩就是要先付钱。有这么多老大已经先付了，几位如果不肯的话，是不是对他们有些不公平？几位如果坚持不肯的话，那就不好意思了。"佑哥说着，朝门的方向做了个"请"的手势。

几人中当然也有些不好说话的，当场拍着桌子跳了起来，指着佑哥就嚷嚷上了，一边还鼓动其他老大，诉说这先收钱再看货的规矩如何不在理，我们应该联手维护自己的权益云云。

企图挑起民愤的小虾米上蹿下跳，反应平平，连佑哥都在含笑看他表演。此人心中不忿，正准备加大挑拨力度，突然有人和他一样拍案而起，指着他的鼻子骂道："吵死了，你是谁啊？不肯付钱就滚出去。"

"无邪老大，怎么能这样说呢，你看我只是……"这人自己没啥人认识，对在座的这些老大却是个个认得清楚，随便拍案而起的一个，他也叫得上人家的名字。

可惜人家根本懒得听他说话，不只这个叫无邪的，其他一些老大也开始怒目而视。正如先前佑哥所言，把这些老大都得罪了，以后还混不混了？这人一看局势不对头，立刻闭上了嘴，灰溜溜地离开了酒馆。

之前和他一样不肯先付钱的战友，立刻也有两人起身离去，余下的几个则终于肯付了这100金币。

这事虽是个小插曲，却为之后的工作省下了不少事，之后再来的玩家，如果对于先付100金币存有疑虑的话，所有老大立刻群起怒视之，佑哥这钱收得当真是畅快无比。

不仅如此，众老大还想到自己可是花了钱才能见到这强悍法师的，此时酒馆里的其余客人，那可不就是白捡了便宜？想着所有的怒目又射向了酒馆中的其他客人。

这些旁观者看了这么久，已经大致明白了些许：此时要留在这酒馆需缴费100金币，这点大家是看得清楚的。于是不等人家多说什么，大都主动起身离去了。也有极个别好奇心重又不差钱的，也朝佑哥甩了100金币，表示要留下来一看究竟。这样的人也有十来个，当真是一笔意外之财，一边躲在角落里的战无伤乐得嘴都合不拢了。

场间局势稳定，整个小雷酒馆都意外地成为了会场，众人一起重新调整了座位，坐得又宽敞又舒适。

此时已经半天没人进酒馆了。虽然距离佑哥事先通知的时间还有些时候，却已经有人耐不住性子问佑哥是否可以提前开始。

"还有没到的。"佑哥微笑，"到时间咱们准时开始，大家先喝几杯，酒全我请。"

众老大没再说什么，请几杯酒水也没让他们如何兴奋，都是花了100金币坐在这的，免费赠送点酒水算得了什么？

正傻等，忽然沉寂了许久的酒馆门又被推开，一位一身漆黑铠甲的战士默默地走了进来。在座有认得这人的：黑色食指，目前云端城最大佣兵团的团长。这人也没多话，来后随便找了地方坐下，把钱袋放在了桌上，任由佑哥收起。

众人正窃窃私语，突然间人接踵而至，而且来的都是最近云端城里挺火的名字。

银月带着两个弟兄也进了酒馆，一见佑哥等人立刻亲切招呼："这么快就见面了。"

"你也……"佑哥颇有些意外，银月和顾飞已经算是认识了，似乎没有这么必要啊！

银月却也没说什么，交了钱，落座。

再接着，重生紫晶的姑娘也一下来了4个：七月、落落、细腰舞和烈烈一同进了酒馆。

这组织就更让佑哥昏厥了，这帮人和顾飞多熟啊！也来这搞什么事？

随手甩上了100金币后，细腰舞瞥着佑哥："看看你们要搞什么鬼！"

跟着，又有一个法师同一格斗家和一盗贼进了酒馆，佑哥还没来及上前搭话，御天神鸣已经跳了起来："你来这里干什么！"

"秒杀级法师啊！我当然想认识认识了。"这法师微笑。

"你是？"佑哥上前问。

"漂流。"来人一面回答，一面递上了钱袋。

酒馆里立刻起了一整骚动。和细腰舞不同，她加入了重生紫晶行会是已经全面曝光的事，但漂流这个法师也在云端城知道的人可不多。众老大立刻热血沸腾起来，这等人物也是应该重点招揽的对象啊！

漂流交了钱落座后，酒馆的门再度被推开——云端城最大行会的会长，无誓之剑终于也来了，身后是他一起同行的两个伙伴，倒影年华和风行。

"呵！这么多人呐！"无誓之剑非常具有大行会会长的气派，气宇轩昂地挑了个位置落座，甩手扔给佑哥一个钱袋，"可以开始了吗？"

佑哥接过，点了点头："稍等。"说罢已经给顾飞去了消息，"来小雷酒馆一下吧！"

"唔？这么巧？我也正要过去呢！"顾飞回答。

"同志们，人马上就到了。"佑哥一边宣布，一边环视着在场的众人，末了朝韩家公子小声嘀咕，"该来的有没来的，不该来的来这么多。"

“你是指对酒当歌和云牧行会的人？”韩家公子笑。

佑哥点了点头。

“如果对酒当歌要来人，我还会坐得这么稳当吗？怎么也得回避一下嘛！”韩家公子笑。

“怎么回事？”佑哥打听。

“不太清楚，好像是已经和千里碰过面了。”韩家公子说。

“这么说来云牧行会也一样喽！想不到他们的小广告还真收到效果了。”佑哥惊讶。

“没工夫想那么多了，本次活动重点还是集中在千里身上，开始准备吧！”韩家公子说。

佑哥一点头，朝战无伤示意了一下。战无伤从阴暗的角落里钻出，本来还有几分喧闹的酒馆刹那间安静下来。

“这是什么？宠物吗？”

“没听说有宠物系统啊！”

众老大窃窃私语，实在是战无伤的装束太不伦不类，为了防止顾飞暴走，战无伤身上现在集中了公子精英团内所有职业的抗法装备。作为一个拟真游戏，穿装备不能只看数据，外表的搭配也是重要元素之一。战无伤此时乱七八糟几种风格的玩意儿组装在一起，就像是一幅抽象派的油画。

这边战无伤一露头就把所有人都雷翻了，吓得他自己也窘在了当场。佑哥上前拍了拍他的肩，在他耳边轻声说了一句话：“钱上会多补助你一些。”

战无伤牙一咬，心一横，也不管不顾了，迈着他平素豪迈的步伐，大步走到了门旁。几人早已计划妥当：顾飞一进门，就由战无伤亲密地揽上他肩头，这样他就再也无法逃脱了。

“小雷啊！把那门关上吧！”佑哥对小雷说。酒馆里一共有两道门，左右各一道，战无伤把守的是右门。

右门就在此时“吱呀”一声被人推开，一名身着黑色长袍的法师，在众人期待的目光中现身了，众老大急切地望了过去，却发现此人赫然是蒙着脸的。

但相熟的佑哥、韩家公子等人还是从身型上看出这个人就是顾飞无疑，佑哥心下不解，但还是飞快地先朝战无伤使了个眼色。

“哈哈，怎么才来啊！”战无伤亲切地打了个哈哈，伸着胳膊就要去揽顾飞的肩头。

谁想顾飞像是早有防备一样，一闪身就把战无伤这一胳膊给闪开了，惊讶地瞪着两眼望着战无伤说：“这是什么东西？”

“我啊！”战无伤连忙凑了个正脸给顾飞。

“你怎么搞成这个样子？”顾飞惊讶。

“说来话长，咳！”战无伤说着又要去拍顾飞，顾飞恰如其分地迈开了一步，正好又闪过了这一巴掌，跟着几步已经来到了佑哥身前："找我什么事啊？"

佑哥清了清嗓子正要说话，顾飞突然伸手阻止他："先包间里等我，我办完事进来。"

"啊，你有啥事？"佑哥愣了。

顾飞一甩手朝小雷扔去了一枚金币，一看这信号小雷瞬间就怔住了，跟着就看顾飞一脚踹翻了身前一张板凳，拔出剑喊道："通缉任务，没事的闪啦！"

在场一片哗然。身为云端城的各路老大，消息都是非常灵通的，早就耳闻有这么一号专刷通缉任务的法师，技术不错，据说从未有失手的记录。也有好奇心起想要寻访一下的，只是这人天天刷着通缉任务，追着坐标满世界跑，神龙见首不见尾。有幸见到一次的，想等此人办完事再去搭话，结果等他完事，正打点衣装准备上前搭讪时，人家白光一闪就不见了。

无人知晓"追风纹章"在这任务中的作用，见过这一幕的人，都觉得此人居然拿着传送卷轴刷通缉任务，当真是十分敬业和奢侈。

看佑哥等人的神情，他所指的强悍法师就是此人无疑了。在座的众人，和顾飞相熟一些的如细腰舞等人也凭身型、装束就认出这人是顾飞，算不上太熟的漂流，一看他甩金币喊"通缉任务"的一幕，也已经想到二人初识时的情景，会心一笑："果然是他。"而通过这任务和顾飞相识的还有一人，就是银月，而且那好似月夜城一切事件的始发点，一时间银月恍惚得都有些穿越了。

顾飞一句话震惊当场，跟着剑朝前方一晃："就是你啦，其他人没事的让让！"

但这一剑却是一个花招，飞速地一通虚指后收剑，至少有十几人觉得顾飞指的是自己。在座众老大身背PK值的可不少，不巧被顾飞点到，立刻有些不知所措起来。哪怕是明明没有ＰＫ值的，被顾飞盯上，在此情此景下一时间也有些恍惚了，下意识地躲闪起来。

"让让！让让！法术不长眼的啊！"顾飞挥剑作吟唱状，这下慌乱的人更多了。酒馆这种地方大家坐得当然是很密集，比打架时站位还要团结，法师如果真一个范围法术丢下来，后果不堪设想。

"火树千重焰！起！"这边顾飞胡指了地方已经唱起来了，立时引发大片骚动，众老大一时间也没了风骨，纷纷起身躲闪。只是顾飞本次吟唱纯属假象，剑指向地点时使了一招"朝三暮四"，虚指了十几处地方，就是最有经验的玩家看了，都判断不出这火到底会从哪里窜出来。

当然，经验丰富且冷静的如漂流这等法师高手，却好似一眼看出剑舞成这样那法术是绝对施展不出的。施展这类法术时，吟唱过程中手或是法杖必须要指着法术要攻击的位置不动摇，如顾飞这般唱一句词的工夫剑晃了十多下，虽然漂流不知他是如何做到的，但他确信这是一次失败的吟唱。

看出顾飞只是虚张声势的也不只漂流一人，纵观全场，纵横四海的几人，黑色佣兵团的团长黑色食指，银月，还有月夜城远道而来的云中暮，还有数个会长，都坐着未动。

除此之外，重生紫晶的几个姑娘家也很是淡定。主要是她们认为她们和顾飞是有交情的，就算通缉目标是她们，那也得放一把手。

能冷静识破顾飞花招的毕竟是少数，大多数人还是被他这一招“朝三暮四”给迷惑了。场面瞬间失去控制，众老大叫着喊着起身四散躲避。

而漂流等高手级的人物正一脸蔑视地望着这些惊慌失措的老大时，“轰”的一声响，酒馆正中央大团火焰从地底喷出，火树千重焰真的燃烧起来了。

这法术的范围也不可能涵盖整个酒馆，而逃窜的玩家跑起来，自然也是从中间向两边，不会有人还往中间钻来，这一法术轰到的人倒并没有多少，主要就是那几个以为看穿顾飞手法坐得十分安逸的家伙，其中包括第一法师漂流，重生紫晶众女，以及黑手佣兵团团长黑色食指。

重生紫晶的姑娘们是深知顾飞法术可怕的，这一下被烧到，一惊之下想闪已经迟了，瞬间以为就要回自己的重生主场，却没想到一个个都安然留在了现场，心下自然是充满了疑惑。

而漂流身为平行世界第一法师，居然完全没看出这法术是怎么施展出来的，正在深刻地检讨自己。而那黑手佣兵团的团长，则是打量了一下自己的生命损失后，嗤笑了一声：“秒杀级法师？”

被这法术烧到的自然不只这几个人，多少还有些个腿脚比较慢的，此时听了黑色食指这句话，反应过来，纷纷查看自己的伤害，顿时大跌眼镜。这一个火树千重焰的伤害甚至远不如一个40级的光屁股法师丢出来的，这样的伤害也敢称秒杀级，这未免也太厚颜无耻了。

“秒杀”这二字可是佑哥在论坛的宣传中的主打词，这么多人主要就是被这俩字吸引来的，此时亲身经历了顾飞这一法术的伤害，顿觉上当，一时间群情激奋，指着佑哥大骂骗子，有嚷嚷要赔钱的，有掏了家伙要上来PK的，场面愈发地混乱起来。

事情的一切变化都在佑哥的计算之外，此时看到许多人挥着长刀短刀长弓短弓法杖权杖地要把他干掉，不免也有些慌张，连忙伸着双手安抚大家，不住地道：“大家别急，有事慢慢说，慢慢说。”

“还有什么好说的！”有人吼道，“他那法术伤害我们已经看到了，这是秒杀级？我呸！”

佑哥当然确信顾飞的法术伤害绝对可称得上是“秒杀级”，但此时顾飞一个火树千重焰遭人唾弃也绝对是事实。不过身为情报王的佑哥瞬间已经理清了这是怎么一回事。

网游里，低伤害突然变高伤害当然没那么容易，但高伤害的人想把自己的伤害变低一些，那方法可就太多了。

佑哥一边想着一边望向顾飞，虽然蒙着脸，但就那露在黑布外面一闪一闪的双眼，已经让佑哥不由自主地心中暗叫：“不好，被暗算了！”

“大哥，别闹，要出人命了！”佑哥连忙私密顾飞。

“您呼叫的用户暂时无法接通。”系统提示说。

“还有备而来啊！”佑哥吐了口血。

蒙面，进来就故意放个弱弱的法术，连消息接收都关掉了，这家伙显然已经把自己的计划看在眼里，此时就是故意过来捣乱的。佑哥心中百般无奈，却只能眼睁睁地看着一干老大一副要把自己生吃了的表情。这正应了之前他让众人打消疑虑的那句话：在座的可都是会长级人物，把你们全得罪了，我在云端城还混不混了？

“我也要跑路了！”佑哥泪流满面，心中只有这一个声音。谁想这时候突然有人站出来说话了：“众位众位，稍安勿躁，稍安勿躁！”

与此同时佑哥也收到一条私聊消息，同样是来自韩家公子：“解决了这麻烦，能分到大头不？”

“趁火打劫啊？”网游高手嘛，私聊消息比说话还快，佑哥别的不行，这方面也属顶尖，消息回复的比瞬移还要快。

韩家公子却没回复，只是望着他笑了笑。

佑哥不知他又心生出了什么诡计，无奈地朝他点了点头。

“咳……”韩家公子清了清嗓子，“安静安静！听我解释一下。”

“还有什么好解释的。”

“别吵了！”韩家公子突然一声大吼，“这人根本不是我们要介绍给大家的秒杀级法师。”韩家公子飞快地说完了这句话。

全场瞬时一片安静，连顾飞都很是意外地望向韩家公子。

“那他是谁？”有人立刻问道。

“我怎么知道，不认识，捣乱的吧？”韩家公子一脸无辜地说。

我去！狠毒啊！佑哥心中暗叫。如果顾飞只是一个普通法师的话，全场老大们显然会把不满情绪全撒到佑哥身上，但此刻韩家公子此言一出，方才的事被引导成了误会，如果有人想因为那个火树千重焰算账，无论如何也算不到佑哥身上了，这围的确算是解了。

紧接着，恐怕就有不少老大要找捣乱的顾飞算账，这样肯定会逼得顾飞露出杀手本色，等他一伸手秒掉几个，那么事实胜于一切雄辩，一切就又变得简单化了，只是不知道哪几个可怜鬼就要如此牺牲。佑哥想着，一脸同情地望向在场众人，看看哪个对顾飞的怒气比较急切，恐怕转眼就要死在顾飞的剑下了。

韩家公子的计划并不复杂，不只佑哥很快理解，顾飞也是转眼之间便想通，结果却是望向两人淡淡笑了笑：“我死也不会出手的。”

韩家公子也是淡然笑了笑：“那你就去死吧！”

而接下来的发展再一次出乎佑哥的意料。在场诸人中已经有人跃跃欲试地想朝顾飞动手了，一直默默无闻的银月突然站了起来，不慌不忙地道：“各位别忙动手，这人就在这里，想跑也跑不掉。别忘了咱们今天花了100金币可不是来这里打架的，还是先请佑哥把秒杀级法师请出来吧！”

一边说着，一边已经不怀好意地盯向了佑哥等人。

坦白而言，顾飞出场的意味十分明显，看架势就是这帮人要当那法师来介绍的。谁想横生出了这么一个枝节后，韩家公子突然表态说和此人不认识，事情发展得太快，大多数人一时还没绕过弯来，而一直冷眼旁观的银月却也算是深知顾飞底细的，他始终紧盯着顾飞。

方才顾飞和韩家公子的对话，在他的紧密注意下也听了个大概，立刻推断这几人大概是有些许矛盾的。而顾飞此时不愿担任秒杀法师，韩家公子也直承不认识此人，如果这时他们交不出一个秒杀法师的话，这事还是一个骗局。这帮人转眼就会被全云端城的老大联手追杀，这简直太爽了。

想不到报仇的机会这么快就来了。银月想着，嘴角禁不住露出笑意。

佑哥一切听在耳中看在眼里，包括银月最后由衷表现出的恶毒笑容，心里不由地一紧。

果然如韩家公子所言，这银月是个城府很深的角色。他已知公子精英团众人是他的大仇家，表面上却不动声色。此时抓住了机会，立刻跳出来狠咬了一口。这一口还真是咬到了要害，此时交不出秒杀级法师，几大高手明天就可以上论坛头条了，一世英名也要毁于一旦。

此时，只有盼着顾飞能出手助大家一把了。佑哥想着，已然望向了顾飞。

顾飞当然也知其中厉害，虽然心中着实不愿被当作赚钱的幌子，但此时银月的用心太过明显，这种时候总不能让这种小人得逞。权衡之下，正准备先一招把银月秒了，证明自己是秒杀法师，其他的事以后再说。

正这样打算，韩家公子却突然再度讲话，如此危急的情势下，依旧不改他那慢条斯理的公子派头，不慌不忙地道：“各位，秒杀级法师其实大家早就已经见过了，就是这位，平行世界五小强之一，法师榜第一位，漂流！”韩家公子说着，手已经指向端坐桌边，一直冷眼旁观场中变化的漂流。

而突然被提名的漂流也很是意外了一番，傻怔怔地望向韩家公子。

现场又一次陷入安静，韩家公子面挂笑容，向大家极力介绍：“漂流这名字大家肯定不陌生喽？一直以来都是法师榜的首位，此番驾临我们云端城，我想在场诸位大概有很多人都不知道吧？这样的一号人物，大家会觉得今天花的钱不值吗？”

“胡说胡说，他才不算秒杀级法师！”御天神鸣素来也是比较识大体的，但少年仔毕竟感性大于理性，此时一向被他视为对手仇敌的漂流被抬到如此高的地位，心中一忿，不管不顾地喊了出来。

韩家公子依旧不急，朝无誓之剑坐的方向道：“无誓会长，一会把你们家这野孩子领回去好好教训教训。这小子很久以来就对漂流看不过眼，明知漂流来了云端城，也没向你引荐一下，也别太怪他了。”

网游界两大著名法师关系不和谐的事，资深玩家都略知一二，再看御天神鸣不过是个毛头少年，韩家公子这说法轻易就被大家接受了。御天神鸣那还大叫“胡说胡说”呢，在座众人却都拿一种“溺爱”的目光笑吟吟地望着他，已经完全将他视作一个怄气的孩子了。

场内气氛重新回归和谐，佑哥不可思议地望着这一切：老天，真给解决啦？

酒馆中的局面暂时回归平静，瞬间漂流已经成了场中的焦点人物，但他依然不动声色，突然朝韩家公子和佑哥这边扬了扬手，竖起五根手指像是在打招呼。

佑哥一时没反应过来，认为漂流是很入戏地在和他们招手示意。好人啊！佑哥心下感动万分，连忙也挥手朝漂流招呼。结果看上去，漂流似乎并没有怎么搭理佑哥。

一旁的韩家公子却是丝毫不动声色，一只手在身侧轻轻摇了摇，竖着3根手指。

立刻，漂流摇晃的5指收起了大拇指，变成了4指。

于是韩家公子收起了无名指，竖着食指和中指。

漂流这次干脆利落地收了3根手指，只剩食指朝这边摆了摆，就把手收回去了。

所有玩家只注意到漂流在这边摇手打招呼，没人察觉韩家公子偷偷地回应，只有佑哥就在他旁边，看个正着，忍不住问道：“搞什么鬼？”

韩家公子向他解释：“他说要5000金币，我还价3000。”

佑哥恍然：“然后他说4000，你又还2000？”

韩家公子点头。

“然后他主动降成了1000？”佑哥不可思议地问。

“那1根手指的意思是一会儿再说。”韩家公子道。

“你们认识？”佑哥问，很难想象两个不认识的人也能有这种默契。

“不认识，这纯属智商问题。”韩家公子说。

而几根手指的交流后，漂流彻底入戏，在部分人还没有理清关系的时候，主动站起身来，朝大家问了声好后说：“初到云端城没多久，以后还要请各位老大多关照了。”

“客气客气！”众老大连忙喊道。漂流这等老玩家，显然熟知网游世界里的世故人情，很轻松地就和场内诸多凑上来的老大级人物打成一片。当然也不可能照顾的面面俱到，不少人还是被冷落下来。大家都是一会之长，心气都是极高，此时毫无存在感，心下着实不爽。心里也琢磨着找点事做，不巧就盯上了那个捣乱分子顾飞。

之前跳出来咬了个空的银月，虽然引得公子精英团们的极度鄙视，但在同来的会长们眼中还是同仇敌忾的。阴谋失败后，他立刻回归默默无闻，悄然留意场中局势，此番注意到这些个被冷落的会长似乎都郁闷得想要砍人，觉得又找到了一次契机，连忙清了清嗓子，旧事重提："我说，漂流兄弟是法师头号强人自不必说……"

"强个毛线！"御天神鸣立刻出声打断。

"呃，御天小弟当年也是很威猛的，我知道……"银月连忙恭维了御天神鸣一句，接着矛头指向了顾飞，"这位朋友过来捣乱，究竟是有什么企图？我怎么觉得他和你们几位像是认识啊？"

银月是贼心不死，眼看有许多会长此时捞不到和漂流接触的机会，这部分人肯定会对这100金币的消费充满了腹诽。当然，自己搭不上话，这种责任完全不需要佑哥他们再负责，众会长倒也不是不讲理的人。

只是这次见面会中突生的顾飞这个小插曲，实在是疑点重重。银月此时在一边煽风点火，就是想帮这样心有怨念的会长们找一个宣泄口。一干老大中总有些个道德品质不过关的，此时听了银月提醒，立刻把枪口重新指回了佑哥人等："没错，这事必须要给个解释，这究竟是怎么回事？那家伙进门时明明还和你们的人说话来着，怎么说不认识？"

佑哥不知如何回答，韩家公子却是一脸无耻相："说话就能代表认识吗？你现在也在和我说话，你知道我是谁吗？"

对方一时间没反应过来，银月一看自己找的这几把枪不怎么好使，不得不出声帮腔："别搞这种文字游戏戏弄我们，真当我们都傻啊？"

一直就没说过话的顾飞终于开口了："不知道你们在这里搞什么，我进门的时候不是已经说过了吗？我是来做通缉任务的！"

"是吗？那你通缉的人是谁？"银月阴笑问道。知晓顾飞底细，且一直冷静旁观的他，早已经把事情始末猜了个八九不离十。

不过他到底还是犯了个错误，他试图将矛盾激化到言语不可调解，然后大打出手。而且心底认为他这边都是行会老大级人物，公子精英团绝对是弱势群体，自己的主要使命就是让老大们觉得这事说不清楚，只能动手。他着实没有想到，这种对峙的局面下，对方会先出手。

顾飞本就不待见银月，此时又见他不住地煽风点火，这等家伙顾飞是连言语调解的步骤都不想有。正好银月还得意洋洋地问："你通缉的人是谁？"于是顾飞就顺其自然地回答："通缉的是你！"说着一脚踩上一张板凳，一个飞身越过一张桌，兜头一剑，照着银月的面门就劈了下去。

"双炎闪，闪！"顾飞大吼着，连那些个正忙着和漂流交流的老大们都抬眼望了过来。

只见一道火光挟着黑影砸到银月脸上，这一剑顾飞劈得狠极了。银月虽然没被秒杀，头也没被劈成两半，脸上却是留下了一条笔直的剑印子。

顾飞端详了两眼，叹息："底部好像有点歪了，我的手还不够稳。唉，这剑的分量其实不是很乘手啊！”

银月惊讶万分，指着顾飞“你你你你”了几声，终没说出话来。仗着一身不俗的法术防御，银月依然没被顾飞秒杀，不过此时生命已经变红。好在他身边尚有两个同伴，之前顾飞跳过来时反应慢了半拍，此时正好杀到，一左一右想给顾飞脸上也来两道印子。

“通缉任务啊！没事的闪啦！”顾飞一退躲过这两下攻击，似模似样地喊道。

两人当然不会被顾飞吓退，把银月护在了身后。

银月却知这样根本没用，因为顾飞另有一个可怕的技能。他知晓顾飞的厉害，明白只凭己方3人恐怕不是对手，他一边匆匆朝门口方向撤离，一边回头继续挑拨：“干什么？不让我说话，想杀我灭口吗？”银月这时只盼着众老大赶紧被自己挑拨出手，那样也用不着逃了。

可惜他的嘴虽快，但字却太多，而顾飞只不过要说五个字：“瞬间移动，动！”

等银月说完全句时，顾飞早已经穿越人群，拦到银月身前。

剑光，火光，银月这已经是第三次被顾飞砍杀了。

“任务完成！”顾飞满意地点了点头，酒馆内一片安静。

什么叫万籁俱静？此时的小雷酒馆就是，最通俗的说法是“静得连掉根针都听得见”。

所有人都哑口无言，呆呆地望着顾飞。

“双炎闪”是法师法术中使用率最低的一个，使用少就导致熟练低，在诸多法师手中，这一技能的杀伤力都是最小的。但现在，顾飞就是凭众人印象中威力最低的“双炎闪”击杀了一名骑士。

两记“双炎闪”消灭了一人，众玩家已经觉得是非常可怕的法术伤害了。殊不知要不是银月拥有较高的法术防御，普通玩家根本就架不住顾飞一记“双炎闪”。

顾飞究竟和佑哥等人认不认识，他来这里究竟是真有通缉任务还是有意捣乱，这些问题目前统统不重要。那些没和漂流捞到说话机会的会长们，已经开始想和顾飞套套近乎了。

要说漂流名气的确够大，但像他这种大腕，中小行会是不敢多想，就是大行会请了去，他这等人物带来的效果也很难预料，搞不好就会反客为主。相比之下，明眼人更乐于发掘顾飞这等潜力之星来自己培养。

众人也就是刚刚动了这么个心思，解决了银月的顾飞却已经觉得这里没他什么事，转身就跑出酒馆了。

“哎，兄弟，等等啊！”有数名会长已经飞快地追出门去。但没多久，所有追出去的人都垂头丧气地走了回来。

“这究竟是什么人啊？”众人议论纷纷。

“我觉得他速度非常快，敏捷恐怕加了不少。”有人说。

“我之前有鉴定他装备，衣服和剑看不到，其他挺普通的。”

“衣服和剑一定有古怪，他的高法伤大概就出在这两样上。”

“等下，既然他拥有高法伤，刚才那记火树千重焰又怎么解释？”有人提出新的疑点。

转眼间，小雷酒馆还在和漂流套近乎的已经是少数，绝大部分人都在就顾飞的问题召开学术讨论会。韩家公子连忙趁此时给佑哥等人私发了消息：“咱们可以闪啦！”

佑哥完全赞同这个决定，就在门边的战无伤非常顺利地溜了出去，御天神鸣也没什么人注意，临出门前还朝漂流方向吐了两口口水都无人察觉。但到韩家公子和佑哥一前一后也想溜走时，却立刻引起数人的关注。

“哎，两位请留步。”有人喊道，所有人的目光跟着望了过来。

韩家公子笑了笑：“已经没有我们的事了，诸位和漂流大师聊好啊！”

“等等！”有几个会长跳出来，拦住了二人的去路。

“刚才那个法师的事，我们还想好好向二位打听打听呢！”

“那人我们不认识。”韩家公子说。

“嘿，别把大家当小孩子哄，你真当我们相信你们是不相识的吗？”很显然，顾飞进门后和佑哥一行人的交流是很明显的。之前大家关注的是秒杀级法师，不是顾飞，所以顾飞是不是和佑哥等人认识完全不是重点。但此刻顾飞的强悍暴露，人又跑不见了，关注他的人自然再不会轻易放过这一切。

场面再度有些失控，佑哥脸上挂着无奈的笑，艰难地对众人解释着。而韩家公子在旁一言不发，冷冷注视，他注意到这一群行会会长都是急切地想打听出顾飞的情报，但当中却有两人在旁冷不丁地说句话，基本都是在指责韩家公子等人的不是。

这二人赫然是与银月同来的两个伙伴。韩家公子心中暗叫一声不好，难不成方才银月竟是故意引得顾飞向他出手，以自己的牺牲来换取顾飞实力的暴露，然后引发现在这种场面？这家伙，真是阴魂不散啊！

韩家公子总把银月想深刻，这话着实不假，这一次也没有例外。说到底，韩家公子并没有完全了解银月的为人。为了达到目的，牺牲自己也在所不惜？银月绝不是这种人，即便在游戏里也不是。不过除此之外，韩家公子的判断完全准确，此时场面混乱，银月在背后的确功不可没。

在复活点重生的他，正对着损失咒骂顾飞的祖宗十八代，突然收到还在小雷酒馆的两个同伴现场直播的当时情形，他立刻察觉自己这一挂是歪打正着——顾飞实力暴露，导致众多老大重新把注意力转嫁到顾飞和佑哥一行人身上，这可又是一次不容错过的契机。银月咬着牙，连忙指示两个同伴要不遗余力地把挑拨进行到底。

“记住，不是要诱惑他们说出千里一醉的情况，只有一方面迫切想知道，而另一方却死活不肯说，矛盾才有可能激化。你们要做的就是强调千里一醉不可理喻的一些行为，以及那帮家伙的一些谎言。最成功的情况，就是让那些会长们感到这是一出设计出来的骗局！”银月如此交待。

二人听从银月的指导，积极投入到了当时的学术讨论，就此煽风点火地埋下了不少伏笔。待得现在大家都在围着韩家公子追问顾飞信息，这二人如韩家公子所见，冷不丁在一旁说些带刺的怪话，引爆众人心中的疑惑，逐步对众行会老大进行引导，最终这群会长们提出的要求，竟然是要顾飞马上回来，和大家碰面，一起作个交待。

“他们提的要求越过分越好，最好是佑哥，韩家公子他们完全做不到的，只有这样矛盾才会变得完全无可调和。我这一挂，才算没白挂。”这是银月提出的指导思想。

“成功了！”此时同伙兴奋地向银月报告，“他们要求佑哥他们立刻把千里一醉叫回来当面说清楚，这个我想他们是做不到的。”

“没错，他们之间似乎有些矛盾，那个千里，刚才的出现恐怕还真是来捣乱的，他好像对于佑哥他们这个赚钱的计划很有意见。接下来就是看戏了！”银月得意，被杀掉1级的心情，因此好转了不少。

“那法师呢？快叫他回来，别说你们不认识这种废话了，骗谁啊！”众老大此时正指着佑哥和韩家公子直嚷嚷，快把二人逼到墙角了。

众人所提出的“叫法师过来”的要求，的确是眼下佑哥他们办不到的，因为顾飞的私聊至今也没有打开。

佑哥无计可施，急得满头是汗。而他身边的韩家公子，似乎是懒于和这么多人争吵，除了开始搭了两句话，之后是一言未发，眼中闪烁不定，也不知在琢磨什么。

“你们到底叫还是不叫？别以为我们不知道，那法师本该就是你们介绍给大家的，不巧看到漂流兄弟，就来个临时抱佛脚，怎么着，想藏着那个家伙找个时间再搂一笔是不是？”

韩家公子拖漂流下水的临时计划毕竟漏洞太多，再加上对方有银月这个比较了解内幕的人在背后提示怂恿，在场不少人都看穿了这一小把戏。事情的发展如银月所期望地向前迈进了一步：所有人都要把这一幕当成是骗局了。

一人被骗100金币，也许心里骂个几句就过去了，但此时被骗100金币的所有人都聚在了一起，大家互相催动，很可能就搞个临时联盟打击犯罪了。

“怎么办？”佑哥看韩家公子一直不说话，直接私密上了。

“别急，会有人站出来说话的。”韩家公子还真是不慌。

“谁啊？”佑哥一边问着，一边在人群中打量。

“他们折腾千里的信息，摆明了就是想挖人，你想想，这是在和谁在作对？”韩家公子给佑哥回复。

“哦……”佑哥恍然大悟，目光一转，望向了酒馆中还算平静的一角——重生紫晶的姑娘们正静静地坐在那里。

建立行会的玩家，目的大多是为了争霸天下，无论何种程度的对抗，人才可是何时何处都不会过期的有力资源。因此，今天来参加秒杀法师见面会的，行会会长占绝大多数。

此时一堆会长急眉瞪眼地要求韩家公子和佑哥把顾飞喊来，摆明了是要笼络顾飞。行会之间互挖墙角那是常事，但至少还没有当着人家行会会长的面就直接勾搭的，这太嚣张了。就算最后挖人成功，但从头至尾，表面上的工夫大家都还是会做足的。

此刻，一帮会长公然表露挖角意图，却不知顾飞早已经名草有主，而且他那主就在现场坐着呐！韩家公子一直默默不语，冷眼旁观，就是等着这正主出手。

果然不出他所料，如此当着姑娘们的面进行挖墙角工作，姑娘们也按捺不住了。七月和落落还稍好些，那细腰舞和烈烈已经掀了桌子跳起来："喂，你们不要太过分啊！那法师可是我们行会的人，想挖走，当我们不存在啊？"

场面霎时安静了些。

在场会长都深知行会人才战的潜规则，一听在场的真有顾飞的会长大人，一时间都不知如何是好，除此之外，大家心中还产生了一些恍然感。

区区重生紫晶，怎么可能连败对酒当歌和云牧两大行会？而对酒当歌和云牧行会，似乎也就是在败给重生紫晶后开始在城中大贴广告，寻找某法师。

问题有了，现在答案也有了，因为她们这小行会中藏着一个强悍的秒杀法师。而对酒当歌和云牧行会和她们交手后知道了这么个厉害人物的存在，所以一直在寻访。

如此来看，重生紫晶的说那法师是她们行会的人，倒也是实话了。

众会长都不知说什么好，也没人再继续向韩家公子和佑哥逼宫了。佑哥长出一口气，韩家公子却还在紧盯着银月的那两个爪牙，他倒想看看这两个人到此时还会有什么戏唱。

两人正在向银月汇报着局势，走在街上的银月听得这个消息，也是稍感意外。他只知顾飞是公子精英团的人，却不知他还是重生紫晶的一员。在座的有他行会的人，那其他行会的会长的确不好意思再搞这些事。

不过这样话，这帮家伙心里可能会更加的不满，稍稍激化，很可能就要朝公子精英团那帮家伙发泄了，这是好事啊！

银月正准备书写消息，突然听到耳边有人嚷嚷："在这儿呐！"

银月下意识地扭身朝那方向扫了眼，一道箭光正扑他眼前，当场扎在了银月脑门。

银月被这一箭射得一个踉跄，心中惊诧这一箭的威力和伤害，抬眼朝攻击自己的方向望去，看到战无伤正大步流星朝他走来，而他身后御天神鸣已经又一次地张弓搭箭了。

"小子，你挺狠的嘛！"战无伤双手一翻，两柄大剑在手，银月心知不可能是对手，调头想走，战无伤早有准备，一个冲锋就杀了过来。

战士平素移动虽慢，施展冲锋这技能时的速度可绝不低，战无伤那更是一等一的高手。银月的逃跑也在他意料之下，这一冲锋发动的时机掌握得刚刚好，冲锋过后的剑尖正好扎在银月屁股上。

银月有了这记助推，人“呼”一下就飞出去了！

“啊！”御天神鸣替他尖叫了一声，一脸不忍目睹的表情，眼神里却全是幸灾乐祸。尖叫声止，银月也已经飞完，“吧唧”一声直接糊到墙上去了。

“你是故意的！”御天神鸣一边飞快跑近一边对战无伤嚷嚷。

银月从墙皮上跌落，脑袋有些晕晕忽忽的。这可不是冲锋的技能效果，这是真晕，撞墙撞的。刚刚摇着脑袋清醒了几分，眼前一阵阴暗，战无伤高大的身影遮挡住了云端城温暖的阳光。

“你们想干嘛？”银月说。

“臭小子，在背后使坏，你说我们想干嘛！”战无伤说。

“蹂躏他！蹂躏他！”御天神鸣欢快地叫着。

“好！”战无伤应了声，矮身一探手已经把银月拎了起来，胳膊一抡，“吧唧”一声，银月又被糊到墙上去了。伤害没有多少，但是精神上的摧残可是无法用数据来表达的。

就这还没完，御天神鸣抓住机会飞出一箭，正着银月胸口，银月依然未亡，从墙头滑落，御天神鸣很是遗憾道：“好可惜啊，要是能钉在墙上就好了！”

“啊，捆起来挂到钟楼上去怎么样？”战无伤提议。

“这个主意好啊！”御天神鸣赞不绝口。

银月咬着牙，一声未吭，等了半晌也没说话。

“嘿，你小子，是不是在找人去钟楼准备救你啊？哈哈，其实我们是骗你的！”战无伤说完胳膊一抡，银月第三次上墙了。

“就是，我们哪有那么多闲工夫陪你浪费时间啊！喂，你死了没有啊？”御天神鸣看银月不动，拿了支箭戳了戳他大腿。

金光一闪，伏在地上的银月忽然拔剑劈了过来。不过他可没顾飞那等身手，趴倒在地突然出剑，身手不怎么灵光，御天神鸣反应不慢，急转避过，不过还是被惊出了一身冷汗。

“太卑鄙了！快干掉他。”御天神鸣退后两步，朝战无伤说。

战无伤点了点头：“是得抓紧点。”说着走上前去，两手大剑挥下，银月伸剑架了一下，于是战无伤改为一左一右两剑朝中间横砍，一边大乐，“这就是双手武器的好处！”

银月那个无奈啊，身后是墙退无可退，左右都是剑，自己要挡只能挡得一面，百般无奈下被战无伤又劈了一剑。

“这家伙防御真高啊！还不死！”御天神鸣惊讶着，也弯弓搭箭助战无伤一臂之力。在二人联手出击下，本就没啥实战技能的骑士银月毫无抵抗力，况且在这两个老手的紧密注视下，就是有技能也未必能成功施展。银月想靠剑上的“王的号令”提高下自己的能力，结果被二人硬生生打断，其他骑士的祝福技能也没机会用一下，最后只能是郁闷地倒下了。

御天神鸣看了看时间，望着战无伤说：“剑鬼在那边不会等急了吧？”

“快告诉他。”战无伤说着给剑鬼去了条消息。

“你说他一个人能行吗？”御天神鸣问。

“没问题！你当人人都是千里啊！”战无伤说。

“我去，千里怎么还不开消息。”御天神鸣骂。

“银月还是走运的，千里今天要是开着消息，他不得掉回3级？”战无伤感慨。

“酒馆那边怎么样了？”御天神鸣嘀咕。

“谁知道，公子说不用我们帮忙，应该没问题吧！”战无伤说。

“那些老大一起出手，把公子干掉，那该多好啊！”御天神鸣一脸憧憬。

战无伤点点头说：“佑哥就别挂了，钱全是他收的，别死了把钱全爆掉了。”

“嗯嗯，去看看吧？”御天神鸣提议。

“走着走着！”一大一小两个身影，朝小雷酒馆的方向去了，留下一地蹂躏过银月的痕迹，以及目睹方才一幕的玩家惊诧的目光。

小雷酒馆里，银月的两个伙伴去了消息，却始终未得回复，两人只得自己开动脑筋。这两个家伙脑袋的确比不得银月灵光。银月意识到即使有顾飞的会长在场，也只需把矛头指向韩家公子等人，而这两个家伙分析问题就没那么深刻了，只是简单地觉得重生紫晶的姑娘在场阻碍了事情继续进行，那么她们不在就好了。

其中一人当即出声道：“既然是这样，几位美女就回避一下好了，别妨碍我们说事。”这话当真是说不出的嚣张，两人觉得，有这么多会长都想挖你的人，你重生紫晶一个小行会，又能如何？

而韩家公子听到这话一出，“扑哧”一声就笑了，对佑哥说：“真脑残啊，这不是找死吗？”

这话刚完，果然那边细腰舞已经暴走，大喝一声“你说什么”，一个疾行冲到那人跟前，伸手一刀，已将那小子结果了。

细腰舞一刀就秒杀一个，跟着脚步未停，飞快地又退回了原位。这一进一退，快如鬼魅，在场的老大级人物都从未见识过如此速度，个个惊得口水都要流下来了。

而且细腰舞这一刀好像连技能都没有用，如此攻击力更是让人咋舌。老大们心中都在掂量，个个小脸煞白，心中只有一个念头：太快了！怎么可能躲得开。

细腰舞回到原位，犹自气呼呼道：“乱讲话，懂不懂规矩嘛！”说完意犹未尽地抹着匕首，目光在一干老大身上滴溜溜地打转，仿佛在寻找下一个目标。

银月三人组中的那个余孽此时大气都不敢出一声，哪里还敢再做什么挑拨离间的勾当。但他不说，居然有人点名要他说，快被他们逼到墙角的韩家公子，此时一脸幸灾乐祸，手指头一勾就已经点到了他："那位兄弟，你没有话要说吗？"

"没有，没有！"余孽连忙道，他偷眼朝细腰舞那一瞅，觉得细腰舞也正在直勾勾地望着他，不由吓出一身冷汗。而他如此恐惧的表现，却是加重了众老大心中的阴影，一个个都不敢怎么大声说话了。韩家公子强忍住笑，正准备说点场面话给老大们点台阶，把今天的活动中止，忽然酒馆门一开，一人走了进来。

"咦，还没散呢？"来人进门就吐了这么一句。

韩家公子朝来人一看，险些就吐出一口血来——顾飞极其不合时宜地又出现在了酒馆里！这么折腾下去，这事还有完没完了？

"你来干嘛！"韩家公子黑着脸。

"通缉任务，这次真的是通缉任务！"顾飞说。

"哦……"众老大发出恍然大悟声，而且个个一脸的欣喜。顾飞如果不说这话，他们一时间真还认不出来他。因为之前顾飞是蒙着脸进来的，没人知他长相，这次把蒙面去了，大家反而一时没想到是他。黑色长袍的法师现在满大街都是，连牧师的装束都有黑色款式的，直至顾飞此时说出"通缉任务"四字，众老大立刻恍然了。待顾飞把暗夜流光剑从口袋里抽出，大家就更加确认了。只是七月那一桌人还那盯着呢，顾飞突然现身，众老大脸都憋红了，一时间也没想出该如何上去搭话。

倒是顾飞主动，拔了剑就缓步上前，之前来时很嚣张，这次似乎是带着歉意，居然很有礼貌地对身前几个老大说："麻烦让一下，我任务。"

几个老大如梦初醒，连忙朝旁让了让。更有灵机一动的，主动靠上来问："找哪个，我帮你啊？"

这话分量可不一样，要知道在场的可都是老大，俩老大直接对掐，接着引起的基本就是行会战了。由此可见顾飞这等人才是多么引人重视，为了一争他的好感，甚至不惜和对方行会掐架。

可惜这人是不了解顾飞的兴趣所在，好不容易捞到一个可砍的对象，顾飞哪肯轻易让人？理所当然地拒绝了帮助后，顾飞的剑已经指了某人一下："就是你啦，其他人让让吧！"

在场众人飞快地让出一个圈，而顾飞的目标同样是堂堂某行会的会长，这位当事人此时心情可就没那么好了。对方都指着鼻子杀上门来了，他就是再想讨好，也不至于没骨气地把脖子伸过去任他砍。此时顾飞这等旁若无人的态度，让他看在眼里可是着实不爽。

"说到底就是个法师，我倒要看看能有多牛！"此人心中暗道，挥手已经拔出了他的长剑。这人是名战士，从正常网游的角度考虑，如此距离空间里，法师几乎是只有任由战士宰割的份儿。

只可惜，顾飞是个有驳常理的存在。叶小五之所以对顾飞总是念念不忘，就是因为顾飞在这游戏里根本就是一个驳论。如果顾飞选择的是战士或是格斗家一类的近战职业，然后发挥一下他的功夫，叶小五恐怕尚不会对他关注到这个程度，偏偏他的职业是个法师，然后又是用功夫以近战为主，结果就把游戏的职业设定给颠覆了，这其实才是叶小五认为顾飞是游戏平衡破坏者的主要原因。

此番战士会长知道顾飞的双炎闪威力极大，此时看他步步走近，猜他是要施展这一招，不如自己先出手，无论他法术伤害有多强，法师的防御终归是很孱弱的，自己以攻代守，让他放不出法术不就结了？待得顾飞已经踏入他身前两米时，忽然头一勾，一记冲锋已经顶过来了。

"啊！"围观众人已经有人发出惊叹了。那是下意识地替顾飞担忧，同时心中叹息这法师的交手经验似乎有所不足啊，居然就这么正面朝战士走去，完全不提防着战士的冲锋吗？

"唉！"就在众人都替顾飞担心时，顾飞自己也发出了一声轻叹。

那战士一勾头时，顾飞已经知道他要出什么招，甚至连接下来的很多幕他都预见到了。而之后所发生的一切，也正和他所预见的一模一样。

顾飞侧身略一闪，恰好和战士的冲锋擦身而过，跟着一边吟唱一边挥剑斜砍，追着战士的后背劈了下去。这已经是顾飞不知第多少次和战士交手了，他非常遗憾这些玩家们的打法如此公式化，所有人的战术似乎都是一个模子里刻出来的。

这当然就导致顾飞对付他们的法子也总是在重复，就是侧身让过以后一招"回峰落雁"，百砍百中，屡试不爽。顾飞孤独啊！寂寞啊！独孤求败啊！他多么盼望着有个战士能避过他这一剑，可是他发现，一个都没有。

此时这位战士身后燃着一道火光冲完了这记冲锋的后半程，看起来真是拉风极了。更拉风的是"双炎闪"还有一段时间的燃烧效果，这战士冲锋完了，背上的火还没熄，像是系了一根红色的领带，却是飘到身后去了。

这一幕连顾飞都不常见到，因为他交手的对象中，百分之八十在中了双炎闪后就直接消失了，少有还能撑着接受燃烧效果的。

"不愧是当会长的，真坚挺啊！"顾飞心中暗赞，两步追去，胳膊一扬正准备一剑递出，忽的白光一闪，那战士已消失了。

"剑气？"有人惊叫。

"剑气你妹，是双炎闪的燃烧效果！"有人立刻鄙视之。

顾飞意兴阑珊地收回了剑，想不到对方经住了双炎闪的直接打击，最终却倒在了双炎闪的附加效果下。

"任务完成。"顾飞宣布，收起暗夜流光剑，正准备启动追风纹章的传送效果，突见韩家公子朝他使着眼色。

"有话说，使什么眼色，我又不是剑鬼，看不懂。"顾飞说。

“你倒是开消息啊！”韩家公子也没好气。

“哦，忘了。”顾飞连忙打开消息接受，立刻收到韩家公子的消息：“把那个人解决了。”顾飞抬头再一看，韩家公子正用手指示意着某个家伙。

“为什么？”顾飞回消息问。

“维护和平。”韩家公子回答他。

顾飞朝那个疑似破坏和平的家伙望去，那人的目光和顾飞刚一接触，立刻躲闪。同时顾飞也认出这人是和银月同来的人之一，当下也略猜出一二。

不过现在二话不说上去就砍，当着这么多人的面影响可不太好，怎么也得找个借口不是？顾飞想着突然一个瞬间移动，闪到了那人跟前，那人一惊，下意识地后退两步。

结果脚朝地一落，却是踩着了什么，那人低头看的功夫，顾飞已经冷冷地道：“大哥，你踩着我脚了。”

顾飞那腿几乎横跨了有一米，不知何时垫到了对方脚下。与其说是他踩了顾飞，倒不如说是顾飞硌了他一下。

正想开口解释一下，但顾飞却是懒得和这种他看不上眼的人多费口舌的。在脚被对方“踩”了一下后，立刻拔剑出手，当场诛杀了。

被踩了一脚就把人给挂掉了，这么牵强而又霸道的理由着实不能让人信服，明眼人都看出顾飞是故意找个由头就把对方给灭了。

“太可怕了！”周围一干老大面面相觑，同时对于顾飞找茬秒掉这人的用意十分不明，难不成这人想把我们全部干掉吗？众人心生疑虑，个个和顾飞保持了距离。结果顾飞砍完人就收了剑，朝韩家公子一摆手，又朝那边重生紫晶的几个姑娘招呼了一声，还对着那边漂流点了点头，最后朝眼前众人微笑了一下，礼节当真是面面俱到。

“哎，你等会儿！”细腰舞看出顾飞有去意，正准备去堵门口呢，顾飞却白光一闪，“嗖”的一声就消失了。

“啊！飞走了？”众老大们下意识地仰望房梁，心中既有不解，也有几分失落，一脸的茫然若失。

韩家公子非常合时宜地给了大家一个台阶，摊了摊手说道：“诸位，那小子叫千里一醉，想交朋友的话，大家自己多努力吧！”

此时的诸位老大，能有这样的结局已经很知足了，细腰舞还在身后虎视眈眈呢，众人也不好再多打听什么，悻悻地各自离去。另一边，一直和漂流侃侃而谈的几大会长，此时也提出另寻个安静地方好好坐坐。这票人今天当真是不虚此行，既和头号法师漂流拉上了关系，又把顾飞的强悍也看在了眼里，至于千里一醉这名字，也装进了耳中。

众老大都是冲着见面会来酒馆的，此时事了，纷纷离去，只余下那些好奇的酒客们，重生紫晶的几个姑娘望着韩家公子和佑哥。

“喂！”细腰舞颇为不满地走了过来，“干嘛把名字告诉他们呀？”

“呵呵，怕他们把千里挖走啊？”韩家公子望着她笑。

“当然啦！千里是我们行会的人！”细腰舞义正词严地说。

“放心吧，只知道个名字而已，怎么挖啊？”韩家公子说。

“怎么不能？这是网游啊老大，名字就像电话一样，他还不被骚扰死啊？”细腰舞说。

“全平行世界都知道细腰舞的名字，请问你有没有被骚扰过？”韩家公子说。

“哦！”细腰舞反应过来，嘀咕道，“千里不开好友开关的啊。”

韩家公子松了口气，哭笑不得。今天这场戏闹的，虽然没有战斗，但也是险象环生：“可把我这脑力工作者累坏了。”韩家公子心下嘀咕着，招呼小雷上了两瓶酒。

不知那帮体力劳动者干的怎么样了？韩家公子想着，给剑鬼还有御天神鸣等人去了条消息——追杀银月的计划，当然是他一早传达给这一干人等的。

“正准备找机会下手。”收到韩家公子短消息的剑鬼回了这条消息后，已经默默地拎出了霜之回忆。

他想对付银月，绝不可能像顾飞一样只是瞬间两剑的事，所以他没有在银月一出复活点的时候就动手——他担心不能快速解决，让银月又躲回安全区去。剑鬼选择了尾行，一来是等银月放松警惕，二来是想离复活点远一些再出手，让银月没有再逃回安全区的机会。

而银月真不愧是曾在月夜城被追杀过的主儿，反追踪意识非常强烈，在离开安全区后依旧小心翼翼。走了没多远，突然返身大喝道：“出来吧！我已经发现你了。”

剑鬼大吃一惊，没想到除了顾飞连银月都有这本事，无奈地准备就此投入战斗，盗贼的第一选择自然还是绕到对手身后发动攻击。谁知就是这么一个小小的位移，让剑鬼识破了银月的诡计。

剑鬼已经做出了移动，而银月的目光却还是直愣愣地瞪着原处，完全没有跟着剑鬼的移动而变动。

如果换作另一个盗贼，或许不会有这么快的反应。但剑鬼不同，被察觉到潜行，这是顾飞带给他的一段刻骨铭心的记忆。对此他是异常敏感的，银月这不正常的举动，让剑鬼立刻察觉这家伙不过是在试探。

剑鬼停下脚步静观其变，看到银月继续做戏朝空气狠狠地怒视了几秒，这才转身继续赶路，剑鬼跟了上去。

还好银月折腾了三次后似乎认为身后是安全的，他开始只注意周围会不会突然有人冒出来攻击自己，为此专找生僻的道走。这让剑鬼不得不又佩服了他一下，这家伙咋说也是其他主城过来的，想不到对云端城已经如此熟悉。

如此一直走上了无人的街道，无论从哪个方向有人出来银月都可以很快地收入眼底。

正觉得再无什么可担忧时，忽然腰间传来刺痛，生命“刷”一下已经下去一截，剑鬼终于出手了。

银月大惊失色，想不到自己如此谨慎还是被盗贼给盯上了。他的王者之剑一路都是握在手上，此时受到攻击，顺势转身就要砍，哪想身后的对手出招更快，他剑还没砍过去呢，腰里已经被扎了第二刀。

银月咆哮着，发泄着心中的抑郁，这一剑奋尽了全力，直接把身后这家伙砍成两截那才痛快。谁想这一剑最终是抡了个空，而且银月跟着这一剑转过身来时，却发现身后依然是空无一人。

“是什么人？”银月惊呼，几乎不敢相信眼前的事实：盗贼的潜行状态在发动攻击的一瞬间就应该是自动取消的，但现在转过来依然不见人，难道这是传说中的技能消失吗？怎么现在的玩家都那么超前，瞬移，消失……不应该会的技能通通都能掌握。

正惊诧呢，后腰间又被扎了一刀。这次银月就更惊惧地发现对方并不是消失了，而是以极快的脚步再一次转到了自己身后，如此身手，那得是顶尖高手吧？银月猛然转身，这次总算看到了一点对方的人影，不错，对方正是以极快的脚步，又一次转到了他的身后。

银月大呼小叫，惊慌失措的表现让剑鬼着实意外了一把。他是把银月当做高手看待的，但就这次交上手后，才发现银月的水平着实不怎么样。略一沉吟却也明白原因，银月毕竟是个骑士，职业原因决定了他并没有太多直接近身战斗的机会。

银月空有一肚子的坏水，在实战方面实在不能和剑鬼相比。三下五除二，银月连剑鬼的正脸都没看到就被解决了，连声哀号着回到了复活点。剑鬼打了个呵欠，收起匕首默默地离开了，在他眼里这都算不是一次值得称道的战绩，对手太弱了。

‹ 12 ›

落下帷幕

小雷酒馆这边，人去的已经差不多了，重生紫晶的姑娘也招呼了一声离去。韩家公子和佑哥迅速钻进了常用包间，没过多一会儿，战无伤和御天神鸣也已经赶到，一看酒馆这么冷清，心知事情已经了结，朝包间一走，和二人汇合了。

包间里佑哥正在数钱，战无伤和御天神鸣本来是想问问银月目前的情况，一瞅到五光十色的金币，立刻把银月抛到脚后跟了，异口同声："多少钱？"

佑哥刚清点完最后一个钱袋，抬头看了一眼二人，镇定了一下后，缓缓宣布："18400枚金币！"

"啊！"战无伤和御天神鸣幸福得快晕过去了。

"比预计的多了3000多，有一些约好没来的，不过看起来更多的还是不请自到的。"佑哥手拽着两个钱袋，用手掂量着。四人的面前，已经不是金币堆成的小山，而是钱袋堆起来的小山。

"18400金币，每人4580金币！啊啊啊啊！"御天神鸣兴奋得手舞足蹈。一般玩家口袋里揣着几百金币就可以直着腰板走路了，有几千金币的在酒馆喝酒那可以一次要两杯，喝一杯泼一杯。

"分不了这么多，还得给漂流一点。"佑哥说。

"应该的应该的，我来转交给他吧！"御天神鸣说。

没人理他。

"给漂流多少？"佑哥询问韩家公子。

"怎么也得4000金币吧？"有人回答。4人闻声都朝包间门看去，漂流已经站在那儿了，眼睛也是直勾勾地盯着桌上的钱山，不过态度比御天神鸣和战无伤可就沉稳多了。

“你谁啊，出去出去！”御天神鸣过去驱逐。

漂流伸手摸了摸御天神鸣的头，把他拨拉到了一边，随便找了个位置坐下后说：“今天最辛苦的可是我了，我拿个4000金币应该的啊！”

“3000金币，之前不是已经说好的吗？”韩家公子和漂流讲价钱。

“什么时候说好的？”漂流反问。

“你开价3000，我答应了啊！”韩家公子比划了一下手指。

“你不是还价2000，我说一会再说吗？”漂流说。

韩家公子摇了摇头，竖起了两根手指：“你误会了，这个意思不是2000，是说OhYeah，成交！”

漂流发怔。

“都谈好了还啰嗦什么，拿了钱快消失！”御天神鸣飞快从桌上拎起3个钱袋，扔给了漂流。

“算了，3000就3000吧！”漂流摆了摆手，以示大度，拿了3个钱袋起身：“那先走了一步了。”说罢告辞离去。御天神鸣趴在门边，探了个脑袋望着漂流出了酒馆，转过身来就哈哈大笑。

“笑什么？”三人奇怪。

“那个傻瓜。”御天神鸣激动地说，“我给他的3个钱袋中有1个是装零头的，只有400金币。”三人面面相觑。

“该我们分钱了！”御天神鸣计算，“还有16个，正好一人4个。”

战无伤开口想说什么，韩家公子匆匆一挥手把他打断：“就平分了吧！赶紧分了省事，别没完没了。”

战无伤本来是想提一提开始说好的给他的些许补助，听韩家公子这么一说，想了想也终于没再提。这次活动波折重重，真要按劳分配的确一时间也算不清楚，索性平分了，既干净又痛快。

4人各自上前抱了4个钱袋，忽然包间门帘一卷，4人回头一望，佑哥第一个说话：“嘿，剑鬼啊！”

剑鬼点了点头，进门，落座。

4人手里还各抓着钱袋呢，不知为何，在见了剑鬼后突然觉得心生愧意，战无伤把自己身前的一个钱袋朝剑鬼那边推了推：“来点？”

剑鬼笑着摇了摇头。

“银月解决啦？”御天神鸣在转移话题的时候，终于回归了他和战无伤过来的本意。

剑鬼点了点头。

“不用再通知千里一声吗？”御天神鸣带着些许幸灾乐祸的表情望着韩家公子。被顾飞盯上的目标，不笑就是前车之鉴。御天神鸣非常乐于看到银月重蹈不笑的覆辙。

“不必了。”韩家公子淡淡地道。

“只杀了3次啊，就这么结束了？不像你的风格嘛！”御天神鸣说。韩家公子虽然是个牧师，可一点悲天悯人的心态都没有，连自己人都可以牺牲，对待敌人更是冬天般的寒冷。

“不必了的意思是已经不必由我们动手了。”韩家公子说。

“那谁动手？”御天神鸣奇怪地问。

韩家公子微微一笑：“你说还能是谁？刚才一散，云中暮就带着他的兄弟急匆匆出去了，连招呼都没打一声。”

“哦！”几人恍然大悟，都把这一出给忘了。

“刚开始他们在酒馆互相没认出来吗？”佑哥奇怪。

“云中暮他们最先到，坐得靠前，银月他们最迟来的，坐在了后面。要不是银月话太多，根本不至于被云中暮发现。现在好了，云中暮已经盯上他了，他还不知道。”韩家公子说。

“自作孽，不可活啊！”众人连连感慨。

“所以我们就等着听消息吧！”韩家公子泰然自若，摆了个舒适的姿势，“小雷，拿酒来，最贵的，开两瓶。”

几人一听连忙起身逃窜。这酒上来，万一韩家公子蛮不讲理说要和大家AA一下，那可就亏大了。除了韩家公子，没人愿意把钱投入到这个上面。

佑哥等三人相继逃离了酒馆，包间里仅余下剑鬼和韩家公子。

“来一杯？”韩家公子问剑鬼。

剑鬼摇头。

韩家公子只好自己端起了杯子，并给自己祝酒：“见面会圆满结束，干杯。”说完仰脖子一杯就下去了。

“圆满了？”剑鬼问。

韩家公子嘿嘿一笑：“钱收到了，诸位会长也算得上满意，千里心里也没啥芥蒂，还能比这更圆满吗？”

“哦？”见面会时剑鬼并不在场，发生的一切他尚不知情。韩家公子简单叙述了一下，剑鬼一言不发地听着，末了问道：“这么说来，千里是有备而来啊，谁告诉他的？”

韩家公子摊了摊手：“这你应该问他。”

“佑哥是在论坛上发的公告，或许千里也看到了。”剑鬼说。

“那家伙也会上论坛吗？”韩家公子嗤之以鼻。

“说不准的事。”剑鬼说。

的确就是这么巧，顾飞最近真上过论坛。不过这并不是偶然，顾飞每升5级后，都会上论坛查查资料了解一下，然后选择下一步最适合自己打怪的练级区。而刚巧那天升到了40级，自然而然在下了游戏后去论坛进行了一下研究工作。

原本佑哥他们这种灌水性质的帖子顾飞不会去关注，但秒杀法师这个主题实在太吸引人了，佑哥那帖子被顶得又高又热，再加上佑哥这相熟的名字，顾飞好奇心起随手进去看了一下，立刻发现这家伙原来是在拿自己兜售生意。

顾飞很是无奈，不愿被人拿来当商品兜售，却也不想如此和朋友闹僵。

最终，顾飞只好本着娱乐精神娱乐一把。

蒙面，再使一个弱弱的法术，顾飞是想看看几人被大家质疑到焦头烂额的情景。谁想漂流的意外到场给了韩家公子转移视线的机会，再接着银月的猥琐行径终究还是惹得顾飞显露了身手。

不过不管怎么样，这次见面会终究是落下帷幕了。而且结局对于顾飞，对于佑哥等人，对于临时龙套漂流，对于所有到场的会长团长，都算有个不错的交代。

唯一凄惨的只有银月，而且他的凄惨还在继续：走在街上想和自己兄弟会合的他，极不走运地被云中暮等人堵到。

“银月老大，好久不见啊！”云中暮乐呵呵地道。对他来说，这趟路也是不虚此行。

眼下云中暮一行有3人，银月只独身一人，且是个骑士，刚刚掉了3级，要交手的话绝不可能是对手。但他却一点也没显得慌乱，只是淡淡地道：“你今天来得不是时候啊！”

云中暮假装惊讶：“难道银月老大会很欢迎我的到来？”

银月笑了笑：“如果从这角度来说，你这个时间出现，我挺欢迎的。”

云中暮一怔，正不知银月这话是什么意思，突然间银月双指入口吹了一记响哨。瞬时间，这条街道上不起眼的摆摊玩家，行色匆匆的路人，闲聊的话唠，一起把注意力集中到了云中暮3人身上。

从月夜城走出来的玩家，尤其是云中暮这等人物，什么阵场没见过，立时意识到自己是中了圈套。这家伙难道早就发现自己在酒馆中，却佯装不见，出来就布置了这陷阱，等着自己送上门来吗？

此时春风得意的表情已经换到了银月脸上，之前连掉3级的痛苦似乎都稍稍化解了一点，而云中暮脸上表情的变化更是成了他治疗心理创伤的良药。

欣赏了足足有半分钟，银月才爽朗地笑道：“现在你知道我说来得不是时候是什么意思了吧？那是替你着想！”

“替你大爷！”云中暮一声咆哮，带着3个兄弟齐头冲向银月。

银月又何尝不了解云中暮，早猜到他在这形式下会做出这种举动。一边朝后退着，一边长剑一挥，技能“王的号令”施展的同时，周围一干兄弟已经扑向3人。

银月的兄弟并不是很多，而且又多是笨重的战士，云中暮3人可是实战经验丰富，牺牲其中一个拖延一下，未必不能逃走。只是这种行为显然不符合他们的个性，3人都是挂也要一起挂的心态，冲上来就拼命。

云中暮不愧是狠人，硬是顶出重围扑到银月身上给了他一下，银月防御不低，这一刀未亡，却还是惊出一身冷汗。接着众兄弟上来乱剑将云中暮削成白光后，银月久久才回过神来："混蛋，这段时间又强了不少啊！装备够牛的！"

银月霉运了一晚上，这下也算走了一次好运，被御天神鸣和战无伤打回复活点，接着又被盗贼偷袭，银月立时判断对方是准备追杀自己，于是将计就计，设下圈套，以自己为饵，准备引出对方打击报复。结果该来的正主没来，反倒冒出个云中暮。他在小雷酒馆里也是真没注意到云中暮，那会净是一眨不眨地注意佑哥、韩家公子等人了，哪有功夫注意其他？

银月在云端城也有些日子了，佣兵团的发展只能说一般。他这样的后来者需要和城中公测时期就有的老派行会佣兵团竞争人才，先天就处于弱势，银月再能干，也不可能短期内搞得多么风生水起。云中暮真要来了几百人过来，肯定是强龙踩死他这条地头蛇。

这样想着，银月也不敢再在这儿当街扮诱饵了，不然一会儿云中暮率领500人马杀将过来，他区区几十个兄弟，可就真成了鱼饵了。

银月让众人自行散去，多注意打听消息后，自己去了复活点，心怀忐忑地下了线。

这本该是针对公子精英团的，具有很强操作性的一个陷阱，就在这么歪打正着地被解除了。公子精英团这一天的运气可谓是旺到了极点。

再说顾飞这边。

在酒馆完成了任务，又击杀了银月余党后，飞回了通缉任务处，跟着又接了几个任务，一边PK娱乐，一边就把PK值给洗了。往常的这个时候，正是行会战呢啊！那PK多过瘾，顾飞不无遗憾地想着。

而眼下，通缉任务已经不能满足顾飞的需求了。玩家等级越高，升级越难，对等级也越珍惜，于是相互之间的关系也是越来越和谐。顾飞最近没事做的PK任务，缉拿对象十有八九都是30级以下的新生代玩家，弱的顾飞连一点娱乐性都找不到。方才居然在酒馆中逮到一个老大级的人物，除了那天早上领到的逆流而上，顾飞已经许久没接到过这么高级别的任务目标了。

虽如此，顾飞还是心中盼着能中个大彩，在又一次飞回任务处领了任务冲出门后，意外地看到漂流等在门外。

"刷着呢，真勤奋。"漂流说，初到云端城时，他曾经以为刷通缉任务是这里的时尚，后来才知这是顾飞独特的爱好。

"有事？"漂流等顾飞的意味很明显，顾飞直接问道。

"你之前在酒馆里的那个法术，是怎么放出来的？我敢肯定，千里兄弟你的法术伤害不应该那么低，而且，你那样舞剑，吟唱不应该召唤出法术才对啊！"漂流对网游孜孜不倦的学习精神和剑鬼一样强。别看漂流之前一直和会长老大们谈笑风生，心里一半时间可都在琢磨这个问题。

“想不到你这个法师大行家都没看穿，这手蛮有效的嘛！”顾飞说着，挽起了衣袖。

“看着啊！”顾飞活动了一下双手十指，仿佛是要表演什么绝活一般，在漂流目不转睛地注视下，突然右手闪电般拔出暗夜流光剑，在空中一阵乱舞，口喝“双炎闪，闪！”

“双炎闪是瞬发技能，这样……”漂流正觉得顾飞是在糊弄他，颇为不满地说话，说了半句话却已经停住。顾飞吟唱了，但剑身上却没有冒出火光，而顾飞的左手此时挥出一记手刀，双炎闪的火光划出了一道弧线。

“看清楚了吗？”顾飞微笑着问道。

漂流早已是一脸恍然：“主手设置成了左手，用来施法；所以右手舞剑并不影响法术吟唱，而且武器的法术伤害也没有发挥，于是就成了一个法术伤害很低的火树千重焰。”

“不愧是高手。”顾飞赞道。

“是高手的话早就该想到了。”漂流捶了捶脑袋。

二人道了别，各走一边，顾飞奔着他的任务目标去了。

频繁的通缉任务练就了顾飞看坐标辨方向的本领，尤其在云端城这一亩三分地，凭借追风纹章一分钟一刷的坐标变化，顾飞甚至可以判断出对方在哪条街上漫步。再多观察了几次坐标的变化后，顾飞甚至可以判断出了对方将要前往的地方。

不好！眼下的坐标几度变化后，顾飞心中暗叫，连忙加快了脚步。

此人移动的方向赫然是弓手靶场，一般来说去复活点只有两件事，学技能或者是下线，而后者的频繁度显然要比前者高出许多。而且下线是对顾飞做通缉任务最致命的打击。

此处离弓箭手靶场着实有段距离，顾飞又是狂奔又是瞬移，心中还暗自祈祷对方不是去下线的。

可惜运气不会时时关照同一个人，顾飞希望对方不是下线，此人却偏偏就是下线。眼看距离弓手靶场没多少的时候，追风纹章突然停止了工作，顾飞打开任务栏一看，目标的编号已经灰暗下来，状态显示为离线。

“唉……”顾飞长叹。一个人下线并不可怕，郁闷的是这样就会导致顾飞接下来就不能再领其他任务

此外，顾飞估摸着这次任务自己又会完成不了了。这样的经历他不是没有过，晚上领到的任务，正赶上对方下线，结果第二天晚上自己再上线游戏时，对方的PK值已经在白天洗尽，任务被强制失败。顾飞的连续通缉记录就是这么被中断的。

连续完成第100次的任务时，奖励了追风之靴，如此推断，在连续200、300、500的这些整数项时，都有可能获得不错的奖励。可惜顾飞的任务在连续第176次时遭遇被中断。而眼

下重新开始的顾飞才连续进行到第24次任务，想不到再度遇到这种情况。

连续完成任务果然比较困难。顾飞叹息，不过完成任务总数总算不会因这种情况有改变。顾飞目前这次任务是第199次，距离200次只差2次。任务完成100次时，得到了追风纹章，200次时或许也会有什么奖品，只是可惜了连续记录。这个一中断就要从头开始，着实令人烦恼。

顾飞颇为扫兴地在弓手靶场徘徊了一会，幻想着对方或许只是下线去上个厕所，很快就会回来。结果上下线的人来来往往，顾飞的任务栏却始终没有亮起来。

顾飞很是失望，也无心情再去练什么级了，索性也直接下了线。

次日顾飞已经是尽量早上线了，对那任务还抱着最后一丝幻想。可惜上来一看，任务早已经被打上了失败的标签。顾飞也是无可奈何。

不过此时距离任务总数200次也只差两个任务，顾飞倒也想看看200次时会是个什么奖励，飞快地领任务、砍人，第2次任务结束，顾飞回到通缉任务发放处交还任务，果不其然，系统发出了清脆的提示声，但却不是发放任务奖励，而是告诉顾飞：追风纹章品阶提升。

顾飞连忙拿出追风纹章一看。

追风纹章原本具有两个功能，一个是1分钟1次的高频率坐标刷新，另一个是任务完成后的传送功能，此时在这两项内容下，赫然出现了第3项：完全鉴定目标人物。

此功能的作用是在进行通缉任务时，可以完全无视对方的等级以及鉴定术水平，取得百分之百的鉴定结果。这功能对普通玩家来说可能更有用一些，有了百分之百的鉴定术，可以清晰衡量出对方的基本实力，是不是对手，或者说怎么打都可以有个明确的指示。对于顾飞来说，这功能也算有一点帮助，虽然他平时PK少有鉴定一下对方的思考，但主要也是因为他的鉴定术水平太烂，一个鉴定术抛出去，依然是满眼睛的问号。

顾飞匆匆领了一个任务就去搞实验了，通缉任务榜上已经好久没有看到高点数的PK狂了，这种情况不只在云端城，从总通缉榜上来看也是这样，可见所有玩家的游戏进度和思路大至都是一样的。

出了任务发布厅，顾飞直奔坐标而去。这坐标顾飞一眼就看出是中央广场酒馆的，顾飞最喜欢此类了，坐在酒馆基本不会移动不说，而且多半还是和朋友在一起，这样就经常可以触发顾飞最喜欢的任务隐藏模式：和对方的朋友再过过招。

一路冲至酒馆，对方的坐标丝毫未动。顾飞进了门，已经看到一个背影显示着本次目标的编号，19857。顾飞没有急着上前，先是试用了一下追风纹章的鉴定功能。

果然，百分百鉴定的资料详尽之极，此人从头到脚一身装束的数据尽在顾飞眼底。看罢之后顾飞却很有些失望，此人只是个等级34的小法师，一身装备也是平庸之极。顾飞深叹了口气，迈步来到了那桌前，轻轻敲了敲道：“通缉任务。”

那一桌人反应并不怎么强烈，只是一起抬起头来，在看清顾飞后，个个表情都极是诧异。

而顾飞也觉得有些异样，眼前一桌都是和御天神鸣年龄相仿的少男少女，但顾飞看着却好像有些眼熟，还没等想起怎么回事，一桌人已经开口了："顾老师！"

一边叫着，一桌人都已经慌慌张张地站起身来，一个个很是窘迫地站到了桌边。

"啊！"顾飞惊讶地应了声，敢情这一桌竟然都是自己的学生。

上过学的都知道，普通任课老师少有可以认齐一个班所有学生的，而体育老师由于代理的班级会更多，这种情况就更明显了。

眼前这一桌就是，顾飞只因在课堂上见过，依稀觉得有些面善，你要让他喊出名字，那是打死也做不到的。

但学生肯定都是认得老师的，在经过了短暂的拘谨后，几人都开始没大没小地问起来了："老师也玩这游戏啊！"

毕竟顾飞只是体育老师，和寻常教师每天板着面孔教书教人很是不同，在他面前学生们不会太紧张，何况顾飞老师还是他们学校中的一个笑话。几个学生此时是无拘无束了，顾飞倒是显得有点不自在。

"老师，你刚才敲着桌子说什么？"一名学生问。

"没什么，路过，路过。"顾飞连忙道，"你们慢慢玩，我先走了。"

"唉，老师别急着走啊！一起玩嘛！"有学生大胆喊道。

声音一大，自然吸引到不少目光："老师？学生？"众玩家小声嘀咕着，一起打量这奇怪的组合。

顾飞出身在习武世家，家族中的风气在尊师重道方面看得极重，虽然自己这师生关系和家里那种颇有些不同，但依然让他觉得和学生这么一起打网络游戏着实有些不伦不类，一看关注的人也多起来了，连忙慌慌张张地和学生们招呼了一声就赶紧闪人了。自打顾飞进入"平行世界"玩网游开始，这要算是他最慌张的一次，主要是来自心理上的窘迫。

出了门就是飞奔，时不时还使用瞬移。那几个学生都只是30多级，虽然追出来了，却没大会儿就已经看不到顾飞的身影了。

"哇，老师跑得好快，是高手吧！"一名学生眼睁睁地看着顾飞的身影飞速消失后，惊讶道。

"老师好像是个法师啊！怎么会跑这么快？"另一学生说。

"有没有鉴定啊？什么结果？"一人问。

"鉴定不出，老师的等级比咱们高呢！"

"哇……"一片惊呼声。

"真是特大新闻，顾飞老师也玩平行世界，还和咱们一个主城。"一人说。

"哈哈，把老师也拉进咱们行会来啊！"

"对对对！现在去找阿发。"

“哎呀，咱们忘了问老师的名字了，不知道名字以后怎么找到他？”

“笨啊！上课的时候问啊！”

“哦哦哦！”

顾飞穿越了数条街道，回头再瞅，没有看到几个学生的身影，这才松了口气。抬眼一看不远就是小雷酒馆了，随即迈步走去。

小雷酒馆里，公子精英团的几个家伙在这个本不该聚在一起的时间聚在了这里，正在玩命显摆昨天大赚一笔后购得的装备。

成为网游中的绝世高手，技术和装备缺一不可。虽然是新的游戏模式，但几人凭借良好的游戏意识和根基，技术水平蹿升很快。至于装备方面，那才是更令人头疼的一方面。

靠运气去刷好装备，辛苦，累人，而且还虚无缥缈。用钱买装备，这是能搞到好装备最行之有效的手段。在市场上早有几位高手心仪已久的装备，可惜囊中羞涩，每天能做的事就是过去瞄一眼看装备还在不在。终于，昨天这笔数千金币的进账让几人腰包狠狠地鼓了起来，昨天通宵在市场上牛气地闲逛，当真是目空一切。

“看我这身铠甲！”战无伤那魁梧的身躯撑起一身漆黑发亮的盔甲，还非常惬意地在众人眼前转了个圈。

铠甲本身是没话说的，但问题战无伤本人不是一个合适的衣架子，他身材高大粗壮，游戏中的装备一穿到身上就会变的很合体。于是乎，任何盔甲穿到战无伤身上，压迫感是十足的，美感就无从谈起了。

“防御力优秀，附加属性防御强化，力量15，体质15，怒气值积蓄提升20%。怎么样，不错吧？”战无伤一边介绍自己盔甲属性，一边转了两个圈。

几人忍住没吐。御天神鸣第一个抢白：“滚到一边去吧！来看我这张弓，这戒指！”

“狙击之呼啸，攻击高，附加属性射程+10，敏捷+20，致命机率+15，致命程度+15，狙击强化。”

御天神鸣这把弓赫然是紫字装备，而战无伤那件盔甲不过是金字，顿时从品阶上就比下去了。正要接着介绍他那戒指，战无伤已经把剑摔到桌上：“看我这剑，也是紫字的！”

“看我这戒指！”

“看我这剑！”

一大一小又闹起来了，韩家公子也拿起一物往桌上一墩：“看我这个！”

众人抬眼一看，平行世界最贵的酒，20金币一杯。韩家公子这一整瓶，价值120金币。

虽然价钱和装备是没得比，但意义不同。装备那属于必须品，只要钱够，任何人都舍得投资。而酒这就是奢侈品了，从消费观念上，韩家公子无疑是把二人比下去了。他嘲笑地望着二人：“你们还未够水准啊！”

“切！败家公子！”二人心中当然不服，一起反唇相讥。

“东西收了，千里来了。”韩家公子突然出声打断说话。

御天神鸣和战无伤连忙飞快地拾起桌上装备，正襟危坐。一旁门帘一卷，顾飞已经走了进来。

几人都挤着笑脸迎上去了，昨天的事虽然已结束，但之后大家也没见过顾飞，尚不知他对此事的反应。在摸清楚他的情绪之前，还是不要在他面前大谈这笔生意的收获为好。因此一看这帮家伙开始显摆，韩家公子立刻要求小雷看到顾飞进来后就来个消息提醒一下。

抬眼一看，却见今天的顾飞非比寻常，脸上罕见地出现了几分慌张的神色。这家伙，向来砍人都不眨眼的，什么事能把他吓一跳。

“来杯酒。”顾飞在外面已经讨了个酒杯，进了门朝桌上一搁，向韩家公子示意。

“唔，怎么了？”韩家公子一边倒酒一边欣赏顾飞的表情，“有什么不开心的事？说出来大家开心一下啊！”

顾飞喝了口酒，说：“没什么，遇到生活里的人了。”

“是美女吗？”战无伤和御天神鸣豁然起身了。

顾飞斜眼望向二人，两人灰溜溜地坐下嘟囔：“随便问问也不行啊！”

“只是遇个现实中的人嘛，用得着这么紧张？”御天神鸣说。

“唔，是不是问你要钱，还要你带练级，带做任务，带这带那？那是挺烦的。”战无伤深有感触地说。

“唉……”顾飞深叹口气，真不知如何说起，而且这问题公子精英团的家伙们也帮不上什么忙，只是希望不要再见到学生们，避免此类尴尬了。

“今晚对抗赛的对手是谁？”顾飞转移话题了。

“云襄佣兵团，一个4级团，除了团长云襄和他几个朋友，团里其他成员大多是各大行会没有选入自己行会佣兵团的剩余玩家。虽然等级也都不低，但团结度上很成问题，团长云襄也没啥威信，这一路杀下来都是各自为战，靠人多走到了今天。”佑哥介绍说。

通常介绍完情报，就轮到韩家公子布置一下今天的打法战术，但今天的韩家公子却是自顾自喝酒，一言不发。

佑哥碰了他一下：“喂，该你了。”

“剑鬼还没来呢，我不想说两遍。”韩家公子说。

“唔，是早了点！”佑哥看了眼时间。

“要不，我们先一起去练会儿级？”顾飞主动提议。

“滚吧！我们才不和你一起练呢！”御天神鸣和战无伤异口同声。和顾飞一起练级的效率是可以预见的，但问题是大家可都是需要娱乐的，不能只在一旁看他法术表演。更重要的是，看顾飞打架很伤自尊，几人都已经被伤的很够了，不想再在伤口上撒盐。

几人就这么闲聊，居然熬到了剑鬼出现。剑鬼进门看到人都齐了，着实意外了一番。他显然是6人中最认真的一个，守时守纪律，可没想到今天居然所有人比他来得都早。望着这形似太阳打西边出来的奇诡景象，剑鬼诚惶诚恐地坐在了一边。

“咳！”韩家公子清了清嗓子，开始讲话了，“今天的对手，正如佑哥所说，这是一个徒有人多，但很不团结，而且团长也不像我这么有威信的佣兵团。但是，正是因为他们不团结，团长又管不了事，对我们来说可能反倒是个麻烦。即使他们的团长顾忌我们的大风筝打法，但他们的队员未必会服从团长的分配而不参加本轮比赛，这就导致我们这一次的对手，很有可能是他们的满员，80人！”

“不过！”韩家公子话锋一转，“正因为他们不团结，所以这一场比赛他们想必会各自为战，没有人协调指挥。所以本场比赛是发挥大家真实本领的时刻了，务必把他们逐个击破。”

“照你这么说，你之前千算万算布置的一堆东西不都白忙了吗？”顾飞问。

“唉！”韩家公子长叹，“人算不如天算，我怎么知道偏偏这么巧会给咱们分到这样的对手。难道是上天也妒忌我的才华，故意搞出这种安排来戏弄我？”

‹ 13 ›

最不团结的佣兵团

“对抗赛还能打几轮呀？”顾飞突然问出了这么一个问题。如今的通缉任务对他来说是越来越没营养了，还是对抗赛中的玩家水平比较，而且是越到后面越高。顾飞打从心底里希望这对抗赛不要结束，能一直进行下去才最好。

可惜答案是冷酷的，佑哥很快地回答了他：“云端城已经进行到了16强！”

“16强？那就是还有4场喽！”顾飞屈指一算，语气中是掩饰不住的遗憾。

“还有4轮！”各人都怀心思。顾飞是为以后没有这种PK机会感到遗憾，而其他人，则都对于一直没有在这比赛上怎么展示过身手感到遗憾。说起来像顾飞这样因为一展身手遭到大行会满城小广告的追逐，虽然看起来像是一场很搞笑的闹剧，但说实话无数高手心目中期待的正是这种地位。顾飞已经先他们一步达到了，而他们……还需努力。

“今天，让他们见识我们的厉害！”几人异口同声。尤其刚刚更新了装备的御天神鸣和战无伤，眼神中信心十足。

就在公子精英团为今天的对抗赛做准备时，顾飞的那几个学生已经找上了他们行会的会长，正是引领顾飞来到平行世界，并给他这个让顾飞怨念很久的法师身份的学生：阿发。

“急着找我什么事，又被人欺负了吗？”游戏名为“千钧一发”的阿发意气风发地问道。这些都是他同班的同学，平时在班上阿发只是个不起眼的普通学生，但在游戏里他却是老大。主要原因……就是他搞到了在公测期间很难搞到的账号。随后正式运营后，主城可以选择。同班同学们当然会选择聚集在一个地方。由于阿发已经先入为主，大家就都跑到云端城了。所以说，顾飞会遇到他的学生也是必然的。

“你猜我们刚才见到了谁？”一名同学激动地拽着阿发摇啊摇的。

“无誓之剑？他是云端城最大行会的老大不假，但你也用不着这么激动吧？”阿发说。

“不是，是顾老师！顾飞老师！”那名同学大声宣布。

阿发却一听就笑了：“嘿，我当是什么事呢！这有什么，顾老师的账号还是我给他的呢！”

“什么？有这事，你怎么不早说。”几名同学都瞪大了眼。

“顾老师让我不要对别人说嘛！不过现在你们也撞到了，无所谓啦！”阿发说。

“那你怎么没把老师也拉到行会里来？”同学们问。

“这个，老师有他自己的行会！”阿发说。

“什么行会？”大家纷纷问。

阿发立刻回答不上来了，支支吾吾了半天，引来同学们一团哄笑：“哈，还当你会和老师很熟呢，原来啥都不知道啊！”

阿发无言以对，本来也是想借一起游戏的机会和老师套套近乎，结果第一天自己就跟着那个什么自律的游戏工作者跑了，最后什么情报也没挖到，和顾飞也连好友都没加。

“先把这消息告诉大家吧！”这学生一面说着，一面在行会频道里发着消息。他们所在的行会终极三班一共有21名成员，人数不多，全是育林中学高中二年级三班的学生，虽然众人的平均等级连重生紫晶这种行会都比不上，但要说团结度和凝聚力，却是任何行会都无法比拟的，这可统统都是生活中的朋友。而此时的顾飞，正在面对的就是个最不团结的集体。

正如佑哥的情报和韩家公子的分析所言，云襄佣兵团非常不团结。这不团结体现出的第一个地方，就是佣兵团80人居然来得齐刷刷。比赛至今，还没有哪个这等规模的行会或佣兵团可以全勤出场。而云襄佣兵团的全勤，其实是一种自私心态的体现，因为他们佣兵团的成员都是为自己而战，没有考虑什么团体的胜负，这种病态的团结，真是一种莫大的讽刺。

对抗赛此时已经开始，公子精英团6人进了地图，韩家公子照旧要登高鸟瞰一下全局。

在整幅地图中已经可以称得上是“巍峨”的个小山丘上，6人迎风而立，目光扫下，已经可以看到对方的80名成员正如潮水一般四散在地图上寻找着对手的身影。

“唔，也不是完全不团结，你看，还是有一些局部团结的。”韩家公子拿着刚刚喝完的空酒瓶指点江山。

正如他所言，云襄佣兵团中来自各大行会的玩家，分别以自己的出身组成了十数个团队，人数有多有小，正在地图上弥漫开去。

“看看哪一伙人先找到我们！”御天神鸣擦拭着他新买的狙击之呼啸。

“我们会不会站得太嚣张了，这样很快80人就要一起过来了吧？”佑哥说。

“会有先后的，你看！”战无伤伸手一指。

剑鬼点了点头："那伙人看来会第一个到。"战无伤所指的是一行5人，前进的速度非常了得，方向也正是6人所站的山坡。

"大家手脚麻利些，他们这样各打各的，顺利的话，咱们一伙一伙吃掉就行了。"韩家公子说。

"放心吧！"顾飞已经拔剑了。

转眼，对方5人也已经来到山坡下，御天神鸣并不急着放箭，嬉笑着和5人招了招手。

谁也没有想到，5人就这么扫了6人一眼，扭身就朝另一个方向去了。

"怎么回事？"6人面面相觑。

"这个……他们好像是把咱们当自己人了！"顾飞说。

"互相不熟到这种程度，不团结真是太可怕了！"众人连连感慨。

云襄佣兵团的混乱着实把公子精英团的6人都吓了一跳。

如纵横四海那种750人的5级大行会，想750人之间完全互相认识明显是不可能的。说来目前佣兵团最高等级的也不过5级，人数是100。750人不能全部认出，100人大家混个脸熟还是不难的。所以在这次的佣兵对抗赛中，至今也没发生过什么乌龙事件。

而这云襄佣兵团居然就连自己的成员都没搞清楚，能一直挺到16强着实是个奇迹。御天神鸣倒也不是真的亲切示人，只是新购的装备就要开锋PK了，所以很是兴奋，于是乎就对几个撞上枪口的家伙报以了亲切的微笑，谁想居然就这么把人给亲切走了。

几人目瞪口呆地唏嘘了几句后，御天神鸣又是第一个露出了凶残的面孔，弯弓搭箭，对着人家离去的背影就是一下。这一箭出来却没了当初那嚣张的呼啸箭声，取而代之的是一声宛如脆响般的尖锐风声。

"嗖！"

"啊！"

雁过留声，箭过也是留声，惨叫声。

御天神鸣这一箭过去，射中的目标一声惊叫后就泛着白光消失了。御天神鸣激动啊！他已经很久没有体会到秒杀的快感了！这6人当中只有顾飞一直痛快淋漓地生活在秒杀当中，御天神鸣已经眼热很久了。

顾飞一见御天神鸣已经得手，拎了剑就要上了。

"不要，给兄弟们留个！"战无伤连忙大叫，生怕顾飞一个大法下去世界又清静了。

"一点都不了解我！"顾飞鄙夷地扫了战无伤一眼，飞身冲下了山坡。

剑鬼也不甘示弱，掏了匕首就一个疾行追了下去了。

"哎呀我去，你们两个等等我啊！"战无伤泪流满面，迈着沉重的步伐跟在二人后面吃灰。

“状态，状态都不要了吗！”这边佑哥着急地挥舞着权杖，却只来得及给战无伤释加了一个力量祝福。

“跑吧！跑出范围我不管医！”韩家公子冷冷说了句，索性坐到地上，又拧开了一瓶酒。

这样乍一眼看来，公子精英团也不是很团结。但他们不团结却有不团结的道理，因为面对眼前这区区4个对手，让几大高手团结起来对抗？这根本是一个笑话。

顾飞飞身而下，结果剑鬼不消多时已经追至了他的身旁，隐然还有超越之势。这可把顾飞吓了一跳，他全敏加点，加上追风之靴的强悍属性，速度一直是比剑鬼这盗贼还要快的，就算他用了疾行，也顶多是和自己打成平手，似乎还没有到快过顾飞的程度，而且眼下剑鬼俨然不是快过一点半点，如果他愿意，已经可以甩下顾飞了。

“换鞋子啦？”顾飞问道。

剑鬼笑了笑：“追风之靴。”

“哦……你也刷了一双啊！”

剑鬼点了点头。

“很辛苦吧？你吱一声啊，我这有追风纹章，你拿去会方便很多！”顾飞说。

“没什么，还好。”剑鬼淡淡道。顾飞对他的精神真是深表佩服，连续刷100次通缉任务绝不简单，像御天神鸣如果没有顾飞的帮助就很有可能做不到。相较之下，剑鬼果然是个人才。

两人随意寒暄了这么几句。对方那4人也已从同伴被狙杀发现山顶的6人不是自己人，还在这儿懊悔自己粗心大意呢，却看到对方两人已经疾速冲到跟前。

“上！”4人中的2人迎了上来。另2个开始弯弓上箭。这5人是由盗贼和弓箭手组成，所以行动速度很快。

剑鬼全速疾行，而且忽然变向一个斜冲，绕过了2名盗贼。

“这两个给你了！”剑鬼一边掠过一边喊道。

“你得掩护我啊！”顾飞连忙道。

剑鬼一怔：“掩护什么？”以顾飞的身手，剑鬼生怕全被他砍了自己捞不到，怎么这会儿他反而需要起掩护了？

说着的时候一回头，剑鬼正看到顾飞的暗夜流光剑朝身侧里一挥，“啪”的一声把一枚快箭击落在地。

“好高的命中啊！”剑鬼执着地用网游术语来评价。

“赖皮啊！不带这样的！”御天神鸣在远处山头上大喊。他本是瞄着这两个家伙，但顾飞和剑鬼冲上与那2人照面，正好拦住了他的射击路线。正准备把目标换到那两个弓箭手上，剑鬼却突然绕道闪过。

御天神鸣还当剑鬼是心有灵犀和他打配合呢，立刻放出了早就瞄好的这一箭。哪知道和他心有灵犀的实际上是顾飞，早就料到他会在山头放箭，侧身看清来势后把这一箭给拔落了，气得御天神鸣哇哇直叫。

“双炎闪，闪！”顾飞背对着山头，左手举起朝御天神鸣竖了个“V”字手势，右手中的暗夜流光剑拨落箭矢后顺势转回，配着双炎闪的吟唱，一道火花加剑光就从那2个盗贼胸前抹过去了。

一剑之后顾飞脚步都未停，继续朝前冲去，盗贼职业是完全经不过顾飞的高法伤加剑伤的，从两人死亡燃起的白光中，顾飞穿越而过。此时剑鬼回头看到顾飞挑落了御天神鸣那一箭，都还没有完全转回去，顾飞的身手之快可见一斑。

“太贪心了吧！杀了两个了还不够啊！”剑鬼笑着说。

顾飞也笑了笑，眼看追不上剑鬼，当即施展了瞬间移动。

那两名弓箭手正瞄准呢，这边剑鬼经验丰富的“Z”字跑动让弓箭手无从捉摸，那边顾飞倒是痛快，一直线冲到底，那家伙正要放箭，突然顾飞“咻”一下就朝前跃进了5米。那弓箭手怀疑自己眼花，下意识地又眨巴了两下，顾飞已经杀到跟前。

“看剑！”顾飞一剑刺出，这次没用技能双炎闪，主要是怕技能一出剑挥得顺手，顺便就把旁边那个也一起秒了，那样剑鬼可就白跑这一路了。对于这个公子精英团中仅存的一个很有人性的家伙，顾飞也是很厚道的。

剑鬼此时也冲至另一个弓箭手跟前，弓箭手被近了身，10个有8个是六神无主。剑鬼脚步未停，一兜身已经绕到了那弓箭手的身后，一记背刺放出。

解决两个慌慌张张的弓箭手对两人来说无甚难度，甚至顾飞还起了谦让之心，把自己手下还余一口气的弓箭手让给剑鬼解决，剑鬼也没婆婆妈妈地推让，手起刀落一起解决。

远在数米外的战无伤发出不依不饶的怒吼，御天神鸣也正在佣兵频道里刷屏：“千里赖皮，千里赖皮！这要扣分啊，要扣分！”

“不好意思，我没看见……”剑鬼淡淡地回了句，和顾飞相视一笑。刚刚接受了顾飞的人情，这就痛快地还清了。

“278，345方向过来了一路人，去解决吧！”夹杂在御天神鸣的刷屏中，韩家公子有气无力地丢上了这么一句。

公子精英团这边已经消灭了对方5人，以五比零的优势领先，但云襄佣兵团依然是无头苍蝇一样在地图上乱跑。壮烈的5人几乎无人认识，身为团长的云襄在行会频道里打听了几句，结果牺牲的5人此时正值心情不好，非常干脆地没有理会。

公子精英团就是这样轻松掌握了主动权，明明是6人对80人，却好像打扫战场一般轻松。6人非常随意地在地图内四处游走，一遇对手就立刻剿灭。韩家公子几乎没有什么发挥的机会，酒倒是1瓶2瓶3瓶地灌下去了。众人先没怀疑他的酒量究竟有多大，倒是对他的胃容量有多大产生了质疑，初步断定这应该是游戏系统中出了纰漏。

相较之下，战无伤是6人中最郁闷的一个：他、顾飞、剑鬼和御天神鸣是杀伤敌人的主要攻击力，但远程攻击他没能力，近战他又快不过顾飞和剑鬼，等他近了身，那边早被顾飞和剑鬼料理了。

一段时间后，云襄佣兵团的参战人数已经锐减到30，而这当中战无伤只捞到了2分。占领了大头的，自然又是顾飞无疑。

由于人数减少，在地图上闲逛一般的公子精英团已经有些时间没遇到迎面而来的对手了。他们倒是不急，以50比0的绝对优势领先，现在如果用起大风筝战术，面对对方30人那是必胜无疑。不过既然对手如此一盘散沙好打发，大家当然也是不遗余力地在捞分。

“哎呀，好久没看到人了！”拥有“鹰眼”技能的御天神鸣担任着公子精英团的侦查兵，这家伙非常不负责任，在发现敌情的第一时间并不会告诉队友，而是自己先偷放两箭看能不能捞到分。顾飞和剑鬼也学乖了，听御天神鸣的嘴那是没谱的，但只要他抬手搭箭，那就是有敌情了。

顾飞的强势，剑鬼的老练，御天神鸣的见缝插针，佑哥尽可能地给几人加持状态，韩家公子懒洋洋地拎着酒瓶走在队伍最后，以及战无伤郁闷的咆哮，构成了本场公子精英团合力出战的主要画面。

“呀！”韩家公子突然发出一声惊叹，众人连忙回头。

“酒没了！”右手在口袋里掏了半天只能空着拿出来，韩家公子很是遗憾地说，“该要最终决战了！”

“哦？”5人有些不解。

韩家公子回身望去：“我喝光的空酒瓶子扔了一路，如果他们真有心找上我们，早就应该撞上了。现在这30人迟迟不现身，看来是准备在最后阶段也爆发一下凝聚力了。”

“你的意思是说这30人不会再各自为战喽？”佑哥说。

韩家公子点点头：“前前后后解决了50人了，他们总该发现我们并不好对付。现在30个聚在一起，可能之前没有合作过，需要点时间调剂安排。”

“聚在一起的30人，我们怎么对付？”佑哥问。

“包围他们！”顾飞挥舞手中的暗夜流光剑，慷慨激昂地喊道。

“包围他们……唔，这主意不错嘛！”韩家公子竟然对此表示了赞同。佑哥的眼珠都快掉出来了：“原来你也有喝醉的时候。”说完再望向其他人。剑鬼、御天神鸣、战无伤都在摩拳擦掌，尤其战无伤：“这次我一定可以捞到分！”

“实战方面，佑哥你的经验真的挺欠缺的，还不如千里这个游戏新人。”御天神鸣一边擦拭着他的弓一边说，那神情，那架势，请想象杀手在行凶前，将自己的狙击枪零件从枪盒里拿出仔细拼装在一起的景象。

顾飞脸上挂着淡定的微笑，指了指自己说：“专业砍人。”

“没问题的佑哥，你谨慎过头了。”最终还是剑鬼的安慰最有效。

“唔！那边，是不是来了？”韩家公子指向某处，那方向尚不见人影，但隐隐有着尘土飞扬的派头。

“上吧！”各人手执家伙迎了上去。

“千里，你去9点钟方向，剑鬼去12点钟方向，顺便给御天带个路，领他到3点方向，无伤、佑哥，我们3个正面6点方向！”韩家公子运筹帷幄。

顾飞等3人飞快地跑向韩家公子指示的方向了。

“佑哥，一会儿给我生命祝福！”当敌人的身影出现在视线中后，战无伤也摆出了认真的面孔，沉声对佑哥说。

“嗯！”佑哥点了点头。

对方的30人已经越来越近，看到眼前三个家伙居然也和他们一样有气势地迎了上来，感到颇为意外。

“御天，动手啊，还等什么呢！”韩家公子在行会频道里说。

御天神鸣立刻出手，3点钟方向的视野颇佳的小山丘上，御天神鸣半蹲半跪，手中弓弦挽不停，技能与普通攻击交相辉映，箭矢朝为数30的人堆里扎去。

“那边那边！”御天神鸣的狙击是专拣软柿子欺负，当场就干掉了一个法师，如此高的伤害，对方虽然看到只是一人也很是顾忌，有几人已经急吼吼地朝那方向冲了出去。

“别急别急！弓箭手还击！”着急大喊的是云襄佣兵团的团长云襄。几个冲出去的家伙略为犹豫，停下了脚步，弓箭手们出阵开始与御天神鸣对射。御天神鸣攻击再高也只是一人，所以对方人数一占上风，御天神鸣立刻被压制。

“剑鬼。”韩家公子在频道里召唤。

“嗯！”剑鬼应了一声，云襄佣兵团的身后突然浮出他的身影，随便拣了一个目标就是狠狠一记背刺。

这一下没能秒杀对手，对方急转过来时，剑鬼已经朝旁撤去。又有几人跳出阵想追，云襄连忙大喊：“稳住，不用追，不要再给他靠上来的机会。”

几人闻声又停了脚步，朝着剑鬼恨恨地吐了口唾沫，开始言语挑衅：“来啊！再过来啊！”

剑鬼不为所动，韩家公子嘴角滑过一丝笑，在频道里道：“千里，该你了。”

“嗯。”顾飞抹了一把剑，“战斗马上结束！”

顾飞从他藏身的洼地中一跃而出，高速度朝着对方阵中冲去。对方的弓箭手全调去和御天神鸣对射了，顾飞这一冲一时间居然没人可以用攻击拦截。4人跳出阵主动迎上，云襄团长又发令了：“不要动，等他自己靠上来包围他。”

“包个毛啊！没见那人是法师吗？”4人中的一个怒道。

云襄一怔，揉了揉眼睛："法师？法师怎么跑这么快？"

4人对团长报以了最深刻的鄙视，朝顾飞冲去。

"别上！法师和他对轰。"云襄着急道。可惜4人根本不听他的，心想对付一个法师何需这么大惊小怪的？这样一来己方的法师也是投鼠忌器，丢范围法术怕把他们4个也炸了，不过到底还是有出手的，瞅着4人间的空隙就朝顾飞扔了法术过去——有用连珠火球的，也有用40级水系法师技能冰旋风的。

"瞬间移动，动！"眼看要和法术撞上的顾飞完成吟唱，顿时穿越4人以及飞来的连珠火球和冰旋风，闪到了四人身后。

这边阵中的人都看得真切，但那4人可是完全不知道啊！就看着已经冲到身前的顾飞就这么凭空消失了，正茫然呢，身后己方团员们一起着急呐喊："身后，身后！"

4人还没反应过来是啥事，迎接他们的却是顾飞迎面削过来的一剑。剑身泛着双炎闪的火光，抹着其中3人的脖子就过去了。

顾飞现在也学奸诈了，法术吟唱其实只要求完整、清晰，对音量的分贝大小并无要求。唬人的时候大可以放声高唱，像这种搞突袭的时候，小声嘀咕一下就是了，法术的效果是一样一样的。

被抹了脖的3人当场就被诛杀了。4人中残存的那个不是顾飞不想干掉他，实在是他们4个站位有些太开，顾飞这一剑削到3个已是极限。

剑锋一转，顾飞直接无视了最后一人，朝着对方人群冲去。而对方在顾飞一剑就放倒3人的时候人群就已经沸腾了。

这是个什么人？

刚才发生了什么？

一抬手3人就被秒了？

手里的那是剑？用剑的法师？什么东西这是！

所有人都是满脑袋问号，但顾飞已经快步杀来。人群中的法师们连忙朝顾飞丢着法术，顾飞边跑边挥剑，剑光到处，追踪而来的小火球全部被他一一挑爆。红彤彤的火光当中，顾飞躲闪着连珠火球一类的威力法术，丝毫没有减速地冲杀过来。

"用范围法术！"云襄着急大喊。

"用毛的范围法术啊！速度这么快，范围法术怎么打得到！"众法师不满地朝云襄反吼。

这边正不知所措呢，那边剑鬼潜行的冷却时间已经结束，在众人的眼皮子底下又一次地消失了。

"啊啊！"负责监视剑鬼的几人着了慌，连忙大叫："法师快过来，盗贼潜行了。"

"忙着呢！"那边法师正忙着集体轰杀顾飞的，根本没心思搭理这边。

“刚才要上不让上，现在又潜伏了，怎么办？”几人冲着云襄咆哮起来了。

说话间，那边弓箭手阵容里一道白光闪起。御天神鸣的狙击具备秒杀能力，可惜4秒才能放一箭，在多人对射的压制局面下，御天神鸣好容易才捞到这么一次机会，一箭飞来，立时秒杀掉了一人。

几名弓箭手顿时也怒了，气还是一样撒在云襄身上：“快派人去砍了他啊！这么对射射到什么时候去？”

云襄也变得不知所措起来。本就是一盘散沙的一群人是好不容易才捏合起来，结果御天神鸣这边的远距离狙杀，剑鬼这不知所踪的潜行，还有顾飞这边转眼就要杀到跟前的压迫感，让一群人都很没安全感。在无力收拾三人的局面下，怒气很快就在自己人身上找到了宣泄口。众人开始还都是指责团长云襄，很快大范围扩散：这边法师团喊弓箭手来拦截顾飞，那边盗贼喊法师去地毯轰炸剑鬼，这边弓箭手又在指派盗贼去偷袭远端的御天神鸣。

各人都相信自己的判断是最正确最英明的，谁也不肯听谁的。一团混乱的争执中，召唤法师最凶的盗贼被剑鬼近身狠捅了一刀；叫得最凶的弓箭手被御天神鸣在脑门上敲了一箭；而顾飞也已经冲到近前，对着一帮被人近身就不知所措的法师一通乱剑捅杀。

好不容易捏合起来的30人团体分崩离析只在瞬息之间，转眼就回到比赛打响时各自相熟的朋友组成小队各自为战的局面。结果小队内部又有争执：各职业都指着自己最顾忌的对手要求朋友先去消灭，如此混乱的局面哪里还有一点战斗的样子？

“我可以上了吧？”这边战无伤一直不动如山，此时觉得该是他上去收割战场的时候了，于是主动向韩家公子请战。

“你？你上去干嘛？我看他们3个就够了。”韩家公子说。

战无伤眼睛瞪得大如铜铃：“那我们在这到底是干什么的？”

“我们？只是正面吸引一下他们的注意力，然后由御天神鸣、剑鬼、千里从3个方向展开攻击。御天远距离射杀，剑鬼游击战骚扰，千里大杀四方制造压迫感。一切都很顺利，你不是都看到了吗？”韩家公子说。

“那我呢？我做什么？”战无伤问。

“你？你留在这里保护我和佑哥啊！”韩家公子说。

“开什么玩笑，我要杀敌得分！”战无伤说完自己就冲上去了。

“切，看热闹不干，非要上去当苦力，你们这些星斗小民的智慧我真的很难理解啊！”韩家公子喃喃自语，却也和佑哥一同跟了上去。

战无伤加入战局只是把一切变得更加简单：埋头一个冲锋杀入敌阵，接着在当中施展开了旋风斩，把对方阵容搅了个支离破碎。数人当场就命丧在他剑下，战无伤的积分霎时也涨了不少，让他欢快不已。

云襄佣兵团的人已经完全不知所措了，不巧有几人瞅到了这边阵外观望的佑哥和韩家公子。1个骑士，1个牧师，这无疑是比较好欺负的。几人的配合难得一致，都突然脱离了主战场朝这2人杀来。

“没办法，只好你上了。”韩家公子朝佑哥叹了口气，骑士怎么说也比牧师有战斗力。

佑哥本就和他们这帮玩家不是一个路数的，这次平行世界更是随机到了辅助类职业，实在是没什么实战经验，眼看几人凶神恶煞地扑了过来，心下也是一哆嗦。

正准备闭了眼睛拼上一拼，突然眼前人影一闪，顾飞已经瞬移飘至，拦在道中，大吼一声，双炎闪放出已经卷掉了对方2人。

余下的3个失魂落魄，调头就走，口中还在不住地大喊：“又来一个法师，又来一个法师，长得一模一样！”

韩家公子和佑哥都没料到顾飞在战得如此酣畅淋漓的时候还眼望六路，能注意到他们这边的危险境地。

“谢啦！”佑哥心有余悸地说，5个人上来围攻他，就算有韩家公子这个顶尖牧师一边为辅，佑哥觉得他肯定还是撑不了几秒钟。

“唔！”顾飞对佑哥的答谢只是含糊不清地应了声，人却站着没动。

“去接着杀啊！”韩家公子催促，对方现在是人心也散了，队伍也乱了，每个人各自为战，分出胜负只在眼下。

顾飞缓缓转过身来，嘴里正叼着一个大苹果，伸手摘下后道：“等会，没法力了。”

“你这法力，真是个大问题！”佑哥感慨。

场子中间攒足了怒气值的战无伤放出的旋风斩是经久不息，身边瞬间被清出一片空地，佑哥略做了一下统计，对方此时已经只剩下14人了，伤亡过半，剩下的人身上也大多挂了彩。剑鬼、御天神鸣、战无伤3人一起攻击，有意识打出的配合却是顾飞不擅长的领域：比如御天神鸣一箭没能击杀的对象，剑鬼会很适时地扑上去补两刀；而战无伤旋风斩砍伤却没砍死的家伙，远端的御天神鸣会优先考虑一下。

3人迅速收割战场，看得顾飞心急如焚，这样等他这苹果效果发挥完毕，世界很有可能已经清静了！

“慢点，杀慢点！给我留几个！”顾飞着急地大叫。

3人听了下手更快了，一直以来都是他们祈祷顾飞下手不要那么狠，好容易大家角色对调了一下，3人能不好好表现一下吗？

“啊啊啊啊！”顾飞一边飞速地嚼着苹果，一边紧张地注视场上局面，他比云襄的人更在乎他们的生死，眼看再拖下去已经不会再给他发挥机会了，也顾不上法力才恢复了一半，苹果一甩，大叫一声“我来了”，一个瞬间移动飘入阵中。

“法师来了！”云襄的人一阵惊呼，瞬间顾飞身边好大一片空地，比战无伤旋风斩后的空地还要干净。

顾飞满目忧伤地挑了个目标追上，以他的速度追个人自然是不成问题，用了个双炎闪解决掉此人后回头一看，趁着刚才的机会云襄的人已经全部和他保持了5米以上的距离，无人上来挑战。

顾飞只得主动出击，那些人看到顾飞杀来，个个向后退去，也不顾正交着手的战无伤和剑鬼了。

“你来干什么啊！”战无伤很是不满地对顾飞道。此时敌人有了退意，但追击绝不是战无伤的强项，可知接下来他捞到的分会极其有限。

“快追！”顾飞没理他，和剑鬼两个人一左一右追了上去。

“我就知道！”战无伤郁闷地在后面追赶，前面跑的稍微慢点的敌人都已被顾飞和剑鬼解决，果然他是一个也捞不到了。

云襄行会还剩10人，包括身为团长的云襄。已经到了这个局面，众人总算是停下了无聊的争执，起了同仇敌忾之心。当身为法师的云襄转身放出一个冰旋风阻隔了一下顾飞和剑鬼的来势时，另两个法师也有样学样，控制着冰旋风追袭二人。

“弓箭手，追踪矢！”云襄喊道。弓箭手此时还余2个，听从团长的指挥，立刻朝剑鬼和顾飞一人赠送了一枚追踪矢。

“盗贼！”云襄令下，3个盗贼立刻发动了潜行。

团战就是这样，只要有着统一的指挥，哪怕这指挥不是多么出色，也要胜过一盘散沙，也能发挥出比较有效的抵抗。

缠身的冰旋风和追踪矢，不知所踪的盗贼，这样的攻势着实是个威胁。可惜他们遇上的是顾飞。

抬手一箭将追踪矢打落，眼前晃动的冰旋风却继续阻挡着顾飞前进，用“瞬间移动”穿越？可惜顾飞此时法力却已经不够，但他还另有一个法术，至今在实战PK中尚未运用过的法术——顾飞扬剑，指向对方一名法师，开口吟唱：“雷电，降！”

一道电光自天而降，当场将那法师雷得外焦里嫩，撒手人寰。顾飞的高法伤不是假的，而云襄这边余下的诸人，十有八九都是带着伤的，根本经不起顾飞任何法术一击。

法术召出的同时顾飞已经冲了出去，撞着身前的这道冰旋风冲了出去。

法师死亡后，他所吟唱出的法术会立即失去威力，顾飞知道这条规则。

果然，这道冰旋风在那法师化身白光的同时，也瞬间化成一缕轻风，顾飞从这空位穿越而过，瞬间已经杀到了几人身前。

遗憾的是这时的顾飞已经一点法力都没有了，但暗夜流光剑的普通攻击，却迅速打断了另外两名法师对冰旋风的控制，受其纠缠的剑鬼立刻摆脱，飞速杀了过去。至于攻向他的那道追踪矢，剑鬼完全没有理会，追踪矢这种技能如果都能秒人，那就太变态了。

“当心，有个盗贼盯着你。”顾飞提醒剑鬼。

潜行的盗贼一共有3人，顾飞可以感觉到其中2人的注意力在自己身上，那么另1人自然是在剑鬼身上，正在赶来的战无伤……应该没有盗贼会孤身去打一个战士的主意。

剑鬼笑了笑，突然停止攻击后撤了两步，立即也发动了“潜行”。

“我去！”顾飞立刻感觉到3名盗贼的注意力全放到自己的身上了，而且有一人已经到了自己身后。顾飞削了一旁的弓箭手射出的一箭后，转身就是一脚。

潜行中的盗贼可以说是最没有警惕性的，因为目前反潜行的技能没有面世，即使看着顾飞朝这方向抡了这一脚，他都没想到这是踢向他的。

一个脚印印在脸上之后，这盗贼现出原形，顾飞后退三步，斜身就是一剑。

吧嗒！被刺中的盗贼惊得匕首都扔地上了。

顾飞调转方向，冲向第3人。这次潜行中的盗贼眼望着顾飞朝他方向走来，似乎已经意识到了什么，惊讶的他忘了发动攻击。那边剑鬼则是借潜行之机，解决掉了一个弓箭手。

尚存的云襄阵中，还是有战士职业的，但是在剑鬼和顾飞利用速度的游击打法面前，根本沾不到2人边，2人兜兜转转，始终朝着弓箭手和法师身上招呼，至于那3个盗贼，这会还六神无主呢！

战无伤、御天神鸣、韩家公子、佑哥……终于，公子精英团的成员一个一个投入了战斗，不多时就将云襄的成员悉数解决。顾飞由于没有法力还在坚持战斗，攻击弱小，导致抢分效率大减，最终却是没捞到什么战绩，不过对于他来说，过程也是重要的，今天这一场对抗赛，他战得极痛快。

公子精英团6人对云襄佣兵团80人，最终竟然取得了完胜。

虽然云襄佣兵团也知自己内部存在太多的问题，但这样的结果还是让他们觉得不可思议。当从战场地图传送出来时，云襄的人已经不剩几个，个个大眼瞪小眼，错愕地望着这边的6人在欢庆胜利。

云襄佣兵团的团长云襄，此时迈步朝6人走来。

“几位……”云襄先问了个好。

6人望向他。

“能不能让我也加入你们佣兵团？”云襄说的话让公子团其中5人吃了一惊。

‹ 14 ›

走访公子精英团

没反应的是顾飞，因为他不知这当中的代价，只是建立佣兵团，就要向系统交纳一笔不菲的费用，之后再升到如云襄佣兵团一样的4级……看云端城都没几家5级佣兵团，就知这不是件容易的差事。一般人就算对自己的佣兵团不满，也大可以剔除成员重新选人，但这人竟然想放弃自己的佣兵团投身到公子精英团来。

云襄一边说一边拿行动表决心，只听得他身后那些云襄的成员一片惊讶声："团长已经退出了！"佣兵团长有解散佣兵团的权利，云襄倒也没这么不厚道，只是自己退出而已。团长退出后，副团长会自动接任团长一职。

云襄的人惊呼着这一事实，被顾飞他们听在耳里，纷纷转头望向韩家公子："我们的副团长是谁？"

"6个人，要什么副团长。"韩家公子荡气回肠一挥手。

如此一来云襄倒也看出韩家公子是他们佣兵团的团长了，恳切的目光一半是投向了他。

"咳，请我喝几顿酒的话，我会考虑的。"韩家公子说。

"太腐败了！"战无伤对于韩家公子公然索贿表示出愤慨，"不如让他交纳团费！"

"团费？对啊，团员应该交纳团费的！"韩家公子说，"你们5个都是团员，我现在规定，团员每天向团长缴纳1金币的团费。"

"太卑鄙了！"数人惊呼，连那边云襄佣兵团的人听到后都有附和的。

云襄有些茫然了，眼前这几人互相拆台互相挖苦互相嘲笑，这氛围和他那云襄佣兵团何其的相似。而他们可不过是6人的小佣兵团，云襄佣兵团在6人的时候，气氛比这和谐多了。

云襄眼看着那6人在争吵声中渐行渐远了。云襄心下计议，没有急着追上去，回头看了一眼还站在传送阵旁的昔日伙伴们，呃，或许对方从来没把自己当成伙伴吧！云襄苦笑着，也没再和那些人打招呼，默默地离开了。

“其实，我们挺需要一个法师的。”走出了一段距离后，佑哥突然说。

顾飞没言语，他知道他算不上一个合格的法师，虽然他的法术威力很大，但用上三五个法术就得吃水果，这个短板影响太大了。

“那个法师，技术挺一般的。”御天神鸣说。

“呃……装备也比较普通。”佑哥不得不承认。

“指挥的水平到是可以，但跟我比还是太远，更重要的是长得也远不如我英俊。”韩家公子说。

几人完全无视他这句话。

“综上所述，不符合我们精英的原则。”韩家公子最终道。

“没有那么多精英，精英也需要培养。”剑鬼淡淡地道。

“再看看吧，反正现在我们又不缺人。”韩家公子懒散道，显然他对于加入新成员并不如何热衷。

而其他几人其实也只是就事论事一说。从韩家公子的领导风格来看，大家对于发展公子精英团这个课题也没啥兴趣，就当这是一次娱乐事业了。这些个老派高手对个人的名头比较重视，目前来看发展也并不理想。平行世界最强的光环被五小强占据，而他们这些个家伙则蹲在公子精英团中干着扮猪吃虎的勾当，别说，这倒也别有一番风味。

“今天这场杀得痛快！”众人不谈人事，开始谈论战事。战无伤舞动着胳膊，他真的很少有机会能从这帮人手中捞到分数。

“不过这样一来，公子你之前的布局不是白废了？”佑哥总是忧心忡忡。

韩家公子淡然一笑：“获胜的目的是为了打响名气，现在我们的名气已经够响了。今天这场一打，接下来遇上我们的佣兵团一定很不知所措吧，想想就觉得有趣。”

一切倒还真如韩家公子所预料，公子精英团再胜一轮挺进八强，已经再不会有佣兵团把公子精英团的成绩视作运气了。

尤其昨天和云襄佣兵团这一战，不管云襄佣兵团有多大的内部问题，毫发无伤地吃掉了对方整整80人，这份实力可比大风筝战术都更加让人惊悚。云襄佣兵团的成员很杂，来自云端城的数个行会，于是公子精英团在那一战中的可怕也被传达到了数个行会。

法师！法师！法师！被热点提及的总是法师。

云端城的玩家们都有些茫然了，为什么云端城从游戏公测开始的新闻热点总是集中在法师身上？

杀人狂27149是个法师。

专做通缉任务的也是个法师。

最近热炒的秒杀法师。

眼下又出来一个忽左忽右、据说还会分身术的法师。

平行世界，最强的职业原来是法师吗？没选中法师的人开始彷徨，选了法师的人开始斗志高昂。

至于公子精英团该如何去对付，大多数人已经不会去担心。他们和韩家公子一样的心态，幸灾乐祸地看着另7支佣兵团焦头烂额：对方可是有灭绝80人佣兵团的实力，如果你出动的人少，显然不是对手；而如果全数出动，集中一击，对方看到无机可乘，又有一套大风筝战术。

如此横竖不对，左右不是，7支佣兵团都在拼命地合计，研究应该选取何种方法最为妥当。

尤其是已经抽中下一轮将和公子精英团对决的纵横四海旗下的四海佣兵团，此团号称自己才是云端城第一实力佣兵团，此时碰上公子精英团不免也有些心慌意乱。

四海佣兵团的团长倒影年华也是一位战术达人，在行会中素来以军师身份自居。面对公子精英团，他彻夜不眠思索着最为妥当的战术。

兵法有云：知己知彼，方能百战不殆。就为这句话，倒影年华通宵走访了公子精英团一路走来的对手：

牧云佣兵团对大风筝战术充满了怨念。

云襄佣兵团对公子精英团可怕的战力心有余悸。

而紫晶佣兵团虽然输给公子精英团，却是向着顾飞的，对上门摸情报的家伙冷眼相待。

其他一些杂七杂八的小佣兵团，连搜集情报的着入点都算不上。

最终，当倒影年华找上银月佣兵团的团长银月时，获得了令他始料未及的许多情报：

剑鬼、佑哥、战无伤、御天神鸣！

单这四个名字就令倒影年华狂吸冷气了——公子精英团，还真是名副其实，个顶个的精英。御天神鸣就是纵横四海行会的一员，倒影年华尚不知御天神鸣的装备在昨天已经由上乘水准升级为了拔尖。

战无伤，这人素来有网游第一战士的称号，他也是现在战士榜第3位的人物。

剑鬼，这个名字更不需多介绍。如果你不知道，就别说自己是玩过网游的人。

再接着，佑哥，这人倒没那么可怕。只是个情报数据狂，此人人脉极广，上至游戏后台，下至寻常菜鸟走卒，没有他不识的。人脉，这种东西如果用来搞称霸，可是极重要的资源。

此外的韩家公子和千里一醉两个名字，总算让倒影年华松了口气，终于有两个不是名人高手了。

结果，据银月大力透露：这千里一醉，正是当初的27149，如今盛传的秒杀法师，他才是公子精英团最主要的火力输出。

而那个韩家公子，那是公子精英团的团长，佣兵团都是以他的名字命名，其他5人都只是他的小弟，你说这人该有多可怕！

网游界的4个绝世高手，外加一个隐藏杀手和一个隐藏BOSS。捏着这份名单的倒影年华手都有些颤抖。如此强悍的组合，为什么在云端城就这么不显山也不露水呢？倒影年华之前去过佣兵大楼查看公子精英团的信息，渺小的就像个渣……

这样的6个人，组建这样一个小小的佣兵团，不至于是无缘无故的吧？总会有什么庞大的目的吧？倒影年华忧心忡忡，而给予他最多情报的银月，对这个问题也无力解答。他只是提供了两个事实：其一，公子精英团的出现，是导致他在月夜城的前尘行会倒闭的重要因素之一；其二，那天搞秒杀法师见面会的，其实就是公子精英团的这帮人。

倒影年华恍然大悟。那场闹剧他也在场，对这几人都颇有印象：御天神鸣本就认识；韩家公子外表出众；佑哥是发起人，而且是名人，自然多看几眼；而战无伤……那天的扮相也极其华丽。不过当时倒影年华没有留意太多，他们这种头号大行会，后来的工作重心都扑在了漂流身上。

倒影年华细细回忆着，希望从那天那点不经意的接触中寻找出点突破口。这时银月又向他提供了一个重大情报：那个千里一醉，似乎和其他5人关系不佳，具体原因不详。倒影年华略一琢磨，觉得倒也不难理解：这帮顶尖高手个个都是心高气傲的主。回想那个御天神鸣的臭屁模样，有这么一个更强悍的人压他们一头，心底下肯定是很不爽。这千里一醉在佣兵团里受到排挤，所以不那么和谐。

这或许是个很好的突破口！倒影年华心下想着，却不知他打听的这个银月也根本不是善茬，对于公子精英团银月除了知道名字又能熟悉到哪儿去？此时不负责任地把自己的猜想一股脑儿告诉倒影年华，这根本就是在误导。

公子精英团的内部即使有不和谐，也不会是因为顾飞太强所引起的。

首先顾飞方面，他为人比较谦和，帮过这些人不少忙：像多次帮剑鬼找回霜之回忆；帮御天神鸣刷追风之靴不惜坐牢；帮战无伤牵线搭上了重生紫晶的姑娘们等等。

另外一边，剑鬼自不必说，一早就对顾飞心服口服。御天神鸣和战无伤这两个家伙那也绝不是会妒贤嫉能的小气人。

至于另外的两位，佑哥的游戏乐趣不在这方面，根本不会有和人竞争谁更强的心态。而韩家公子的眼中顾飞不过是一介武夫，万不可能与他的智慧争辉，在这个自恋狂的眼里，他才是最牛的人，顾飞再强在他眼里也就是一粒尘埃。

所以倒影年华所臆想出的不和谐因素是根本不存在的。但他也是个对自己的智商很自负的人，一经推断顿时觉得合情合理。之后，倒影年华倾尽全力，写了一封声情并茂的劝降信——先用非常隐晦的语言，旁敲侧击地询问顾飞在公子精英团的处境可好；然后大谈人生理想，适时指出了只有大行会、大佣兵团才是顾飞最佳的归宿；最后，倒影年华浓重地表达了他对顾飞的殷切盼望，并许了许多他自己看后都觉得心动的承诺。

在将自己的得意之作抛入信箱后，倒影年华心里一块石头总算落地。在他看来大事已成了一半，只要顾飞看到这封信后他必然回复，到时约个地方见下面，自己进一步晓之以情，动之以理，让他从本场对抗赛做起，脱离公子精英团。

缺了这个主力杀手，5人的公子精英虽然还是高手众，但显然已经不足为虑。自己还替行会拉来一个顶尖高手，一举两得。

为了一个区区6人的佣兵团，倒影年华可谓处心积虑，费尽心机。但他从一开始的出发点就是错的，又怎么可能收到他所预期的效果？更何况还有远在他意料之外的事情发生着。

如今的顾飞粉丝众多，昨天上线他没有留意，今天上线，在收到系统提示他有241封信件后，目瞪口呆之余，顾飞连忙跑向了城门邮箱。

邮箱里堆积着一叠又一叠标注有“千里一醉收”的信件，令他郁闷的是，这信件装入口袋的话，一封信就要占据一个储物格，241封信连零头都装不下。顾飞无奈，只得抱着这接近半米高的一叠信，小心翼翼地朝小雷酒馆方向走去。

小雷酒馆内，韩家公子正霸着包间独饮，突然小雷伸手卷起了门帘，接着就见顾飞抱着近半米高的信件走了进来，脑袋都得歪到一边才能保证视线的完整。

“241封信！”顾飞说着往桌上一甩，瞬时铺满整张桌面。

“反响真热烈啊！”韩家公子笑着。他已经猜到这些信的由来，无非就是顾飞被曝光后，那些对他有想法的会长团长们因顾飞没开交友开关联系不到他，只能采取写信这种比较原始的方式了。

这些信的形式内容大致都相同，顾飞很快就已经看掉了3封，面露失望：“怎么都是这事啊！”

韩家公子当然知道他看到了什么，笑道：“那你以为会是什么事？”

“难道就没有什么人向我挑战一下吗？”顾飞继续翻找着。

韩家公子怔了怔，难道这家伙那天在酒馆显露身手，还暗怀着这么一个鬼心思吗？这家伙，怎么又做出了让自己意料之外的算计？

顾飞此时已经拆到了第5封，看到韩家公子在对面发怔，嘿嘿笑道：“你没事的话，也帮我拆拆看啊！”

韩家公子的确无所事事，于是也没拒绝。一口酒，拿封信，撕开，看一眼，扔掉；一口酒，拿封信，撕开，看一眼，扔掉……如此重复，效率比顾飞还要高。

“喂！你细心点。当心看漏了。”顾飞对于韩家公子的敷衍不满。

于是韩家公子多上了点心，每封信改为看两眼，扔掉……

终于，某封文笔比较上乘的信件，引得韩家公子看了第三眼，还顺手翻转信封看了一下姓名：倒影年华。

这名字让韩家公子微微一怔，随即将这封信细看了一遍，立刻从中读出了倒影年华的小算盘。这家伙想在战前策反顾飞，降低他们这一战的风险。

韩家公子哑然失笑。看来自己的战略构想是成功之极，对手完全彷徨了！100人的佣兵团啊！居然对6人的佣兵团耍小手段，而且是想削减对方的人数，真是太搞笑了。

原本此轮对抗赛的胜负韩家公子已经不怎么上心了，但此时倒影年华这封信，却给了他一个将计就计的机会。韩家公子一边在脑中构思着剧本，一边不动声色地从怀里掏出了纸与笔，扔给了顾飞。

“干什么？”顾飞正在认真看信，希望能有一封是向他殷切挑战的。

“回信。”韩家公子说。

这个……还用回？”顾飞疑惑。

“废话，你懂礼貌吗？人家这么客气地来信，你好意思不回？而且你不回信明确拒绝一下，这骚扰我看停不了。”韩家公子说。

“唔！”顾飞点了点头，觉得在理。

“回吧！”顾飞叹着气，拿起了纸笔。

“嗯，我也帮你。”韩家公子自己又掏出一份纸笔。

顾飞大为意外，写回信这工作量可与看信不一样了，韩家公子居然会主动请缨？

“写什么？简单点，随便几个字打发就行了。”韩家公子问顾飞。

“呃，就写谢谢你的好意，不过我拒绝。”顾飞想了想后说。

“嗯，很好，干脆明确。”韩家公子点了点头，埋头奋笔疾书，所写的内容却与顾飞所说大相径庭。而那边忙碌的顾飞，对此一无所察。

241封信，最后经合计下来只是112人，平均一人2.15封。其中顾飞所期待的挑战信是1封都没有。

平行世界因为主城的原因，地域划分明显。顾飞的名头目前也就仅仅局限于云端城，如果说有人打败顾飞可得天下第一的称号，那样或许会有些挑战者出面。顾飞此时一边回信一边寻摸：自己是不是应该挑个“打遍天下无敌手”的招牌四下旅游一番。

在韩家公子的帮助下，两人共完成了112封回信，信封上收信人的姓名也都写好了，至于发信人那是不必写的，丢进信箱时系统会自动添加上去。

“去发吧！”韩家公子把一桌子的信推到顾飞跟前。

顾飞点了点头，抱着信去了。城门旁的信箱下，一叠一叠的信被信箱吞噬，每封信还需缴纳一点费用，来时是112人在分担，回时却得顾飞一个人掏腰包……

系统的信件传送自然很快，几乎和短信一样。顾飞把所有信丢进邮箱，然后一关，再打开看看时，所有信件已经都被发送出去，信箱里空空如也。

看看时间，距离对抗赛仅剩半个小时了，韩家公子来消息，叫他直接去对抗赛传送阵和大家汇合，顾飞匆匆调头赶路。

另一边，倒影年华已经是坐立不安一整天了：昨夜写的信，今天一早就开始等回音，越等心越凉。“此人还真是意志如铁！”倒影年华如此想着，已经准备放弃了。距离对抗赛只剩半个小时，频道里已经有人在催促了，还是赶快组织大家计划一下这一战如何应对吧！

正想呢，忽然系统一声提示：您有新的信件！

倒影年华微一愣，连忙调头就往最近的城门信箱处跑。他可是全敏弓箭手，全力奔跑起来顿时在道路中央激起了一道飞烟。

怀着激动紧张的心情，倒影年华拉开了信箱，小心翼翼将那信取出，看了一眼信封，险些幸福得晕过去。

系统显示的发信人为“千里一醉”，这还有的差吗？倒影年华一边匆匆朝传送阵方向赶去，一边飞速将信拆开看了起来。

如果这真是一封顾飞的回信，那倒影年华无异于经历一次从天堂到地狱——因为信上将是冰冷的11个字：谢谢你的好意，不过我拒绝。但是，这封信是出自韩家公子之手，倒影年华顿时站在天堂放声大笑，地狱，那要稍后才到。

信中，“千里一醉”以无奈的笔调叹息了一下自己在公子精英团遭受的待遇，接着热情洋溢地肯定了倒影年华的建议。然后以你不仁、我不义的精神面貌，表达了自己将弃暗投明的决心。而他建功立业的第一步，就是把公子精英团本场将采用的战术暴露给了倒影年华。

大风筝！“千里一醉”在信中如此说。面对四海佣兵团这一最强的佣兵团，他们并没有正面相抗的勇气，将采用他们最擅长的大风筝战术。面对这战术最好的办法就是控制己方人数，选最精英的成员出战。出战的主要是3个有速度的职业：法师，盗贼，弓箭手。另外3人时常会游离在战场之外，如果一开始能抢先绕道偷袭解决那3人，胜负会变得简单，具体如何操作，“千里一醉”请倒影年华自己参详着办，因为据说他也并不擅长战术布局。

最后，“千里一醉”又对暂不能打开好友开关致以了歉意，“这几天找我的人实在太多了”，他如此说。

倒影年华看罢这封信心下尚有一丝迟疑，但此时距离对抗赛开始不过半个小时了，佣兵频道里队员正在催促。

传送进战前准备地图时，倒影年华计议已定。

“这一场，我们不必全体出战，要提防对方最拿手的大风筝战术。点到名字的，和我一起参加这一场对抗赛。”倒影年华随后宣读了名单，共选出了30人。其中速度见长的盗贼和弓箭手各10人，之后挑选了些许其他几个职业。

一直以来，倒影年华都是纵横四海行会方面战术与指挥的负责人，这方面他比行会会长无誓之剑还要权威。提出方案后，并无人有异议，没有被点到名的玩家相继退出了准备地图。根据纵横四海的行会规定，这部分玩家将收到金钱补助，他们也没有什么情绪。

“就这样吧！”倒影年华望着眼前的30人，心下打定了主意。

另一边，公子精英团的6人也已经进了准备地图，佑哥照旧一进来就开始数对方的人数。

“咦，开始还有67人的，怎么反而越来越少了？”佑哥惊讶。

“30人！”最终，四海佣兵团停在了这个人数上。

“怎么打啊？”顾飞摩拳擦掌，斗志高昂。

“30人而已，直接杀，如何？”韩家公子乐呵呵地说。

“非常同意！”这是顾飞最喜欢的方案了。

“不过……还是以骚扰为主。”韩家公子说，“对方不会像云襄一样一盘散沙，没那么容易混乱，所以不要轻易逼上。进攻前先想好退路，有把握了再上，保存自己的实力是首要。”

大家点头。

“准备开始了。”系统倒计时已经开始，10秒后，双方一同进入对战地图。

“你们三个去吧！沿地图边走，绕到他们身后。我上高地观察形势，等我下令。”韩家公子一摆手，顾飞他们3个已经飞一般消失了，战无伤很是意志消沉地站在韩家公子和佑哥身边：“我又负责保护是吗？”

“高地！”韩家公子没理他，领着这2人找了片高地占据。

高地之上，可见远处团着一群人，但究竟有多少，却因为距离太远而看不太清。

“这是多少人啊，30人都在吗？”佑哥望着对方的人群疑惑，他总觉得韩家公子今天的布置有些冒失。一般情况都是大家一起先上高地看清敌势，然后才指派攻击路线，今天为什么先把人给指派出去了呢？

“剑鬼，朝328，341方向偏一些；千里，朝24，357那边移一些；御天，朝右边走点……靠，那是左，左右你也分不清了吗！”韩家公子在佣兵频道里调整着三人的前进路线。

“怎么样？”顾飞等人赶了一会儿路后，在佣兵频道里询问信息。

“他们没有动，先不要急，和他们比比耐心。”韩家公子淡淡地道。

“他们应该也看到我们在这山头了吧？为什么会没有动静呢？”佑哥心下疑惑。

“大概已经偷袭过来了吧。”韩家公子淡淡地道。

话音刚落，3人身边已是风声骤起，几支快箭呼啸而至。

“来得好快啊！”韩家公子一边冷笑，一边回复术已经提前施加出来。虽是同样的弓箭手技能，却因加点以及装备属性造就了不一样的射程和射速。这几箭是有先有后的，韩家公子准确把握时间，回复术精准地散落在战无伤身上。

几箭的确都是指向战无伤，遗憾的是战无伤一身新装，防御不低，又有韩家公子精湛的回复术，对方秒杀的目的宣告失败。

斗争经验无比丰富的战无伤，转过身踏前几步，双剑一展就是一个旋风斩，果然不出他所料，偷袭的不可能只有弓箭手，盗贼也已经从身后摸上来了。战无闪这旋风斩放出，两名欺近他身的盗贼已被砍中，瞬间被挂。

“形势严峻啊！”战无伤已经看到对方的5名弓箭手。盗贼的数量，恐怕也不在之下，而他的身边却只出现了2个。

战无伤解决身边2个盗贼后一回头，发现韩家公子身边竟然已经围有3个盗贼！而弓箭手的第2轮打击，也是齐齐指向了他。

韩家公子本身不是体质加点，生命不高，如此攻击下，牧师技术再好也是无济于事，瞬间已化成白光。

战无伤一声怒吼。一记冲锋顶向盗贼，一名盗贼被他撞晕后两三下解决，另两个却已经远远闪开，此时无数的箭矢已经对准了他。没有牧师回复，即使有佑哥加了一点状态又能如何？战无伤最终也被这数名弓箭手耗死，而佑哥……最终也在毫无悬念中被解决，

率队来偷袭的倒影年华此时心下倒是在窃喜。因为这毫不设防的3人，让他最终相信了“千里一醉”的话。在那信中提及了两点：一是建议倒影年华选精英出战，二是偷袭不会主动出战的慢3人。

倒影年华对这封信还是有一些疑虑的，但对于第一点减少人数，他就是怀疑，也需要照做。因为出战多少人是一目了然的，如果他无视了第一条建议，那么那边的“千里一醉”自然就等于收获了“对他不信任”的信息，一旦此信是真，那么倒影年华无视第一条的做法就成了弄巧成拙。

至此，倒影年华彻底松了口气，脸上浮现出得意的微笑。终于在佣兵频道里发出了一条韩家公子期待很久的，最终影响了本场比赛胜负的命令：“那名法师不用理会了，他已经被我策反了！”

‹ 15 ›

韩家公子的剧本

公子精英团的佣兵频道里，顾飞、剑鬼和御天神鸣对于那3人相继被这么结果出去大感意外。这出局出的是如此急促紧凑，3人连连追问，回答时，那3人已经在场外了。

“郁闷！被偷袭了！”战无伤说。

“你们3个加油吧！”韩家公子从容地说。按照他的设想，此时的顾飞已经深得对方的信任，为了进一步赢取好感，恐怕比赛里就会和他多亲近了。呃，和顾飞亲近……啧啧，天堂到地狱就是这么简单。

“我们怎么打？”御天神鸣提问。

“和昨天一样，御天神鸣远处吸引部分火力，剑鬼潜行近身，千里乘机冲上。”韩家公子布置得幸灾乐祸。

3人依旧之前韩家公子调整的步调，没有和四海偷袭的小分队相撞，此时已经悄然围在那固守原地20人的3个方向。御天神鸣在一小山坡后，剑鬼在一洼地当中，顾飞距离他们最近，在一片小树林里。

“我出手了？”御天神鸣向另外2人道。

“出手！”剑鬼和顾飞一同回应。

一道狙击自山坡后放出。

四海佣兵团的人虽是精英，却也架不住御天神鸣是精英中的精英，而且这帮家伙御天神鸣大多认识，哪个血少哪个血多，哪个防高哪个防低他都知道。捡当中最有信心欺负的一个，一道狙击放出，人品爆发又出了个致命，当场将其秒杀了。

这才是真正的知己知彼。

四海的人瞬间却哗然了，他们也知对手的弓箭手就是御天神鸣，如同御天神鸣知道他们的底细一样，他们对御天神鸣的加点、装备也拥有着足够的了解，只是无人知道御天神鸣这两天才刚刚更新了装备。这一箭秒杀一人，让他们错愕不已。

“怎么回事？”解决掉韩家公子等三人的倒影年华正带着偷袭小队回来和大部队汇合，路上收到系统提示己方又挂了1人，连忙询问。

“御天神鸣一个狙击就秒掉了一个！”有玩家回道。

“怎么可能！”倒影年华也吃惊，在得知御天神鸣是公子精英团的一员后，他特意温习了一下这个小屁孩的实力。技术是很不错，但攻击力应该没达到如此高的程度啊！

这边还惶惶呢，御天神鸣已经又放了几箭。可惜除去狙击，其他攻击都不足以有秒杀的高伤害。四海佣兵团的人可就不像云襄那么随便就一团混乱了，牧师全神贯注准备回复，弓箭手回射，盗贼潜行后悄然绕道，准备过去搞偷袭了。

但御天神鸣何等战斗经验？眨巴着两鹰眼就数着对方的人数呢！突然发现19人变成了17人，虽然不知那两盗贼是什么时候在人群中隐没的，却也知道是偷偷朝自己摸过来了。当即打起了游击，放一箭就换一个地方，让对方没那么顺利摸到自己身旁。由于是对抗赛中，潜行有时间限制，不用拖延太久，对方就会自动现出原形。

御天神鸣吸引了对方大部分注意力的时候，剑鬼也已经潜行着悄然摸了过来。御天神鸣之前的攻击一直在给他留伏笔，在疯狂集中射击某人的同时，蔫不叽地捎带射了他旁边的一人一箭，样子好似是不小心射偏了一般。四海的牧师注意力完全集中在御天神鸣猛力射击的目标身上，只中了一箭的同伴并没有引起他的警觉。

此时悄没声息靠近的剑鬼，猛一现身，匕首直指的目标正是此人！

而剑鬼这一记背刺还放慢了半拍，并没有在所有人惊呼的第一时间就刺出去。这半拍，是专门留给御天神鸣的。在一看到剑鬼现身时，御天神鸣立刻又一箭射向此人，而剑鬼慢了半拍的背刺适时递出，匕首与箭最终几乎是不分先后击中此人。这牧师的技术显然没老道可以把握这微乎其微的时差，在他的回复术匆匆飘落时，那人已被二人合力结果。

剑鬼一击即退，在众人开始对他包围时，已经施展疾行飞速从人群中窜出。四海佣兵团的弓箭手连忙想要追射几箭。但经验丰富的剑鬼此时一变向，绕到对方阵型另一翼。一直针对御天神鸣的众弓箭手们追着剑鬼的变向瞄准时，瞬时发现自己箭头对准的全是自己人的屁股。等他们匆忙调位露出空当时，却看到剑鬼奔向树林，顾飞正大踏步的冲了出来。

顾飞和剑鬼这一个迎面跑位，两人都有些意外。

顾飞看到剑鬼一击即退，立刻从林中冲出，他却没想到剑鬼居然会奔着他这方向过来。剑鬼此时带着对手的目光。这样俨然是把顾飞提早地暴露了。

而剑鬼，他也没想到顾飞居然是在这树林里了，因为在佣兵频道里地韩家公子发出的最后一道位移指令，顾飞所到的位置不应该是这里。否则他当然不会做出这种会暴露顾飞的跑位。

剑鬼当然不会知道，顾飞收到的最后一条位移命令，是韩家公子私聊发给他的。

韩家公子熟悉剑鬼的作战方式，在摆好剑鬼的站位，看清敌阵后，韩家公子可以预见出剑鬼在一击即退时所会选择的路线，于是，他暗中指示顾飞来到了这条线路上，设计出了这么一出迎面而来的戏码。

依照他的布局，如果之前一切如他所料的话，此时倒影年华一定已经告诉众人那个法师无需提防。虽然如此，顾飞杀气腾腾地拎剑冲向他们的话，是个人也会意识到这事有些不妙。

于是，现在出现了这么一个迎面而来的场面。

顾飞冲了出来，但看起来更像是冲向剑鬼。

在已经先入为主得知顾飞被策反的四海佣兵团众人眼里，一定会觉得顾飞是要帮助他们把剑鬼拿下了。

于是，那些有充分时间配合攻击这2人的弓箭手、法师等远程职业，都乐呵呵地停下了手，想看看这自相残杀的一幕，顺便欣赏一下这个平行世界的新锐高手与网游老牌劲旅到底谁更彪悍一些。

迎面没有攻击，身后没有来袭。

顾飞和剑鬼都感到十分意外，但此时无暇多想，两个继续各跑各路，转眼2人已经擦肩而过，顾飞极其凶悍地继续抬剑朝众人冲来，所有人一起意识到了不妙。

但这时候恐怕已经晚了，韩家公子的剧本中如此写到：因为……

“瞬间移动，动！”顾飞瞬间完成了吟唱，再度现身的他已经身入对方阵中。

休说顾飞是有备而来，就算把双方突然扔入这种猛然相撞的局面，顾飞这习武之人的反应也要比他们快上不少。

“双炎闪！闪！”顾飞一身大喝，这一剑全力开斩，很少有机会让他需要把“双炎闪”以360度荡开来去。双炎闪的火光自剑身撒出，宛如一条火龙在顾飞身边盘旋开去，身遭共计六人当场命丧剑下。

跟着一招顾家剑法中的“朝三暮四”，乌黑的剑光一点也不璀璨，却豪迈地指向了四方。周遭数人接连中剑，伤害虽不甚高，却打得众人丈二和尚摸不着头脑。

在团战中，顾飞很少有意识地与他人去寻求配合，这就是与剑鬼还有御天神鸣这些高手相比他所欠缺的：意识。

但是，顾飞的强悍却有另一个极大的作用，就是可以一举冲散对方的阵型。他那出手即秒、出剑即中的变态攻击，总把别人砍得支离破碎，而且对对手心理也有极严重的影响。用网游术语来说，是对对方的心理造成了僵直效果。

眼前这近20人配合娴熟的小团体，因为惨中韩家公子圈套，居然被顾飞这样大踏步地助跑、起飞，传进了他们阵中。挨了顾飞一剑，加上之前御天神鸣和剑鬼的攻击损失，此时已经丧生达8人。

阴险老辣的御天神鸣乘着这个机会又是一个狙击射来，再度灭绝1人。那边剑鬼在兜了圈后也是大步赶来，11人被3人搞得内外夹击，一时不知如何抉择。顾飞在阵中左砍右劈，口中不住呼喊：“双炎闪，闪！”。

众人都发现只要顾飞剑到，他们就没一个能闪开的，一时间都吓得六神无主，不敢上前招架。按说此时双炎闪的冷却还没过，法术吟唱都是失败的，可是顾飞身上还有附法饰品，虽然几率不高，但在顾飞高节奏的出手下，时而会闪现一下。

这附法火光和双炎闪相似得很，大家一时间也区分不出，只当顾飞那一秒六人的双炎闪频繁出现，都是避之不及。

三大高手抓住机会，乱中求胜，不消片刻，20人的阵容只余2名盗贼。这2名盗贼也是速度极突出，使了个疾行飞奔而去，3人都是追之不及。

御天神鸣从远处跑来和2人汇合，这一阵杀得痛快，但隐隐却也觉得似乎过分简单了些。四海佣兵团应该是训练有素、配合紧密的团体，怎么也这么轻易就被杀散了呢？

他们3人尚且不知，这一切，都只是韩家公子的剧本的演出。

顾飞是秒杀系的狠人，而他出手又是绝对的高频高节奏，快到正在赶回此处的倒影年华突然收到己方不断阵亡的消息，发消息询问，等到有了答复，已经是仅余的2个盗贼狼狈逃窜的时候了。

已经传到战场外的数人在频道中大倒苦水，顾飞砍人时凶悍的模样被他们添油加醋地描述了一遍。如此表现，到底是被倒影年华策反还是被他给刺激了？每个人都产生了如此疑问。

倒影年华听后自然是勃然大怒，时至此刻他当然不会再对顾飞报有任何幻想，很显然自己是上当了。但是，自己如此盛情洋溢的邀请，对方不领情也就罢了，居然还顺势玩了他一把，这等人品让倒影年华很是鄙视了一番。

怒火过后冷静下来，倒影年华清算了一下目前形势。

积分比是3比21，四海佣兵团严重落后。此时己方还剩9人，分别是5名弓箭手和4名盗贼。对方3人，1名弓箭手1名盗贼1名法师。

从速度上来说，四海佣兵团这余下的9人着实不弱。倒影年华挑选出来去偷袭的，本就是30人中的佼佼者，而这2个盗贼又是成功从3人手下逃脱，也慢不到哪儿去。比跑步，他们9人并不吃亏。

他怕的反而是正面对抗，御天神鸣的高攻已经见识过了，顾飞的秒杀也是毫不手软的，那剑鬼也是精通网游中骚扰、牵制、主攻、辅攻等各种进攻各种配合，该如何应对呢？倒影年华看着眼前的8名伙伴，陷入深思。

另一边，斩杀了18人的顾飞等3人正稍事整顿。高手水平再高，也不可能毫发无伤，逼不得已时，硬扛下一些杀伤力并不大的伤害是必要的判断和选择。但顾飞这一阵打下来，生命居然是真的一点都没损失，剑鬼和御天神鸣少不了是一番惊叹。

“他们还有9人。”一边啃面包、吃水果，3人一面也要商议下一步。

“倒影年华还没现身。”御天神鸣说。

“这人实力怎么样？”剑鬼问。

“没怎么见过他出手，不过鬼点子比较多，属于说话多过动手的类型。”御天神鸣说。

“不过9个人而已，再包围他们一次就行了。”顾飞说。

剑鬼和御天神鸣连连点头。他们不知之前剿灭18人那么顺利是因为韩家公子埋有伏笔，自然会觉得消灭18人都不怎么费劲，9人当然就更别提了。3人互相确定都已经准备妥当后，便踏上了征程。

高地！3人首先要确认一下对手的位置。

很巧前方不远就有一座，3人眼看就要走到时，却看到山头人影一晃，明显是有人在。

对方同样需要高地寻找3人的所在，这没什么好疑惑的，3人互相一使眼色，立刻分头行事：御天神鸣飞快朝山后绕去，他的射程优势可以让他从半山腰就发动进攻。

剑鬼和顾飞则是一左一右，开始迂回向前。一路注意在身边寻找巨石一类的掩体，防止对方弓箭手的射杀。不想刚到半途，已听到山坡背后传来御天神鸣的一声叫骂：“我去！”。

只这一声，接着就是一声系统提示，御天神鸣出局。

“中计了！”御天神鸣在频道里怒骂，“山后有埋伏，你们两个当心。”

“安啦！我们两个是从正面杀上去的！”顾飞笑道。御天神鸣牺牲，顾飞也没怎么当回事。就像御天神鸣觉得他自己1个人可以射杀9个，顾飞也觉得砍9人在他的能力范围内，就算剑鬼现在挂了也没事。

而跟在身后的剑鬼已经发动潜行，消失了身影。潜行状态，移动速度是有大幅度下降的，剑鬼此时根本跟不上顾飞，又舍不得在此刻放弃潜行状态，连忙出声喊叫：“喂，那么快干什么啊？”

可惜他喊这话的时候，顾飞那边也正暗自嘀咕呢！而他嘀咕的内容是：“瞬间移动，动！”等他听到剑鬼的喊声，再回头时，人已经是飘落在了山顶。

山顶清风习习，顾飞回头也只判断了个剑鬼的大致方位，此时他没功夫细找，因为他的身前已经有人在注视着他。

倒影年华，脸上带有质问的神色，正在冷冷地盯着顾飞。双方相距不到5米，顾飞可以看到倒影年华左手捏着的弓，突然，倒影年华右手往口袋里一插……

“来了！”顾飞心中暗叫，以自己最快的速度跑步逼近，不需几步，顾飞已经冲至了倒影年华的身侧，猛然右手一翻，剑自右下向左上荡起，口中呼喝：“双炎闪，闪！”

而此时，倒影年华的手也已经从口袋里掏出，手里似乎还捏着什么东西向顾飞挥舞，口中也正在说道："你怎么……"

顾飞没能听他说完，他的出手经常会比别人说话还快。

剑光，火光，带着倒影年华惊诧的目光，他消失了。

在传送阵外出现时，倒影年华甚至还保持着这么一个古怪的姿式。不管怎么说，这实在不像是一个要出手攻击的姿式，他凌空的右手依旧是三指虚夹，但指间却分明什么都没有。

"信呢？信怎么不见了？"倒影年华反应过来，搓指间，摸口袋，四下环视，依然没有那封信的所在。这封信可是揭露顾飞人品不佳的罪证！倒影年华早就计较好了，比赛如何先不提，但顾飞这事决不能就此罢休。倒影年华挖人的确也不是什么光明正大的事，但问题是这种事几乎所有会长都在干，所以大家心理上都会悄然接受。

而顾飞这行为就不同了，挖你，你可以拒绝，但是居然如此借题发挥，这可是让所有挖人的会长都十分唾弃的一件事。倒影年华相信，此信只要一公布，顾飞非旦不再会是那个人人想要招揽的香饽饽，只要自己从旁推波助澜一下，进化成过街老鼠的地位也不是不可能。

他没想到顾飞居然如此无耻，看到信一点羞愧的样子都没有不说，而且更是如此快地选择了出手。此时，倒影年华已经决定要疯狂地报复一下，可是他却找不到他计划中最重要的信物：千里一醉的那封回信。

信在哪里？

信还在场内，只是此时已经化成一片飞灰。面对连人都可以秒杀的双炎闪，一封纸信除了化成灰还能有别的下场吗？

顾飞心下也挺纳闷：他动作太快，又有火光罩在眼前，一时间没看清倒影年华手中挥舞的是什么。顾飞心下正想着，"噌噌"几声弦响，数道箭矢已向顾飞射来。

这本是倒影年华的计划：由他吸引顾飞的注意，其他人集中火力暗下杀手。谁想顾飞一上山顶，倒影年华就先遭到毒手，山下其他人也不知如何是好，看到顾飞似乎有些发愣，连忙露出行踪朝顾飞发动了攻击。

追踪矢！

狙击在之前偷袭御天神鸣时已经用罢，尚没有冷却结束，4名弓箭手一致选择了这个技能。

可惜这技能对顾飞来说太慢了，伸手腕微微几颤，这4支追踪矢已经失去光彩掉落在地。但顾飞的剑却未停，猛然转身快剑连点，"嗖嗖嗖嗖"连续四声轻响，顾飞身后现出4名张牙舞爪的盗贼。

此时"双炎闪"技能已恢复，顾飞瞅准对方站位紧接着一剑，消灭了3人。最后1名盗贼哪里还有战意，转头就撤。顾飞一瞅机会正好，快步追去，却不急着发动任何攻击。

而山下四个弓箭手一看，却是欲哭无泪——这顾飞紧随这盗贼朝山下跑来，他们想射，视线却全被这盗贼阻住。

顾飞一鼓作气冲下了山坡，4名弓箭手在跑位至可以射击的视角后纷纷放箭，却被顾飞一一躲过。眼看顾飞快到身旁，4个弓箭手哪里还有一点战意？顾飞冲向哪个，哪个立刻调头就走。

不想如此竟然歪打正将战局拖向了僵持——这些个弓箭手速度和顾飞相差无几，,1人逃跑，另3人骚扰，顾飞很难轻易追上。公子精英团的大风筝战术，是一个人跑，一堆人当风筝；而眼下这局面，顾飞成了风筝，却有4个人在放。

4人都是大喜过望，心里暗赞倒影年华的人事选择到底还是正确的。充分利用速度，这法师也不是什么无解的难题，就这么捱下去，倒下的肯定是他。

顾飞东奔西追，一无所获，倒是4人围在他的四角，神态渐渐轻松起来。他们倒是忘了，顾飞可还有瞬间移动这门技术。

瞬间移动的冷却时间有1分钟，这时已经冷却完毕，顾飞迟迟没用，是没找到机会。目前他的瞬间移动距离就是5米多点，起码要欺近某人这个距离以内方可有效。

坚持了许久，顾飞终于捱到了机会出现：他死盯着1名弓箭手猛追，另3人追着他呼呼放箭。迟迟无法射中顾飞也让他们焦躁，3人在焦躁的驱使下，越射越大胆，越追越近。

顾飞时时注意着身后3个家伙，一看机会成熟，猛地转身，一个“瞬间移动”就已经飞到了一名弓箭手身边。此时的法力已经不够他再释放“双炎闪”，顾飞只好追着此人残酷地一剑又一剑。

解决了这名弓箭手，其他3名弓箭手之前的那点得意已经荡然无存了。他们深刻意识到顾飞这逆向思维的法师对他们来说就是一道无解的难题——离得近了，对方一个瞬移飘过来，砍死你；离得远了，你的这点箭矢攻击他随便就闪过了，根本射不中他。

3名弓箭手和顾飞遥遥相对，也没了攻击的欲望。但顾飞一动，3人立刻会匆匆跑路，先前那个盗贼此时更是不知所踪。

顾飞无奈地吃着水果恢复法力，就是如此也没有引来任何攻势，所有人都只会一件事，就是远远地望着顾飞。

“我来吧！”顾飞突然收到一条消息，是来自剑鬼的。顾飞只好无聊地等待剑鬼表演，谁知还没等到，系统突然宣布：公子精英团获胜！

3名弓箭手1名盗贼实在没有战意，在佣兵频道和团里人简单协商了一下后，退出了比赛。已经快到3人身边的剑鬼，被这一下弄得很是无趣，现出身形后朝顾飞摊了摊手。

系统迅速通报了成绩后，顾飞和剑鬼也被传送出了对战地图。

顾飞立刻感觉到了一团甚是强大的愤怒气场直指自己，连忙回头，看到四海佣兵团的成员们都在朝自己怒目而视。有之前参加了对战的，也有没参加的，带头的就是他们的团长倒影年华。

顾飞微微感到一些意外。对抗赛打了这么多场，基本都是愿打服输，比赛出来客气点的还会很友好地过来寒暄两句。但今天这是怎么了？

顾飞四下一打量，没见韩家公子他们的身影。

“情况好像不对。”顾飞对身边地剑鬼说。

剑鬼一边点着头，一边逐渐消失在了顾飞的眼前。生命、法力、技能冷却一类，一出对战地图都会完全恢复好，剑鬼当仁不让地使用了潜行，他也意识到了情况不正常。

“哇，不是吧你！”顾飞私聊剑鬼。

“你先走，我在后面帮你挡挡！”剑鬼回复。

“呵呵，有心了，不过用不着，你走你的。”顾飞笑了笑，他可没有走的意思。有架打？求之不得，不过今天这次的对手似乎不那么容易对付。

剑鬼的注意力显然已不在顾飞身上，顾飞也不知他走没走，却看到四海佣兵团的人朝顾飞狠瞪了几眼后，齐刷刷地离开了。

“为什么不灭了那小子！”有人忿忿不平地问倒影年华。倒影年华在被砍出对战地图后又找不到那封信后，就如祥林嫂一般向佣兵团的99人数落了顾飞的卑鄙行径。这事引起了纵横四海另两位核心成员无誓之剑和风行的高度重视。

顾飞的身份已经曝光，那么以他27149的身份来说和纵横四海还是有一点旧怨的。当初不笑那事可是大大地削了纵横四海的面子。虽然纵横四海之后还是以云端城第一行会的身份成长着，但无誓之剑和风行等高层人员总觉得，这事给纵横四海树立了很严重的负面形象。没有这件事，云端城或许就不会出现纵横四海和对酒当歌谁才是第一行会的争议。

但说归说，这事的起因却是不笑的不地道在先，纵横四海即使想报复，也没脸把这旧帐翻出来说。

而今天又在这人手上栽了次跟头，其结果竟然又是一次哑巴亏。挖人墙角这本就是不厚道在先，结果被人给反间计了，顶多也只能斥责对方更不厚道。但同样，把这话题拿到公共面前当作报复理由，十分站不住脚。大家肯定会吵吵着当笑话讲：纵横四海不厚道地想挖别人墙角，结果遇到更不厚道的，顺手就把他们给反间了……

这种话听起来，反而觉得顾飞像是那种以杀止杀、以恶制恶，以无耻灭无耻的黑暗英雄一般。

身为行会高层，遇事不会逞一时之快。倒影年华其实是恨顾飞恨得牙齿最痒痒的一个，此时却不得不招呼大家：“我们先撤，这事以后再说。”

以后怎么说？

此后的行会战上，纵横四海的三巨头聚在一起窃声商议着这个话题：

“那个家伙，居然还是重生紫晶的一员呢！啧啧！”身为会长的无誓之剑，思想从一开始就有一点跑偏了。在另两人默默地注视下，迅速回到轨道：“呃，你们俩有什么看法？”

“杀！偷袭，埋伏，追杀！”PK是网游中最直接的解决问题的方式，风行的想法就是如此简单。

倒影年华却觉得只杀并不痛快。在失去了信件这个罪证后，他就开始考虑身在他们行会的御天神鸣是不是有什么可利用的地方，他想以其人之道还治其人之身。只是眼下还没什么可以利用的机会，看来这事得放在心上，时刻准备着。

“唔……”倒影年华和风行，一个希望智取，一个建议力敌，一起望向无誓之剑等他定夺。无誓之剑思索了良久，最终决定：“还是照倒影说的来吧！这公子精英团里个个都是高手，也不知有什么企图，找个机会，收拾这千里一醉的时候顺带把这帮高手也打击一下，一举两得。”

倒影年华自然双手赞同，风行捏了捏拳头，最终还是一言未发。

行会战目前是最没悬念的，纵横四海三大核心人物在一旁开着小差，也没能阻止纵横四海的胜势，短短半小时不到，对方已经被他们消灭殆尽。

这时的顾飞在行会战时间内无所事事，正在荒郊野外打怪练级。此时系统提示收到一封信件，顾飞完全不以为意，继续沉浸在功夫刷怪的乐趣中。

待得下线回城时，路过城门顺手取了这封信，拿出一看，信封上斗大地写着三个字：挑战书！

“我去！”顾飞的热血瞬间被点燃了。

‹ 16 › 黑色爱沾灰

居然真的收到了自己梦寐以求的挑战信，顾飞的心中充满了澎湃。将信封上大大的“挑战书”3个字反复欣赏了多遍，顾飞迅速找到了对方的姓名：风行。紧接着，顾飞已经扯开信封掏出了信纸。

信的内容言简意赅：“单挑，敢吗？”

顾飞热血沸腾，立刻打开交友开关，试着添加“风行”为好友，结果却得到了对方好友开关未开的消息。如果让众多会长大人得知添加顾飞好友有这么一个贱格的法子，不知要呕出多少鲜血。

一看私聊无法进行，顾飞立刻拿出之前写回信时未用完的纸笔，言简意赅地回了一封信：“敢！”

将信丢进信箱后，顾飞开始满怀期待地绕着信箱念念碎：“快回信吧，快回信吧！”

转圈转了有数分钟，系统“叮”的一声提示，顾飞看都不看就把信箱拽开，果然是来自于风行的回信：“时间，地点！”

“现在，地点你选！”顾飞飞快地回了信。

“斗武场！”风行这次就在信箱边上，回复得很快。回过信后，他也开始焦急等待顾飞的回复。顾飞的回复自然是迅捷到了极点：“怎么走？”

“格斗武馆向东50米！”风行的回复更快，两人似乎在此时已经较上劲了。

“不见不散！”

“不见不散！”

原本已经准备下线的顾飞，立刻调头朝格斗武馆走去。而风行则是如临大敌：如今有关这法师的传说是沸沸扬扬，行会里不少人更是亲历了与他的一战，描述出来的版本乱七八糟，但风行还是从中捕捉到了很重要的三点：近战，秒杀，瞬移。

近战，意味着出人意料。

秒杀，意味着你不能有一丝失误。

瞬移，意味着拥有绝对的速度。

三个关键词连在一起，就是一句话：瞬移到你身边秒杀之……

一般人听到如此战斗方式，恐怕已经想要放弃了，风行却不怕，因为在他眼中，只要是法师，就有一个致命的缺陷：使用技能必须吟唱。

这个缺陷意味着和法师对敌，关键是要盯好他的嘴。盯好法师的嘴，那么你已经达到了料敌先机的境界，接下来的一切，就要看你的反应了。

这个道理已经被很多人识破，于是法师们也跟着产生了相应的对策：在实战pk当中，已经很少会有法师高声吟唱了。大家都是把口诀含在嘴边，悄没声息地低声吟唱，除了本人和系统，没人听得见。

风行是个例外，他在生活中有一项大多数人都不会的技能：他懂唇语，也即是传说中的口型专家。

靠口型翻译对方的说话，或许不能说是十拿九稳。但是要翻译一下法师的吟唱却不难。因为法师的吟唱口诀翻来覆去就那几句。顾飞因为还有特别的瞬间移动技能，风行特意搜索了一下这技能的口诀。在明确了这口诀的内容后，再对口型，对他这种专家来说真的不是什么难事。

风行用看来掌握对方法师的攻击手段，比起那些只靠耳朵听的人会占得一丁点先机。虽然只是一丁点，但有句话说：高手对决，生死往往就在那么一线之间。这一丁点，就让风行信心百倍。对阵法师至今，未逢败绩，此间对上秒杀法师，他也丝毫不惧。

无誓之剑和倒影年华决定找机会布局，让千里一醉和他所在的公子精英团众高手一起倒一下大霉，这计划风行倒也不反对。不过早在不笑事件时，他就已经想找这家伙打一架出气，可惜不知对方的真身。时间过了这么久，这情绪也已经冲淡，但今天事件一爆发，风行已经黯淡下来的冲动再度复燃，于是风行毫不犹豫地私下向顾飞下了战书。

斗武场并不是一个有什么特殊用途的场景，只是为了迎合就在附近的格斗武馆大环境，搭建起来的一个背景板罢了。

这样一个无用的场所，自然根本没有玩家到来。顾飞匆匆赶到，已经看到1名格斗家抱着双臂笔直地站在斗武场的高台中央。

顾飞猜测此人就是风行无疑了。顿时心花怒放。他早已经认不出这个人是当初有过接触的纵横四海三大核心之一，只是看到对方是个格斗家立刻就十分兴奋。

“咳，风行吗？”顾飞一边爬上斗武场的高台一边向风行招呼。

风行表情冷俊地点了点头：“千里一醉？”同顾飞和他打过交道却认不出他一样，风行也已经认不出顾飞是曾经戳过他一棍子的那个家伙。

顾飞点头如捣蒜：“可以开始了吗？”

“我下手不会留情！你也一样。”风行的目标就是打死顾飞。

“那最好！”顾飞也烦点到为止的比试，因为那其实比直接打死对方还辛苦。两人说罢已经拉开了架式，风行紧盯着顾飞的嘴，顾飞的则注意着对方的肩、臂、腿等所有可以活动的关节。

“来吧！”两人心中都是这潜台词开场。

“瞬间移动，瞬间移动，瞬间移动。”风行盯着顾飞的嘴，等他开口吐出这4个字。只要出现“瞬间”两个字，他就会在第一时间做出反击。

风行光顾着想怎么对付顾飞的大招，却忽视了一个基本事实——就算是大招，那也得等到需要的时候才用！

顾飞学习瞬间移动的主要目的，是追击那些快过他的对手，风行此时并没有显示出快过顾飞的速度，更没有逃跑，完全没有触发激活顾飞瞬间移动的条件。偏偏顾飞也想先看一下风行的身手，所以在等他先动手，于是两人就这么玩起了干瞪眼，一瞪瞪了5分钟。

“你怎么不出手？”顾飞忽然道。

这话一出，风行立即向旁侧让了一步，同时一记横拳抡出，但到了一半，却硬生生地停了下来。

“啊，你就这么出手啦……”顾飞一脸的匪夷所思，愣愣地望着风行。

风行连忙转过身去——刚才实在是太过于专注了，他一门心思盯着顾飞的嘴，一门心思地等着顾飞的瞬间移动，一门心思地等着顾飞一动就出手。这个念头在脑中闪来闪去，不知不觉已经条件反射似地总结出了一条：顾飞动口我动手。于是乎顾飞刚一张口，风行完全不经大脑地一拳挥了出去。

羞愧难当的风行久久不肯回过头来，顾飞交手经验再丰富，却完全没有参透风行刚才那一拳究竟是何用意。此时就见这家伙别扭地转过身去也不理会自己，无奈地问道：“到底还打不打？”

“打！为什么不打！”风行愤然转过身来，奔腾着一拳就朝顾飞打了过来。

“策马流星……果然还是这招吗？”顾飞看到向旁一侧身想让过，不想风行这个策马流星冲到中途突然取消，身子一拧，双手一扣朝顾飞抱来。

这是他自我感觉会十拿九稳的一招，不料却扣了个空。

“瞬间移动了吗！”风行想着猛然抬头，看到顾飞笑眯眯地就站在他旁边，伸手一推，还扭在半空中的风行立刻失去了平衡，“啪嗒”一声倒地了。

顾飞瞬时已经退到了一边，结果看到风行只是趴在地上发怔，微叹了口气。

顾飞的职业的确是法师，但在平行世界中，他最了解的职业却是格斗家。了解来自于私下的研究，格斗家的几个技能可以如何搭配，如何变化使用，顾飞心下是了然于胸，玩家所发明的这些打法，全然没有脱离顾飞所知的范畴。格斗家想打倒顾飞，真的是太难了。

因为他所面对的是真真正正的格斗家！

顾飞心中有数个可以将格斗家这些个技能有机结合在一起的方案，而风行运用的只不过是这数个方案中的一种。就在刚才一把推翻风行的时候，顾飞还提防着他会顺势扫过来的一脚而闪到了一旁，结果风行就那么老老实实地趴到了地上。这是顾飞一声叹息的原因所在。

这一趴自然是没什么伤害，受到的只是心理内伤。风行怔了怔后，匆忙一翻从地上爬起，瞪向顾飞。

顾飞看他站起，突然出手，双手身前略一划拉，身子前倾和地面成了个锐角，右手挥起，一拳朝风行胸前砸来。

“这是……策马流星？”风行大惊失色。如果换作平常的PK战斗，风行绝对会同使一招策马流星回击，以硬碰硬的姿态让系统去判定谁的拳头更硬一些。但今天却是愣在了当场，因为一记“策马流星”从一个法师手里使出，这绝对是灵异事件！

不同职业，技能绝不可能相同，哪怕是用卷轴、技能武器等等，都不可能使用。

灵异事件让风行一时忘记了应对，直到顾飞已经攻到了他的面前才反应过来。风行也是个格斗老手，经验丰富的他面对策马流星自然也有他的应对之法，此时闪避已经不及，风行干脆不闪不让，反而向前迎了上去。

顾飞一拳正中风行胸口。与此同时风行的双手也已经抬起攀向了顾飞的双肩。

这是一次赌博，因为策马流星是有机率制造眩晕效果的，一旦对方的策马流星触发了眩晕，那么风行的反击就至此为止了。对于一个格斗家高手来说，一次眩晕就可以带领出一连串连击，这也是许多格斗家起手偏爱策马流星的原因。

顾飞哪会有什么策马流星的技能？他只是用策马流星的姿势打出了这么一拳罢了，结果一拳正中风行胸口，风行不闪不让，反而双手抓了过来，顾飞立刻大叫坏了。

这种亏他在游戏里吃过不知多少次了……这种网游玩家所特有的准则，在顾飞眼中是形似无赖的打法，屡屡把他弄得没脾气。顾飞的这一拳，没伤害，更不可能有什么眩晕效果，而他的双肩却已经被风行稳稳抓在手中了。

风行顾不上多想，双臂一掷，施展了格斗家的30级技能抱身投。再看自己中了顾飞那一拳后，根本一点伤害没有，方知对方那个策马流星不过是摆了个架式装装样子而已。

风行一声大喝，一记正牌的“策马流星”又追了过去，刚被扔出身子还没有落地的顾飞被系统强行地僵直了，眼睁睁地看着风行这一拳砸到自己身上，却什么也做不了，别提有多憋屈了。

一抛一冲！这是初期格斗家们经常使用的一个简单连招，但在目前这个阶段，想用这个简单的二连击直接毙敌却没那么容易。至于这两击之后能不能继续衔接攻击，就要看这一记“策马流星”出没出眩晕效果了。

此时顾飞被风行一拳轰飞出去，摔在地上还在继续滑行。风行心中暗暗叫苦，后悔这一拳太过用力，这眩晕时间极其有限，如此浪费时间，等自己再冲到跟前恐怕效果已经消失了。风行此时最大的心愿，就是也能拥有瞬间移动一般的技能。

顾飞在地上滑，风行抓紧时间来追，没几步呢，就见顾飞“扑棱”一下，却是滑到了斗武场高台的边缘，摔了下去。

“唉！”风行深叹了口气。这样任凭自己摔下也没点反应，可知刚才自己成功触发了眩晕，可恨这一拳打得如此之重，竟然直接把对方打下台去了。

两人拼的是生死，打下台去显然算不上什么分出胜负，风行快速冲到台边，飞身而起就是一个下坠，这同样是格斗家的技能：36级的飞燕斩，是飞身而起后伸腿下劈攻击的招式。哪想身子飞出了，腿也伸直准备劈下了，低头一看，没人！

没等风行细想呢，身后又被重重地撞了一下，风行立刻失去了平衡，保持着飞燕造型在空中就翻了个身，侧着身子摔倒在地，狼狈不堪。

风行抬头一看，高台边沿，顾飞正在把踢出的腿收回，朝他摇了摇头说：“你不行！”

“瞬间移动！”风行气结，千防万防，关键时候还是忘了防，被顾飞抓住一线之机闪到自己身后，毫不费力地踹了他一个大跟头。

“行了，我走了！”顾飞朝他摆了摆手。

“什么？站住！”风行翻身而下，三下五除二爬了上来。虽然他两跤摔得莫名其妙有些狼狈，但从网游眼光来看，顾飞吃了他两招，此时生命肯定不多，而自己摔了两跤毫发无伤，正是大占上风的时候！更何况，顾飞刚刚用了瞬间移动，此时这技能肯定在冷却中，这样的机会自己岂能错过？

风行这样想着，爬上高台后更不会再给顾飞恢复瞬间移动的时间，抬手一拳朝顾飞攻去，用了格斗家最基本的技能：重拳。

顾飞微微侧身一让，一拳已经闪电般自肋下升起，正中风行的下巴，在风行瞠目结舌的目光中，又是一记弹腿从他肩头挑过，跟着飞身而起，一腿伸起自空中滑着风行的脸颊劈下，鞋底的尘土荡了风行一脸，落地后两手一伸，撕在他的腰间，却摇了摇头叹息道：“扔不动！”接着轻轻放开了双手，弹了弹风行肩头的衣灰，问道：“是这个意思吧？”

“你……”风行完全说不出话来了。

顾飞刚才所展示的，是格斗家的技能：上勾拳，弹踢，飞燕斩，抱身投。

和之前他用过的策马流星一样，这些攻击都是虚有其表，并没有技能所应对的伤害，但是，这一气呵成的连贯，却远超风行所见过的任何一个格斗家。

上勾拳，弹踢后再用飞燕斩将人从空中劈落，这是多少格斗家畅想的连击，却无人可以达到，而顾飞……虽然他的上勾拳和弹踢无法将人击至浮空，但风行可以肯定，如果他真有这技能，那记飞燕斩绝对是接得上的……再之后一个抱身投，然后策马流星的话，这所有技能打全了，造成的伤害绝对可观。

“这……这怎么做到的？”风行失口问道。

“节奏，注意节奏。”顾飞对他说。

“节奏？”风行疑惑。

“呃……”顾飞想了想，决定换一个玩家一听就懂的思路，“注意取消，技能取消。”

“哦……”风行立刻就恍然大悟了。

“技能取消的时机，决定了最终连击能否一气呵成，要多练啊！”顾飞语重心长。

风行茫然地点着头，但很快反应过来——这什么事儿？一个法师在指点一个格斗家如何运用技能进行连击？

“好好练吧！”顾飞对他说了句，一边拍着衣服去了。刚才又是滑行又是摔下高台的，顾飞身上也满是尘土。

“黑色就是爱沾灰啊……”风行依稀听到顾飞在叹息。

17 战前大和谐

顾飞是怀着深深的叹息下线的。和格斗家对敌的机会比较难得，但对顾飞来说打败格斗家比打败其他职业来得更容易，他甚至连剑都没拔就把风行给震撼了。

游戏里的风行，此时还没有离开斗武台，他正用着技能一遍一遍地实验……哪有那么容易啊！风行感叹。顾飞施展时的轻松他看在眼里，可到了他这里，憋红了脸也没能串起来。节奏……取消……风行念叨着这两个字，在场中挥汗如雨。

另一边，云端城的论坛方面，公子精英团一轮一轮地在对抗赛中带给大家惊奇，杀到四强这一路，公子精英团的胜绩含金量十足。

云牧、云襄，这是两个4级大团，银月佣兵团是对抗赛中出现的另一匹黑马，紫晶佣兵团本身不引人注目的。但后来了解到它属于重生紫晶旗下，立刻被人刮目相看，觉得也应该是黑马属性。此外刚刚落败的四海佣兵团，它佣兵任务刷得不如黑手佣兵团勤奋，但出身纵横四海行会的成员说得上都是云端城的翘楚，所以很多人心目中四海佣兵团的实力是最强的，结果也被黑了。

至此云端城佣兵团四强全部诞生：公子精英团，黑手佣兵团，此外还有对酒当歌旗下的水花佣兵团，另外还有一个4级团，叫七彩云间。名字华丽得不行，其实佣兵团很普通，能够晋级四强全靠不凡的运气。七彩云间是3级行会彩云间旗下的，佣兵团都要到4级了，行会才开发到3级，这就是该行会最引人注目的一项成就。

外界对这七彩云间没什么关注，他们最大的兴趣是看公子精英团这个6人小团到底能杀到什么程度。

公子精英团的对手，在行会对抗赛完全结束后，很快就由系统抽签公布了。四强战：公子精英团对水花佣兵团，黑手佣兵团对七彩云间。

而这会，韩家公子和对酒当歌的会长逆流而上在酒馆里坐到了一起。

“原来这团是你组的，我说你怎么不入水花呢！”逆流而上感慨连连。公子精英团最近的曝光率实在太高了，有心人就算查不出其具体成员，但只要去佣兵大楼搜索公子精英团一下，团长的大名总是挂在那儿的。一般人不知道这人是谁，对酒当歌的人又怎么会不知道？行会名单里也挂着呢！

逆流而上说：“对抗赛结束后，带着你的朋友一起进咱们行会吧，人多也热闹嘛！”

韩家公子苦笑：“我们这种小团最讲民主了，别看我是当团长，其实就是挂个名，这事还得大家一起商量。

“这个当然，什么时候有空约出来大家一起喝一杯嘛！”逆流而上说。

“明天打完比赛如何？”对于喝酒韩家公子是从来不会拒绝的。

逆流而上点了点头：“我先走了，你慢慢喝！”说罢一挥手，“小雷，这桌账我结一下。”

小雷立刻拿了账单给逆流而上看，他脸上的笑容已经有些挂不住了。

“真能喝啊你！”逆流而上使劲挤着笑容感慨。

“还是我自己来吧！”韩家公子笑。

但逆流而上话已经放下了，身为一会之长的他，又怎么可以这么没范儿，当即掏了钱袋，结了这100多金币的酒钱。100多金币也不算什么太大的数，但这是个消费观念问题，让逆流而上花这钱买个什么装备道具，眼睛都不会眨，掏在酒钱上面，那可把他心疼坏了。

“少喝点，伤身。”逆流而上心有余悸地说了声后匆匆离开了。其实游戏里喝酒，伤个屁身啊？

韩家公子从容地拿过那账单，扫了一眼后问小雷：“这周的酒钱全算进去了？”

小雷点点头。

“找老大就是要投靠这样的啊！”韩家公子向小雷推荐。

当夜再无话，次日顾飞上线，例行去小雷酒馆和大家商讨本轮对抗赛的情况时，却遇到了前所未见的和谐场面。

小雷酒馆里，韩家公子等人未坐包间，因为今天不只有公子精英团的人，逆流而上也带着对酒当歌的几个兄弟在酒馆里坐着。比赛之前，对战的双方坐在一起讨论战术，多么和谐多么窘迫啊！

“这是……”顾飞不知何意。

“请大家喝酒嘛！”逆流而上笑容可掬。

“不是说打完再喝吗？”韩家公子奇怪。

“现在喝了，带着酒劲乱打一气，不是更开心？”逆流而上说。

韩家公子略一想，笑了："是怕打完比赛时间充裕，我喝起来没完没了吧！"

逆流而上心事被戳穿，挺不好意思。其实他并不是小气的人，只是韩家公子那样的喝酒消费也太可怕了。昨天见面时才距离佣兵对抗赛结束多久啊？他就能喝那么多，这要真让他一直喝下去，逆流而上相信他有能力喝到自己破产。

"你们的法阵很厉害呀！"顾飞说。

逆流而上很是谦虚："哪里哪里。"

顾飞这边则发着消息："舞啊，抗法装备借我用一下，又要打搞法阵的那帮家伙。"

不大一会儿，细腰舞冲进了小雷酒馆，一瞅这马上要比赛的双方居然这么和谐地坐在一起，也是一阵诧异。

"这里这里！"顾飞连忙招呼。

"小舞姐！坐这里！"御天神鸣比顾飞还激动。

"hi，小舞。"战无伤一贯装沉稳。

细腰舞和大家招呼了一下，来到顾飞旁边，一边给他装备一边问："这是干吗呢？"

"逆流会长请喝酒。"顾飞笑。

细腰舞对酒却没什么热情，过来主要是送装备，交给顾飞后，和大家道了个别就离开了。

"看，抗法73%的一套，厉害吧！"顾飞向逆流而上展示。

"厉害……"逆流而上回应着，眼睛却不看装备看顾飞。就算目前的局面很和谐，一会打可是要真打。这种高抗法的秘密装备，怎么会这么轻易示人？

这……是多强大的一份自信啊！逆流而上感叹。

水花佣兵团虽然是对酒当歌旗下的，但佣兵团和行会的实力不能随便等推，主要原因就是这个人数限制。对酒当歌可以由100多名法师组成法阵，但水花佣兵团上限才80人，不可能全由法师组成，没有职业平衡的队伍是很容易被击溃的。所以对酒当歌强大的法阵在佣兵团真的很难施展出来。

本身就已经削弱了，如今顾飞还带上了一身抗法73%的装备，顿时让逆流而上觉得己方的法师都已经成了废物。这场怎么打，看来得重新合计一下了！逆流而上如此想着。

又坐了片刻后，距离比赛时间已经无多，大家同时起身，互相道着"战场里见"。接着很有默契的，公子精英团6人从酒馆左门出，逆流而上则带着兄弟们从右门出，双方各走一条街道，朝传送阵走去。

由于战前情报会议变成了默声酒会，此时路上的时间也被抓紧起来。本场对手的情报由韩家公子亲自解说，毕竟他就是对酒当歌的一员，听着韩家公子如数家珍一样地将80个人的情报清晰快速地叙述了一遍，除剑鬼以外其他4人的眼睛都越瞪越大，都在为韩家公子这强悍的记忆力感到惊叹。

“就是这80人了！”说完这最后一句时，6人刚刚好到达传送阵，相继进了战前准备地图后，御天神鸣还在扳着指头数数呢：“是80个吗？正好80个吗？”

“是80个！”佑哥明确点头，惊叹道，“你不做情报工作真是屈才了。”

“任何事都会因为少了我而产生缺陷。”韩家公子说。

“既然你这么了解这80人，那么这场对抗赛应该很有把握吧？”佑哥说。

“唔，有点用，不过不是很关键。”韩家公子说，“我只是喜欢看你们充满赞叹的眼神！”

“去你的吧！”众人纷纷把眼神换成鄙视，最深刻的鄙视。

时间无多，对手水花佣兵团的参战人数飞快跳动着，涨到了72人便不动了。不大一会儿画面一转，对抗赛正式开始。

“高地是吗？”几人伸着懒腰问韩家公子。

韩家公子冷笑：“有很多人自以为可以猜透我的心思，结果他们都错了。”

此时，剑鬼和佑哥对视一眼，回忆道：“曾经有那么一次，他的意图被人猜出来了，于是他故意改变了本来很得当的战术，最后……”

“输了？”佑哥抢答。

“没有，赢了，不过损失比原计划要大，其中挂掉的人中包括说破他意图的那个家伙。”剑鬼说。

“难道他会让我们统统送死？”御天神鸣说。

“法不责众！刚才大家好像都喊了吧？”佑哥问。

“我没喊。”剑鬼说。

“我也没有。”顾飞说。

“你说谎，我就在你身边，你明明喊了。”御天神鸣指着顾飞道。

“冷静点少年，你不过是有可能会被公子送去死，但你再说我喊了，你马上就会死。”顾飞恐吓道。

“不活了，一个比一个恶劣。”御天神鸣泪流满面了。

5人再不作声，在韩家公子的带领下来到了一处树林。韩家公子带头钻入，行了一段，停下脚步转过头来。被树顶枝叶打散后的阳光正落到他脸上，在整体昏暗阴森的林间，那张本就气质诡异的脸更显得异常斑驳。韩家公子在此时突然微微一笑，5人毛骨悚然。

“好了，上去吧！”韩家公子突然开口。

“上什么去？”5人惊问。

“上树。”韩家公子拍了拍他身边。

“哦，只是上树吗？”5人松口气，但随即很快问道：“为什么要上树？”

"这是战术！"韩家公子说。

"战术？"5人一起疑惑，个个都怕被韩家公子的恶劣给玩死。

韩家公子以身作则，让剑鬼给他搭了把手后，率先攀了上去，到达位置后四下研究了一番，冲着树下的几人招呼。

"千里、御天，你们两个先上去。"韩家公子说。

果然是报复我们的陷阱吗？两人不约而同地想到。

"我不会上树！"御天神鸣立刻开始逃避。

"我来帮你啊！"战无伤幸灾乐祸，企图逃跑的御天神鸣已经被他揪住。

"战无伤你这个王八蛋！"御天神鸣狂骂。

战无伤没有理他，找了个树杈把御天神鸣扔了上去。御天神鸣本想顺势再滑下来的，结果战无伤极其恶劣地把剑竖在了御天神鸣身下，御天神鸣见势不对，连忙扒住了树干。

"那边，朝那边。"韩家公子用手指着方向。

在韩家公子的指引下，御天神鸣越攀越高，已经灭绝了失足跌落的念头，开始小心翼翼地试探脚下树枝是否有松动，他觉得韩家公子的计划很有可能就是故意指一个无法承重的树枝让他站上去。事实证明，韩家公子的心思的确不那么容易被猜透，御天神鸣安然无恙地到达了指定地点，消息栏立刻被吵爆了。

"怎么样怎么样，有没有什么不正常？"顾飞等人纷纷来信询问。

拿我当试验品啊！御天神鸣忿恨，赌气一个也不回。

"千里，你也快上，去那个位置。"韩家公子指了一处，随后又招呼其他3人，"都上来，随便找地方隐蔽。"

战无伤力气最大，担负着"搭把手"的重任，将剑鬼和佑哥一一抬上了树，随即朝顾飞望来。

"我不用。"顾飞摇了摇头，朝身旁某树枝一指，"瞬间移动，动！"咻一下，顾飞已经潇洒地站在了树上。

"我知道你不用，我的意思是你给我搭把手！"战无伤气极败坏。

顾飞扫了一眼他那魁梧的身躯，面无表情："你觉得有可能吗？"

战无伤的确是一道难题，后来在几人的协力下将他拖上了树，顾飞注视着他在树枝上笨拙的身姿，连连感慨："你就别瞎凑这个热闹了吧！"

"话说现在呢？应该怎么办？"除了战无伤，其他5人都在树上选好了位置，佑哥问道。

"等逆流而上找到我们。"韩家公子淡淡笑道。

"找到以后呢？"其实这才是大家真正关心的问题。

"这片树林，就是给他准备的陷阱。"

"哦！"众人长松了口气，原来韩家公子也有良心发现不算计自己人的时候，这陷阱原来是准备给逆流而上的。

战无伤坠地，他死不死不关键，大家关心的是他落地的动静一定很大，大到有可能会把逆流而上他们引过来。

“既然是陷阱，为什么不去个人引他们过来？”有人这样问过韩家公子。

“他们过来得越晚越好，越没警惕越好，最好以为我们不是在埋伏，而是在藏猫猫，玩大风筝。”韩家公子如此回答。

于是公子精英团的6人就这么在树上蹲着，静静等候。

树林外，逆流而上正在率众找寻着公子精英团6人的身影。在向之前几家落败的佣兵团打听过情报后，逆流而上深知对付公子精英团最大的要点就是不能分散兵力！

这团中6人无疑都是精英，精英中的精英，他们聚在一起究竟能起多大的化学反应，目前没有准确的衡量，逆流而上也不想拿自己的佣兵团去衡量，他只能选择统一行动。佣兵团72人紧密团结地维持着阵型，在地图中四下搜索着。

地图上有地沟，有洼地，有树林，这些全是视线的死角。逆流而上无奈，留了一些成员在高地继续观望，其余人则抱成团接着搜索，目标自然是刚才没有看到过的死角。

沿着地沟，深入洼地，翻山越岭，穿越树林……找过了一处又一处，始终没有发现。此时比赛时间已经过去了20分钟，而这场比赛的时间，一共只有47分钟。

找不到敌人，让逆流而上很是心焦。他可以猜到对方的意图：大风筝战术是要一直持续到比赛结束的，所以战斗开始得越晚就越有利，公子精英团是在故意拖延时间，或许会在最后5秒的时候，弓箭手从哪个地方冷不丁地冒出来，秒杀己方1人，你说这样输得冤不冤？

不能这样下去！逆流而上心下明白，可是人究竟在哪呢？高地那边的成员盯得很紧，很确定地说在搜索中没有看到对方有转移，说明他们的确不在那些搜索的地方，可除了这些地方，又能去哪儿？逆流而上捶着脑袋，水花佣兵团的另外71名玩家都在捶着脑袋。

人民的智慧是无穷的，其中1人猛然叫道：“在树上，是在树上吧！那是我们刚才找了一圈没有留意的地方。”

此时，稳蹲树上的佣兵团6人，已经眼睁睁地看着水花的人从他们脚下穿过去了一次，那么多人也有人抬头仰望过，但树林中光线不好，抬头仰望经常会被阳光璀璨一下，所以没有人发现树上的异常。

在这一次离去后，韩家公子立刻提醒众人警觉起来：“他们下一次再来的时候，肯定已经知道我们就在树上。”

第二波搜寻果然没过多久就来了。在树林外他们也已经总结好了搜索的办法：一入树林，弓箭手和法师就朝上不住地放箭放法术，战士则不住地捶打着身边的树木制造震动，其他职业也完全做好了战斗准备，随时扑向从树上跌落的家伙。

韩家公子私聊了顾飞：“准备攻击，范围法术，用火树千重焰。”

“攻击哪里？”顾飞问。

“哪里有人掉下去，就把法术丢向哪里！”韩家公子说。

顾飞心中一悸，韩家公子果然还是要拿自己人当诱饵吗？这种习惯就不能改改？

但是韩家公子很快又追了一条消息过来：“即使我掉下去，也不要手软！”

“放心，我会更狠一些！”顾飞无奈道。毕竟是网游，即使自己也可以拿来牺牲。无论这种战术别人会有多大的非议，顾飞知道这家伙的内心一定很坦荡。这个自恋的家伙一定是在想：连我自己都可以牺牲，你们牺牲一下又有什么？

但不管怎样，韩家公子已经是打定这样做了。而顾飞也不得不承认，这是一次狠毒却又有效的战术。

“坚持！”韩家公子只是对其他人说了这两个字。

顾飞只是觉得，如果把一切说明，大家未尝不会理解，何必非要在心中留下这一道刺？这韩家公子的性格，真的是有些恶劣。

正叹息呢！就听到左近一棵树上一阵扑腾，好不容易上到这个位置的战无伤，无比痛快地第一个掉了下去。

“火树千重焰！起！”顾飞指着战无伤的落脚点飞快地吟唱着，但他的心里其实一点也不痛快。

“轰！”就在火焰喷起的一瞬，顾飞看到坠地的战无伤奋然起身，一记旋风斩已经挥洒而出，虽然这只是一个不怎么厚道的猥琐大叔，但在战斗的那一刻，从来都不会甘心地选择束手就缚，旋风斩就是这一切最好的证明。旋风斩起，火借风势，似乎燃得更快了，只是战无伤也无情地被这一道火光吞没了。

水花的人本还沉浸在发现对手的喜悦中，很快，冲在前面的一些人已经被这火焰燃成了白光。但是终归还有活下来的，毕竟也是大行会中的精英翘楚，一些血厚且装备优秀的，虽然小脸惊得煞白，却都把命保下来了。

这当中还包括一个人：战无伤。

战无伤同样还没有倒在顾飞这一个群伤法术下，所以他也同样没有放弃。战无伤收了旋风斩，一声怒吼，冲着身旁一名战士就是一个冲锋，把人化成白光；战无伤再一声吼，挥手一剑把身边另一未亡人劈到了树上，这一击没用技能，伤害有限，摔到树上的那小子居然没死，只是骇然地望着形似暴走的战无伤。

但战无伤证明了他还是清醒的，知道脚下的火焰还有持续伤害。在清除了这两个拦路的以后，他迅速跳离了火坑。

可是水花的人此时已经再度围上，中了顾飞法术的战无伤生命也已经无多，却还在顽强地抵抗着。

“机会！”韩家公子迅速给顾飞来发来消息，“再放一个。”

顾飞早知他有此意，此时剑已经指好。消息收到，顾飞迅速回了一个字“好！”

“天降火轮！”顾飞突得一声大喊，气得韩家公子立刻一条消息：“你喊什么？”

顾飞根本无暇回复，因为他在吟唱完毕后，已经从树上飞身而落。

早在火树千重焰起来时，火花佣兵团以逆流而上为首的一帮人就已经慌乱了。他们太清楚这法术会有多大的威力了！更要命的是人都烧挂了，众人却连施法的人在哪里都不知道。

近战类职业都去围攻战无伤了，逆流而上则带着法师、弓箭手等远程攻击职业加紧搜索树上顾飞的身影。刚把法杖、弓弩之类对准上空，顾飞那一声天降火轮便传了出来。

大家都不知这法术是丢向何处，吓得魂飞魄散。逆流而上反应最快，跟着就是一声大叫：“不要乱，看清楚再说。”

天降火轮不比火树千重焰，从天坠地总有点时间，速度快的职业勉强可以一躲。

谁知天降火轮没来，顾飞却从树影中穿出，大喝一声自空中而降。

顾飞下降之势来得很快，所有人根本不及反应，更别说攻击了。就看到顾飞头朝地，脚朝天，直愣愣地朝着战无伤那边的战局中栽去，空中振臂一挥，暗夜流光剑自身下穿出，伸过头顶，手腕一抖，口中一声大喝：“天圆地方双炎闪！闪！”

所有人都蒙了，不知这又是什么法术。只见顾飞划出的剑光化身为一道火龙，围在顾飞的前方盘旋而降，正好一圈。他竟是凭自己的身手，用双炎闪划出了一记缩小版的天降火轮！

这时的顾飞刚刚好降至战无伤的上空，削出的火光恰到好处地把战无伤身周的一圈人都给划中，瞬时个个灰飞烟灭！顾飞双炎闪的威力和他的其他法术根本不是一个级数。至于刚才那声吟唱，倒也不能说是顾飞瞎喊，因为顾飞落下划过的这一道剑圈是顾家剑法中的一招，就叫“天圆地方”。

“太帅了！”战无伤突逢救兵，精神一振，一边吼叫着一边伸臂一托准备把落下的顾飞接住。对于他这个暴力战士来说，这点事轻而易举。不想顾飞却借着他这一托之势一扭身，身子横飞在了半空，左手撑到战无伤的肩头，一脚飞出踹中外圈一名玩家的面门，就势在这家伙脸上一碾后，顾飞迈着步子绕着战无伤就在空中一个大旋，“啪啪啪啪”数声连响，战无伤身边一圈地人都被顾飞在脸上踩了个脚印子。

随着力道渐衰，顾飞也是渐踩渐低，从脑门一直踩到了下巴颏，连忙出声大喊：“托我一把！”

战无伤当他还有什么大招，二话不说伸手把顾飞朝上空一推。战无伤的力量当真不是假的，一推之下顾飞立刻又腾空2米，在空中摆了个玉树临风的造型，手指暗暗一指，一声吟唱“瞬间移动，动！”

“咻”的一声，顾飞立刻在半空中如上帝一般消失了。

战无伤眼泪差点没掉下来了，气急败坏地大喊：“我去，就这么走了，还说是兄弟呢！”

顾飞本就离地一米有余，战无伤一托又帮他升高两米，跟着瞬间移动再5米，这8米多高的上空，正是枝繁叶茂的地方。顾飞瞬移到了哪里，根本没人知道。

树林里一片静悄悄。顾飞从空中飞身而降，双炎闪秒掉一圈人，跟着无影脚似地踩了一圈，然后连地都没落就升空消失不见了，这一切发生在瞬息之间，节奏紧凑地让众人感觉都快要窒息了。

尤其被顾飞蹬鼻子踹脸的那几位，此时个个一手捂着脸，双目空洞地仰望着天空，心中已经是一片空白了。

战无伤此时还是身陷重围的境地，不过一看周围这帮家伙都像石化了一样，猥琐的心气又来了，想要趁机偷偷溜走。这一动对方立刻回过神来，暂停了回味顾飞，刀啊剑啊斧子锤的一起朝战无伤挥过来了。这时的战无伤也没了刚才那豪迈劲了，拼死折腾了两下，仰天就是一声哀号："千里，快来救我啊！"

"兄弟，安心地去吧！"战无伤此时突然收到顾飞发给他的一条消息，猛一抬头，就见空中火光一闪，一道正儿八经的天降火轮从天而降。

扛过顾飞的火树千重焰，又在包围中受过对手攻击，此时的战无伤肯定是经不住顾飞这道天降火轮了。就在准备等死的时候，忽然白光乍现，从他身上沐浴而过。

这不是死亡传送的信号，而是牧师的回复术。有了这道回复术的支援，战无伤又一次在顾飞的法术下活了下来。接连一道又一道回复白光，战无伤的生命瞬间已经被补满。

"哟，你也舍得出手？"顾飞很是意外。

"唔，无伤现在装备不错，挺能扛的，就让他一个人当诱饵也不错。"韩家公子回复。

树下的逆流而上看到这回复术也丝毫不觉陌生，韩家公子这个偏精神加点的牧师，施展起回复术来就是这样的高速高效。

牧师的回复术有两个重要的指数，一是回复的速度，二是回复的效果——速度，即包括技能发动的速度，同时也指彻底完成的时间，两者当然都是越短越高效；而效果，自然就是指一个回复术下去恢复生命值多少。

影响效果的属性，首先是牧师的智慧属性，其次是体质；而影响速度的属性，首先精神，其次智慧。要达到最大程度的回复，速度和效果这两大指数就需要一种最科学，最有效的搭配了，而这个搭配被非体质牧师们称之为牧师的黄金分割。

游戏开放至今，牧师的黄金分割依然就是传说一样的存在，而且有逐步演化成笑话的趋势。因为每个牧师都坚信自己的加点组合就是牧师的黄金分割，甚至有不少本不属于这个领域的体质牧师，也声称他们的加点才是黄金分割。

在某次对酒当歌组团一同练级的时候，逆流而上和韩家公子同在一队，大家聊天间无意说起了有关牧师的黄金分割。众人各抒己见，连一些不是牧师的玩家也来发表自己的看法。最后，一直在旁一言未发的韩家公子冷飕飕地飘过来了一句："有什么好争的？哪个牧师最强，他的搭配方式就最接近黄金分割！”

就是这句话让逆流而上开始注意韩家公子这个牧师，而后越来越发现这个牧师不是一般的强，技术、意识，无一不是最佳。逆流而上在平行世界中，再没见过比他更优秀的牧师。

用韩家公子的理论来说，他就是逆流而上所认识的牧师中最接近黄金分割的一位。

就拿眼前来说，一个回复术抢在天降火轮之前救下这战士，跟着连续几道回复将他的血补满，逆流而上所认识的牧师中，仅有韩家公子一个人可以做得到。

最简单的例证：水花也是带着牧师的，而且是行会里的好手，此时对这个天降火轮却一点办法都没有。反应快点的，到现在才想着回复。

生命满满的战无伤又一次斗志昂扬，抬手就击飞了身边几人。这些家伙刚刚都吃过顾飞的天降火轮，盗贼类的基本灭绝了，能活下来的战士，被战无伤横冲直撞了几下也个个生命垂危。

水花佣兵团参战72人，顾飞先后折腾，加上战无伤爆发，已经干掉了17人。有55人对付战无伤这样一个战士还是绰绰有余的，但更需要抵防的是来自上空的，不知所踪的攻击。

没有牧师辅佐的战士们迅速站稳了脚跟，和战无伤你来我往地开始了热血搏斗。战无伤背抵一棵大树，身边围有五人之多，一时间竟然也能扛得住。

战无伤一身顶级装备走得就是这个思路，一时间以一敌五，倒也未见紧迫。树下刀来剑往，打得是血脉喷张。

逆流而上根本没空理会这边，他抓紧时间组织着法师和弓箭手两大远程职业朝树顶轰击，连一些没有什么事的牧师也被指派用圣光球上阵。圣光球伤害虽渺小，但光芒很嚣张，拿着照亮这昏暗的林间比火球术有效多了。

树上几人都是屏息凝神，唯恐露了身形被下面的人射个正着。御天神鸣屁股被人射了一箭，也咬牙切齿地忍住没动，只是恨恨记下了那个射中他的弓箭手。

逆流而上等人也不是在盲目乱射，顾飞之前的法术，让逆流而上可以大至推算出他所在的范围。而韩家公子刚才连刷回复术，暴露得就更明显了。很快，逆流而上开始扬手指挥，让大家把箭啊火球的朝他指示的方面扔去。

顾飞一瞅对方这来势，就知韩家公子肯定是藏不住了。虽然这一波还没有轰到他的藏身之处，但照逆流而上这个思路，地图搜索一样抹过去，迟早把韩家公子打下树去。

顾飞所处的位置其实距离韩家公子也不远，同样在逆流而上他们地图轰击的轨道上，但他会瞬间移动啊！眼看对方攻击快扫到这里时，瞬间移动的冷却已到，顾飞默默一个吟唱，立刻飞至安全地带。回头再看，对手一波又一波的攻击已经就快抵达韩家公子所在的位置了。

没有瞬间移动这种快到极致的移动手段，人为在树上爬行躲闪是肯定会被下面的人给发现的。简单来说，韩家公子现在只能等着被人轰杀，一点招都没有。

但这家伙也很是镇定，丝毫不见慌乱，拿了个小酒瓶兀自在那儿喝着。眼看攻击将至，他手一甩就把那酒瓶摔了下去。

这酒瓶扔到了大战正酣的地方，战无伤正和几个战士互敲，砸得头破血流的。韩家公子这酒瓶忽至，居然没人察觉，“砰”的一声落在一名战士肩头摔得粉碎。

“啊！那家伙又来了！”众战士如火烧屁股一样，四散退避，迅速把战无伤一人晾在一边，个个痴呆地抬头仰望。

身为会长的逆流而上有些挂不住了，指着几人训斥：“说过多少遍了！遇事要冷静，看清是什么了吗？就这么慌张！”

一直抬头看天的逆流而上看清是个酒瓶，而且也看清了酒瓶的来势，此时已经指使大家朝那方向攻击，却见韩家公子主动拔开一片茂叶，探出头来笑了笑，接着纵身一跳，飞向人丛中。

“法术跟上了。”此时的顾飞已经收到这个消息。

但问题是这战术已经被逆流而上识破，有几个想冲上去围击的家伙被他迅速喝止：“都不要上，弓箭手、法师准备。”

韩家公子“吧唧”一声坠落在地，身子半蹲，痛得咧了咧嘴，就这8米高空直线坠地，那也是要有伤害的。弓箭手、法师们早已待命，一看他已落地，立刻一起发动了攻击。但韩家公子更是计算好了这一步，刚一落地，他想也没想就朝侧一滚，人已经隐入一棵大树身后。这个位置，是逆流而上等所有法师和弓箭手的攻击死角。

所有直线攻击的人都落了个空，但用了追踪矢和火球术的攻击却有效地追着目标过来了。可惜这也无用，别忘了韩家公子是个牧师，而且是传说中达到黄金分割的牧师，抓着这几道攻击之间的时间差，他轻而易举地就保住了性命。

“快！”逆流而上手一挥，示意众人换位，寻找可以攻击的位置。

有一个弓箭手找好了位置，兴冲冲地搭上了弓箭，突然觉得腰间一凉，大惊之下回头，只看到了剑鬼认真的表情，一丝不苟地将他解决了。

“这边又有一个！”有人发现剑鬼的存在，连忙朝这边发动进攻。但剑鬼的身手就和韩家公子不一样了，他非常敏捷地在树林间穿梭，那些远程职业攻击总要有一条直线的空隙，一时间都拿剑鬼没辙。

“117，146……”剑鬼的私聊信息中不断地闪现着坐标，却是韩家公子对他做出的指引。有韩家公子这个已经完全掌握地形并熟悉坐标的家伙指挥，剑鬼潇洒地在树林间穿梭，已经三度摸到弓箭手或法师身后，加上之前那位，合计已解决了四人。

逆流而上感到了惊恐，连忙召集大家不要分散，先集中起来。

结果这一慌乱的指挥又是一次故此失彼的判断：剑鬼鬼影一般的行动打乱了逆流而上

的思路，集中？这会让他面临更可怕的敌人。

弓箭手、法师，刚以逆流而上为中心团结在一起，忽然脚底发热，反应快的已经大叫不好，众人哭天抹泪地四散想跑却已经迟了，火树千重焰热气腾腾地从地上升起。这帮血薄的家伙哪里架得住这攻击，也就一些法防较高的存活了下来，但还没等他们庆幸，脑袋上空火光一转，一道火轮铺天盖地降下。水花佣兵团的法师、弓箭手阵营，被顾飞一个上下夹击的法术就打得支离破碎了。局面一团混乱，连逆流而上也有一些控制不住了。藏身树后的韩家公子甚至露过头，给那边的战无伤补充了一下生命。

一直唯唯诺诺拼命坚持的战无伤，猛然间精神一振，不是因为韩家公子的回复，而是因为之前用过的旋风斩，冷却时间终于结束。韩家公子的回复更是让他底气十足，也不管5人的攻击了，硬生生地朝前挤出两步，双剑一拥旋风斩已经施展开来。

战无伤在这儿挨了半天打了，怒气值蓄得那叫一个长，双剑旋得没完没了，5名战士身处漩涡中心，无力反抗，不大会儿一个一个化身白光去了。

这时树上的御天神鸣也不闲着了，距离不远的佑哥给了他一个力量祝福，这家伙开始找着目标玩命放箭。

树下已是一团混乱，一边怕剑鬼的神出鬼没，一边又怕顾飞那毁灭级的空投法术，御天神鸣这点冷箭一时间都不在大家的关注下了。

“稳住，不要乱！”逆流而上着急地挥舞着他的法杖大叫。刚才这一番混乱后，水花佣兵团再度损失25人，此时只剩30人了。更要命的是，这30人里牧师骑士占了半数以上，真正拥有战力的职业，已经所剩无几。

顾飞的法术爆发了一下后就冷却了，剑鬼偷袭后又藏到某角落去了，战无伤解决身边5个战士，面对他的方阵就成牧师众了，人多势众却被他一个人就吓退好远。林子中一片安静，就剩御天神鸣还没闲着，终于发现那个射他屁股一箭的家伙了。

“臭小子！”御天神鸣咬牙切齿，一直没舍得用的狙击就是为这一刻准备的。

箭声响过……

水花佣兵团仅余29人了。

从逆流而上率众踏入树林的那一刻起，他就逐步按照韩家公子的布局走了下去。

以自己人为诱饵，顾飞范围法术轰杀——这不过是这个陷阱中很小很小的一部分。这个办法，第一个人掉下去时对方可能会上当，可是在第一圈人被顾飞的法术秒掉后，再有人坠下，就如逆流而上刚才的判断一样，肯定会阻止近战职业再上，而是选用远程职业。

当逆流而上做出这个判断的时候，才是真正坠入了圈套。

近战职业不敢近身上前，远程职业在树林里有诸多限制。水花佣兵团人再多，战斗却已经被削弱到了极限，这才是韩家公子本次战斗布局的要点所在。

以自己为饵，顾飞轰杀。这一整个桥段其实才是诱饵，诱使逆流而上做出了韩家公子所期待的决断。

公子精英团中每个人都发挥出了自己的最大能量，搅得水花的人顾此失彼，不知所措。如此局势下，逆流而上情绪不稳，终于在指挥上也出现了重大纰漏，给了顾飞可乘之机。

29人！只剩29人，而且是以牧师和骑士占绝大多数。水花佣兵团负责战斗的玩家终于有了梦想中的终级配置，他们现在每个人身后都可以配备一个专职牧师和专职骑士，这可是平时行会中的高手才有的待遇。但是此时享受高手待遇的家伙们，却一个也笑不出来。

树林里一片寂静，顾飞、剑鬼、御天神鸣像是商量好了一样突然都不动手了。韩家公子依然藏身树后，佑哥藏身树上，只有战无伤大大咧咧地站在这29人面前。

从战斗一开始，战无伤掉下树就被曝光在大众面前，但偏偏他一直都不是主导攻势的家伙。不过战无伤倒也不怎么在乎，今天这一战他杀得很爽，更重要的是：今天他积分也捞了不少，这可十分难得。战无伤一直期待着有一次表现的机会，今天总算是捞到了。

韩家公子此时也悠悠然地从树后绕出来了，望着逆流而上笑了笑。

逆流而上也笑，苦笑，他实在是没撤了。今天这场输得不像行会那一战，那场输得有许多偶然的成分在里面，没有人会服气。但本场却是一次彻头彻尾的完败，不服也得服。

逆流而上正想说两句场面话，忽然前方上空瑟瑟做响，枝叶朝两旁散开，“哗”的一条人影已经窜出，以迅雷不及掩耳之势朝着逆流而上飘了过来。

但水花的人此时看得真切，个个恍然大悟：“哇，人猿泰山啊！”

飞出来的人当然是顾飞，此时手里赫然抓着根绳子，上端也不知缚在了树上何处。众人看在眼里，联系之前顾飞有如鬼魅一般的空降身手，顿时觉得已经找到了合适的科学原理。

“双炎闪，闪！”顾飞不光飞，还出大招。刚刚吃过水果的他法力正充沛，这次使出双炎闪后也没怎么舞动，随着他这一荡之势，双炎闪飞翔成了一条火龙，掠着还在惊叹他吊钢丝技术的水花佣兵团众人头顶而过。那些运气不佳、不巧站在顾飞这条飞行轨道上的，逐一被他给秒杀了。

25！水花佣兵团一下又少了4人。

“瞬间移动，动！”

顾飞吟唱一完，人就从绳端消失了，水花的人这还仰着脖子，一看顾飞不见，纷纷抬头朝树上找。不料身后有人发出惨叫，众人回头一瞅，顾飞正在他们身后舞剑呢，不光是他，那盗贼也不知何时又摸了出来，趁着大家视线集中到另一处的功夫，在他们身后大捡便宜。

剑鬼和顾飞，一个潜行，一个瞬间移动，冷却一好就会骤然出现骚扰一把，轻轻地现身，刮走三两条人命，然后又飞一般地消失。

头顶上还有御天神鸣时不时的冷箭，那边战无伤拎着两把大剑没事就搞个冲锋假动作，水花的人越来越少，还没挂的也离精神崩溃不远了。唯一的收获，就是对顾飞这瞬间移动的冷却时间有了比较深入的了解。

反复折腾下来，水花的人也没想出什么好的对策，只能眼看着己方人数一个一个地减少。到了只剩5人时，韩家公子又一次从树后飘出来了，望着逆流而上笑笑道："算了吧？"

逆流而上叹了口气，勉强也挤了个笑容："回头见吧！"

韩家公子点了点头。逆流而上和己方余下的另4人示意了一下，那4人个个神情疲惫，没发出任何异议，干脆利落地退出了。

佣兵团对抗赛四强战，6人众的公子精英团居然再度完胜，取得了"perfect"。

杀到这个程度，单是经验和金钱的奖励就已经非常丰厚了，精英团6人心中高兴自然不必说，不过表面上还是很静如止水的样子，因为一出传送阵，逆流而上就在那候着呢！

其后免不了又是老一套的称赞之词，逆流而上那笼络的意图已经是太明显了，就差没说进了我行会你们都是我大爷。

御天神鸣是装清高，不屑一顾状。

战无伤是装低调，谦虚得让人觉得恶心。

佑哥稍稍有些落寞，因为他知道真论实力他还没这高度，人家对他这么热情主要是看其他几人面子。

剑鬼回答的比较认真：暂时不考虑这些。

韩家公子则是一言不发，他本来就是对酒当歌的成员……

顾飞这个对方最期待的人选，则是在那顾左右而言他，一副随波逐流的模样。

逆流而上也并没有多说，打了个哈哈后道："那就期待以后合作的机会了，有什么困难的任务，一定要找你们帮忙啦！"

佣兵团当然就是开门做生意的，韩家公子再恶劣，送上门的好意总不能不接受，自然也是打着哈哈："大家这么熟，有事当然帮忙啦！"云云。

一场比赛输得如此皆大欢喜，也算是比较诡异的事了。

战前大和谐，战后还是大和谐，本场对抗赛，终以和谐收场。

‹ 18 ›

终极三班，集合！

公子精英团和水花佣兵团这一场打打藏藏，进行得比较缓慢，出来时对抗赛另一场早就结束。黑手佣兵团，这个在佣兵大楼里系统判定的云端城第一佣兵团果真是杀到了最终决赛。

现在一边名叫黑手，另一边是公认的黑马，决赛已经被蒙上了“黑”属性。而黑手佣兵团虽是云端城第一佣兵团，但平时做得最多的就是老实刷任务，不像四海佣兵团那些都是大行会中的精英，比较有名气。突然面临这个对手，佑哥发现自己手中的情报少得可怜，连忙上论坛打听去了。

稍后的行会对抗就没什么人关注了。主要是行会每级之间人数跨度很大，云端城一共就两个5级行会，一个纵横四海，另一个对酒当歌。现在对酒当歌已经被重生紫晶黑掉了，纵横四海750的总人数朝那里一戳，余下4级行会顶多500人，250人的差距，那不是随便就可以抹杀的。

就在此时，系统发布了最新消息：四强赛中淘汰的两支行会和佣兵团，也将在最后一日进行比赛，决出第3名。而获得第1、第2以及第3的行会和佣兵团，将肯定获得之前比赛中随机才有可能获得的装备或是物品奖励，至于具体是什么……还是随机。而比赛的日子也不再是次日，而是放到了3天以后，本周的周六。

这天是周四，顾飞上了线后比较郁闷地来到了云端城的北城门下。

为啥郁闷？当天下午的体育课，顾飞往学生的队列前一站就觉得气氛不对，学生面对他所展现出的气场和平素里浑然不同，简单来说：杀气比较浓郁。

在这种古怪的气氛下授完了一堂课，顾飞刚喊解散，就被20多个学生团团围住。当中有男有女，七嘴八舌。

“老师，来我们行会吧！”

“老师，带我们练级！”

“老师，带我们任务！”

“老师，我好穷，给点钱！”

“老师，有不要的装备没有啊？”

顾飞被喊得头昏脑胀，其他学生看到顾飞老师突然受到如此花团锦簇的待遇很是诧异，一打听之下得知原委，在旁嘀咕：“连老师也玩啊？那我也应该试试！”

“不要吵！”顾飞在周围一片“游戏”的声音中总算没迷失自己的身份，瞬间拿出了老师的架子。

“晚上不用做作业吗？玩游戏！统统去操场上跑10圈！”顾飞拿出了体育老师的杀手锏，一半学生立刻腿软。学校的标准操场，1圈400米，10圈就是4000米。是中学生体育达标长跑项目的4倍。

“老师，你不是在开玩笑吧！”有人怯怯地问。

顾飞当然是开玩笑，学生们后面还有课，4000米太耽误时间了，当即手一挥：“先跑两圈，完了赶快上课去。”

学生们泪流满面地去了，这不是什么考试，用不着跑太快，但在老师的注视下，也不敢跑跑走走停停，马不停蹄的800米下来，也足够神困体乏了。这时那些看热闹的学生已经散得差不多了，顾飞眼前只剩下三班的学生，看着个个一副欲死还休的表情，顾飞善心大发，手一挥：“晚上城门等我吧！”

这一个峰回路转让学生们诧异了一下，随后才是欢呼。顾飞在游戏里的名字，多少行会会长是梦里寻了千百度，但他这些学生们想知道就太容易了。那账号名字就是阿发取的，学生们问来了后，跑去法师等级榜上查了查：40级！对这帮学生们来说简直太高高在上了，无论从娱乐角度还是从实惠角度，拉拢到老师都是不错的选择，这才让学生们下定了决心。此时目地达到，大家当然雀跃不已了。

眼看顾飞就要离去，还是阿发经验比较丰富，他追上顾飞问了一句：“老师，是哪个门？”他的问题提醒了其他学生，连忙都围上来询问具体地址，无奈的顾飞只好和大家约定了北门。

和学生有了约定，这肯定是无法逃避的。无奈的顾飞在约定的时间到了北城门下，来的学生一个个和顾飞加着好友，对于云端城众老大来说，一个绝妙的契机又这么错过了。当天晚上7点至7点17分，顾飞的好友开关就一直没关过。

“咳，站队吧！”在学生齐了以后，顾飞沉声说。

“哇，老师，不要吧？太窘了！”众学生抗议。

学生们犹豫不从，顾飞脸一沉：“不站下节课把8圈跑完。”

学生迅速站好了队，顾飞一点人数，正好24人，4排6列。

城门下在这个时间素来是人来人往热闹非凡，一群玩家整齐列队的景象迅速吸引了大量的目光。顾飞威严地站在队列前方，但从他的神情目光来看，他像是不认识这群学生。

“这是在搞什么啊？”有玩家窃窃私语。

“不知道啊！”

“军队，是军队，国家派军队入驻游戏了，国家开始重视游戏世界了！”有人激动。

“去你的，小说看多了吧你，一帮小屁孩，童子军啊？”

众说纷纭，顾飞却决定把囧进行到底，望着队伍说：“你们今天都来找我到底是做什么？”

学生们面面相觑了一下：

“老师，来我们行会吧！”

“老师，带我们练级！”“老师，带我们任务！”

“老师，我好穷，给点钱！”

“老师，有不要的装备没有啊？”

和下午一模一样的词又来了。

“别急别急！”顾飞喝止了大家，“行会？老师现在已经有了；练级？老师一般都是单练的；任务？你们这么多人，我带的过来吗？钱？老师现在还欠着别人1800金币呢；至于装备倒还真是有些，一会儿回去给你们发！”

“哦哦哦！”学生们欢呼。五大条款达成了一个，而且是最实惠的给装备，众学生已经很高兴了。

“现在解散，自由活动，9点还是北城门集合。”顾飞手一挥。

“哎，哎，别，先别！”阿发连忙跳出了队，“有任务，行会任务。”

行会任务……顾飞皱了下眉，行会任务他只经历过一次，就是重生紫晶和六月的雨搭档那次，结果引出了一脑门子的事，从追杀到被追杀，从一人挑一群到一群挑一群，此时回想起来，是自己进游戏以后最血脉喷张的时段。

顾飞这儿回忆呢，那边阿发则在介绍人物，顾飞恍恍惚惚听了个大概，似乎是剿灭一股强盗，除了要杀敌总数到100以外，还要活捉对方的强盗头目。

终极三班的同学都是正式运营后慢慢进入到游戏里来的，加上中学生也没有太多的时间游戏，等级都很低，称之为头目的角色当然会是一个BOSS，阿发觉得以他们这行会的配备，挑战BOSS难度忒大了，不过有顾飞这样一个40级的法师助阵，或许就不太一样了。

“哦？BOSS？”听到这时顾飞也来了点精神。目前对他来说，单挑玩家还是单挑小怪都没难度，或许也就是游戏里的BOSS可以和自己一较高下。顾飞会回味当初的索图大当家，虽然攻击思路还是系统式的死板，但起码自己必须小心翼翼高度警戒，这种紧张的感觉可不是经常会有的。

“集合，整队，阿发带队！”顾飞喊。

学生们迅速整好队伍。阿发精神百倍地带着队，队伍行至一处山谷。这里属于云霞山谷范畴，但不是主流练级区，稀稀落落的也有几个玩家。终极三班这整齐的队列当然很吸引眼球，几名玩家都停下手来注视着这奇怪的景象。

学生们此时一门心思都在任务上，也顾不得其他了。迈着整齐的步伐进了小山谷，里面已经可见任务所需的目标山贼了，任务分两步，第一步杀普通山贼100，第二步活捉头目。

“老师，BOSS就靠你了！”学生们对顾飞满怀期待。游戏中总是如此，对于级比自己高的人充满了仰视。

“老师，来个火树千重焰吧，让我见识见识！”阿发很是期待，他现在才34级，火树千重焰那可要36级才能学习。

“去引怪吧！”顾飞并不介意给学生们露一手。

两个弓箭手学生跑出去后，牵了数只怪过来，大家齐刷刷地望着顾飞。

顾飞很是镇定，手往前方一指，念念有词：“火树千重焰，起！”

“啊，老师，你怎么对着我们俩放啊！”两个引怪的学生一下子就呆住了，慌里慌张一左一右跑开了。

“哎！别乱跑啊！”顾飞气道，两人这一左一右，把怪也带向两旁了，顾飞的法术发动慢，所以是算了提前量了，如果他们继续朝前带，小怪们将正好踩到他放的火树千重焰，结果这么一带，却乱了套。

学生们听得顾飞已经吟唱完了，却迟迟未见法术，也在纳闷呢，待得那两人把怪引到左右，“轰”的一声，火树千重焰点燃了，成果是一个都没有烧到。

学生们也不是啥超级高手，一时间也注意不到这当中的许多细节，只觉得是顾飞放了个法术，结果打歪了，顿时一片哗然。

“阿发，老师行不行啊？”有人朝阿发小声嘀咕了。阿发毕竟是他们当中最资深的一个。

“这个，还行吧……”阿发心里也在嘀咕呢！

因为机缘巧合丢了人，顾飞在学生心目中高大威武的形象已经有一些走样了。不过他对此也不以为意，指着那个没烧到怪的火术千重焰对阿发说：“看到了？”

阿发点头。

顾飞也点了点头，朝学生们手一挥：“去打怪吧！”

剿灭强盗的战斗轰轰烈烈地展开了，顾飞也没闲着，对于自己没了剑以后的法术攻击他还是很有自信的，深信不可能秒到任何小怪，所以也也时不时耍几个法术帮一帮手。

这不帮还不要紧，一帮众人心更凉了。这还没完，顾飞法术丢了几下后，立即退到一旁，从口袋里掏了水果就啃，动作真是简练无比流畅到家，一看就是熟能生巧的类型。法师法力用这么快，自然是法力少，法力少则只有一个解释：加点没加智力的法师那就是垃圾。

阿发一边打着怪，一边跑到正吃苹果的顾飞身边，怯怯问了句："老师，你怎么加的点啊？"

"全敏捷。"顾飞回答。

阿发差点没吐血："为什么啊？"

"加敏捷速度快啊！"顾飞回答。

"速度……"阿发喃喃自语，正想细问，突然间顾飞大叫一声："当心身后"，手里半个苹果顺势就甩了出去。

原来那边一名学生混战中找不到目标正在发怔，身后一名强盗靠上身来都不知道。顾飞半个苹果正砸在他脑袋上，同时听到"当心身后"的提示，那学生横着手里的武器一转身，正拦下了那强盗砍下来的一刀。

周围的其他同学连忙过来帮手，阿发只得暂时把疑问吞回肚上，重新杀上战场。

在大家团结友爱、互帮互助的拼搏下，剿匪行动进行得很顺利。众人一边杀着一边数任务栏中的完成数。

"还有2个！"

"还有1个！"

"100！"众学生欢呼。

一直没怎么太出手的顾飞。此时提高了警惕——这强盗头目大概就会在此时现身了。

果然不出其所料，第100名盗贼倒下后并没有像其他小怪一样立刻一动不动，而是伸手一掏怀内，拿出个什么东西就扔上了天空。

一声尖锐的啸声直冲云霄，强盗这才断气。所有学生望着这枚响箭消失的方向心怀忐忑，顾飞此时全神戒备，注意力转向山谷更深处的地方。

不消片刻，山谷里传来隆隆的脚步，学生们闻声都是一震。这声音，怎么听也不像是一个人的动静啊！

"快！近战职业顶前，牧师压后，弓箭手和法师两侧。"阿发慌忙指挥列队应敌，不料顾飞大大咧咧地走到阵前，朝学生们一挥手："都退到一边去。"

"啊？"学生们面面相觑。顾飞已经抛给他们一个背影，一手插在口袋里，独自面对着隆隆而来的脚步声。

"老师！"阿发连忙凑了上来，"听起来敌人很多啊！"

“嗯，所以你们先退到一边去！”顾飞说。

声音越来越近，也越来越清晰。听起来怎么也不像是因为山谷的回音而被放大，这是实实在在，一步一步踏出来的脚步声。

山谷深处的人影是越来越清晰，阿发已经面如土色，手脚并用地向同学们高喊：“撤，快撤！”

“老师！”众学生喊。顾飞已经全神贯注在等着这帮奔腾而来的强大BOSS群了，他已经预感到了接下来要大杀四方，此时正激动不已，对于阿发的叫喊完全没往心里去。

此时众学生一起喊老师，顾飞回头一看，大家离他都20米远，点了点头说：“嗯，远点好，安全。”

“不会吧？”众学生面面相觑，他们已经看出顾飞没有退意，似乎要和一大群强盗血战到底了。

就在这时，顾飞已经拔出了暗夜流光剑，阿发眼睛一亮，他看得出这有光晕笼罩的兵器绝对是一件极品，而老师之前一直不用武器……阿发略一想，猜到恐怕是怕伤害太高，直接把小怪打死了。

只见顾飞倒提着暗夜流光剑，主动迎了上去，竟然直挺挺地杀入了强盗群中。

杀声震天。

强盗们是系统模拟的，完全不会有什么声带上的疲劳。这一开战个个鬼哭狼嚎，游戏制作人员们得意地把这称之为“音效”。

冲上前去的顾飞上手就是一记双炎闪，秒掉了4名强盗，不过他的主要目的是靠这个法术吸引一下强盗们的仇恨，让他们不至于无视自己冲向学生们。

这一战略极其成功，法师的法术仇恨范围本就较大，顾飞这么当前一挥，一团强盗都围了上来。顾飞完全不慌张，伸剑朝自己脚底一指：“火树千重焰，起！”

发动自然还要一会儿，而系统怪的好处，就是听到顾飞吟唱的法术却还是不会躲，依然执着地朝顾飞身边扑来。

以顾飞为中心，强盗们紧密团结着，站位不留丝毫空间。顾飞右手拿剑，左手也拔出了刀，一边招架攻击一边计算时间。

“差不多了！”顾飞心念一动，手朝外随意一指：“瞬间移动，动。”

在学生们眼中，顾飞早已被强盗裹在中间密不透风。阿发正觉无望，突然眼前晃了一晃，顾飞的身影闪在了强盗群外，与此同时，以强盗群为中心释放的火树千重焰正飞速燃烧起来。

系统强盗们正好围成一个密集的圆，和正燃起的火树千重焰简直就是天作之合。

音效依旧，强盗们却悉数倒下。顾飞收了武器，一边朝学生们走来，一边拍手道：“今天就到这里，下课！”

学生们被深深地震撼了，迟迟说不出话来。越是游戏水平高的，越是觉得顾飞的强悍不可理解。阿发当然是最错愕的一个，不过在众同学"啧啧"的惊叹声中，他还是忍不住提醒了一句："老师，任务要求活捉强盗头目。"

"活捉？那怎么弄？"顾飞一怔，突然看到学生们脸现惊恐之色："老师，当心！"

已经迟了，顾飞这一记火树千重焰秒尽了普通强盗，却没能秒掉混杂在强盗群中的强盗头子。顾飞这边正整理队型，他已从火焰里钻出，提着大刀就朝顾飞砍去。

火焰燃烧声和强盗的惨叫声掩盖了强盗头子的脚步声，待学生们惊觉时已经飞至顾飞身后，顾飞刚想闪开，却已经来不及，强盗一刀抡在顾飞腰间，直接把他给劈飞了出去。

"老师！"学生们惊叫着，他们当中自然是有牧师的，连忙七手八脚朝顾飞释放着回复术。生命本已经岌岌可危的顾飞在这么多学生的抢救下，迅速被挽救回来。

顾飞扶着山崖站起了身，神色镇定，抬手已经把暗夜流光剑抽在手中，双方就这么你来我往地对砍起来。初时学生们还有些担心，时不时发出"老师当心"的惊呼。牧师们更是紧张，一看强盗那刀要落下就颤抖着朝顾飞释放着回复术。而那些近战职业也想上去帮忙的，却又对自己没自信，感到这场战斗不是他们能力所及的级别。

相较之下，反而是身处战局中的顾飞最为从容。之前这强盗头子能攻击得手，只仗着偷袭而已。此时面对面交手，顾飞并不落于下风。不过顾飞还是时时警觉的，以他上次和索图交手的经验来看，BOSS应该是有一记大杀招的，就像普通玩家的技能一样，会比普通攻击爆发出更可怕的威力。

顾飞时时提防，强盗头子却始终不出大招。反观学生们，此时情绪已经懈怠下来。牧师不紧张了，攻击职业也不帮忙了，连阿发都换了台词："老师，别砍死了，要活的！"

"怎么弄活的？"顾飞郁闷，他最恨手下留情了。

"任务里没说呀！"阿发也在茫然。任务只说要活捉强盗头目，也没说在何种条件下他会束手就擒。

此时场中打斗的顾飞，却已经感觉到BOSS的力度开始减弱。顾飞的法力早已用尽，所以才耗了这么久，如果招招能用双炎闪，这BOSS早被他干翻了。

战斗没持续多久，顾飞一剑正要刺到对手身上，突然强盗头子"扑通"一声跪倒在地，大叫投降。

"就是这么活捉啊！"学生们轰然大笑。顾飞也觉得可笑，这一剑也顺势收回落在身侧，望着阿发道："这样就可以了吧？"

还没等阿发回答，那已经跪倒在地的强盗头子突然暴走，扔在身前的大钢刀被他瞬时拎起，反手就朝顾飞撩了上来。

这一刀速度之快，攻击之猛更甚于前。顾飞大惊，但反应却绝不是盖的，手腕一翻剑已经横在身侧，拦下了这一击。

不想强盗头子的攻击并没有在这一触之后立刻收回，而是继续顶着顾飞的剑朝他胸口压来，顾飞大惊之下另一手也上来推住了剑身，却依然不能阻止对方的刀势，暗夜流光剑瞬间已经贴在顾飞胸口。

顾飞的生命开始下降，更要命的是这一刀还在继续下压，强盗头子竟然丝毫没有退意。顾飞连忙大步退后，这强盗头子居然就这么追着顾飞的步伐继续前压，力道惊人。顾飞已经退到了山崖边，背贴石壁，双手推剑苦苦支撑，强盗头子却是面目狰狞，丝毫没有放松之势。

郁闷啊！顾飞心下窝火，他一直全神戒备BOSS的大招，但却没有想到这BOSS的最后杀招不是什么攻击方式，居然是诈降这样的智力游戏。

这是哪个设计人员搞出来的！顾飞心里咒骂着，却无计可施。力量是他的绝对弱势，此时倾尽全力才能堪堪架住对方的刀，更没可能摸水果补充法力，哪里还有什么逃生机会？

好在顾飞此时并不是一个人在战斗！

学生们被突如其来的变化搞得失神后，此时反应过来，纷纷出手相助，回复的回复，攻击的攻击，个个奋不顾身。

学生中的牧师一起发动，顾飞的生命已经不再持续下降，强盗头子再怎么执着也是无用功，此时身后还承受着学生的攻击，倒下只是时间问题。

就这样，在顾飞死扛、牧师回复、其他学生拼命攻击的持续折磨下，强盗头子终于渐渐没了力气，瘫倒在地。

这回顾飞可不敢大意了，先吃水果补好法力，然后全神戒备上前——剑戳戳，脚踹踹，强盗全无激烈反击，只是两眼无神地望着身边众人。

顾飞依旧心有余悸，最后还是一群低等级的学生胆大，反正级低，死了掉级也不算太大损失，几个人合力上前，用长绳将强盗头子狠狠地捆成了粽子。强盗头子在此过程中全无反抗，众人这才放心下来，本次任务看来是要圆满完成了。

捆起的强盗头子被两个战士学生像提溜行李一样举了起来，学生们欢呼雀跃地准备回城，险些被挂的顾飞此时也来了精神，依旧呼喝着学生整齐列队。众人列队完毕后，在阿发“一二一”的口令声中朝着云端城方向迈步前进。

他们尚且不知，此时在山谷口，早有人静候着他们的到来。

19 双向任务

终极三班的学生们迈着整齐有力的步伐行进在山谷间，刚走到山谷口处，正好与一队要朝山谷里进入的人相遇。

学生们整齐的队列，体现了近乎完美的纪律性，令这支总数为27人的队伍情不自禁地感到汗颜。待得看到其中被五花大绑的强盗头子后，这27人的表情都变得不自然起来。

“居然会是这样。”有人在窃窃私语。

但在27人中，却有4人不动声色。他们没有对五花大绑的强盗头子表现出异样情绪，一丝惊奇的表情从他们脸上一晃而过，只是因为眼前这队伍的整齐有序。

有纪律的队伍，无疑会更具有战斗力，在团战中更是如此。但在网游中，任何团队都还不至于引用“纪律”这个词汇，对于有优秀战斗力的团队，大家顶多称赞一句“配合不错”。配合，源自于默契。三五个人，很容易因相互了解产生默契，但要换成上百人就没这么容易了，这时的默契，就需要强制训练出来。此时的默契，便称之为纪律。

遵守纪律无疑是件痛苦的事，在网游这个以娱乐为主的世界里，更不会有人乐意遵守。所以当眼前出现这么一支体现着团队纪律的队伍时，着实让人觉得惊骇。

这样的队伍，战斗力一定超强！众人下意识地想着。

网游中判断战斗力如何，那当然有更直接简单的办法：鉴定术。

这27人各自选择目标进行鉴定，相互验证结果后，大跌眼镜——这支队伍中居然连个35级以上的人都没有！

不少人的脸上已经出现了喜色，学生队伍却已经与他们擦身而过，出了山谷。

27互相询问一般对视一下，最后望向了那平静的4人：“动手吗？”

4人中的一人道："这你们自己拿主意吧！不过，既然你们触发的任务是双向任务，那我们的酬金需要提高一倍。毕竟这属于PK战斗，我们还需要为以后的麻烦买单。"

"这个我们知道。"问话的人点了点头，"不过……这些对手看起来不是很强，或许我们不一定需要你们帮忙。"

那4人倒也没生气："的确不怎么强，不过即使我们不出手，定金也不会退，只是后续的费用就不必了，希望你理解。如果你们需要帮助，我们还是会出手，这样可以了吧？"

4人显然已经完全读懂了眼前这些人的意图。对方终于不再说什么，回头悄悄地拿出武器，突然就从身后向终极三班的学生发动突袭。

箭矢！攻击最先到达的，永远是弓箭手的箭矢，目标共同指向了对方队尾那个多余的人。

不料此人猛然转身，拔出长剑挥了几下，竟将几支箭矢一齐挑落。

"你们想干什么？"顾飞早觉这20多人有些不对劲，方才箭矢袭来，原本躲避是最稳妥的法子，不过那样恐怕就要射到学生身上，只得冒险拿剑去挡。好在对方并没有用什么技能，几支箭被顾飞一一拨落。

黑色法袍，再加上暗紫色的长剑。

这身装束立刻引起了那4人的注意，这扮相他们虽然是第一次见，但却是最近热点关注的情报之一：这人是公子精英团的法师千里一醉，是他们黑手佣兵团对抗赛决赛中最需要注意的对手。

4人认出顾飞的同时，心下也有些释然：之前还对这一支低等级却拿下BOSS的队伍感到诧异，此时看来，原来也是买了佣兵相助。不过，公子精英团居然只出动了一个人，看来真是名副其实的强啊！

学生们此时已经惊觉，纷纷回身询问发生了什么，嘈杂一片。

"不好意思，双向任务。"发动攻击的23人中，为首一人淡淡地解释了一下。

双向任务，顾飞听过这个名词。据佑哥的解释，系统会把一些对立内容设置成双向任务，由双方面的玩家领取，在双向任务中，玩家面对的最主要的敌人并不是系统，而是玩家。

"你们的内容是什么？"顾飞问道，既然都是做任务，那也说不上什么是非对错了，如果能有一个和谐解决的办法自然最好。

"杀掉押解途中的强盗头目。"对方回答。他们其实也只是一个小行会，领到这任务后觉得面对BOSS把握不大，于是联系了云端城最大的佣兵团——黑手佣兵团。

顾飞一听对方的任务内容，暗骂系统卑鄙：终极三班这边要求活捉，对方却要求杀死，这完全没有什么回旋的余地，摆明了是要双方死磕。

"不好意思，我们的任务是要活捉他回去。"顾飞说。

"当然，双向任务嘛，想来你们也是这内容。"对方回答。

此时已有一个对顾飞放了鉴定术的人小声在队伍里传播信息："这个家伙是40级的，当心。"

一个40级的玩家成立了一个小行会，然后收了一些新人……不知顾飞身份的对手们一厢情愿地如是推断。

"我们是不会放弃任务的！"对方的态度很坚决。

顾飞回头看了看学生们，笑笑道："我们当然也不会。"

"即然这样……"对方纷纷亮出武器，意图已经很明显了。

而黑手佣兵团的四人此时却走上前来，问那小行会的会长："你确定不要帮忙吗？"

小会长很疑惑地回头望去，黑手佣兵团的人简单介绍了顾飞。

"啊！"众人都是一怔。

顾飞的身份是最近才被曝光，但他的传奇可是由来已久了，无可争议地被视为云端城第一强人。

"听说此人剑及之处，对手瞬间就会被秒成飞灰，攻击力强得像是系统的亲戚！"

"听说二三十人在他面前根本不够看，对酒当歌750人照灭！"谣言的杀伤力就是这么强大，小行会中人对顾飞议论纷纷，之前的激动已经荡然无存，转而纷纷为自己遇上如此强敌感慨命运不公。

黑手佣兵团的4人适时地站了出来，头前一人对顾飞笑道："想不到我们会在比赛前以这种方式碰面。"

"你是谁？"顾飞当然不认识这些人。

"我叫月下独白。"此人回答，"我们是黑手佣兵团的。"

黑手佣兵团的人！

听到这个名字顾飞也多注意了对方两眼，毕竟这是他们公子佣兵团在决赛中所要面对的对手。

从装束上来看，对方4人，这个月下独白是个牧师，其他3人一个战士，一个盗贼，一个法师。和那些小行会的人一个个踌躇不前的模样相比，他们4个的表现要自信多了。

同时顾飞也判断出他们4人的来意："雇了佣兵团来帮忙啊？看来你们这任务是志在必得了？"

"你们不也是吗？"对方回道。

"我们？"顾飞回头望了学生们一眼，苦笑。他带着这帮学生仔刷了任务，回头还得给他们发装备，哪里像是一个雇来的佣兵？

看到对方不肯退让，顾飞倒也干脆，拎出暗夜流光剑朝前一指："这样的话，我就不客气了！双炎闪，闪！"说着剑朝左右各一撇，两名盗贼一脸惊诧地从消失到现身再到消失。

这般模样的盗贼顾飞已经见得多了，每个潜行中被自己挂掉的盗贼都是这副神情。

“我有反潜行的装备，不要……”顾飞正想换个游戏玩家可以理解的理由提醒对方盗贼不要这么无聊，突听己方身后有学生发出惊叫，原来有名盗贼混入学生群中，想直接把强盗头目干掉，结果不小心蹭到某个学生，立刻现出了原形。

这立刻把顾飞刚刚的善意提示印证成了谎言。你不是有反潜装备吗？人都潜到你们队伍里去了你都没发现？可顾飞又明明把两个潜行到他身前的盗贼给灭了，于是大家都陷入了深度茫然中。

那个身陷人群中的盗贼又能有什么悬念？学生们也不是吃素的，20多人一起发力，把这家伙迅速解决了。

虽然他的死状甚惨，但事实上他的结果比那两个被顾飞秒杀的盗贼要幸福多了。因为系统规定，在双向任务期间，双方战斗中死亡的玩家不会掉级，也不会增加PK值。但顾飞却不属于这双向环节中的任何一部分，所以他与对方任何人的交手都是正常PK，刚刚被他秒掉的两名盗贼此时已经各掉一级，同时顾飞也拥有了2点PK值。反过来，那4个黑手佣兵团成员的情况也和顾飞完全一样。

小行会瞬间已经被解决掉了3人，终极三班士气大振，吵吵着要把对方一举拿下。

“吵什么！”顾飞回头喝道。

众学生瞬间鸦雀无声。

“排队，回城！”顾飞说，“这里我来解决。”

“老师！”学生们感动了，他们尚不知PK其实是顾老师的嗜好，自然是死活都不肯甩下老师先走。顾飞只好无奈道：“那就退一边吧，老师给你们上一堂PK课。”

“看来只能战斗解决了？”月下独白还在微笑着。他已经细细研究了对方的队伍构成，除了顾飞，余下那24人看起来年纪都很小。对手事实上只有顾飞一个，余下那些小孩子们都可以轻易对付。

“快出手吧！”小行会的人一起望着月下独白,4人。

顾飞无疑是个狠角色，而且被他挂掉是要掉级的。小行会的人都觉得请黑手佣兵团的钱不能白花，而他们，则准备在4人纠缠住顾飞的时候去欺负一下那帮孩子。

顾飞先出手了，为了保全学生，尽快结束战斗，他放弃了一贯最爱的近战模式，手中暗夜流光剑一扬，一个天降火轮和一个火树千重焰已经吟唱出来。

躲顾飞的法术简直就是一项心理游戏。

当人们听到他的吟唱四散奔走时，总会发现什么事也没发生，可是当你正迟疑着站稳脚步时，却发现火焰已在你的上空或是脚下忽然出现——此次不幸跑向顾飞所设计方向的玩家，瞬间就被秒成飞灰。

“好啊！”学生们欢乐地鼓着掌。

顾飞的目光却落到了月下独白那4人身上。这4个家伙果真是高手，在顾飞吟唱的时候，他们没有紧张地马上跑位，而是在看清他攻击的指向后再从容散开。

“这4个家伙只能用近战解决了。”顾飞心里暗道，立即纵身冲上前去。

“千里兄弟，你现在只能再放1个法术了吧？”对方笑道。

“你们了解的真清楚。”顾飞感叹。之前双炎闪料理了2个盗贼，此时2个范围法术，的确顾飞只剩1个技能的法力了。

“我们这么多人，你准备怎么解决？”月下独白笑道。

“这才是我的强项。”顾飞说话间已朝这人冲去。

“冰旋风！”对方阵中的法师出手，一道冰旋风席卷而出，朝顾飞卷来。余下的那名战士和盗贼一左一右，与冰旋风呈三位一体之势朝顾飞夹击而来。

三道攻击快到顾飞跟前时，却呈现出了有先有后之势。顾飞原本想1记双炎闪秒掉2人的同时把冰旋风也抵消掉，不想对手却没给他这机会。很显然，黑手佣兵团对于顾飞已经不是一般的了解。

顾飞剑尖一转，突然使了一个瞬间移动，“咻”一下飞临那个法师身前。但对方丝毫不见慌乱，月下独白一个回复术已经施加到这法师身上，口中笑道：“没法力了吧？”

顾飞却也只是笑了笑，伸剑一划，没有攻击法师，却是敲到了他的法杖上。

“哎呀！”法师惊叫，显然是没想到顾飞做出了如此举动。

冰旋风是一个可控制的持续消耗法术，此时顾飞打歪了他的法杖，那边受法杖指引的冰旋风立时一歪，一下就飘到了刚才和它协同作战的战士身上。

顾飞回身剑尖一扬：“雷电，降！”

一道闪电劈下，那盗贼被雷个正着，当场就被秒杀。

顾飞望着月下独白笑了笑：“法力还有一点点。”说罢暗夜流光剑交到左手，右手拔出炎之洗礼，照着那法师就砍。

月下独白连忙拎起法杖要实施回复术，不料顾飞左手剑一递捅在他身上，虽没伤害，却打断了他的回复术吟唱。

“有法力，用的出法术吗？”顾飞笑，此时法师已经被他连劈两刀。

两刀中有一刀出了附法攻击，正符合顾飞这一身近乎50%的火法附加机率。只是如今的玩家当然没这么容易被秒杀了，顾飞一边加紧砍杀法师，一边注意打断月下独白的回复术。至于那战士，本来移动就慢，此时又中了法师的冰旋风，两三米的距离就够他爬一会儿了。

月下独白当然也不会这么痴呆，距离太近，顾飞一伸手就打断了他的回复术，匆匆向后退了几步，月下独白伸了法杖又要吟唱。

“嗨！”顾飞一声大喝，月下独白就见眼前一晃，顾飞居然直接把右手拿的炎之洗礼给甩了过来。月下独白还没退开多远，这下被刀砸中脑门，吟唱又被打断。顾飞已经剑交右手，刷刷又捅了法师两剑，可怜法师被顾飞近了身后只有挨打的份，指望着月下独白的回复术却又迟迟不见踪迹。

此时顾飞人品大爆，暗夜流光剑又出致命又出附法攻击，加上本身物理攻击不俗，两剑下去，法师无比哀怨地望了月下独白一眼，就这么去了。

这时，那战士总算慢吞吞挨近了2米，脑袋一埋一个冲锋顶了过来。顾飞一个飞身闪过，顺势一剑就朝月下独白劈去。牧师失去了保护，和法师一样楚楚可怜。顾飞脚一勾，把地上的炎之洗礼也重新挑起，一手剑一手刀，也不管有没有攻击总之是一起朝月下独白身上招呼，就连两腿也没闲着，时不时会飞踹月下独白一脚。

也怪月下独白赶得时候不对，顾飞平时PK一般不会这么豪放，没有伤害的攻击就不浪费时间了。但现在不是要给学生们演示功夫嘛！月下独白此时成了完美的牺牲品，被顾飞杀得不住后退。那边战士也欲哭无泪了，身上冰旋风的冰冻效果到现在还没解，眼看着顾飞赶着月下独白离他越来越远，想过去帮忙却鞭长莫及，心下咒骂己方这法师用了多少加强冰冻的装备，效果时间居然这么长。

可怜月下独白一个没有战斗能力的牧师，就这么被顾飞乱殴至死。最可气的是顾飞还在他临去前朝他笑了笑：“比赛里再见啊！”

等围殴结束时，那战士总算解除了冰冻效果。但问题是顾飞不会撒腿就跑的话，他那点速度又放着做什么？

只见顾飞兜了个大圈从他身侧绕过，直杀向学生的那个方向。

那小行会的家伙们，在黑手4人组被顾飞欺负的时候，完全没有上来帮助，也玩命地去欺负学生们了，不过上来吃过顾飞一个大法，现在他们的人数比较劣势，学生们咬牙抵抗，牺牲了3人，倒没被他们全数击溃。

“我来啦！”顾飞一声大叫，剑指长空一声吼，“火树千重焰，起；天降火轮，降！”

顾飞这次吟唱声若洪钟，吐字清晰。小行会的家伙们一听又是一个法术连放，这次倒是学乖了，没敢立刻仓皇逃窜，想要认准顾飞剑指的方向。

顾飞也就没使什么花招，稳稳地给他们指了一个方向。结果这一闪当然是上了当了，顾飞早在那一雷劈完后法力就用尽了。

小行会的玩家只顾留意顾飞这边的可怕，被学生们抓住机会一通轰：法术箭矢纷纷招呼，虽然威力不大，但一波下来也造成了对方生命的严重下降。学生们呐喊着一拥而上，顾飞一边冲过来一边着急着大喊：“哎呀，给我留几个。”

顾飞这时也不顾为人师表什么的了，挽了袖子冲进混战和学生们抢人杀。学生们还很规矩地层层推进，顾飞却是一条直线直冲对方核心，急得阿发在后面大叫：“老师快出来，我要放法术了。”

“放吧放吧！放了我再闪！”顾飞喊。

于是阿发手一挥就是一个“天降火轮”。

但在圈内的顾飞却丝毫没有离开的意思，继续大砍四方，更是逼得许多人也没空去躲这天降火轮。

火轮降下，顾飞正在当中，小行会的玩家生命已经残缺不全，又吃这一法术瞬间又干净了不少。顾飞略一清算，还剩7人。阿发在后面大叫：“老师你怎么不闪啊？”

顾飞回头望了他一眼，忍不住鄙视道：“闪什么，你以为你是我啊？”

学生们哄然大笑。的确，阿发的法术伤害和顾飞完全不在一个级数，顾飞的天降火轮不躲有可能就直接回城了，阿发这个绝对不可能秒杀，只要不心疼这点生命损失，硬接一下倒也没什么大不了的。

顾飞手起刀落，又挂掉了1人，朝余下6人问道：“怎么样？算了吧？”

小行会的会长早在混战中阵亡了，此时6人也没个能拿主意的，不知说什么好。顾飞眼角一瞥另一边，黑手佣兵团那战士都已经站着不动了。

“大家只是做任务嘛，不用这么绝，你们去吧！”顾飞大度地一挥手，6人和那黑手佣兵团的战士对望了一下后，7人低着头一起撤了。

回头再看学生们，打赢了一场架让他们兴奋得红光满面，正在争论在刚才的战斗中自己发挥得如何出色。

“别吵了！”顾飞把刀收回口袋，扬着剑喊：“班长呢，出来整队回城了。”

“班长挂了！”学生们说，语气间一点哀伤没有，全是幸灾乐祸。顾飞直怀疑会不会就是这帮小子把班长推上刀口的，不然这么高兴干嘛？

接着列好对后一点人数，学生们也牺牲了6人，运气比较好的是全都是死在对方行会的手下，这意味着不会直接掉级。

“行了，回城吧！”顾飞挥手，学生们列着队，迈着整齐的步伐继续朝云端城前进了。通过这一战，学生们充分认识到“大树底下好乘凉”的人生哲理。今晚这场面，如果不是有顾飞在，就凭他们自己还不得被人白白欺负。就他们里最厉害的阿发，和老师相比也根本就不是一个层面上的。

学生们兴奋不已，这回顾飞也就没再泼什么冷水了，笑眯眯地跟在队伍后面。

相比这边热火朝天的场面，被杀回云端城的那帮家伙就不怎么好受了。小行会成员们的怨念自然集中在任务无法完成，以及战斗失败的损失上。黑手佣兵团的月下独白等人要更郁闷一些，他们没能帮雇主完成任务，按照黑手佣兵团的规则，非但会退回订金，还会全额进行赔偿。

换句话说，人挂了，钱赔了，更郁闷的是百分百任务完成的招牌也砸了。

他们当然是很希望有机会挽回败局的，所以当小行会的会长询问月下独白退款赔偿事宜时，月下独白忍不住问道："任务内容上已经显示失败了吗？"

"呃，还没有。"

"那你还想不想完成它？"

"当然。"

"那么我们再召集人手帮你做一次，价钱还是原来谈好的，如何？"

小行会方面当然是求之不得了，连声答应。

月下独白在佣兵频道里进行了汇报。一听对手有雇佣公子精英团，黑手佣兵团的成员纷纷报名要参加此次行动。一支队伍重新在云端城内组织起来。

月下独白赶到北城门时，已经看到佣兵团的同伴们在门下扎堆聊天，一看到他连忙上来招呼，打听这个"千里一醉"到底有多厉害。

一提这事月下独白就憋屈！网间传闻千里一醉是秒杀法师，法术攻击如何如何彪悍，结果对付他们4人时，只用了一个瞬间移动，然后雷死盗贼的时候显示了一下他的高法伤。而他和那法师，竟然是被顾飞硬生生拿刀给砍死的。

但不管怎样，传闻中千里一醉的两大缺陷此时已经证实：

一、法力少；

二、法术发动慢。

这两大缺陷对于一个法师来说是致命的，结果这家伙居然好好的混到现在，还被誉为云端城第一强人。所有人的脑子都觉得有点不够用了。

"来，大家合计一下吧！"月下独白召集众人出谋划策。

"这有什么难的？法术发动慢，那就是容易躲，他法力又少，当然是引他放法，三两下耗尽法力。他法术伤害再高又能有什么用？"有人不屑道。

这的确是一个正确的思路，月下独白等4人在山谷中也是实施的这个战略，只是没想到顾飞近身战还那么彪悍。不过月下独白觉得主要就坏在这个"没想到"上，如果早有准备也不至于那么狼狈，此时己方再添人手，拿下他应该完全不成问题。

此时那小行会的会长带着几个人也赶到了北城门，一看黑手佣兵团这阵势，怯生生地问了句是不是还得加钱。

"当然不用，之前是我们对对手实力估计不足，害你们也受了损失，我们应该抱歉才对。"月下独白说。

"你的任务里有没有提示他们的坐标？"月下独白询问小行会的人。

小行会会长看过自己的任务栏后，摇了摇头："还是只有任务发布时，显示的云霞山谷那个谷口的坐标，只说了他们会从那里押解犯人回云端城。"

"虽然北城门是距离那方向最近的路，但他们也不一定会这么走。"月下独白皱眉。

“知道他们押送回云端城哪里吗？我们可以守株待兔。”有人提议。

结果小行会的人摇了摇头：“只说是云端城。”

“这样！”月下独白连指了数个人，都是速度占优的职业：“你们从东、西、北三个门出去，选不同路线朝云霞山谷的这个坐标方向前进。找到他们并判断一下走向，然后我们再去路上埋伏阻击。”

“是什么样的队伍？”有人问。

月下独白略一沉吟，轻松总结出那队人的特点：“一个大人和一堆小孩。”

“哦！”众人应声，立刻整装出发。

如此等了数分钟，前方派出去的探子终于来报：“看到一队玩家，就是从山谷方向朝北城门来的。”

“是不是一个大人一堆小孩？”月下独白问道。

“还太远，看不清，等我接近一些。”探子回报，“不过，这队还真是整齐啊！这帮家伙是干什么的？”

“没错，就是他们！不要再靠近了，盯好他们，不要被发觉。”月下独白对探子发令完毕，一招眼前众兄弟，“来了，出发吧！”

前方探子不断地汇报着终极三班前进的坐标，眼看接近，月下独白将全员分成三支，一左一右一中，呈扇形从三方向齐头并进。处于中间的月下独白，已经可以看到前方的对手了。

这终极三班列队齐走，时不时还高喊口令踢正步，搞得一片尘土飞扬，那便是他们来了的信号。

“先找到千里一醉，弓箭手们准备，直接秒杀。”月下独白指挥着。弓箭手们各自深藏阵中，弯弓搭箭，瞪着鹰眼在学生阵中寻找目标。

黑色法袍，暗紫色长剑！

这是千里一醉的装束，但看来看去，这学生队中根本没有这样打扮的人，一水的衣衫褴褛，一水的孩子脸。目标在哪儿呢？

“没有目标！”弓箭手们纷纷回报。

月下独白带着队伍又朝前行进了一段距离，已和终极三班打了照面，月下独白霎时肯定没有找错人。这队列是眼熟的，几个小子正望着他眉开眼笑呢！

“上当了！”月下独白猛然醒悟，再细瞧对方队列，果然并没有那个被缚的强盗头目。对方早已料到他们会卷土重来，以大队人马吸引他们的注意力，三两个人带着那强盗头目不知绕到什么方向去了。

“目标不在这边！”月下独白连忙在佣兵频道里吆喝，之前那些负责当探子的玩家们，此时也正朝这方向奔来，都是想一睹秒杀法师的风采。

“快朝城门方向赶，四个门都去人！目标人物大概两到三位，押送着强盗头目。”月下独白喊着，同时也私聊了小行会的人，让他们也派出人手，想办法找到千里一醉那几人的踪迹再说。

学生们则笑盈盈地晃到了月下独白跟前：“老师有话带给你。”

“老师？千里一醉？”月下独白有些蒙。

“嗯，老师说，说好了对抗赛里见，那就对抗赛里见！”

“混蛋！”月下独白气短，望着眼前这队小孩，真有心把他们全给屠了。

得意洋洋和月下独白对话的正是阿发这小子，小孩子是一点都没有成年人的那种谦虚谨慎，此时心下得意，脸上也很得意，看得月下独白着实不爽。

“你也替我转告他，不见不散。”月下独白咬牙说。

“好的，拜拜！”阿发朝月下独白一挥手，众学生嘻嘻哈哈地去了。月下独白目送着这帮孩子离去，手里的法杖快拧成麻花了。同伴们理解他的心意，纷纷上来表示慰问。

“还不到最后，别急着放弃。对方绕了远道，或许没这么快进城，我们快点去城门或许还来得及。”有人建议。

“嗯，说的是！”月下独白重新组织，分派人手迅速赶往数个城门，同时又在佣兵团里呼吁有空的来帮个手。可是此时正是晚间游戏高峰时期，团里的人大多都在任务中，能来的刚才都已经到的差不多了，这呼叫实在没补充到什么人手。

兵贵神速，此时三个方向都先去了速度型职业。月下独白心里着实有点忐忑，本方一共就20多人，抽调了当中的速度型职业，然后再兵分三路，每个方向也只有三四个人，这是不是千里一醉的对手，月下独白不敢轻下结论。

“大家都当心点！”月下独白只能如此提醒。

“安啦！这么多人还收拾不了他一个？”

“他的近身战也很厉害，大家别大意。”月下独白心有余悸地道。

“是吗？那我们到要见识见识！”

众人不以为然的心态让月下独白有些着急，偏偏他用言语也无法说清楚顾飞近身战是怎么个厉害法。此时他心中已有不详的预感，却也只能说几句“当心”之类苍白的提示。

“东门已经到位！没发现。”

“西门已经到位！没发现。”

“南门已经到位！没发现。”

从城门外绕走的话，南门当然是最远的。但此时几人没这必要，直接从北门进，穿城抵达南门，距离和东西两门倒也相差无几。

三路人手都已经到位，一路过来没有任何发现，此时只能守株待兔。

且说西门这边，快速赶来的是两个盗贼两个弓箭手。到了门下，两个盗贼立刻进入潜行状态藏好，两个弓箭手一个晋职了神射手，另一个则是潜伏者，潜伏者拥有陷阱技能，于是偷偷在门外安置了一个陷阱。

其实在门内安置陷阱更加必经之路一些，但是这家伙的陷阱水平还低，设出的陷阱非常夺人眼球。门内就是石板路，上面丢个大夹子白痴才会踩上。门外的话总算稍好些，技术水平没法掩藏陷阱，咱可以手动操作。那潜伏者在门外挖了个小土坑，将陷阱夹放入，然后细细地撒上了些泥土掩盖，不是细心留意的话，还真看不出来。

这刚刚弄好，那瞪着鹰眼远目的神射手已经一推他，同时招呼两个盗贼："那个好像就是！"

云端城城墙根下，有几人贴着墙根飞速而来。头前一个穿的正是一身黑色法师长袍，形象与传说中的千里一醉很是吻合。让潜伏者心里不平衡的是，他这陷阱设置在了门外正中，如今顾飞他们从墙根下过来，到了门就右转，怎么可能跑到正中去踩他的陷阱？

"盗贼先上吧？正好他迎面过来，直接给他一刀。"顾飞过来还有点距离，几人连忙商量着战术，不巧月下独白此时又来了条消息："盗贼们注意着点，那家伙很可能是反潜行的装备！"

4个家伙这才反应过来他们发现了顾飞等人还没来得及向组织上汇报，连忙先说了一声。而顾飞有反潜行的话，刚才的战术当然不可用了。

虽然听闻顾飞有反潜行，但2个盗贼还是保持了潜行的状态，4人纷纷退到了陷阱后方，朝顾飞虎视眈眈。

顾飞远远跑来就看到西城门这里有人行为鬼祟，猜测很可能是对付他们的人，心里暗叹他们来的倒真是快。顾飞身后负责抬着强盗头目的已经从2个缓慢的战士学生换成盗贼学生了，但移动也没能快多少，毕竟抬人那也是负重。

再近一些时，顾飞也发觉对方并不只是2个弓箭手，还有2个盗贼潜行在此，也是注意着自己，于是就更加肯定他们的来意了。而看那2个弓箭手的眼神，他们似乎也丝毫不掩饰这一点。

顾飞微微一笑，回头对2个学生道："你们慢些走。"说罢全力冲刺，速度迅速飙起，猛然间就朝那4个家伙冲了过来。

"看，他来了！"那潜伏者激动极了，"退后，让他踩陷阱！"那3人各朝后退了两步，2个弓箭手一起弯弓搭箭，瞄着顾飞准备射击。

"嗖嗖"，两箭一同射出，与此同时顾飞突然出现在4人面前，那箭反倒去了他身后。

"哎呀，是瞬间移动，忘了！"那潜伏者懊恼地大叫。2个盗贼连忙一左一右跟上夹击顾飞。

"双炎闪！闪！"顾飞一声暴喝，右手一翻反手握剑，倒提着斜立身侧，与此同时，身子已经开始自右向左旋转。一道火龙由顾飞的转身带出，180度旋转后，4道白光在顾飞身后璀璨地亮起。顾飞右手一插把剑塞回口袋，朝2个学生一招手："快，继续前进！"

黑手佣兵团的频道里又爆炸了：,4名壮烈的玩家喋喋不休地争论着，指责着对方的不是。最终矛头一齐指向了那可怜的潜伏者："非要等他踩陷阱！踩个甚！"

一片埋怨声中，黑手佣兵团有人已经匆匆朝西门方向赶去。但此时哪里还来得及，顾飞3人一入云端城就直奔地牢方向，城中街道交错，路线多如牛毛，在不知去向何处的情况下怎么可能发现得了？更何况此时黑手佣兵团人手有限，见识顾飞之强后再不敢随意分兵，在城中乱七八糟地搜寻了一番，终于小行会方面传来噩耗：任务已经宣布结束！

"哦！"候在北城门的终极三班的学生们此时也收到系统消息，双向任务完成后的丰厚经验奖励瞬间发布到每个人身上，不少人当场就升了一级，白光阵阵，让此时离他们不远，同在等候消息的小行会竞争对手们艳羡不已。

除了经验，还有些许物品奖励，也是胡乱地一阵分配。由于装备是无视职业所需的乱发，学生们和谐地相互询问、交换，闹得那边小行会的家伙们又是一通口水。

月下独白此时那个怒啊！黑着脸回到北城门这边。任务失败，他们的雇佣任务当然也失败，在佣兵大楼的佣兵团排名上，在失败次数里被系统无情地添加了一个1，零失败佣兵团神话就此宣告破灭。

此外还有黑手佣兵团自己立的赔偿条款，月下独白退了定金不说，又把本次任务成功后应支付的费用如数给了小行会。

如此一来，学生们任务完成，有经验，有装备。

小行会任务虽失败，但最终却是赚了笔钱，也算安慰。

最郁闷的当然是黑手佣兵团，数名成员掉级，赔钱，破了纪录。佣兵频道此时一片骚动，团长黑色食指言语间也流露出了极大的不满。月下独白作为本次任务的负责人，没能完成组织上交代下来的任务，搞出一大堆的损失，难辞其咎。

"千里一醉！"月下独白这正咬牙切齿呢，结果就这么巧，顾飞也带着那俩学生到了北城门下，他是准备再给学生们发放一次装备了。

"哟，都在呢！"顾飞发现月下独白此时还蹲在这儿，很是意外。此时任务已经结束，这帮家伙还有什么企图吗？顾飞下意识地做好了战斗准备。

"老师，老师！"学生们看到顾飞回来了，纷纷围了上去，显摆着新得的装备。

"嗯，不错不错！来来来，跟我到这边来，还有！"顾飞说着带学生们朝仓库那边走去，看着月下独白似乎没有要动手的意思，心里挺失望。

仓库里积攒着顾飞从0级练到40级时一路打到的装备，有低有高，有好有坏，此时一股脑儿地拿出来抛到地上。学生们鬼叫着疯抢，好似过年一般，弄得其他要来仓库的玩家瞠目结舌，以为遇上了打劫的，个个不敢上前。

“不要乱，先站好队！”顾飞喝止了学生们这种没纪律的行为。

学生排好了队，顾飞指了几人出来把装备先按职业分了类，而后阿发提议刚才任务奖励中没得到装备的优先，也得到了大家的一致响应。学生们逐一上前挑选装备。学生们的等级有过30的，也有刚进游戏的新人，顾飞这堆装备到最后物尽其用，让他欣慰不已。

“老师你真是太帅了！”学生们由衷地赞叹着。

在学生的声声赞叹中顾飞看了看时间，一盆冷水泼出去：“好了，不早了，都收拾收拾下线吧！”

“还早啊，才9点多！”学生们疑惑道。

“9点多还早？今天的功课都温习了吗？明天的功课都预习了吗？作业是不是都做完了，做完了有没有再检查一遍？下线下线，学生要以学习为主，知道吗？”顾飞威严道。

学生们郁闷啊！却又不敢忤逆老师的意思，虽然只是体育老师，但万一下节课让你跑8圈，这谁受得了，学生们意兴阑珊地朝下线安全区去了，当中也有个别耍滑头的，看顾飞没有继续盯着，出了街道就跑别处玩去了，结果不大一会儿，顾飞的消息就已经追过来了：“怎么还没下线？想跑10圈啊！”

几个滑头学生一阵哀嚎。早知不和老师加好友了，在线不在线一望便知。就算隐身，也有更新资料等手段查知你是否在线。

跑得了和尚跑不了庙，几个想偷偷再玩一会儿的学生百般无奈地下了线。

顾飞看到学生们的名字一个个地暗了下来，又用更新资料的方式检查了一遍，欣慰地点了点头。如此看来，有个老师在游戏中监督着学生们和谐健康地游戏，也不失为一个好办法嘛！

顾飞想着，奔着通缉任务处就去了，此时身上10多点的PK值，洗洗才健康。

PK通缉榜上赫然一个5点Pk值的家伙独占鳌头，这让顾飞欣喜不已。毫不犹豫地接了任务，顾飞立刻奔着任务坐标去了。从位置上来看是在城外，这种情况一般是和人在组队练级，既没有浪费时间，而且还处在一圈朋友的保护当中，两全其美。对于做通缉任务的人来说却是个麻烦。

而顾飞则是担心这目标的伙伴太够义气，纠缠不清，最后导致顾飞的PK值不降反升，这种情况并不是没有发生过，一次通缉任务回来，消1点涨3点，多半就是目标的伙伴非要和顾飞一决生死。

此时多想无用，顾飞细心收拾了一下装备，补满生命和法力，朝着坐标方向出发了。

出了城门一路向南，一步一步地接近，顾飞根据当前坐标估算了一下，已知对方所在的大致范围，竟是一个顾飞尚未去过的地方。

说起来，顾飞刷怪练级要越20级，做通缉任务走遍云端城周边，基本只有他去过别人没去过的地方，如此这种连他都从未踏足过的领域只有一种可能：比60级还要高的练功区。

顾飞心下激动，好久没遇到高手了！如今通缉任务总是撞些30级以下的新手，40级的大侠们都好像金盆洗手了一般，今天这位不知是哪位好汉，居然能越更高的级打怪练级？真称得上是云端城少有的爷们儿啊。

顾飞朝着坐标前进，周围景物逐渐陌生，沿着大道从两座山丘前穿过后，眼前豁然开朗。宁静的静畔，茂密的树林，和谐的村庄，系统提示此处名为索云村。

索云村！经常查找练功区资料，寻找下一等级刷怪区域的顾飞，无意间看到过这个地名。

这个村子和月夜城外的夜光村有一个极大的相同之处：两村都盛产狼人。

但不同的是，夜光村的狼人是像人类一样和谐生活，属任务。

而索云村的狼人则处在原生态，穷凶极恶，方便玩家无情地猎杀它，属练级NPC。

这里，是属于70级的练级区。

20 狼人村

居然有能越30级打怪的家伙，不知对方是一个团队还是个人。如果是个人的话，顾飞真要深表佩服一下。但是转念又一想，云端城排得上号的高手自己似乎都打过交道，看不出这当中有谁具备越30级打怪的能力啊！

细腰舞？漂流？这两位五小强中的大侠当然是可能性最高的，而这两个也非常容易证实，顾飞一人发了一条消息过去，开门见山，直截了当："身上有PK值吗？"

大侠就是大侠，PK值就好像他们的第十件装备一样，两人一致回答："有。"

顾飞立时警觉："几点？"

漂流老实回答就一点，细腰舞姑娘天性，回答完一点后继续追问："干什么？"

"洗PK，怕领到熟人。"顾飞回答。

"切，敢领我就把你收割了。"细腰舞回道。

顾飞也不和她争辩，为了以防万一，又在佣兵频道里吆喝了一声。韩家公子号称是从来不沾PK值的主，和他提一下PK值就好像会让他染上绝症一般，在频道里"呸"了一声就没音了。其他几个纷纷表示没有PK值。

高手们对此也不多问，因为这不是顾飞第一次发布这样的问题。自从发生御天神鸣误领顾飞事件后，顾飞通缉任务前都会和哥几个招呼一声。提示大家有PK值的赶紧洗掉，不然真那么巧领到，谁配合谁的工作是个难题。

此时确信了这个越30级的绝世高手并非自己朋友，顾飞满怀斗志地朝村落走去。那边树林间顾飞已经依稀可见几个狼人的身影时隐时现。平行世界到底是个魔幻背景的游戏，少不了这些个恐怖可怕的魔物。但由于是全息模拟，让玩家真的面对张着血盆大口的各类怪兽恐怕需要一定的心理承受能力。

设计人员一致认为需要给玩家一个循序渐进的过程。因此怪物等级由低到高是逐步向魔幻怪兽进化的。简单来说，平行世界里怪物的等级看长相就八九不离十，越高级的长得越是丑陋恐怖。狼人这生物经常成为惊悚片的主角，被排到了70这个等级，可见设计人员的良苦用心了。

顾飞距离树林间的狼人尚远，不足以引起它们关注。此时再看了一次坐标，对方所处的位置应该是在村子里无疑。村前一片安静的湖泊，一座大木桥横跨其上，将从山道口进来的人引入村内。

顾飞上桥朝村子走去。不想行过大半，忽然不知从哪里转出两个狼人，在桥头晃晃悠悠地散步。

狼人，顾飞曾在月夜城外夜光村的教堂有过一次交手，虽然很短暂，但顾飞明显不是对手。如果不是达成任务条件让狼人跑路，当日就该死在狼人爪下了。

眼前这些都是练级区的NPC，当然不会伤到就跑，如此缠斗的话。虽然如今的顾飞比当初又高过了10级，却依然知道自己不是对手。顾飞在游戏里所向无敌，仰仗的是反应和速度，偏生这两项也是狼人的强项。顾飞回忆当日狼人的实力，已经可以做出准确评估，如果有信心挑战的话，他早就跑这里练级来了。

而且顾飞考虑的还只是单挑的情况，眼下是有2个狼人堵在桥头，那就更别说了。顾飞站在桥中等了良久，却不见这2只畜牲有离开的意思。无奈顾飞只得退去，走不了桥，只能沿湖岸绕道而行，也能进得了村子。,

返回桥的另一头，顾飞为图省事也不走正道了，直接从桥上跳到下方湖岸边。这刚一落地，就听身后“嗷”地一声叫。顾飞闪身朝旁一跃，再一回头，已见一狼人从桥下跃出，恶狠狠地朝顾飞扑来。

这狼人不知如何漫步到了桥下，顾飞上桥时被桥身挡住目光，自然不知，此时从桥旁飞身跃下，迅速进入了狼人的攻击范围，毫不犹豫地朝顾飞发动了攻击。

顾飞倒也没显慌乱，狼人再度扑来时，他已经飞快一句吟唱退开了5米。狼人一爪再度扑空，龇牙咧嘴地继续追来。

原本拉开这5米距离就准备跑路的顾飞，在正面看到这狼人的身手后忽然心念一动，不退反进，手持暗夜流光剑，迎面就是一记“双炎闪”。

火焰燎烧着狼人皮毛，这家伙吼叫着更显凶态，只是身手却还是那副模样，顾飞闪避，还击，竟也未显下风。这狼人的速度只比他略快一些，这是顾飞在看到它身手后，留下来和它一搏的原因。不过心下也在奇怪，这狼人和当初在夜光村交手的那狼人身手，无论力量还是速度上，都不可同日而语。

顾飞却是忘了，当初他任务链中所交手的狼人，并不是普通狼人。阿德里安是使用狼王之齿变身，变成的是狼人领主。虽然实力还是不能和纯种狼王相提并论，但也绝不是这普通狼人所能比肩的。顾飞把它当作狼人来衡量，自然是把狼人的实力给高看了。这是顾飞不留意游戏设定的又一次纰漏。

虽然身手上不落下风，但这狼人的防御和生命却也着实可怕。顾飞最强杀着“双炎闪”已经连放3记，他甚至已经闻到狼人皮毛烧焦发糊的味道，这狼人的身手却丝毫不软，继续吼叫连连，朝着顾飞又是撕又是咬，口水从嘴间滑落，唾沫星子时不时飞溅，好不恶心。顾飞也无可奈何，此时想用瞬间移动拉开距离都已经不能，只能继续耐着性子和狼人周旋。

如此继续下去，狼人不但丝毫不露败相，反而之前被“双炎闪”灼伤的伤口逐渐恢复，那股子烧烤味也渐渐闻不到了。

这是……狼人的再生!

顾飞如梦初醒，难怪砍了这么久这狼人不但不死，还更见精神。不是这狼人的生命防御有多么庞大，只是因为它惊人的自愈再生能力。顾飞的暗夜流光剑不过就是70级这个等阶的装备，狼人也正好是70级的练功怪。虽然这剑是极品，但顾飞不加智力不加力量，只靠装备而来的攻击，无论如何在70级的狼人面前都不可能是令玩家感到恐慌的“变态级”。3记“双炎闪”没能秒杀，之后暗夜流光剑这点顾飞因系数问题还没能全激活的物理攻击真的算不上什么。“砍掉的血还没它回得多”，这种最无奈的事情终于让顾飞撞上了。这种情况，打又打不死，跑又没机会，换作其他人只能等着被怪拖死。可惜眼下狼人遇到的是顾飞，完成过夜光村狼人任务链的他，偏偏就有着克制狼人的武器：神圣的炎之洗礼。

炎之洗礼本身是30级都不到的落伍兵器，像它这样附法攻击的武器，当然也还有更高水平的。顾飞一直没把他淘汰，不过就是因为它在任务中受到过村长大人的洗礼，成了“神圣的”，拥有了特别的“阻止再生”。

平时这功能完全没用，但遇到狼人，却是不折不扣的克星。

顾飞反应过来时，立刻飞速收起暗夜流光剑，拔出了炎之洗礼。

炎之洗礼在狼人面前展现出了势如破竹的气势，一刀划出去立刻在狼人身上留下一道伤口，看起来也像灼伤，但灼伤当中隐隐散着银光，比火烧出来的伤口璀璨多了。接着附法攻击再在这道伤口上燃起一把火，烧烤味比之前更加浓郁。狼人显然受到比之前大得多的痛苦，叫声都更加凄厉了。

顾飞丝毫不见手软，一刀紧似一刀，没过多久，就把这狼人撂倒在地。

顾飞长出了口气。原来这狼人也不见得有多强，主要是不得其法。看狼人的再生速度，就算是70级的玩家来此练级，没有克制的法子的话，恐怕也是件不小的麻烦事。

不过说起来，这经验倒也真不是盖的，不愧是越30级打怪。顾飞此时信心满满，补充了一下生命法力后，重新上桥，朝桥头的那2头狼人淡定地走去。

平行世界运营部门，监察组的伙计们也正开心地朝叶小五宣布：“叶总啊，你总关注的那个家伙，今天越30级把狼人干掉了。”

从监察组的角度来说，顾飞的操作没有任何违规。不过这家伙把叶小五这个设计人员弄得无奈又茫然，还真是有趣。

顾飞越30级打怪，叶小五多少已经有些预知性了。因为70级怪物中的狼人，最大的强势就在这个再生能力上，而顾飞早在那任务链中就获得了克制再生能力的武器，又偏生他的全敏加点方式导致在速度上不比70级狼人差多少。可以说顾飞就是不折不扣的狼人克星，他到今天才去找狼人麻烦，叶小五还觉得有些意外呢！

监察组的同事们看这次的事件居然没让他们看到玩家千里一醉带给叶小五的经典表情，都讪讪地继续工作去了。叶小五也实在无奈，只能暗自庆幸这千里一醉似乎不是个网游狂，否则拿出那种职业玩家一天10多个小时的在线劲头，他这又越级又有效率的，至少可以把其他玩家甩个5级。

话回游戏。

顾飞信心十足地重新上桥，那两头狼人还在另一端的桥头傻戳着，顾飞评估了一下觉得自己应付两个也是勉强可以的，虽然需要更高度地集中精神，更细致地出手，但这样也更有意思嘛！

当下也没想什么逐个击破的法子，顾飞直接拎着炎之洗礼迎面扑上，和两头狼人在桥头展开激斗。其间顾飞还搞了实验：炎之洗礼那一刀下去无法恢复的伤口引起了他的关注。他试着将暗夜流光剑的攻击也落到了这伤口。结果取得了可喜的成就。这种伤口上撒盐的攻击狼人同样无法再生，而且连防御力都变得很孱弱。顾飞吟唱着双炎闪，暗夜流光剑的物法双击一起爆发，狼人的叫声前所未有的凄厉。

不过这活嘴上说说容易，实际上想将攻击准确命中在这么一个狭小的刀伤上并不是件容易事。要知道狼人的速度尚在顾飞之上，顾飞用这种法子打倒两头狼人，比起直接用炎之洗礼砍更加低效。

这让顾飞感受到了前所未见的挑战性，继续执着地用此法子向狼人攻击。

NPC毕竟是NPC，在猎杀了数只后，顾飞渐渐掌握了狼人的攻击套路。在一切变得可预见后，灭杀狼人对于顾飞来说难度就大大降低了。

精神变得远不如之前那么集中后，追风纹章的坐标刷新提示终于惊醒了顾飞，他回忆起他是为什么到这儿来的，连忙打开纹章提示看了看，坐标相较之前有了些许移动，不过依然还在村子的范围中。顾飞连忙放翻手头的狼人后，开始继续奔着坐标去了。

索云村的建筑布局和游戏中的一般村落没什么区别。只是因为成了狼人的巢穴，一切都显得衰败寥落，村中杂草丛生，枯木成群，显露着一股子暗黑腐朽的气息。

终于，追风纹章刷出的坐标，距离顾飞只有一墙之隔了，顾飞平复了一下情绪，把生命法力补充了一下，又细细观察了一下周围，确定自己不会受狼人骚扰后缓缓走了过去。

刚转过墙头。就见1人半个身子一晃从前方不远的墙角处消失，顾飞连忙快步追上。但见这片地区既无狼人的身影，地上也没有被杀狼人的尸体，顾飞心下稍有些疑惑，但脚下未停。到那墙角伸脖一看，已见一个人的背影，顾飞连忙迈步冲出，忽然脚下一紧，身子立时僵住。

那背影已经缓缓转过身来，望着顾飞龇牙一笑。

“原来是你……”顾飞说。

“呵呵，真难得，还记得我。”对方笑。

顾飞怎么会不记得。

残梦死，除去不笑，这是顾飞正式追杀的第2人，为的就是夺回剑鬼的霜之回忆。

这人据悉是某专爆人装备的垃圾集团的一份子，当日原本顾飞也是被他们盯上的目标。只是出了剑鬼那档子事后，反被顾飞给逆袭了。那之后，顾飞一直盼着这伙不良份子来踊跃报复自己一下，却再无音讯，连爆人装备的行径都消沉了许多，远不如刚涌现那时勤奋。剑鬼找这伙人有些时间了，却一直没有什么发现。

这边残梦死还没答话呢，从另一端墙头后接连奔出数人，头前一人直吆喝：“快动手啊！废话什么呢！”

他旁边一人得意道：“不慌，我现在这一身附加捕猎陷阱效果的装备，时间长达54秒，说话快点，多聊几句没问题。”

“陷阱如果踩不中，弄这么长时间有屁用？”同伴鄙视他。

“问题是他踩中了，不是吗？”此人继续得意，同时向大家宣布：“还有37秒！”

“真猛！狼人都干不掉你，不过现在你也没辙了吧！”残梦死冷笑着。虽然尚有30来秒的说话时间，但夜长梦多可是无数先辈的遗训。残梦死的目的是杀死顾飞掉级，是爆出顾飞的装备，绝不是和顾飞聊天。

此时顾飞身上10多点的PK值，死亡会直接掉3级，而且PK值这种东西向来和被爆装备的机率是息息相关的。顾飞这个指数，爆起装备来一定很华丽。专干杀人越货勾当的残梦死一行人，对这个情况自然是相当熟悉，今天这个机会，可说是他们梦寐以求的。

“去死吧！”残梦死狞笑着，就等弟兄们出手，把顾飞爆个花开满地了。谁知顾飞从容地一笑，抬剑一指道：“瞬间移动，动！”

“哈哈哈，瞬……”那埋下陷阱的潜伏者放声大笑着。瞬间移动虽是最牛的移动技能，但这技能是会被“捕猎陷阱”封锁的，哪里可以移得掉？

谁想只吐了这一个字，顾飞已经一闪到了某人的身后，一剑横在了他的脖颈处，另一手轻轻拍了拍他道：“你说得很对，陷阱不踩中的话，一点作用都没有！”

“什么？”众人都是大惊，再朝那墙角望去，原本被人工埋置在土中的“捕猎陷阱”已经破土而出，难道在陷阱弹出的一瞬，他竟然避开了吗？

这是何等反应啊！众人惊诧不已。

陷阱被埋土中，这种掩盖是玩家自己所为，多少降低了陷阱弹出的速率，再加上顾飞的反应也的确远超常人，这才在一瞬间堪堪避过。

众人纷纷怒斥顾飞卑鄙，明明没中陷阱还装模作样。

顾飞哈哈一笑："再卑鄙也比不了你们啊！"说着双炎闪一闪，已把剑架脖子上的这位干掉，其余几位都是和顾飞有过交手经历的，此时纷纷想着保存革命火种，几个人分开跑向了几个方向。

顾飞没想到这些人根本不和他动手就逃之夭夭，只能抬手一雷干掉了一个血少的，再转头提剑追向了残梦死。

残梦死身为一个盗贼，用了疾行后速度还是很给力的，但顾飞一身极端加点，穿的鞋也比普通人强得多，这速度也没输给他，快步赶上，紧盯着残梦死的背影。

残梦死自己苦无良策，接连发着消息向其他兄弟们求救。

这帮弟兄在顾飞要大杀四方时非常默契地四分五裂了，再观察到顾飞对准残梦死杀去，他们这些个人就又非常团结地走到一起了。此时不用残梦死说，自然也要帮他设计对策。

虽然人多，但他们并没有围殴顾飞的勇气，只是刚才的事件却给了他们些许提示。

村中某片空地上，数人各自选了个方位站定，并预先看好了退路。他们准备一律使用远程攻击，一击不成，各找退路闪人。这样就算顾飞逆袭，却和之前一样只能选择一个目标。

如此安排不过数秒钟的事。几人商议定后已经通知了残梦死此空地的坐标以及该从何处进入，一边说着一边各自站位去了。

那潜伏者也没闲着，又在可能的路线上设了个陷阱，并把陷阱坐标通知了残梦死，免得他先一步把陷阱给踩暴了。

残梦死收到消息立刻朝此间奔来。如此空地渐近，冲出这条破落的胡同就是和同志们约定会师的地点了。此时残梦的疾行已经结束，但胜利就在眼前，残梦死如狼人一般"嗷嗷"嚎叫着，进行着最后的冲刺，撞线的一瞬间，他轻盈地跨出了一大步。这一步跨出了胡同，同时也迈过了安置在这出口处的陷阱。

落地，四下一瞄，不见兄弟们的所在。

但残梦死心知众人只是藏得够深，这样发动突袭才更有突然性。当下也不吱声，继续假装慌张地朝前跑。

"来了！"藏身暗处的残梦死同伴看到他冲出胡同，心中默道。

"准备了……"只要胡同口再出人，就是他们要发动攻击的时刻了。

"攻击！"

胡同口忽然窜出一人，众人紧绷了很久的神经像松开的弓弦。各种攻击方式在第一时间已经准确放出——法师的范围法术，弓箭手们的射击，就是战士盗贼也采出投掷的方式扔出了可以造成伤害的家伙。

众人更是早就在提防一波攻击不足以让顾飞扑街，一次攻击发放那2次攻击也是流利无比地释放了下去。结果……

“啊！”

惊叫声，却并非来自胡同口，而且这叫声是那么的熟悉。众人转头朝声音处望去——惊叫的是残梦死，在他面前拎剑指着他的，赫然是顾飞。

“怎么回事！”众人一怔，再回头望向胡同口。

法师点起的火焰犹自在燃烧，弓箭手、战士等人做出的攻击也没有落空，此时的胡同口，熙熙攘攘地钻出一堆子狼人。

“这是怎么回事？”众人一起开始惊叫。

而系统无赖的地方在这个时候也充分暴露了。就算是顾飞这等高手，突然遭到如此多点攻击，也断然不可能瞬间判断出某个攻击是来自某处，但系统却偏偏就是知道，它甚至连个寻找的过程都没有。

被箭射中的狼人，毫不迟疑地朝弓箭手的藏身处扑去。

被战士砸中的狼人，也朝着他蹲的角落来了。

最惨的是法师，不知后面胡同里还挤着多少狼人，总之全被他的范围法术袭击到，出来一头就冲向他一头，法师瞬间石化了，连逃跑的勇气都没有了。

那做陷阱的兄弟也不好过，一方向他作为弓箭手做出了攻击，另一方面，他的陷阱也把狼人给设计了。但他区区40级的陷阱，面对70级的狼人，陷阱弹出来的同时也被狼人给踩碎了，虽如此，却也算是他发动的攻击，后果很严重。

这一幕连顾飞都有些始料不及。

他并不知道这残梦死在逃跑过程中居然又设下圈套，他的瞬间移动在较早时已经冷却结束，只是因为残梦死和他的距离在5米开外，需要发动也追不上，所以他一直没用。只等残梦死的疾行消失，自己追近距离到5米以内，再一个瞬移给他惊喜。

残梦死冲出胡同杀上空地时，早没了疾行，两人距离已在逼近，他又因为要引诱顾飞。在出了胡同后还故意把脚步放慢了些许，于是顾飞一个瞬移就飞到了他身前。

至于那大片的狼人……

顾飞也不想的，可怜他只是打架强悍，游戏知识直逼弱智。比如狼人的攻击范围是多少，残梦死知道，顾飞却不知道。

如果这狼人是傻戳着不动，那顾飞追着他的步点到也可以躲过，偏偏这狼人活泼好动，残梦死堪堪躲着狼人的攻击范围过去了，顾飞却引了一屁股的狼人过来。

狼人的速度比顾飞还略快一点。这一路上，残梦死逐渐被顾飞逼近，而顾飞却是在被大群狼人逼近。只是他砍掉残梦死的念头甚是坚定，就等着使用瞬移追上残梦死的同时也与狼人甩开距离，所以并没有如何慌张。只是此刻的景象，却让顾飞不得不深刻检讨一下。当真是太大意了！

如不是正巧在胡同里就用了瞬移飞出来，再多跑这么几步，这么多攻击恐怕就是招呼向自己了。

真的好险！

顾飞心下检讨，但眼前的景象却让他禁不住莞尔。

原本只是系统安排尾随顾飞的狼人叫这帮家伙一招惹，一下子全部转移目标。小小空地，霎时成了狼人的犯罪现场。

好些个连顾飞都不知藏于何处的家伙，在狼人的追杀下一个个跳出来。现场一片哭天抹泪，那法师最惨，被数只狼人紧紧包围，最后心下一狠，一个法术砸到自己头上，把自己干掉了……这狼人又是撕又是咬的，谁知道死后有没有个全尸啊？

其他家伙也没见什么好下场——这些人当然没有挑战狼人的实力，又没狼人快，想跑的几步就被追上。有个盗贼用了疾行后溜得甚快，只是跑时光注意了身后没注意前面，又引了数只狼人注意，如此带着几只狼人渐行渐远，当疾行效果消失后……

不消片刻，残梦死的兄弟已经全数被狼人干掉，他和顾飞此时反在狼人的仇恨范围外，相对比较安全。

残梦死这次再没什么念想了，只等顾飞给个痛快。顾飞叹了口气道："算了，放过你吧！"

残梦死正瞪大了眼，只听得顾飞道："和你的兄弟们一起去吧！"说着蹬起一脚，残梦死失了平衡连连退去，正被一狼人抱在怀里……

平行世界还是很和谐的世界。

虽然狼人的样子被弄得凶残暴虐，攻击方式更是非常之禽兽，但攻击之后的视觉效果还是很平和的——被狼人紧紧拥入怀里的残梦死也没被狼人啃得支离破碎，狼牙叨了两口后就已经送他去了，临去闪耀的白光比平时更加璀璨：残梦死被爆了。

爆装备的机率，除了有PK值和没PK值是一道很大的门槛外，PK值每多一点，这门槛还会被降低几分。

残梦死身背5点PK值，被爆也是非常容易被理解的事。残梦死临挂前已经听到了那种被爆装备的"嗖嗖"声，他们就是干这勾当的嘛，对这声音敏感又熟悉。在盗贼工会复活的残梦死立刻开始打量周身上下，结果痛哭流涕，心中懊悔已不能用言语来形容。

在这次行动前，同伴们曾提醒身背5点PK值当诱饵的他要不要把装备什么的存到仓库。但残梦死总觉得这次行动万无一失，而且就算失败，被顾飞拿下，也只是去坐牢，掉级和爆装备这种事是不会发生的。哪想横生出如此枝节，结局是被顾飞借刀杀人了。

残梦死掉出的3样装备静静地躺在地上，顾飞连忙给剑鬼去了个消息报喜。一向淡定的剑鬼一听这消息立刻来劲了：“我马上去复活点……”

顾飞心里默默替残梦死祷告了一下，因为他知道剑鬼的恒心和毅力都是不输给他的，而且剑鬼是那种把游戏当工作的家伙，他很有可能就蹲在复活点里等你一天。

更让顾飞感到遗憾的是，残梦死这次肯定是逃不掉的，顾飞这通缉任务可还挂着呢！一分钟一刷的坐标。顾飞一边任劳任怨地向剑鬼汇报着，一边等着这里的狼人散去。地上3件装备还没捡呢！这爆都爆了，不捡让系统刷去了未免太可惜。

顾飞依旧不知狼人的仇恨范围，只能耐着性子在一旁看着他们漫步。数分钟后，狼人渐行渐远，热闹一时的空地上只余下了两头狼人还在回味。顾飞拎刀冲上和两头展开肉搏，如此又折腾了数分钟，其间顾飞险些被一头狼人一爪拍飞，还好闪得够快只抓掉半截生命。面对两头狼人，还搞这高难度攻击的确太困难了，不过顾飞也硬生生坚持了下来，当第2头狼人被击倒时，又是“哗啦”一声，狼人也掉装备了。

今天运气真不错！顾飞惊讶。

玩家们等级提升的过程中，发现了一个规则：等级越高的怪，爆装备的机率越低。这70级狼人所爆出的装备，那就更是罕见了。顾飞俯身拾起一看，是把匕首。先没细看，接着又把残梦死掉的3件装备也捡了。又是匕首，还是匕首……最后终于不是匕首了，残梦死还掉了个小戒指。

顾飞无语了，这转眼的工夫，居然一连搞了3把匕首。

逐一看去，狼人掉的这把匕首直接就叫狼牙。这等高端装备上来就标注匕首系数270……可惜只是把白字装备！原来顾飞的人品爆得还是不充分。

之后残梦死的两把匕首就不寻常了，顾飞一看就大为惊叹，居然是绿字装备！

两把匕首一长一短，长的叫长诛，短的叫短叹。按下面的注释，套装的名字就叫“长诛短叹”，看起来就是一个匕首二件套。除了加点，技能栏目里有附注：“双飞乱舞”。如同顾飞的暗夜流光剑一样，对于技能，注释里一点解说都没有。

顾飞仅从攻击力上便看出这两把匕首不俗，尤其长诛，在匕首强化的属性下，伤害超越目前40级战士们常用的武器，要知道匕首因为攻速突出，所以伤害一般比同阶的其他武器都要低，极品匕首都达不到同阶普通刀斧的伤害，这匕首能超越，只能说明它也同暗夜流光剑一样是越级装备。

至于短叹，看属性便知是提升出手速度为主，顾飞拿在手里试着挥舞了下，感觉的确有更加灵便的感觉。这还是顾飞不能达到他的匕首系数，没有完全发展它属性的情况下。真不知残梦死从哪儿搞来的这么好的装备，抢的？顾飞一边疑惑，一边把战利品在佣兵频道里给大家展示了一下。

佣兵团的高手们自然个个都在，他们对装备价值的衡量比顾飞就要准确多了。瞬间，原本没人说话的佣兵频道里，一时间还是没人说话。

“人呢，没人吗？”顾飞喊。

“好强的匕首，还是套装！”佑哥先惊叹起来，“这属性，差不多得是55级的水平吧？”“嗯……”匕首专家剑鬼应了声，同时道，“坐标说下。”

“啥？”其他人茫然。

顾飞连忙奉上残梦死的坐标，刚才杀狼人赏装备，一分钟汇报一次的工作不小心中止了，剑鬼这已经抓瞎半天了。

“你俩搞什么呢？”剑鬼和顾飞就像对暗号似的，其他人茫然了。

“追杀呢！”顾飞说。

“怎么回事？”众人问道。

“就是上次爆剑鬼的家伙。叫什么来着？”顾飞连人家的名字都不记得了。“残梦死。”情报王的佑哥就不一样了，事无巨细都会整理成册。

“对，装备就是他爆出来的。”顾飞说。

“这帮家伙，杀人越货还真是挺出成绩的。”韩家公子淡淡地说。

“坐标。”剑鬼又冷嗖嗖地打了个岔。

顾飞连忙又工作。

“你现在在哪？”剑鬼问了声。

“索云村，正往回走呢。”顾飞回答。

“索云村？70级的地方，你在那儿干什么？”高手们又惊呼了。

于是顾飞非常顺应潮流地把“狼牙”发了上去。

高手们一看“狼牙”这伤害，就知这装备高端的不像话，普通一白板有这指数，绝对70阶以上。

“狼人你都解决了？越30级杀怪！”佑哥已经快吼出来了。顾飞经常越20级杀怪大家是知道的，如今没见他等级提升，咋就又突破了10级呢？

“这玩意儿正好克制狼人的再生。”顾飞把炎之洗礼发上去了，“神圣的，看到没？”一片沉默，这特殊属性他们都是第一次见。

“坐标。”剑鬼总是在气氛有点高潮的时候出来打断一下。

顾飞还没来及回答，剑鬼突然又道：“哦，不用了，我已经看到他了。”

云端城南城门下，残梦死一脸焦急的神态，似在等人。

“你在哪儿呢？当心他又找上你！”同伴在频道里说。

“我领了他的通缉任务，他的坐标现在还远着呢！”残梦死说。

“你领了他，他也领了你啊，他同样知道你在哪里！”同伴提醒。

“啊……”残梦死发现自己真的是有些脑残了。

残梦死毕竟也是经历过不少PK大场面的家伙了，此时一经同伴提示已经反应过来，想也不想立刻发动了潜行，跟着一边朝旁移动一边四下打量，看哪个像是来找自己寻仇的。

剑鬼郁闷啊！

他看到残梦死后立刻也发动了潜行准备偷袭，谁知距离不到2米时，这家伙突然也发动潜行消失了。剑鬼心中懊悔，早知不如直接一个疾行扑上来干掉，偏生已经养成了战斗以潜行偷袭为先的习惯。身为一个高手，战斗居然形成如此定式一般的思路，这真不好！剑鬼深刻检讨着自己。

不过剑鬼也并没有放弃，依然小心翼翼拿匕首刺探着，来到了方才残梦死所站的位置。

一无所获，残梦死发动潜行后立刻离开原位，他想着是提防法师的范围轰炸，因此离开那原位已经数米之远，此时正在一旁静静观察。

城门之下人来人往，每个脸上看去都透着那么一股可疑，却都没有任何迟疑地各走各路。真正可疑的剑鬼处在潜行当中，残梦死自然也是看不到的。

“怎么样了？”这边顾飞估摸着要上手的话，这会剑鬼应该已经把对方解决了，发消息表示慰问。

“跑掉了！就快捅到他时潜行了。”剑鬼无比郁闷。

顾飞听了，连忙翻出刚刷过一次的通缉坐标瞄了眼，告诉剑鬼：“没跑啊，还在那边！”

剑鬼一怔，心知顾飞是看了坐标，连忙问道：“坐标多少？”

顾飞报上坐标。

坐标不是精准的一个点，而是一个区域，从坐标也只知残梦死是在这小小的一块区域中。剑鬼朝这坐标区域一望，是城门边的墙根下，顿时把残梦死的意图也判断了个八九不离十。

这家伙想必是突然间意识到有可能被人攻击，所以潜行后躲到了一边。这家伙也真够运。自己匕首距离他可没多远了，居然就这么从死亡线上又迈开了。

在确定残梦死还没有察觉自己后，剑鬼紧握霜之回忆，继续小心翼翼地躲着身边路人朝那墙根下走去。潜行技能规定，潜行其间与其他玩家或NPC啥的稍有接触都会现出原形。

此时剑鬼已经踏入了残梦死所在的坐标范围，开始拿着霜之回忆缓缓地舞动刺探，并随时做好了一经发现立刻扑上推倒的准备。

残梦死这时的确不知剑鬼已经正在他跟前舞着匕首人工反潜行。在细细观察了下各色人等后，残梦死没发现什么可疑人士，心下觉得自己恐怕有些紧张过度了。虽如此，他也没想着要取消潜行，而且残梦死还不是原地傻站着，他知道顾飞如果想对付他的话，肯定会随时刷新他的坐标，到时对方法师一个地毯轰炸自己还得出原形，因此残梦死每过一会儿，都会换换位置。

这家伙运气倒也真不错，移动时堪堪从剑鬼地匕首尖旁1厘米划过，真是打个哆嗦就有被发现的危机。换过位后，剑鬼依然不知，瞎子过河一样继续摸着，直至顾飞再次发来最新坐标。

“这家伙！”剑鬼暗骂了句，换个方向继续摸。也好在是潜行中没人看得见，否则他这怪模怪样的盲人摸象状，真是要贻笑大方了。

残梦死已经小心到极致了，不停地四下移动着，企图拿不断变换的坐标混乱顾飞的视听。想着顾飞每刷一次自己坐标都会有变动，却始终在小范围内兜圈，却偏偏因为潜行中发现不了，不知他会是什么脸色。

残梦死想着禁不住要笑出声来，同时突然意识到一个问题：通缉任务坐标5分钟才1刷，自己换位这么勤奋干什么啊？同时他也想着，折腾了这么久，对方就算在这附近，总捉不到自己也该腻味了吧？

他的判断还是准确的，可惜却有两点他所不知道的。

第一，拥有追风纹章的顾飞，通缉坐标不是5分钟1刷，而是1分钟1刷；

第二，的确有盗贼就在他身旁，只是这盗贼的耐心和毅力，远超他的想象。

天道酬勤，不是没有道理的。

残梦死原本勤奋移动，让顾飞和剑鬼也拿他没撤，但此时突然开始偷懒，站在某地1分多钟，忽然觉得身侧好像被什么东西轻轻拂了一下。

已经失去警惕的残梦死很随意地歪着脖子瞄了眼，剑鬼的霜之回忆已经化作一抹蓝光，直奔他脖子扎来，那气势，俨然是要直接把他的脑袋剁下来。

剑鬼寻摸了他这么久，的确很有耐心，但有耐心并不意味着就一点情绪都没有。剑鬼的小宇宙早已经积蓄到了要爆发的极限，心中模拟刺杀了残梦死一百八十遍，此时一经上手，爆发出的反应速度比顾飞都要强。

那残梦死脖子上直接就被剑鬼狠狠抹了一下。当然，游戏里血腥场景不重，残梦死中了这一刀照理脖子上的大动脉都要碎了，血或喷或泼或溅总之都应该是特澎湃的，此时却只是扬了点小血花，表示此刀命中。

但就这气势，已经压得残梦死全无战意了，甩头就跑，腿下疾行流利无比。

可惜这次是剑鬼不是顾飞，疾行剑鬼比他更会，速度也比他更快，施展出来立刻如影随行般地追在他身后，朝着他猛捅。

两人上演了一出喋血街头，从城门街道的这一边跑到了那一边，残梦死洒了一路血，终于倒下了。临消失前还伸了个手，对于前方似乎充满了无限期待。剑鬼顺他伸手的方向看了眼，顿悟。那边是仓库，这家伙是想死前把东西丢进仓库，只可惜，他的速度比剑鬼慢多了。

“啧啧啧！”剑鬼一边叹息着，一边收起了残梦死爆在地上的两样装备。

21 灰暗的一天

人生中总会有灰暗的时候，对于残梦死来说，今天就很灰暗，非常灰暗。

想当初被顾飞堵在复活点里欺负，后来又追着满街跑时，残梦死以为已经很倒霉了，但和今天一比，那点鸡毛蒜皮的损失残梦死自己都不好意思说了。

因为背负PK值的关系，40级的残梦死此时已经掉到了36级；现在这等级的经验，残梦死掉1级就比当初掉的所有级损失还大。

因为背负PK值的关系，残梦死的装备已经爆出来5件，其中的长诛短叹更是非一般的极品，残梦死自己都没用过，就这么华丽丽地掉了。其他3件虽没这么珍贵，但加在一起也值数百金币。

还是因为背负PK值的关系，灰暗似乎并不会就此结束，因为只要不下线，顾飞随时知道他在何处，随时可能追杀过来。而即便是下线，残梦死想到刚才那个盗贼，那家伙不会之前一直就在自己身边摸来摸去吧？如此恒心和毅力让残梦死觉得胆寒，他发现下线，等于是更清楚地把自己的位置暴露了，那家伙一定很有耐心等自己上线。

残梦死认得剑鬼，知道他是当年叱咤游戏界的第一高手，更知道他在平行世界里是自己PK爆装备的受害者之一，他有绝对的理由把残梦死玩到死。不过，残梦死此时想得还不是如何避祸，他还在想如何设计顾飞，因为他必须要取回长诛短叹。

不是因为什么执着，只是因为他的工作。

残梦死是属于打金工作室的一员，他的游戏设备、账号，统统是由工作室老板所提供，还定期付给他薪水。而他要做的首先就是在游戏中帮老板赚钱赚钱再赚钱。PK爆人极品装备？这不过他们赚钱手段之一。

从这角度上讲，长诛短叹事实上并不属于残梦死，这都是要上缴老板，由他来决定去留的东西，越是极品值钱的东西，越是如此。

只是这次，如此极品的玩意儿儿残梦死也是第一次爆到，一时起了私心，想要从中捞点外快，所以暗中扣了下来。他自己是不敢拿着用的，只想找机会出手换钱。

残梦死私扣了这装备当然是瞒着他所有同行的，知道的只有两个他私下的伙伴。此时残梦死想快些夺回长诛短叹，却也无法仰仗他们工作室的力量，因为长诛短叹的存在大家都不知道，此时残梦死报告时，已经是被爆了……同是吃这碗饭的，所有人都会明白残梦死在搞什么猫腻。

如果就这么爆了，对方拿了默不作声地用着，残梦死也不会这么紧张。但问题是，他相信对方不会如此。

他们这伙人在云端城已经是臭名远扬，让人想起牙齿就痒的家伙了。你说从这帮人手里反爆到了极品装备，这是一件多么大快人心的事？就冲这点，残梦死估摸着这家伙找个机会就会到处宣传去，这风一刮，外面被人过街老鼠一样乱骂不说，内部还会因腐败问题被铲除出门，要不咋说残梦死的今天非常灰暗呢？

当务之极，赶紧把长诛短叹抢回来很关键。追回这赃物赶紧上缴组织，接着一切都很好说。现在你空着两手，去汇报说得了什么装备又被爆云云，说得天花乱坠也没人信。此时拿长诛短叹捞外快残梦死已经不想了，只求把饭碗保住，至于此事后的信任度降低等一系列问题，那以后再说吧！

残梦死发动潜行在街上疾走，这回他是丝毫不敢大意了，走路走得跟漂移似的，同时和两个朋友发着消息："不要去城门那边了……"

"你又挂了……"朋友替他默哀。

"嗯，你们在哪儿呢？我去找你们！"残梦死此时需要一刻不停地保持移动。"刚过了中心广场，皮克街这边。"朋友说。

"我来，身上有衣服吗？"残梦死问。

"咋，被爆光屁股了？"

残梦死痛哭流涕，刚才剑鬼一刀把他衣服都戳没了，复活点复活时一身贴肉衬衣裤，别提多尴尬了。那衬衣裤的模样，残梦死觉得穿个裤头裸奔都好看些。

还好会潜行！残梦死也真是个乐天派，都沦落到这份上了还善于从寻常中挖掘笑点。双方在皮克街碰头，残梦死却不现出身形，继续保持着潜行状态对朋友说："来了，这儿呢！"

朋友自然看不见，只是听得他的声音很飘忽，忽左忽右的。

"你好好站着不行啊？"朋友纳闷，听声音，残梦死像是围着他们两个在转圈。"不行，危险！你俩也别乱说话，装作不知道我存在的样子，我们继续消息说话。"残梦死此时十分警觉。

“你们继续走，我会跟在你们后面。”残梦死说。

于是俩朋友开始迈步，残梦死问：“找到合适的人了吗？”

“发过任务公告了，不过还没人来信，等等吧，要不就去佣兵大楼那边候着？”朋友说。

残梦死需要打击顾飞，但苦于人手不足。顾飞显然不是一个十来人的小队就可以群殴至死的，没办法，只好找外人帮忙，雇佣佣兵自然是最简单有效的法子。

对付顾飞很难，主要就是因为他跑得太快，还会瞬移。远程职业放不了他风筝，近战职业有被他放风筝的危险，而盗贼的潜行偏偏他又可以察觉。思前想后，残梦死觉得最稳妥有效的办法还是这个：陷阱。

陷阱目前的暴露系数比较高，不过玩家们都已经掌握了自己埋藏陷阱的硬功夫。只是区区一个陷阱的话，踩不中的机率还是比踩中大得多的，但如果是很多陷阱呢？

所以，本次残梦死发布的佣兵任务中着重指出：需要多名陷阱技术过硬的高水平玩家。

如果正好有一群玩家都是玩陷阱，又厮混在一起组成的佣兵团就好了，说不定他们经常一起，可以配合出一些比较精妙的陷阱阵型来。残梦死如此想着。

目前云端城比较有名的配合阵，一个是对酒当歌的法师阵，一个是纵横四海的箭阵。如果是这两个团队设伏，残梦死觉得威胁也很大。但问题是这两个都是大行会旗下的大佣兵团，收费巨高。而且大行会嘛，里面高手众多，当中有也不乏曾被残梦死盯上爆过装备的。万一不巧撞到这类家伙，那不是自投罗网了？所以说，还是陷阱既经济又安全又实惠，就是不知道能不能募集到人手。

正一边朝佣兵大楼走着，突得朋友来了消息：“有人联系我了！”

“哦？”

“是个佣兵团，他说他们团里大多都是技术过硬的陷阱高手！”

“还真有？”残梦死惊喜非常，“人在哪儿？”

“就在大楼，等咱们呢！”朋友说。

佣兵大楼外，潜行的残梦死和他的两个朋友远远就看到一个人影，残梦死当时心就凉了半截。

拿剑鬼来说，别看长得丑点，但拎着匕首气定神闲往那儿一站，高手气质还是有的。可眼下这人要相貌没相貌，要气质没气质，周身上下流露出一股猥琐。把自己的饭碗交付到这么一个家伙的手上，残梦死觉得甚是心寒。

“就是那个家伙吗？”残梦死发消息问朋友。

“不是吧……”残梦死的朋友也看到这人一脸獐头鼠目的模样，“和我联系的人说他就是潜伏者，可这人是法师呀！”

“哦，那再等等！”残梦死长出了口气。

哪知等他两个朋友也站到那位置开始等人时，那法师却已经主动凑了过来："二位，是找白叶若羽吗？"

二人一怔，这的确是和他们联系的那名玩家的名字。两人疑惑地点了点头，正想发问时，对方已经主动解释："他刚好有点事离开一下，我是他朋友，你们的事和我说一样，我们都是一个团的。"

"哦，怎么称呼啊？"残梦死的朋友问。

对方想都不想便道："名字不足挂齿。直接谈正事吧！"

这话说得并没有什么气势，似乎是真的想绕过这话题迅速切入下一步。残梦死两个朋友只好继续道："看我们发布的任务，我想你们大致也明白什么意思，就是想借你们陷阱技能PK一个人。"

"这没问题，我这帮兄弟的陷阱技术个顶个的棒，找我们你们算找对人了。"此人信誓旦旦地拍着胸脯道。

"连对手是谁都不问一声就吹牛皮。太轻浮了，我看这伙人多半靠不住……"残梦死的朋友向残梦死回馈谈话内容时如此评价道。

"嗯……随便敷衍了，再找别人吧！"残梦死同样觉得如此，他从外观上就觉得此人靠不住，此时听他随便说几句话，更觉如此。佣兵方面残梦生也是很了解的，此人的交涉模式透着十分的不专业。

残梦死的朋友正准备打发对方时，突然此人伸手朝某处一指："哎哎，正好，有关陷阱方面的需要你们问他吧，其实我是一个法师，不是很懂陷阱。"

残梦死的朋友顺着他指的方向回头，看到一个比这人还要猥琐的家伙，耷拉着脑袋没精打采地朝这边晃着，此人倒是一个弓箭手无疑。听到这边的咋呼声，抬头望了一眼，总算提起点精神，快步走了过来。

残梦死的朋友对此已经没了兴致，他们正准备结束此次交涉，却突然收到残梦死发来的消息："等下等下，刚过来这家伙是他们一起的吗？"

"是啊！"朋友回道。

"好，和他们好好谈一下！"残梦死突然激动起来。

"怎么了？"朋友不解。

"这人我认得，云端城有3个跻身弓箭手等级排行前20的弓箭手，御天神鸣、倒影年华、樱冢月仔，这人是樱冢月仔。如果他转了潜伏者的话，那就是云端城第一陷阱技师了，技术方面哪找比他更强的去？"残梦死飞快地回了信息。

残梦死的俩朋友一听都有些动容。想不到眼前这小子竟是可以跻身等级榜前20的好汉，连忙用不着痕迹的方式恭维了两句。哪知这樱冢月仔手一摆道："不行了，最近刚掉过级，还没升回40，我不会陷阱……"

两人哑然，正准备通知残梦死，却听得此人继续道：“不过，我们团里会陷阱的多的是，不一定非要我出手，我做做场外指导就行了。”

两人把他的话原封不动地转达给了残梦死，残梦死倒也认同他的说法：“嗯，下陷阱的手法都是一样的，这技术含量主要在陷阱的位置安排等方面，会不会技能都可以做指导，有这样的高手坐镇，应该没问题！”

既然当事人残梦死非常认可这人，二人也没什么意见，当即问道：“你们有多少潜伏者？”

“你们需要多少？”樱冢月仔反问。

“可以百分百困住一人，你们多少人有把握？”佣兵生意，在初期就是一方出钱，一方出力这么简单。但随着市场不断成熟，买卖双方都多了许多交涉的条件，任务的难度、所需要的时间、佣兵方面会派出的人手、人手的能力情况等逐多细节都是直接影响任务要价的因素。当然，如果借系统发布是没这么复杂，主要就是玩家私下面对面交易的情况。

“你们要对付的人是谁？”樱冢月仔问道。

“千里一醉！”

樱冢月仔和那法师，两个人都是一怔。

这一怔早在残梦死等人的意料之内，毕竟千里一醉这名字近来响得很，号称云端城第一高手！这话有人会觉得吹，但和千里一醉交过手的残梦死还是非常认可的，起码他想不出云端城还有谁会是十来人围攻都没把握搞定的对手。面对如此高手，残梦死真担心对方会退缩，他可是十分期待有这等高手相助的。

但偏偏这人物的姓名之类情报是必须告诉对方的，残梦死方面总不能像刚才那法师一样来句“名字无足挂齿，你们摆平他就行了”。那法师叫什么的确无足挂齿，但这目标是何人那是买卖的核心内容，任务的定价也会由此而来，不说是不可能的。

“原来是这个贱人，我给你们打8折！”樱冢月仔略一怔后，已经恢复了常态，云淡风轻地来了一句。

残梦死的两个朋友此时也和残梦死一样紧张，担心对方会因为对手过强而打退堂鼓。听了这话，顿时喜出望外，兴高采烈地转告了残梦死。

残梦死自然也很高兴了，连忙道：“价格方面就不用太介意了，快点让他们叫上必须的人手去布置吧！这千里一醉已经快回来了。”

残梦死也一直关注着顾飞的坐标刷新。顾飞回来还要点时间，残梦死相信他会直奔着自己来结束通缉任务，或者是召集朋友来继续PK自己，这正是他引顾飞上钩的筹码。还是和先前一样，以自己为诱饵，残梦死是铁了心的不肯让这5点PK值白背。

这边两个朋友声称可以负责把千里一醉引到他们所需要的地方，以此为由又压低了一点这任务的价格，之后依残梦死的嘱咐就没有再抬杠了。

“你们在哪里设置陷阱最有把握？”

“既然你们说可以控制对方的路线，那这样的地方就很多了。”樱冢月仔回答。

“怎么也得在城外不是?咱们现在边走边谈吧，找最近的地方。”

“呵呵……”樱冢月仔笑了笑说，“最近的地方，那城里就可以了。”

“城里?城里全是石板路，怎么放陷阱?”石板路也可以放陷阱，但是太扎眼，是人都不会踩，所以形同无法使用陷阱技能。

“呵呵，所以说我们是高手嘛!跟我来吧!”樱冢月仔头一甩，同时朝那法师招呼了一声:“人怎么还没到呢?小白那贱人呢?任务不是他接的吗?”

“刚见一姑娘，特水灵，小白跟去看看。”法师说。

“那你怎么没去?”

“我跑得过他吗?”法师一脸郁闷。

几人正准备离开佣兵大楼，就见那边街角转出一弓箭手，一眼看到几人，迎着就跑了过来。瞥了一眼残梦死俩朋友后，伸出手道:“你好，我是白叶若羽，谈得怎么样了?”

两个朋友点头握手说:“这就要去布置了。”

白叶若羽欣然点头，再不谈此事，凑到那法师身边挤眉弄眼:“嘿，那妞不错的。”

“名字问到了吗?”

“没，但我的陷阱她踩到了，哈哈哈哈!”

这帮家伙真是一个赛一个的猥琐啊!难道这是陷阱高手们所必须的气质吗?残梦死和他的两个朋友疑惑地想着。

正如一个城市必然有其繁华的一面，但也总会有一些不为人熟知的破落地界。

游戏中的主城也秉承着这种思路。这二人跟着樱冢月仔等人，就来到这么一条“T”型的小街道上。这里远离主要街区，街道上石板残缺，裸土朝天，不少地方连杂草都长出来了。

“穿过这里出去，朝右边，第二个街口左转再穿过去，就是弓箭手靶场。从南城门方向回来要下线的话，最近的路线就是穿越这里了。”樱冢月仔向残梦死的二个朋友介绍道，“你们准备从哪边引他过来?”

“这个，真不太好说，可能要看到时的情况了。”二人答不上来，这引人其实是没方向的。就是残梦死往这坐标上一戳，等着那千里一醉自己过来，谁知道他会从哪边找上来呢?而且这地有些生僻，千里一醉找不找得着都说不定。

“这样啊，那就这样吧!”樱冢月以此路口两个转变的墙角为底角，而顶点距离对面墙端保留了些许距离。如此勾勒出了一个三角形，这后又在三角形的正中画出了一条交叉线，同时向残梦死的两位朋友讲解道，“这样摆法，只有一个要求:转弯，只要他转弯，我保证他会踩中陷阱。”

“哦?”二人疑惑着，希望樱冢月仔详加解释一下。

“你们看！”樱冢月仔他画好的三角叉叉上画起了圈圈：“我们会在这里、这里、这里……设下陷阱。”樱冢月仔一连说了十多个这里，在三角叉叉上又画上了十多个圈圈。

“这个时候，无论对方从哪个方向过来，只要转弯，必然要踏下我们的陷阱三角地带，虽然这三角带陷阱并不是很密集，但是你们可以试一下！”樱冢月仔拿着他那根画圈的小棍指着地面说：“无论从哪个走向进入这三角区，第一步不中，第二步不中，会有第三步，第三步不中……我们全额退款！”

二人望着地面的三角叉叉圈圈发怔。

“来，走走试试，看是不是会踩到圈，随便走！现在还没有陷阱呢，怕什么！”樱冢月仔说。

二人于是迈开步子，从“T”形街的三个方向走来，左转右转尝试，果如樱冢月仔所言，无论如何走，三步之内都会踩到圈。

樱冢月仔继续得意道：“其实如果我们人手足够的话，三角区域可以再扩大，那么他就算直走也会必中。只是现在人手不足，百分百的命中只能这么大，所以只有当对手前进路线会转弯时，才会万无一失，这个，你们引人的可以做到吗？”

“这个……应该没问题吧！”二人觉得这点还是可以控制的。

“那么就这么设置。”樱冢月仔点点头道，回身对身后的同伴们喊道：“把陷阱下了。”

残梦死的二个朋友却在此时突然想起一节，连忙止住众人道：“等等。”

“怎么？”樱冢月仔望向他们。

“你这三角地带果然是个必要区域。但是这样一来的话，我们的人在这里也无法回避，这怎么办？”二人道。

“原来是这样，你早说嘛！”樱冢月仔说着又把他那三角地带的圈圈稍事移动一下，指着道：“原本是不会有这样的‘Y’形空隙地，但既然你们的人也要走，我就留这么条道出来，他自己小心着点，再踩中我就不负责了。”

“这个……我们怎么告诉他啊！”这个三角地带整个就在一个坐标内，用坐标来指示显然是不行，拿言语来描述？这一地三角叉叉圈圈的，让二人浑身上下充满了无力感。

“这样吧！樱冢月仔用棍子在地上将“Y”形空隙淡淡地描了出来：“让他来时踩着这线走，肯定不会中。但我不能再画得明显了，他视力没问题吧？”

“没问题，没问题！”二人连忙道。

“那就这样了！我们设陷阱，你们已经可以引人过来了，早点收工吧！”

樱冢月仔说话间透露着无比强大的自信，让二人越来越确信这果然是个高手。一谈起陷阱气质俨然，残梦死所言不虚，这人果然是云端城第一陷阱技师，虽然他现在暂时不会陷阱。

二人已经将布置妥当的消息告诉了残梦死，并再三强调要看清那“Y”形的细线：“不踩这细线走，肯定会中陷阱的，你一定要当心了！”

殊不知此时樱冢月仔他们的行会和拥兵团里也是吵成一团：

“陷阱范围哪有那么大，你就这么欺负陌生人吧！”

“这样欺骗客户，以后还能有生意吗？尽早倒闭吧！”

“吵什么吵，快干活！”樱冢月仔在频道里骂道。

“到底往哪儿放啊，这圈画这么大！”有人抱怨道。

“谁说要放圈里了？全摆到那条‘Y’形线上去！”樱冢月仔说。

频道里一片嘘声。大家听得清清楚楚，方才樱冢月仔说“Y”型线是留给引敌的雇主走的，但此时把陷阱设满那个地方，这过来的人还沿着线走，不中陷阱真就有鬼了。“到底谁才是我们的雇主啊！”大家都迷糊了，刚才樱冢月仔收人钱大家可都看得清楚。

“难道是双面间谍？”有人猜测。

“真是太卑鄙了啊！”众人一边骂着，却一边如他们自己所说，极其卑劣地在线上布置了陷阱，10多个人将三角地带围得水泄不通，圈外的人根本不知他们是在如何操作。“OK了！”一圈人一哄而散时，陷阱已经埋放完毕。这帮家伙也的确是陷阱老手，埋放后弄得不着一丝痕迹，这地就和没翻过一样。顺便抹去了圈圈叉叉的，就是把“Y”线又重新描绘了一遍，标注着对方如何走才会踩上陷阱。

“好，干得不错！”樱冢月仔点点头。

“嗯，我来试试！”残梦死那两朋友之一兴致大发，迈步就要上线。一圈人一听这话个个目瞪口呆，极其鄙视地望向樱冢月仔，那意思是说：你的破计划，这么快就要被人戳穿了。

樱冢月仔连忙上前把那家伙拦住：“老板你别玩我们了，你这上去一走，那么淡的线立刻就被抹没了，现在那一带都是陷阱，我们怎么再去画线，难道整个再重新弄一次？”“不要紧啊，沿着线走再画一遍不就行了？”对方说。

“问题是，你看得出这里哪里放了陷阱吗？”樱冢月仔说。

“看不出。”对方摇头。

“那就是了啊！你现在上去把线踩了。我们这样重新画，那就画了不这么精确了，必须把陷阱挖出来，再重新设置的时候画才能准确。”樱冢月仔说。

对方一听有理，当即表示不再添这个乱了，樱冢月仔和众人都是松了口气。

“可以啊月仔，挺能忽悠！”频道里有人说。

“你们说这么能忽悠，咋就连个妞都泡不到呢？”笑声一片。

“不但泡不到，还被妞骗到练级区给干掉了，哈哈哈哈！”鄙视一片。

樱冢月仔没好气，表面却不动声色，继续和那两个家伙谈笑风生：“两位老板，人中陷阱以后直接干掉吧？”

二人点头。

“行，反正我们也闲着，举手之劳！兄弟们，追踪矢都准备起来。”樱冢月仔扬手。众人哄然叫好。

“大家找地儿藏身吧！”樱冢月仔话音方落，众人非常娴熟地互搭人梯攀爬房头，一看就是个中好手，连那法师身手都透着极不寻常的熟练。不消片刻，整条僻静小街就剩残梦死俩朋友，再望着那满布陷阱的三角地带，只觉得阴风阵阵，寒气逼人。

“两位要上来吗？”樱冢月仔在房顶上伸了个脑袋问。

“哦，谢了。”

二人在房上众的拉帮提携下上了房。房顶风景甚好，街口各房顶上已经伏满了人，一眼望去，何其壮观。

“趴下，等中了陷阱再露头，这房不高，稍露头下面就容易看到。”樱冢月仔千叮万嘱。

“一切准备就绪，记住，‘Y’型线！”残梦死收到这消息时，已经是在朝着这边街区赶来了。这地儿他也不熟，照着坐标也穿了好些个街，总是走岔了。这可把他急坏了，千里一醉的坐标一次又一次地接近着，这里自己却还找不到道。

“怎么走啊！”残梦死给朋友发着消息，快哭了。

这地儿朋友也描述不清啊，只能是含糊其辞地嚷着坐标，基本不属于提示，只是安慰。终于，残梦死找到了这“T”形小街，小街口就在前方不远，残梦死镇定下来，反而放慢了速度。他是想等一等千里一醉。如果自己早早就朝陷阱方向去了，也许千里一醉还来不及中，剑鬼就先当炮灰了。残梦死此时对剑鬼可一点兴趣都没有，要抓的就是千里一醉。

残梦死一边拖延时间，一边又怕被剑鬼摸出来，所以在街道里以Z型路线折返前进着，5分钟1刷的坐标迟迟不到时间，残梦真是心急如焚。正耐着性子继续周旋，忽然前方街口一道黑色人影穿出，朝这边扫了眼，立时冲了过来。

千里一醉！

残梦死激动，总算是到了！他加紧脚步来到街口，朝前一瞥，千里一醉的速度真叫快！低头一瞅，残梦死已在地上发现了那道若有若无的“Y”形线，心中暗赞这陷阱搞得果然精妙。这一圈地哪里像是埋过陷阱的样子？而这线，如果不是自己有过专人提示，常人一样随便看地走路，那是万万也注意不到的。

多好的一条线啊！让人充满了自信，充满了希望，这钱花得值啊！

残梦死感动得快要哭了，灰暗的一天终于到头了，想着，他迈步走上了Y形线。

“啪”地一声响。

这响穿越泥层，破土而出，显得不是那么清脆，却把残梦死的心扉都击穿了。

残梦死咆哮着，但中了陷阱无法移动，只应了一个词：困兽之争。残梦死的两朋友听到残梦死在街口怒吼，还当是在对着中了陷阱的千里一醉发泄呢！立刻欣然起身道：“中了，大家动手。”

“嗯！”樱冢月仔点着头，伸手轻轻推了下。两人这还没在房顶站直呢，已经就势栽了下来，摔得七荤八素的工夫一看街口，残梦死戳在那里移动不得，千里一醉更是已经到了街口，好整以暇地望着他。

樱冢月仔在房端站起了身，朝下方的顾飞做了个“OK”的手势，另一房头上那法师也耀武扬威地起身了，朝着顾飞叫：“醉哥！”

“嗨，火球！”顾飞朝他挥手，火球窜起，顾飞连忙拔剑挑灭，“好久不见啊！”

醉哥……听着人家这称呼，多亲切，在场众人中还有什么不明白的？残梦死已是心如死灰，对方身手够强，还有这么多朋友，这还怎么对付得了，看来自己只有认栽的份了。这会儿工夫，房顶上的众人已经都站了起来，四下眺望，个个神情落寞。

“搞这么大排场，我还当是设计什么美女呢，居然就是这么个家伙啊！”众人失望道。

“这家伙是谁啊？衣服都不穿，太奔放了吧？”残梦死这时还一身衬衣裤。

有人却立刻恍然：“衣衫不整的就跑上街了，被人捉奸在床了吧？”

“怪不得这么大排场！必须的！”众人愤慨了。

“不知道绿帽子是谁戴的？”众人一会儿看看樱冢月仔，一会儿看看下面的顾飞。“月仔不可能，他有机会让人给他戴绿帽子吗？”众人哈哈大笑。

“下面那个也不可能啊，他有50多姑娘组成的后宫，还在乎1个2个的？”有人说。

“这你就不懂了，不知道重视每一个的男人，怎么可能成立后宫集团。”有人装情圣。众人正争论呢，剑鬼也已经现了身形到了街口，正如残梦死一直所料，剑鬼一直在追他，只是这回残梦死认真防范，不懒惰，一直也没机会出手。

看到剑鬼，众人像是找到了真理一样。

“哇，是这家伙，你看，一定是的。”

“啊啊！长这样啊，难怪会被戴绿帽！”

众人的争论好在只是发生在内部频道里，否则下面几人不用攻击，都会吐血而亡。

残梦死还能有什么希望？

右边是拎着剑的顾飞，左边是拎着匕首的剑鬼，房头上更是十多个猥琐的潜伏者，此时个个装得跟神射手一样，弯弓搭箭对着自己。

残梦死望着墙头上牛气哄哄的樱冢月仔，很是愤慨：“什么意思？”

樱冢月仔嬉皮笑脸：“什么叫陷阱，现在你明白了吧？光摆在地上让人踩，那是最下乘的做法，作为一个陷阱高手，你得研究对手的心理，怎么哄着他乖乖走到你放的陷阱上，这才是陷阱的精华所在。”

“无耻！”残梦死听到樱冢月仔在那大言不惭愤然骂道。

“醉哥，这家伙什么来头，怎么得罪你了？”火球那边问道。

“哦，他就是那伙专门爆人装备的家伙之一。”顾飞向众人介绍。

“哦！”众人恍然，接下来的猜想总算是符合了事实：顾飞或是剑鬼怕是被这家伙爆过。

众人顿时间又怒了起来：“爆的装备都藏哪儿去了，统统交出来，饶你不死！”

“切！”残梦死此时还哪会把游戏的生死放在心上，再说那些装备他也交不出来，于是非常英雄气概地作不屑一顾状。

“砍了吧，我一会再去追他完成任务。”顾飞说。

“要不你先去复活点那边等着？”剑鬼问。

“没事，我随便就可以追上他。”二人当着残梦死的面商量，直接是将他视若无物了。

“和他们拼了！”残梦死的两个朋友此时爆走了。二人同样是遭到戏弄，此时又看残梦死被这么多人围观奚落，终于忍无可忍。

顾飞刚要上去动手，却听到残梦死连忙道：“他俩和我们的事无关，只是我临时找来帮忙的朋友，你们冲着我来。”

“不用管我了，你们先闪！”残梦死喊。

“要死一起死！”两人回应。

太狗血了……众人心想。只是如此正气凛然的狗血情节偏偏发生在了对手身上，弄得己方像是十恶不赦似的，大家神情都有些不自然了。

顾飞一怔，也不知残梦死所言是真是假，但二人已经冲到身前，一人杀向剑鬼。，一人杀向顾飞。就算二人是无辜人士，顾飞和剑鬼也不能任由对方砍杀，当即也舞起家伙正当防卫了一下。

樱冢月仔一个弓箭手也想过一把近战的瘾，他跳下了墙，指着残梦死道：“这个杂碎让我来解决！”

顾飞和剑鬼招架着残梦死的俩朋友，正不知如何是好呢，这又来一个添乱的，正没奈何，突听残梦死一声吼：“老子怎么会死在你这个骗子手上！”

说完忽然白光一道，残梦死居然就这么消失了。

屋顶上喷口水呐喊助威的众人安静了，下面还要打斗的两对也停手了。大家一起望着残梦死消失的地方，一脸的不可思议。

“呃？传送卷轴？”顾飞以见过大场面的过来人经验猜测。

“这个……这个……”樱冢月仔的游戏经验显然也不菲，木讷了半天后说：“这个好像是下线的光！”

“强行下线了？”众人惊叹。

“哇，是个爷们儿啊！”房顶上议论纷纷。

“主要是月仔太下贱了，人家宁可冒险强行下线，也不愿死在他的一双脏手上，啧啧！”

“都闭嘴！”樱冢月仔吼道，然后望向顾飞和剑鬼，眼中泛着询问的意思，同时也却有几分尴尬，因为残梦死下线前的确是如此大喊的……他是宁可强行下线也不愿死在樱冢月仔的手上啊！

“那就这么算了吧！”正主以这种手段闪人了，顾飞他们也实在没话可说了。

残梦死的两个朋友突然再次一起爆走，扑向了樱冢月仔。

樱冢月仔明显精神有点恍惚，居然全无防备，身为一个弓箭手，被两个近战职业全副武装爆走扑上身，除了死还有什么别的下场吗？

一直对樱冢月仔奚落嘲讽的众人此时却异口同声地咆哮起来，各自弯弓搭箭要朝二人射来。但最快的却还是顾飞，一个瞬间移动飘到了樱冢月仔身前，横剑一拦却是硬接了这二人的攻击。

时间实在是仓促，仓促到顾飞也没来得及用什么巧劲去化解对方的攻击，这一次防御还是他在游戏里第一次破天荒地用力量去死扛。顾飞早知自己这样做的下场是什么，用游戏术语来说，如此普通对砍，因为力量弱势，所以顾飞的判定极弱。

再加上此时还是二人一起攻上，顾飞的剑根本止不住对方来势，只能后退来化解，结果就撞到身后的樱冢月仔身上。不巧樱冢月仔也是个没多少力量的主，这一撞很猛，立刻脚下拌蒜仰面摔倒，这一倒还条件反射地伸手乱抓，结果把顾飞也带翻在地。

倒地的顾飞依然准备迎接紧接着的攻击，却见房顶上飞下无数箭矢集中在了那二人身上，更有火光从天而降，二人瞬时化身白光而去。

此时众人探着脑袋朝房下街道望来，面有忧色，口中却还是喋喋不休：“月仔刚才居然没反应，真是太失态了。”

“完了，那家伙的强行下线是精神攻击，月仔他中招了。”

房顶上瞬间安静下来。这边顾飞刚把樱冢月仔拉起问着“没事吧”，突觉气氛诡异，回头一看，有一姑娘刚从墙角转出，愣愣地望着这边。

尚还有些恍惚的樱冢月仔看清来人，立刻一扫颓态，惊喜万分地道：“是你？你怎么也在这里？”

结果那姑娘的目光越过樱冢月落到了顾飞身上：“你怎么也在这里，做什么呢？”

“啊啊啊啊！”房顶众人完全抓狂了，“这是怎么回事，全云端城的女人都认识他吗？他到底是什么来头！”

“切，你们这帮宅男怎么能理解得了我醉哥是多么深藏不露。”火球万分得意。

来的人自然是茫茫的莽莽，顾飞望着她答道：“呃，我来办点事，你怎么也会来这里？”

茫茫的莽莽却没言语，垂着脑袋说：“我走了。”说完继续朝弓箭手营地方向去了。

“月仔上，月仔上，月仔上！”房顶上众人挥舞着弓箭呐喊。

“必须的！”樱冢月仔露齿一笑，整理了一身装备，快步追了过去。

剑鬼此时也到了顾飞身边，小声道：“都是你朋友啊？”

顾飞仰脖望着一屋顶的猥琐男，无语了。

22 长诛短叹的归宿

强行下线的残梦死，心中其实还有那么一丁点的希望。

官方虽然强调强行下线可能发生的损失，但坊间有言称，这种损失主要是因为回档造成，类似于单机游戏退出时忘记保存，于是再次读档游戏，自然会回到之前的状态。

乍听的确是一个合理的说法，但如果真这么简单那可就是一个游戏大漏洞了。如残梦死此时情况，强行下线后没保存，那么读取上次下线时的数据，那么装备、等级岂不都会原模原样地返回来了？如此将装备转给他人，再次强行下线，然后再上线读档，不就成了复制装备的方法？

能想到这点的人很多，但至今也没发生过此类事件。平行世界迄今为止，偶有的瑕疵都在于首次使用全息模拟技术所产生的一些之前始料未及的问题，如这种正常游戏都有可能发生的漏洞却是少之又少。

虽如此，但这却是残梦死心中的最后一线希望。下了线许久，怀着紧张的心情，残梦死重新登上了游戏……

强行下线，的确不是简单的回档游戏，简单来解释，就是因为平行世界的服务器要处理的用户太多，统一起来规划管理已经是必须实行的。这种强行下线的用户，系统也会对其进行数据保存，但正如官方宣称的那样：会有照顾不周的地方。

照顾不周的意思，就是把你的数据记录得残缺不全。所以，玩家只会少东西，少经验，少一切能少的东西，绝不可能多出某样莫名其妙的装备，但或许会把30的等级错误地记录成40级。

所以残梦死所希望的事是绝不可能发生的。当他稍候了片刻重新进入游戏时，等级、装备，都是他下线的模样。回档只是一点小盼头，没发生也没有太失望，倒是等级居然没再降让残梦死很意外。因为如他所想，就算自己这次强行下线非常RP的没有因系统造成损失，但顾飞、剑鬼等人就在他旁边，顺手把他干掉，起码两级的损失应该有啊！

残梦死这是以往游戏的经验，比如强行下线、或是掉线、断电之类时，游戏中的人物会停留在游戏中任人宰割片刻。没想到平行世界这方面倒是迅捷，强行下线说下就下，果然是说“不卡”就真从来没卡过的游戏。

残梦死检查等级、经验、装备、技能熟练，发现都没损失。心下稍安，完了又一插口袋，忽然脸色一变，掏出钱袋翻开一数……

数据缺失到底还是发生了，残梦死的钱包直接少了一位数！他愤怒地一脚踢出，结果“啪”的一声响，脚又被牢牢夹住。

“这帮贱人！”残梦死吼道，“人都走了还留着陷阱！你们都去死吧！”

其实这倒真是个误会，平行世界的陷阱技能，的确是发动后才有效果时间，在发动前是可以一直停留原地。其间陷阱的主人可以随意拆除自己的陷阱，其他人的话必须要有相应的技能。而陷阱主人如果设置好的陷阱没人踩，那就得自己去拆除了一下，否则就没下一个陷阱用了，目前所有人都还只能设置一个陷阱。

残梦死中的这一个，不过是对方大意遗留下的一个。

从自己的通缉任务中残梦死知道顾飞已经下线。残梦死此时已经不是在幻想拿回长诛短叹了，而是在想着如何躲开对方。看到顾飞不在，他连忙联系了自己工作室的兄弟们，帮忙通缉任务洗一下PK值。此时残梦死光着屁股，36级，着实没什么战力了。一帮兄弟看到他这落魄样，也是一脸唏嘘，纷纷安慰神情落寞的他。

“找机会再狠狠收拾他！”大家纷纷表态。工作室的人是不同一般的，比起行会他们更团结更有纪律；比起一般玩家，他们也更有水平。网游职业玩家，说的就是他们这些人。

残梦死不置可否地点着头，他此时在想着长诛短叹的事该怎么收场。坦白交待，争取宽大处理吗？残梦死那也是不见棺材不落泪的主，心中怀着最后一丝幻想，暂且揭过不提了。

结果这一天也没在论坛上看到什么风声。的确，爆到装备给熟识的朋友看看也就完了，还上论坛往众人皆知上炫耀，这不是顾飞的风格。

顾飞的风格是另一面，如同当日帮剑鬼从席小天手里抢回了霜之回忆一样，顾飞此时想的是，这样极品的东西，是不是应该找到失主还回去。

小雷酒馆里，听到顾飞有此意的众高手都甚是惊诧：拾金不昧这种精神，向来是和价值划等号的。大义凛然捡了十块钱还回去的家伙，当捡到一百万时还是不是这么个态度就需要深度思考了。

游戏中同样如此，长诛短叹这种超级极品，捡到后直接和朋友翻脸的都有，更何况顾飞这种和对方根本八杆子打不着的情况？更主要的问题在于，顾飞这已经不算拾金不昧。在众高手眼里，这是你PK曝回来的，明显的劳动所得嘛！就连人品颇佳的剑鬼也是如此认为，网游这个大环境的价值观便是如此，顾飞的想法，在他们看来是十分离谱。

“谁知道这应该是谁的？难道去问残梦死？”佑哥说。

“这倒是个办法……”顾飞点头。

佑哥语塞了一下，末了道：“那如果真就是残梦死这家伙的呢？”

顾飞想也不想地就回答：“那我当然就没收了。”

“那你就去找残梦死问吧！看他会不会告诉你。”佑哥笑道。

“这个有难度，今天上线他PK值已经洗完了，他要是随便能找到的人，早就被全城玩家追到天涯海角了吧！”顾飞说。

早在当初他挖掘到残梦死的名字时，就由佑哥在论坛上做过推广了，那时顶帖的个个义愤填膺表示要终生追杀此人。

残梦死等人的活动一度变得有些停滞不得不说也有这方面的原因，但最终还是没人能追杀到他。游戏主城虽不及现实城市那么庞大，但几十万人口还是有的，想从中找出一个玩家，难度极大。只有一个名字根本于事无补，于是追着追着这事也就不了了之了。残梦死继续滋润地生活着，刚和顾飞对敌时，和走在前列的大众一样也是40级一族。

“让佑哥去发个帖吧，失主看到了自己会来联系的。”御天神鸣出主意。

“那样一定会出现不少失主。”韩家公子说。

“让他们说装备属性啊！除了失主谁说的上？”御天神鸣说。

“我们几个，还有残梦死他们，都说得上……少年仔涉世未深啊！”韩家公子嘲弄御天神鸣，“还是说，你想千里这么做，然后你找个人扮失主，把长诛短叹弄去？”

“这是他说的，我可没这么想！”御天神鸣指着韩家公子。

“我们知道。”顾飞摸了摸御天神鸣的头，“能这么快就想到这种办法的，也只有他了。”

“切，我只是提醒他，想找到失主是件很有难度的事，不如直接拿了换酒喝痛快。”韩家公子不屑道。

“我自己想办法吧！”顾飞起身了。

顾飞自己的办法，其实还是找人。当然，顾飞想找的这个人不是残梦死，以他和残梦死现在的关系，他相信如果他想找某某某，残梦死就会告诉他某某某全家在冰河期就消亡了。

顾飞想找的人，是席小天。

席小天曾经说过她混在这个集团里搞黑吃黑买卖。顾飞一直也没动用过她这条人力资源，回头想想，自己在游戏里认识的人其实已经不算少，想想剑鬼今天见识花丛中永生那帮猥琐家伙时的复杂表情，顾飞再度默然良久。

他从小就不是有什么朋友的人，自小主要精力都放在习武上，从没上过正规的学校，这样地生活，几乎没有什么接触外人的机会。等到再大了些，开始接触到一些国内的习武人士，但功夫本就势微，连顾家这样的习武大家都没什么人练了，何况其他？可以说，顾飞就是以功夫为伴，孤独地走过了这25年。即使如今在学校任教，和其他老师也就是普通的同事关系，对于顾飞来说，没人和他有真正的共同语言。现在大家却多出一个共同话题：游戏。

除此以外，各大行会的当家把争霸天下当成和顾飞的共同语言了，纷纷托关系拉他入伙。

还有把女人当成共同语言，视顾飞为偶像，希望向他取经学习的花丛中永生众人。

还有这世界中的翘楚，拉着他一起以傲然姿态鄙视众生的公子精英团高手众。还有以聊天八卦凑热闹为乐的重生紫晶众女，顾飞曾是她们八卦的核心内容。

这些之外，还有如懦夫救星，可以和顾飞一谈功夫的。虽然他水平太低只能顾飞说他听……再此外，就是席小天了，这个和自己一样有着现实中无法一展所长的痛苦姑娘。

虽然她那是骗术，自己是功夫……

但这两个词，为什么会押韵呢？顾飞走神了。

约席小天见面的工夫，顾飞顺便扫了下好友栏：学生们开始陆续上线了，当最后一个名字闪亮起来后，作为学生代表的阿发同学立刻开始对顾飞进行召唤，其他零零杂杂地七嘴八舌也传出来了：带任务带练级带一切能带的东西；给钱给装备给卷轴给一切能给的东西。

顾飞看出来了，这些学生大概平时被老师压榨得狠了，这是逮到一个机会就玩命地敲诈。昨天把他们聚在一起，又是列队又是口号又是正步，如此窘事都不能让他们退缩……

“作业都做完了吗？”顾飞不咸不淡地回了句。

“老师今天是周末！”学生们张牙舞爪。不知他们是不是私下有什么计划，要如何用周末几天狠狠地勒索顾飞一下。

顾飞倒也坦然，他对游戏中的这些看得不重。都是自己学生嘛，有好处给他们占占也没啥。但现在装备已经都给了，钱自己也没有，带练级？他们一共20多人，可等级分散，就没有20多人可以一起练级的地方。

但学生们是非常机智的，20多人一起组队练级的确不现实，于是就平均分成了2队，可以让顾飞换着班带。顾飞的确也不在意，只是此时有事，和学生交待了一声一会过去，就先忙他的去了。

云端城中心的喷泉旁边，顾飞看到了席小天。

这姑娘永远是一副怪模怪样的打扮。顾飞已知她是一个弓箭手，但此时却是一身法师长袍拖地，长袍里面似乎又套着件盗贼斗篷。

顾飞一边朝她挥手一边到了跟前。

“少见啊，居然主动找我，有什么事？”席小天倒是开门见山。

“上次的事咋样了？”距离席小天被砍只过了几天，不过顾飞一直还没问候一下。那次是个误会，顾飞没出手相助却是刻意，事后想来也略有点歉意。

“没怎么样啊，这种事，经常有的嘛。刚刚还被人捅一刀呢！”席小天一边说着，一边从口袋里摸了个面包出来，慢吞吞地啃着，估摸着是补充一下那一刀后流失的生命。

有关席小天的事业纠纷顾飞无心掺合，也就直奔主题：“你还在那个地方混吗？就是那个爆人装备的。”

“哦，他们啊！他们生意后来不景气，接触得少了，不过还是有点来往，听说昨天你把小残弄得很惨啊？”席小天说。

“他自找的。”顾飞淡淡道。

“现在找我干什么？想打听消息继续追杀？”席小天冷冷道，“我是不会说的，只是混口饭吃，何必赶尽杀绝？”

“混口饭吃？”顾飞没明白。

“那是他们的工作，他们是工作室的，爆人装备，老板发薪，就这么简单。”

“哦，那吃这碗饭也挺不容易的。”顾飞说。

“尤其是遇到了你。”席小天说。

“是够倒霉的，所以还是另找个其他生路吧！”顾飞漠然地说。

“看来你找我还有其他事啊！”席小天也是聪明人，从字里行间就发现顾飞并没有什么要主持正义追杀这帮人的意图。

“是这样，昨天残梦死挂的时候，掉了个装备，不知道他是从哪里爆来的。”顾飞说。

“哦，你想打听下失主，把东西还回去？”

顾飞点头。

“您真是太高尚了，我觉得自己就像是个微生物。”席小天的话中存着奚落，但脸上却是面无表情，让顾飞也摸不准这到底是个什么思路。“东西呢，是什么？”席小天问。

长诛短叹是两把匕首，顾飞随手掏了一柄递了上去。

席小天接过看了看说：“现在匕首在我手上了，不怕我跑呀？”

“不怕……”顾飞另一手拄着剑。

“杀了我也没用，东西还是在我身上。”席小天说。

“那你跑吧！”顾飞说。

席小天却没动，把匕首递了回来：“我没见过这装备。”

“哦？”顾飞疑惑，不过也知在这事上席小天没有什么隐瞒的必要。

“如果我猜得没错的话，这件装备的来历，恐怕只有小残一个人说得清。”席小天说。

“什么意思？”顾飞问。

“我自信对他们捞到的装备都是蛮清楚的，但我没见过这件绿字套装，一定是有意私下藏的，既然你说这是残梦死掉的，那当然就是他私藏的了。”席小天说。

“这么说还真只有他知道是谁掉的？”

“嗯，另外，这东西很有可能也不是玩家掉的。他们是职业化的打劫团体，肯定是瞄准了某人有什么极品值钱货后有目的地去爆。这种情况下，怎么会有这种不为人知的装备被私藏下来？”席小天说。

“也许是他们开始并不知道，但人挂的时候意外掉出来的？”顾飞说。

“这样极品的装备，能用怎么会不用？不能用的，要么拍卖，要么放在仓库里，放在口袋里干什么？”席小天说。

“似乎有道理。那你的意思？”

“可能是他们打BOSS，或者是什么任务过程上偶然掉落，小残起了私心暗藏下的，什么目地就不用我解释了吧！”

“了解。”顾飞点头。

“所以说，这东西要说主人，只能说是小残了，你看着办吧！”席小天说。

“那现在主人就是我了，啧啧。”顾飞看着手里的匕首。

“便宜你了……那么我走了，明天见。”席小天说。

“明天？”顾飞疑惑。

“明天不是佣兵团决赛吗？”

“哦？你在黑手佣兵团？”顾飞诧异。

“哼，你可要当心了，我可是很卑鄙的。”席小天伸起手，朝顾飞做了一个击毙的手势，转身扬长而去。

“卑鄙吗……”顾飞默然。

席小天离开后，顾飞不理学生那边催促，又是慢慢悠悠地去刷了几个通缉任务。领在残梦死身上的任务今天一上线就因残梦死已经洗尽了PK值而已失败告终，顾飞的连续性再度中断，这连续完成200次不知何年何月才能达成。

结果等到顾飞一身PK洗尽，这边好友栏里消息已经快要爆了，全是学生发来的催促询问声。无视消息是顾飞生存在重生紫晶时练就的本领，消息来再多也不怕，此时淡定地一条一条随便翻看了一下，随便捡了一个回复了下：“就来了。”

云端城外云郊农场，学生们分成两支队，练得痛苦不堪。顾飞赶到时，阿发因为争抢练级区刚刚被一个40级的盗贼捅个半死。一帮人唉声叹气地坐在路边的田埂上，强力谴责阿发是个窝囊废。

顾飞的出现让学生们觉得像是看见了曙光一般，哭着喊着就扑上来围住直诉苦。顾飞很理解地点了点头，手一挥：“站队，咱去别的地方。”

学生们思想比较简单，只觉得被人欺负了，再回头欺负回去才够爽够酷，如此换地逃避未免太不够爷们儿了。

但面对顾飞跑8圈的胁迫，心有不甘的最终也没吐露啥意见。学生们列着队，没精打采地跟在顾飞身后，此时路是越走越远，阿发这个有点游戏内涵的家伙眼睛却越瞪越大，他总算可以看出来，这练级区是越走越高级了。

云霞山谷和云霞盆地，怪物等级同为40。顾飞也没敢再往远里带，毕竟学生们等级比重生紫晶的都差老远，去50级练功区他们基本发挥不了什么作用。虽然顾飞一个人也可以应付，但那样效率未免太低。现在是带练级不是在玩，效率是要着重考虑的，顾飞想得还是比较周到。

40级的练功区也比较紧张，顾飞带队进了山谷，随意找了块地，上前和人交涉，单挑，轻易拿下地盘。随后安排级低的学生们坐到一边去，级高的学生引怪，有能力的也可以帮着打打杀杀，再然后，就是顾飞震撼的秒杀级表演了。不光学生们钦佩不已，周围玩家也是纷纷惊骇侧目，一时间让学生们又觉得自豪不已。

虽然学生们的等级是乱七八糟，经验分配当然也是乱七八糟，但在此等效率下经验增长依然是喜人的。尤其级低的家伙们，需求和所得可以说完全不成比例，那经验根本是在疯长！学生们欢呼、惊喜，正在兴头上时，顾飞突然停手，朝学生们喝令："列队了！"

"怎么回事？"学生们疑惑。

"9点多了，你们应该下线了！"顾飞说。

"啊啊啊啊！"学生们呐喊，"老师，今天是周末啊，多玩会儿！"

"周末啊！"顾飞喃喃道，"那就玩到9点30分吧！"

"啊啊啊啊！"有看了时间的学生继续呐喊，"已经9点27分了！"

"是啊，所以说已经是周末优待了，从这里回城下线还要不少时间，再给你们点自由活动时间，10点全部消失！"顾飞说。

"啊啊啊！"学生们空自呐喊，却不敢有异议。敢有吗？敢的话下节体育课跑8圈试试……

终级三班的学生们猛然间惊觉了，老师本就该是学生躲都躲不及的，绝不应该如此主动凑到跟前。即使同在玩游戏，老师也是老师，学生就是学生，本质是变不了的。企图在游戏里双方都抛却身份，互不认识倒是可能，如顾飞和御天神鸣。而眼前终级三班的学生和顾飞却是真实的师生关系，这不是玩个游戏就能改变的。

就算会有老师因此而放下架子，终极三班却知这事不大可能发生在顾飞身上。虽然只是体育老师，但顾飞却是比较认真的，体育这种上下都不怎么重视的课程，成绩向来都打得比较随意，达不到标准的，老师也会帮你改到够标准。只有顾飞，完全是照章办事，一丝不苟，这样的老师，大家主动凑上来当真是被猪油蒙了心啊！

但问题是已经靠上来了，想逃也逃不掉了。说回来顾老师待大家还是不错的，除了限定众人游戏时间以外。

一行人在行会频道里好一通发泄后，可怜巴巴地问顾飞："老师，明天还来这儿练级吗？"

"明天，明天可能不行，明天我得去打佣兵对抗的决赛了。"顾飞远目。

23 佣兵团决战

周六，对抗赛决赛即将来临，所有人都在抓紧最后的时间充实自己。

差一点点可以升级的，抓紧时间刷取经验跨越这个等级。

技能熟练差一点点上升一个层次的，抓紧时间刷取技能熟练。

而最简单直接的方式，自然是可以在比赛前获得一件神兵利器，这无疑会让实力有一个超高的飞跃。

公子精英团中就有着这样一件装备。

长诛短叹，毫无疑问的越级装，而且还是绿字套装。顾飞昨天声称是要去找失主归还的，结果兜了一圈回来后就说这匕首的主人就是残梦死，所以现在归他所有。

几个高手都没说什么，因为在公子精英团中顾飞也是有过一些腹黑的不良记录，所以几人可都没把他成正直有为的青年看，此时来了这么一出……

衣冠禽兽！

道貌岸然！

大家都在心中咀嚼着此类词汇。当然，没人会随便吐出来，顾飞的剑就搁在桌上呢！很顺手。

“这个长诛短叹，我好像拿着没用啊！”顾飞感叹，他摆弄这东西已经有些时候了，此时右手握着长诛，“连绿光都不是很明亮，这说明我连系数要求都没达到。”这方面顾飞是有经验的，他的暗夜流光剑就是如此，同为紫字装备，但物理攻击属性的字色和法术攻击属性完全不是一个程度，一看就觉得法术攻击更璀璨。这算是系统给的一个提示，用色彩明暗程度含糊地提醒玩家你的系数够不够。

说着顾飞又伸上了左手，手里握着的是短叹：“这把更好，除了短叹两个字，剩下全都是暗的，是不是因为我没有什么双手使用武器的技能，所以不行呀？”

高级装备，鉴定术跟不上需求，想看属性或者是自己拿到手里，或者是主人以摆摊模式公开属性，大家让顾飞放桌上，以摆摊模式公布一下。

顾飞就更豪迈了，直接把俩匕首甩到桌上，示意大家自己拿去看。

众高手逐一拿在手上，轮翻试着把玩，还互相比较：“诶诶诶，看我这，挺绿的吧？”

“没我的绿，看我拿着！”

“我的最绿……”

剑鬼的性格比不了那几个家伙主动，最后两匕首才传到他手上，拿起一把一瞧，点点头：“很绿！”

再拿起一把又一瞧：“也很绿。”

然后拿起两把，看了看左手后点点头：“这手的不绿，看来是需要双手技能。”

战无伤得意了，从剑鬼手里夺过后洋洋自得：“我两个都可以绿！”

“绿够了没有！”顾飞终于忍不住了，准备掀桌。

“不够不够！”战无伤还摇头呢，“我拿着肯定没有剑鬼拿着绿。”

“我也不知道是不是完全激活了。”剑鬼摇头。绿字装备各大高手这也是第一次见，谁也不知道完全达到系数时应该绿到什么程度。末了又转头望向战无伤：“你暗属性激活了没有？”

战无伤垂头丧气：“没有。”

“看来需要完全达到系数。”剑鬼下结论。

“先不说达到系数啊！这还要双手技能呢，除了狂暴战士，谁有双手技能啊？”御天神鸣提醒大家。

剑鬼沉默了会儿说：“盗贼转职刺客的话也可以有，不过需要技能卷轴来学习。”

顾飞问：“法师可不可以？”

“这个……应该不可以吧？”众人面面相觑。顾飞这个问题乍听白痴，但也没人敢拍着胸脯做保证。因为这问题已经白痴到根本没人研究过，缺乏实践依据。

“我想也不行。”顾飞也还是知道些游戏设定规律的，叹口气手一摆：“那就剑鬼拿着吧！”

以这帮家伙对顾飞的了解，已料到这匕首他自己不能使的话，最后肯定是要便宜了剑鬼。几人眼红得都快滴出血来了，御天神鸣连连感慨：“啥时候你能爆把弓回来啊？”

剑鬼此时的神情则有几分扭捏。他倒不是虚伪的人，这长诛短叹他的确想要，所以并没有要推辞的意思。但就这么直接收下，好像不太好；要说给钱吧，似乎也有点难于开口。说到底，还是和顾飞的关系处于要生绝不生，要熟却也不太熟的地步，反而让剑鬼难于下决断。

这边御天神鸣却无意嘀咕："这玩意儿挂出去卖，怎么也得值2000金币吧？"

"2000金币？御天你太保守了。"佑哥一脸大行家的模样说，"这匕首一看就越级呢，你不能拿现在市场上的货估量。如果分开来卖，长诛的伤害恐怕更具优势，价钱可以破1000；短叹伤害没那么突出，可也达到现在一流匕首的水平，怎么也可以卖个800上下。现在两样在一起，又附上致命，还有技能，技能武器的价格向来是要翻一番的，所以算下来怎么也能卖到3000。"

两人这已经讨论上价钱了，剑鬼怎么还能充耳不闻，当即也磊落地对顾飞道："那就算我3000买你吧，不过眼下没钱，得先欠着。"

顾飞一笑道："大家这么熟，这么认真干嘛！给个千八百的意思一下就行了。"

剑鬼却对此很是欣慰："那就便宜点，算我2000金币好了。"

"说了千八百就千八百嘛，1800金币。"顾飞说。

剑鬼此时才知顾飞说这千八百居然不是个虚数。200金币上再你推我搡的就真有些虚伪了，剑鬼当即毫不犹豫地点头，末了交待了声："1800一时间也没有，先欠着啊！"

"嗯，不急。"顾飞淡淡地道。

当事人再无异议，那边御天神鸣却好像很受不了似的，手往口袋一插，甩出一卷轴到桌上，一拍桌子望着顾飞道："电系卷轴啊，1800金币卖你，要不！"

"好啊！"顾飞欣然从桌上拿起，一边一扯卷轴一边道："一样没钱，也欠着啊！"

"一手钱一手……"御天神鸣那个货字还没说完呢，就见电闪雷鸣般的一道光已经从顾飞指间流窜飞过，顷刻消失不见，而那卷轴更是已经皱巴巴的像一张草纸，顾飞随手一搓，立刻成了末了。

见多识广的众高手怎会不知这是已经把卷轴使用掉了，个个目瞪口呆，对于顾飞的干脆利落钦佩不已。御天神鸣更是像痴呆了一样，刚才要说的话半截就没声了，转而咕噜了一句："已经用掉了？"那尾音扬的，可以听出千般的不相信。

"嗯，用掉了，回头有钱了还你。"顾飞说。

"啊呀呀！"御天神鸣作势要扑过来，顾飞连忙道了声"传送阵再见"就闪出了包间。御天神鸣执着地追了出去，但他再快哪里快得过顾飞的瞬移，等他冲出酒馆时，眼前是诸多岔路街道，已经不知顾飞去了何处。

御天神鸣气鼓鼓地回到包间，看到剑鬼正一脸憧憬地把玩长诛短叹呢，估摸着是在幻想等两把匕首系数都激活的美好场面。

"剑鬼，那钱你不用付了，就当我拿卷轴替你换了。"御天神鸣走进包间就豪气地拍着剑鬼的肩膀说。

剑鬼却只是笑了笑："那不是这么算了。"

"那怎么算，千里太不够意思了。"御天神鸣郁闷地坐下，一脸"我看错人"的表情。

“他是在替我着想，不想我再欠他的情而已。”剑鬼淡淡道。

“呃？”御天神鸣一时没明白。

“还钱容易，还人情难啊！”剑鬼叹息。

“因人而异。”那边佑哥说话了，“千里处事的风格是比较因人而异的，他知道你剑鬼的处事风格，所以这样做。至于御天嘛，呃，御天，我觉得你就这样忘了你的卷轴比较好……”

御天神鸣此时听得几人替顾飞的解释，也已经释然。至于他那卷轴，既然对顾飞没了意见，那么钱不钱的他倒真不在意。佑哥说的很对，顾飞的因人而异策略非常成功。

从酒馆跑走的顾飞，此时也在看着技能表中的介绍：电流墙壁，驾驭强大的雷电法力，制造出阻隔一切的电流屏障。持续时间20秒。

阻隔一切……系统的解说词向来是往吹破天里说，火球术还说是驱动火之法力烧尽一切呢！顾飞没太在意，随手一指，进行了吟唱：电流墙壁，降！

电系法术果然是电系法术，顾飞降天降火轮时是断然没有这么快的。此时吟唱刚罢，手指方向的空气突然像痉挛一般开始抽搐，过往的玩家也被这异变惊得开始抽搐。接着就听“噼噼啪啪”一阵脆响，由细密的电流丝编织成的一道扭曲的网呈现在眼前，时不时还闪个电火花，张牙舞爪别说多嚣张了！论视觉冲击力，电系真的比火系还有水系都强多了，实在是太晃眼了。

这道电墙有3米余宽，倒是没能把眼前这街道阻隔；但过往的玩家都已经停下脚步，好奇地围观这没见过的技能。有胆子大的更是近身上前，伸指过去轻触了一下。

“嗞”一声响，他那指间和电流墙壁明显擦出了火花，这玩家也是一声怪叫收回了手指，一瞅自己状态，大叫：“别碰，麻痹效果！”

在众人的啧啧称奇声中过了2秒，技能消失不见了。众人这才反应过来还没注意这技能是谁放的，四下再一张望，顾飞早已经离开了。

“好耗法力！”顾飞惊叹。刚才一个电流墙壁抽干了他一半的法力，而且这种略有保留的感觉他很熟悉，这和用瞬间移动时是一样的。也即是说：玩家可以自己提高法力的消耗，来增大技能的效果。拿瞬间移动来说，法力消耗多少，移动距离是不一样的。

而像火球术、天降火轮这些没有说加大法力消耗法力可以提高伤害一说，雷电术也没有，看来这只是一些特别法术的特质。

顾飞一边琢磨着这法术的特点，思考着可以和功夫有什么结合的地方，一边朝着佣兵大楼方向的传送阵去了。

7点转眼将至，参加佣兵对抗的众人都已经到达传送阵。今天不只是公子精英团和黑手佣兵团的决赛，逆流而上率领的水花佣兵团也会和七彩云间争夺第3名。

事实上，这第3名之争要比公子精英团和黑手佣兵团的决赛更加激烈些。因为系统规定前3名才会有特别奖励，也就是说，公子精英团和黑手佣兵团之间无论胜负，这个奖励都是逃不了的，无非就是档次上的差别，而水花佣云团和七彩云间却是谁输谁没有，肯定得拼命。

韩家公子等人过来时，正遇了逆流而上一行。大家保持一贯的和谐，努力努力，奋斗奋斗，加油加油，互相道了一遍后各自传送进了战前地图。

战前一般是对方的情报说明，但黑手佣兵团着实低调，弄得佑哥现在也有些尴尬。没有情报，他在这佣兵团也变得前所未有的低调。

“呃，这个黑手佣兵团一共100人，等级都比较高。说他们不如纵横四海的四海佣兵团未免小瞧他们了。在刷系统任务排上系统认定的第一佣兵团后，现在他们也开始拓展一些玩家任务，据我了解。任务方面非常专业，价格公道，信誉良好，口碑是相当不错的。”

不过佑哥也不愧是情报王，从这些有限情报中，也分析出了一些东西：“从他们的这种处事风格来看，这佣兵团无疑凝聚力很强，团队战很可能爆发出我们没有见识过的爆发力，我们应该谨慎行事。最后决赛了，大家认真打一场吧！”

“佑哥你这话说的！”御天神鸣不满道，“一直以来我们都是拼尽全力的，你当是少年漫画吗？被打个半死才会咋呼让你看看我的真正实力，我们已经很努力地在施展了。”

“嗯，就是这种精神，继续努力吧！”

“既然情报不够……”一直沉默的韩家公子终于发话了，“那就开了战再收集吧，千里、御天、剑鬼，你们的速度优势应该是绝对明显的，开战你们3个先去接近他们，看看有什么可利用的地方吧！”

3人点着头。

“我们3个就先在后方运筹帷幄了！”韩家公子说。

“别扯上我，我就是一保镖。”战无伤愤慨。

笑骂中，时间进入倒计时，佑哥飞快地注意到一个现象：“咦，他们人没来齐呢，87个人！少13个！”

“唔，正常，有事嘛，这里只是游戏而已。”众人表示理解，真要是恰逢大事，明白人都会把游戏暂丢一旁的。

最终赛正式开始，据官方宣称最终赛的地图都是特别制作，可事实上这地图又能做出什么花样？风景变化的确很大，但眼下哪有人是来看风景的！在韩家公子眼中，那座秀丽巍峨的高峰，是鸟瞰全图纵观全局的不错场所；那边那道干枯的河道，贴着边走倒是条可以秘密前进的路线；还有那两片好像双胞胎一样的双子树林，唔，两树林之间相隔有60多个坐标点，这弄一样的还有什么意义？

韩家公子把眼前可见的地形大至研究了下，手指那座高峰：“去那边！”

“又占高地啊！”众人百无聊赖，每次都是这样，麻木了。

“不，是那里！”韩家公子伸手指着，迈步已经走开了。几人也没看清他手指的是哪儿，直觉上明明还是那高峰的方向嘛！

6人全速前进，一路上未发现任何敌情，最终到了韩家公子所指之处。那巍峨的高峰就在眼前，6人距离那山脚也不过数十米之遥，韩家公子四下张望了一下，指着山下一片小树林：“那里吧！”

5人跟着他进了树林，至今还没弄清他打什么主意。

“不是要我们3个去摸摸情报吗？”顾飞按捺不住了，他的意思去摸摸情报，方便的话还可以顺手干掉几个，这多爽。

“不急，情报会自己送上门来的，好好盯着吧！”韩家公子说。

“盯什么？”

“这张图明显是以抢占高点为内涵的，所以才会有这么一座高峰所在，如果是实力相近的两团相遇，这个高点将会成为决定胜负的关键因素，他们肯定会来这里。”韩家公子说。

“实力相近？我们也算？”佑哥不自信。

韩家公子笑了笑：“当然不算，但因为我们的大风筝战术存在！想解决这打法，抢占高点是很必要的，他们一定会来。”

“想不到你那大风筝打法的伏笔这么多……”佑哥感慨，“那就等着看吧！”

“伪装一下吧！”等待从来都是无聊的，御天神鸣信手采摘枝叶，编起了草帽，架到头上后问其他人：“你们要不要？”

没人搭理他，5人都已经全身心地沉浸在自己的世界中。

剑鬼手里三把匕首，两把是长诛短叹，一把是霜之回忆，正琢磨开打时如何运用。

韩家公子一边时不时望一眼树林外，一边口袋里掏出酒瓶，不紧不慢地喝着。

佑哥的神情是最专注的，眼睛眨也不眨地盯着林外，左手拿着小本，握笔的右手蕴含着无限的爆发力，谁都不会怀疑当情报出现时那手可以爆发出敏捷1000的书写速度。

而战无伤则因为体型较庞大，在树林子里也不好藏，正努力压低了身子，蹲在一棵大树后，时不时歪过脑袋朝外张望一下，那模样颇像一个偷偷躲在角落里解手的……

最后是顾飞。他一身黑袍，在这样阴暗的树林里倒是不易被发现，就这么双手撑着剑往那一戳，目光凛冽，面无表情，概括起来就两字：杀气。

“大家都很严肃啊……”御天神鸣不由也被这种浓重的气氛感染了，扶了扶头顶上的草帽，瞪大了两鹰眼，直勾勾地朝外望着。

“来了！”第一发现目标的，居然不是有鹰眼的御天神鸣，而是韩家公子。他挥手一指，大家不得不都扭一下头——所有人都看错方向了。

林子外，黑手佣兵团的人悄无声息地从两山之间穿出，来到了这座高峰之下。

“人都在吗？”韩家公子问御天神鸣。

“我数数！”御天神鸣开始揉眼，就算有鹰眼，这活也不轻松。

虽然御天神鸣拥有鹰眼目力惊人，但要他数清山峰底下那蠕动的人群着实有些为难他了。要数清移动的目标需要一定的方向感，御天神鸣如果有方向感的话也不会是个路痴了。

盯来望去，不知反复数了多少遍，眼看那堆人已经在山脚下转一圈了，御天神鸣也没数出个结果。正赶上战无伤不耐烦了，问了句：“还没数好！”

御天神鸣如遭大赦，横眉冷眼对着战无伤吼道：“快数好了，被你这么一吵忘了数到哪儿了！”

这一言也提醒了韩家公子，当即拍了拍御天神鸣：“行了，别勉强。”

蠕动的黑手佣兵团在山脚下停了脚，寻好了路后，开始集团爬山。

“哇，有这必要吗？所有人都要上山啊？”御天神鸣惊叹。

“这山峰离我们的出生点更近，而且我们人少机动性更强，如果同抱着抢占高点的心思，我们这会儿已经在山顶了，正好被他们包围。”韩家公子说。

“唔！”众人听了，再观黑手佣兵团的动向，果然这山爬得一点都不自由散漫，而是排好了阵势层层推进，随时准备迎接来自山顶的冲锋一般。

“兵力不会分散！这是佣兵对抗赛过程中，我们的对手养成的第一习惯。”韩家公子冷笑。

黑手佣兵团的人排着阵型登山过半，又行了数步后，处在阵型最前的弓箭手们突然开始射击。

“这是干嘛！”御天神鸣惊诧。

韩家公子又是淡然一笑：“这是他们生成的第二习惯：顾忌我们阵中法师的秒杀实力，所以正常团队前进时，应该是战士作为肉盾处在队伍的最外围，保护弓箭手或是法师之类的脆弱远程职业受到突袭时直接丧命。但现在，他们觉得我们阵中的法师可以秒杀一切，战士掩护也不济事，索性弓箭手在最外列，靠距离优势掌握主动。刚才还没到法术攻击范围他们就先射了，是不打算给你露头的机会啊！”韩家公子说完转头看了顾飞一眼。

顾飞沉默了片刻后说：“其实我的范围法术现在不一定能秒掉战士，拿战士在前吸引火力还是比较正确的。”

韩家公子却是一笑：“就是希望他们出现这种夸大的错误思路。”

黑手佣兵团此时已经在弓箭手的不断攻击却无人抵抗的局面下成功抢占了山头，好大一伙人这么小心这么费劲甚至拿出冲击狼牙山五壮士的劲头猛扑上来，结果发现山头空无一物，心下难免失落。如果再让他们知道此番行为被小树林里的6人当笑话一样点评了一番，那就更让他们吐血了。

黑手佣兵团的人在山顶安顿一下后，就开始瞭望四方了。

“接下来就比较难为他们了。”韩家公子说，“这山头视角不能放弃，可是又得出动人马去找咱们，这样兵分两路就成了必然。哪边人少都可能成为我们的可乘之机，如此一来平均分成两队似乎是最为有效稳妥的方案。”

韩家公子这边正说着，山头的人已经开始活动。虽然无法准确数清人头，但大致数目的估算还是清楚的，果如韩家公子所言，几乎所有人都涌下了山头。

“哈哈哈哈，猜错了吧！人家全下山了。”众人正大肆嘲笑，却听韩家公子叹了口气，不紧不慢地说：“这是他们养成的第三习惯。虽然我们只有6人，却没人知道我们6人的确切能量是多少，可以抗衡10人？20人？30人？甚至更多？所以在一定要兵分两路时，不会采取均分这种看似都稳妥，其实又是都有风险的方式。他们会丢车保帅，随便留两三个人在高点看风景，其他人继续集中力量搜索。如此就算山上的家伙被偷袭，也只丢个两三分，完全有挽回败局的机会。”

“既然猜到我们有可能偷袭这两三人，万一他们在那里设下埋伏呢？”御天神鸣说。

“这个问题问得好，所以我们现在趴在这树林里，你看他们在山头是不是有设下埋伏的样子？”韩家公子说。

御天神鸣顿时语塞，对方冲上山顶没多会儿就散了，而且由于人是整齐一致地堆在一起下山，没看到哪部分私下活动，的确不像是要设置埋伏的样子。

“现在他们搜索的目标重点肯定是树林这种高点看不到的死角，我们这片树林距离最近，怕是马上就要过来了吧？”佑哥叫道。

韩家公子点了点头。

“上树？”战无伤疑惑着问。上场树林歼灭水花佣兵团一役可说有惊无险，而且事后大家分析回忆，觉得在那环境下，其实仅由顾飞一人在树顶上用瞬间移动保持换位，然后用范围法术对树下的家伙们进行偷袭，似乎对方也完全没辙。

“不行了，那天的方法今天用不了。那是需要绝对地形条件的，今天的树林都不够水准，藏不了人。”韩家公子说。

的确，他们所处的这片树林规模本来就小，树生得也不够繁茂。远距离还能当当掩体，真要到了树下仰头一看，树上是绝对藏不住什么人的。

“快撤，再近些移动就要被发现了。”韩家公子喊了声后率先移动，“这边。”

“这样出树林不是要被山顶上的眼睛发现了？”佑哥总是很忧虑。

韩家公子却笑而不答。他这卖关子的模样大家早都习惯，所以也不再多问，跟在他身后穿出树林。山头的视线暂时还被树林所隔，韩家公子沿树林旁绕了一小段，忽然出现一道半高的残墙，韩家公子矮了身子钻到墙后，朝几人招手。

几人惊诧地蹲身跟上，这道掩体自然遮挡了山顶的目光，战无伤愣道：“这地图是你画的吗？”

“先别说话。”韩家公子头前引路，这道墙居然颇长，只是因残缺程度不同，有些地方可以站直了走路，有些地方需要蹲身，有些地方甚至需要趴下去。总之大家跟在韩家公子身后，必要的地方采用适当的姿势走了一道，前方地势忽然一低，韩家公子回头交待了句："动作麻利点！"说罢他先一闪身，连滚带爬就下到那洼地去了。

后面几人的姿势也没耍出什么美感，轮到顾飞和剑鬼时，一个使了个瞬间移动就闪下去了，另一个来了个潜行，大摇大摆走了下来，一起望着那4人憨笑。

4人也没脾气，战无伤此时再度提出先前的疑虑："这地图你画的啊？"虽然明知不可能，但同是第一次进这地图，韩家公子怎么就知道这里有道可以阻挡山头视线的墙呢？

韩家公子懒洋洋地道了声"注意观察"就算是把战无伤的问题给回答了。

"从这里可以通向哪里？"佑哥立刻开始观察摆在眼前的这条道。

"差不多可以到那山脚，我们等他们的大部队走远了再行动。"韩家公子说。

"你早就观察过了？"

"不是观察，是寻找。"韩家公子又是一副教育的嘴脸，"我一开始就在留意山峰的高度和这周围的地形，才找出了这么一条基本属于盲点的道路。"

"原来如此！"佑哥表示钦佩韩家公子的观察力。韩家公子自然很得意，但再看其他4个，根本没听他说话。战无伤和剑鬼愣着神不知道在想什么，那边顾飞拿着御天神鸣刚才编的草帽："你手挺巧啊，和谁学的？"

韩家公子心头那个火啊，却也没法发作，瞪着4人道："等那边搜完树林，我们去偷袭山头。"

"既然这里是山头盲点，那么他们应该会来搜这里吧？"佑哥说。

"这可是我才会察觉的盲点。他们从山顶上看，肯定会忽略这里的。"韩家公子正说着，目光随意一瞥又是火起，忽然朝顾飞吼了句："千里，靠里站点，贴着边！"自己完美的计划险些要坏在这家伙漫不经心的站位上了。

"瞬间移动！动！"顾飞瞬间朝里移了一个身位，继续朝御天神鸣说："这里是怎么接在一起的。"

"哦，这样，然后这样……"御天神鸣摘过草帽示范着。

山头偷袭计划能否顺利进行？

6人在洼地里等了些时候，果然如韩家公子所料，这边根本没有黑手佣兵团的人过来勘察。看看时间也差不多了，韩家公子甩了甩头，大家又跟着他继续前进了。

结果又如他所言，一路行至了那高峰之下，韩家公子又停下了脚步。

"继续啊，又停什么！"一行人喊道。猫着腰贴边走也是很辛苦的，几人早就盼着快些到达目的地赶紧解脱。

韩家公子朝前指了指："这一段不是盲点，如果运气好，山顶上正好没人朝这的方向看，可能还能躲过，否则肯定会被发现。而且，这一段是我们的盲点，看不到山顶情况。”

“这么看来……”几人的目光转向顾飞和剑鬼，“接下来只有你俩搞定了！”

“乐意之至！”顾飞拔剑，走到韩家公子那位置，一个瞬间移动的吟唱，“咻”一下已经飘过了这段盲点。

一向淡定从容的剑鬼此时也比较兴奋，长诛短叹终于有机会开锋了！施展了个潜行后，剑鬼也越过了这段路，韩家公子开始在佣兵频道里讲话：“好了，按我的指示走！”

然后又是一连串的坐标汇报，2人也很熟练地并不多问。如此摸索着上山，周围一点异动都没有，韩家公子找出的偷袭路线果然是货真价实。

2人按韩家公子指示一路上山，最后30米的距离终于不存在这样的偷袭盲道了。这里几乎已经是在对方的眼皮子底下，还有盲道那除非是有地道了。

“自己想办法吧！”韩家公子说。

“直接冲吧，还磨蹭什么？”顾飞提议，这点距离冲刺起来也就是一瞬，中间还可以瞬移辅助5米。

剑鬼点头表示赞同，二人背贴身后巨石，互望一眼，心中同时开始默数。待从巨石后钻出，山坡边上杵着的人已经看得真切，运气不错的是有个小子居然正转过头去和身后的人说话，没看着这方向。这更给了二人可乘之机。飞身上前，转眼已经又近了10米。

这时山顶那家伙才转回头来，乍见突然现身的二人一怔后，反应也甚是机敏，抬手放了一箭转头向后退去。

“山顶上当眼睛的人，应该是弓箭手。”韩家公子早就如此分析过了。一来弓箭手转职后有鹰眼技能；二来弓箭手在发现有人攻向山头时，利用攻击距离优势可以拖延部分时间；三来，弓箭手移动速度都快，顶不了时用逃跑还可以继续拖延时间。

一切都被韩家公子料中，山头的守望者果然是个弓箭手，而且早就引箭待发，一见2人抬手一箭居然还是追踪矢。

箭矢拖着白光朝顾飞来了，看来对方对秒杀法师的顾忌也绝对不是假的。

但这样弱弱一箭又岂能难住顾飞，暗夜流光剑挡在胸前看似随意，其实是顾家剑法中的一招夜战八方。休说正前方，就是八方来袭，顾飞也可以从最从容有效的角度瞬间出击应敌。这迎面奔来的一箭，顾飞手腕轻轻一转已将箭拔开，冲势是一点都没慢。

二人几乎是同时冲上了山头。山的顶端对方果有3人，此时却已经做好了迎战的准备。韩家公子的估计竟然出现了偏差，对方的“眼睛”并不全是弓箭手，另外二人，看装束赫然是一名格斗家一名法师。更奇怪的是3人居然都蒙着脸。

“刚才那弓箭手有蒙脸吗？”顾飞问剑鬼。

“不知道，没注意啊！”顾飞努力回忆，觉得似乎好像仿佛，是蒙着布的。

为什么要蒙脸？现在不是提问的时候。二人一左一右并肩冲上，那弓箭手和格斗家本来护在那法师身前，此时立刻也一左一右散了开去，看来是想以三角之势夹击2人。

身为习武之人的顾飞，格斗时对眼望六路，耳听八方的活计做得自然是非常到位又细致。那二人一左一右散开，看似围上，但距离却好像有所拉远。

弓箭手如此拉开距离还可以理解，但那格斗家，这未免就让人费解了。

此时用了疾行速度比顾飞还快的剑鬼已经冲近那法师，明亮的匕首已经递出，他拿的是长诛，果然是急着想拿新家伙开锋。

那法师此时也不见慌乱，手中法杖举起，似乎也要出招。那两个闪到一旁的弓箭手和格斗家此时已经停下了脚步，却未出手，一起望向那法师。

这战局中每一时每一刻的微妙变化，也只有顾飞这等专业人士才可以体察到。此时他一惊，一个念头已经闪上心头，根本不及细想就朝剑鬼大吼一声：“快退！”喊罢的同时，口中吟唱瞬间移动，顾飞已经飘后了5米，而那法师显然也在此时完成了吟唱，一道火花从他法杖盛开，接着落地，然后就是轰然一声巨响，熊熊烈焰如同偌大的花瓣一般盛开！

这是平行世界头号法师漂流的招牌技能：落衣红莲。

难怪对方会蒙着脸，原来是不想被顾飞认出。难怪弓箭手和格斗家刚一开战就朝两旁绕去，他们是要避开落衣红莲的燃烧范围。这两人当然就是漂流的跟班左手写爱和右手写帅。

顾飞的瞬间移动比落衣红莲还要快了几分，此时再退数步已逃过此劫。但剑鬼就不一样，虽然一听顾飞呼喝就毫不犹豫地回撤，但看此时情景剑鬼的移动还是快不过红莲的盛开。

顾飞看清眼前后立时再度吟唱，瞬时，一道扭曲的网状墙壁突然横在了剑鬼面前。这一法术释放顾飞可谓把他的判断力发挥到了极致，在瞬间计算了剑鬼移动速度以及红莲的盛开速度，准确无比地把电流墙壁卡到了剑鬼和红焰之间。

不是可以阻隔一切吗？阻隔给我看吧！

顾飞心中默念，此时他所能做的也仅限于此了。

这一突变显然连对手都始料不及，红莲花以盛开之势扑向电流墙壁时，居然真的受到了阻隔。原本应该是在法师身遭360度蔓延开的火势，此时竟在电流墙壁之后留下一条通道。

技能说明中持续时间可达20秒的电流墙壁，在如此的冲击下光芒很快褪去，仅仅3秒后，电网最后发出“嗞”一声叹息，被火焰所吞没。但这精妙的3秒钟时间，已经足够剑鬼撤出险地了。

顾飞长出了口气，和剑鬼并肩而立，对方3人的眼中也充满了难以置信。火焰中的法师扯去蒙面望向顾飞，果然是漂流。

“都说你是近战法师，果然了得，就这一下，你比我强！”漂流说话了，“不过还没结束！”

“当然！”顾飞说话间忽然转身一剑，1名盗贼在闪避间逐渐浮出身影。顾飞这一剑未用技能，虽砍中对手，伤害却是有限。

“看来传闻说你有反潜行，也是真的。”漂流说。

“原来山顶上的人不是3个，而是4个。”顾飞说。

左手写爱，右手写帅此时也已经揭去了蒙面，2对4的大战，一触即发！

韩家公子的推算终归还是有错误的地方：对方的确将队伍分成了一大一小，但是，却绝不是什么丢卒保帅的做法。

会出现这种错误推算，还是源于情报的不足——韩家公子没料到对方阵中居然会有五小强这种级别的高手。漂流留在这里当“眼睛”，确实有实力等着公子精英团的人冲上来一较高下。试想刚才如不是顾飞在最后关头反应过来，如果不是他在赛前刚刚学习了电流墙壁，刚才就算他可以躲过，剑鬼此时恐怕已经被漂流的落衣红莲给干掉了。

剑鬼此时也是心有余悸，他和顾飞背靠而立，对方4人呈菱形把他2人夹在当中。

落衣红莲的火光太盛，盛开的一瞬间等于已经把信号传达到了地图的每一处，无论黑手佣兵团，还是公子精英团，望着这山尖的人此时都已知道山顶上有事。

黑手佣兵团的人显然是早有约定，此时正在远处小心翼翼地搜索树林呢，立刻以回马枪的姿态杀将回来。

公子精英团的人则留在山脚，一看这阵仗也知道开打了，立刻朝山尖上冲来。

“刚才那是什么？”佑哥很是惊诧地说。

“是漂流！”剑鬼很快就回复了。

“哦！”御天神鸣恍然，“我听千里说过，漂流有个什么技能，好像是武器自带的。”

双方人马都在朝山顶赶来，公子精英团的人当然比较快，只是山顶此时早已经打成一团。

在顾飞的掩护下，剑鬼企图在众目睽睽之下发动潜行，但漂流反应甚快，一看剑鬼开始人影飘忽，立刻扬手准备砸一个天降火轮下来。

但顾飞和剑鬼那也是经验丰富之辈，漂流指向天空时，这2人已经分头冲了出去。

剑鬼冲向的是右手写帅这个弓箭手，顾飞则是冲向了漂流这个大法师。

右手写帅掉头就跑，剑鬼的疾行刚刚用过，此时尚在冷却中。失去了这个加速技，盗贼的速度是在弓箭手之下的，即使剑鬼也有不错的追风之靴，2人速度也就是不相上下。

剑鬼也瞬间理清了思路，追了两步立刻也一调头，朝着漂流杀了过去。漂流身为法师，身边竟然无人保护，顾飞觉得他未免有些托大，想必是没料到刚才一个落衣红莲居然没有取得意想之中的效果。

技能武器有两大特点，一是不会像玩家技能树上的技能一样随着熟练提高发生变化；

此外，武器技能通常都有冷却时间长的大弱点。二人相信落衣红莲没理由短时间内再爆一次，于是都冲得义无反顾。

漂流却也不着慌，法杖轻轻下扬横在胸前，口中吟唱：“冰影术！散落吧！”

又是新法术！顾飞和剑鬼心下嘀咕，却没太意外。很显然这些个高手比公子精英团的家伙们都活得富裕，卷轴装备层出不穷。剑鬼比较谨慎，一瞅有新技能先停步不前；顾飞比较豪迈，心想管你什么技能，上去一剑劈了再说。

顾飞用过一个电流墙壁，用过一个瞬间移动，此时的法力够一个双炎闪加一个火球术或是雷电术。也许漂流法术防御极高秒不了他，但一个法师嘛，拿剑捅都能捅死他。

吟唱完毕的漂流身周突然幻化出冰雪，漂流站在当中特纯洁地笑了下，眨眼间冰雪已经消失，剑鬼很是纳闷，这法术没头没尾没伤害效果，这是搞什么玄虚。

而顾飞此时已经发现，他和剑鬼又被包围了——而且是被漂流包围。此时在2人身旁各站着2个漂流，漂流竟然一下变成了4个！

“冰旋风，旋！”4个漂流一样的动作，一样的声音，一样的4道冰旋风从不一样的方向朝顾飞漂过来了。

这种实体分化出虚体的技能在网游中也是常见的，但是这虚体是不是也能制造伤害却因技能不同有着各自的设定，但此时四道冰旋风攻至，其中总有一道是漂流本人货真价实的，不躲不行。

这种技能PK中本是十分难缠的，可惜这次漂流遇到的是顾飞。

他的杀气感应超级无敌金手指再次发动，细心一察，已知四个方向哪个是本体真人。也怪漂流为了表现此招声势，实体与虚体搞了个小包围，让顾飞一下就判断出来哪个是真人了。

“瞬间移动！动！”顾飞伸指一挥，人已经“咻”一下飞出，一闪就到了某个漂流身后，抬手已是一剑。漂流的冰影术是个持续技能，制作出的虚体不会因为本体受到攻击而中断。但此时顾飞一下就看穿4人中的真身所在，让漂流受惊不小。

就算4选1，乱猜也有25%的命中率，但这顾飞一点试探也没有，一个瞬间移动就直接飞了过来，这一剑捅得是多么自信啊！

漂流受了一剑惊慌回头，冰影术的破绽这时也体现出来了，这边漂流惊慌地回头看顾飞，那3个虚体也有样学样，扭了头回去表现惊慌状，倒是把还在外圈的左手写爱、右手写帅他们几人看得浑身发毛。

顾飞此时第二剑已经砍出了，用过瞬间移动后他法力已经完全清空，什么技能都用不了，只能这样硬砍漂流。

如果是单挑，此刻对漂流来说绝对是残酷又无奈的，好在此时他也有帮手，一见这举动，右手写帅一个追踪矢就朝顾飞射了过来，左手写爱上前向剑鬼邀战，另一个盗贼也很是勇往直前地扑向了顾飞。

顾飞想要快些解决掉漂流，对于追踪矢直接视若不见了，挨了这箭继续捅漂流。

第三剑下去了，漂流还没死，想跑是跑不掉，想吟唱放法总是被打断，那盗贼跑得已经够快，却快不过顾飞的出手。眼前漂流已经无救，这家伙居然又笑了笑，开口道："落衣……"

落衣红莲的冷却间隔没有想象的长啊！

明知吟唱会被打断还要唱，难道这技能不怕打断？

顾飞脑中的念头闪得飞快，空着的左手此时朝上一捂，竟然直接把漂流的嘴给堵住了。

漂流又是一脸惊骇，没想到顾飞连这种手段都使上了。

面对任何人顾飞的力量都是弱势，但漂流同样是一介法师，力量是一个级别，于是在顾飞有效的格斗技巧下，漂流直接被顾飞这一巴掌按翻在地了。

"现在松手，喊开是不是还会爆啊？"顾飞游戏知识不足，此时不敢断定，很是苦恼，结果苦了漂流，被顾飞堵了嘴按在地上，郁闷得想死。

"这是搞什么呢？"又有声音传来，山脚下的精英团兄弟们此时终于攀上了山头，一瞅山顶上共有4个漂流，1个被顾飞按翻在地，其余3个也纷纷躺倒，立刻都怔住了。

"别废话了，快帮把手啊！"韩家公子站在山头，远眺了一下，立时看到黑手佣兵团的大队人马正滚滚而来。至于眼前漂流什么的，根本不在他的视线之内。

"漂流，决胜负吧！"御天神鸣很激动，吼着就冲上了，一边问道："哪一个？"

"废话！你看是哪一个！"顾飞吼道。

御天神鸣这句"哪一个"问得有些不专业。其他高手一眼就知顾飞按的这个是真货，为啥？另外3个虽然没人按着，也扑在地上张牙舞爪。如果说顾飞按的这个是假的，那3个是漂流在做戏，苍天，那这家伙还挺能舍弃自尊的。

精英团的家伙们在关键时刻还是挺靠得住的。御天神鸣立马用对射引开了同为弓箭手的右手写帅；顾飞正以为那盗贼要把自己给剁了时，战无伤已经一个冲锋及时杀到，斜刺里顶在那盗贼腰间。

这盗贼一声惨叫，被战无伤这一下直接顶飞出去，他那身边可就是悬崖，这一下"骨碌骨碌"就滚下去了。于是惨叫也没停，从山上一路响到山脚。远处正在进军的黑手佣兵团，听到这惨叫声也不由得停了脚步，队伍里起了一阵骚乱。

"那是什么？"有人疑惑。

"听着像是什么可怕生物的叫声。"

"苍天！难道他们还有宠物？"

"平行世界有宠物吗？"

还忙着的只有顾飞，这会儿还是吃不准漂流那个“开”还有用没，只能强压着漂流一边大叫求援。战无伤回身想来解决漂流，御天神鸣大急：“不行，那个留给我！”

“滚你的，抓紧时间！”顾飞终于忍不住骂脏话了。

御天神鸣看来是誓要将漂流亲诛手下，一看战无伤不理他依然上前，于是大叫一声“公子”，也不管右手写帅了，朝着地上的漂流抢先放了一记犀利的狙击。

“哇哈哈哈，垃圾漂流，跟我比你还差着十万八千里呢！”秒杀了一个已经失去抵抗力，而且生命已经被顾飞砍去不少的法师，居然让御天神鸣前所未有地得意。右手写帅的箭此时也连中御天神鸣，不过他之前喊的那声“公子”也起作用了，韩家公子的回复术正及时地补在他身上。

己方只有2人。对方6人还有牧师，左手写爱和右手写帅不会傻到死扛，右手写帅又朝御天神鸣扔了个追踪矢就下山了，左手写爱也想闪人，但他这是在近战，对手又是剑鬼，哪是说闪就闪的？而且闲着没事的佑哥也上来助阵，两厢夹击下，左手写爱就这样简单有效地被干掉了。

想要追击的御天神鸣被韩家公子喊住：“对方大部队要来了，闪吧！”

顾飞连吃个水果的工夫都没有就跟着几人下山了，路上漂流还来了短信，很是郁闷地说：“不带这样的啊！”

“你的法术太猛，都是被逼的。”顾飞回道。

“下次再这样我咬你手了啊！”漂流说。

“不能啊，你可是第一法师，怎么能干这么没身份的事。”顾飞笑，心下不以为然，真要能张嘴咬手，还说不出一个“开”字？

几人匆匆下得山来，偷袭最高峰说来也算成功了，但实际上也就是获得了3个积分。6人重新钻入之前藏身那洼地，顾飞终于得闲，拿了个水果补充法力。

“现在去哪边？”佑哥问。

“不用去哪边啊，就在这儿待着。”韩家公子说。

“嗯？”

“他们上了山，看不到我们，于是只能再去找，这里依然是他们不知道的盲点，于是，连刚才他们找过一次的地方也等于白找，他们又得重头再来一遍，于是再留两三个‘眼睛’，下山，然后……”

“不是吧，这么简单能行吗？”高手们已经领会了韩家公子的意图。是利用这个山脚下的地图盲点，通过一次偷袭成功将黑手佣兵团带入了一个死循环。双方就在偷袭，找人，再偷袭，再找人中这么来来往往，简直就像重复刷取系统任务似的。

“这样折腾个几十次把他们的人全偷袭光？”御天神鸣难以置信地说。

“如果他们是NPC的话，大概会被这么简单地耗光。”韩家公子说，“可惜他们是人类的，有点脑子的话，应该会想到我们会再偷袭。”

“唔，说得是。”

“那么，不能兵分两路是他们的认知，但现在留三五个人那是摆明了送分，有漂流这样的高手坐阵也不行，他们会采取什么样的举动呢？”韩家公子说。

几人静静地望着韩家公子，等他宣布答案。

“静请期待吧！”韩家公子静静地说。

“喂！”众高手郁闷。

这次倒不是韩家公子卖关子，而是他真的无法摸透对方的心理。他和对手并不熟，韩家公子自己倒是设想了几个答案，此时只能等着对方的决断能够和哪种设想相吻合。

黑手佣兵团的人气喘吁吁地从远处奔回了山头，6人早已经不见了踪迹。如果是寻常行会，这样的打法很容易让他们感觉是受了戏弄，进而失去平常心。黑手佣兵团却是刷任务出身，无敌无耻无赖的系统都能忍，这点事他们倒还经得住。

正如韩家公子所料，黑手佣兵团猜到他们会再度偷袭。留“眼睛”是势在必行的，但留三四人却势必不行，那么，自然是全留下了。

“所有人留下，小伊、小夕、小影……”团长黑色食指随手指了几个人，“你们几个各找一个树林，去好好看看找找，有发现第一时间回报！”

“收到！”几个团员领命，各自寻了个方向下山去了。

〈24〉
调虎离山

几个领了命的团员下山寻人去了，山上还在热烈讨论中。残存的右手写帅从山下归队，找黑色食指报到。

“来，详细说说刚才的情况。”黑色食指一边听右手写帅叙述一边和大家分析。

“最起码的两点！”听过讲述后黑色食指竖起两根手指说，“第一，对方可以观察到我们的动向，所以可以抓住最恰当的时机发动偷袭；第二，有一条路是可以从山下通到山顶，但却可以让山顶上的人视而不见。”

众人纷纷回头朝山下望着，企图找到这条秘密通道。

“他们是从这边冲上来的是吗？”黑色食指来到山边，一边朝下望着一边问右手写帅。

右手写帅点了点头，就是他第一个发现了上山的顾飞和剑鬼。

“他们从哪里出现的？”黑色食指问。

右手写帅一指那块大石：“两个人突然从那石头后面绕出来的。”

“这里是对方上山来的最后一个落脚点，之后就直接发动了进攻。”黑色食指摸着巨石说，“在这之前，你一点都没发现他们的动静？”

“绝对没有！”右手写帅说，“我眼睛几乎都没眨过，他们就是突然从石头后面冒出来的。”

黑手食指背靠巨石朝山下观：“这石头能把视线从这里一直挡到山底？不至于吧！”

“就算可以，他们也不可能是这种方式。我又不是一直站在正对石头的方向没动，时常还左右走走的。”右手写帅说。

“那么会让你视而不见的……”黑色食指和几人四下张望，看到不少可以阻挡视线的奇石怪树大洞，“看来他们是借着这些掩护，逐步摸上来的。”

“所以说，第一次上来的人，只有法师和盗贼！因为那个法师会瞬间移动，盗贼会潜行。只有他们两个可以利用这些掩体交叉前行却不为你所见。而到了那巨石后，上面再没什么可遮掩的，他们只得直接冲了上去。”黑色食指分析道，“如果他们还想偷袭。也只能是故计重施，他们现在所处的位置，距离这里一定不远。”

“树林里的搜索继续，山顶上留几个人，尤其注意盯着这方向。其他人集合，跟着我一起到山下寻一遍。”黑色食指说。

“这不是又给了他们偷袭的机会？”有人说。

“我们不会走远，只在山脚附近找找，如果他们还敢上山偷袭，倒要看看这次他们怎么撤离。”黑手食指笑着，已经集齐了团中70余名玩家，又在山顶留了几个“眼睛”，其他人沿着这条疑似对手偷袭的道路下了山。

这一路可藏身之地都没逃过黑手佣兵团众人的搜察。这些地方好似路标一般，一点一点将他们引向了公子精英团等人的藏身之处。

但就在距离精英团那藏身处不过数十米距离时，忽然系统发布信息：公子精英团又获积分一点，黑手佣兵团又挂一人。

“谁挂了！”黑色指食连忙查看，“是小影，这边！”黑色食指连忙集齐人马朝山脚那小树林冲去。出去负责搜索树林的几人，他是明确指定方向的，就是为了在第一时间做出反应。

“小影，怎么挂的？”众人一边冲去，一边在佣兵频道里询问情况。

“不知道啊，我在树林里正找呢，就听一箭射来，刚看到那弓箭手，背后又被盗贼来了一刀子，就这么挂掉了！”

“大家快，不要让他们再跑了！”黑色食指连声催促，率众朝小树林扑去，“山顶的，注意这边树林，有人冲出立刻报方向。”

“明白。”山顶的玩家调整着注意力，紧密注意着这个方向。

没用多久，黑色食指已经带着一堆兄弟冲到了那小树林外，就待杀入时，忽然听到山顶“眼睛”来报：“对方2人从树林里跑出了。”

“只是2人吗？”黑色食指确认。

“嗯，速度非常快的2人，职业不明。”山顶“眼睛”回报。纵是弓箭手的鹰眼，也不可能在这种距离上从对方装束上判断职业。

“追吗？”有团员申请。

黑色食指非常自信地笑了笑：“这是调虎离山，公子精英团6人组，除了盗贼和弓箭手，那个法师速度也惊人，但其他3个就没这优势了。此时我们已经围了上来，这3人是肯定逃不掉的，所以叫两个速度快的家伙跑路，想把我们引开，他们再重找藏身之处。可惜我是不会上当的！大家现在就进树林，肯定还有人留在树林里。”

“既然他们明知暴露后就不好脱身，为什么还要干掉小影暴露自己。”有人疑惑。

“这个树林太小，藏6个人实在不容易，我想他们也是没办法。”黑手食指说着，已经引着数十人浩浩荡荡地冲进了树林。

这个树林的确很小，70来个人搜查起来当真是毫不费力，黑手佣兵团很快就发现树林里除了他们绝没有别人，黑手食指的脸色变得很难看。

“指方向吧，进行追堵！”指挥权暂时被移交给了山顶的“眼睛”。因为公子精英团的大风筝战术声名太盛，黑手佣兵团这3天其实专门针对这种战术练习过追堵。

“明白！”山顶的“眼睛”正准备开始指挥，忽然惊呼，“不好，有人上来了！”

黑色食指一怔，惊问：“谁上来了？”

“那个法师！”这是山顶“眼睛”回答黑色食指的最后一句话。

顾飞何等身手？这次山上的“眼睛”又不是漂流那种高手，闪出身冲上山，双炎闪、雷电术，顷刻间把几个家伙都送出了场外。

公子精英团，再得3分。

黑手佣兵团的人刚出了小树林准备对那跑路2人进行追堵呢，此时都愣在了当场。

没有了山顶的“眼睛”，韩家公子也不担心会暴露自己的方位，站在藏身的洼地外吹着风：“调虎离山，你也要搞清楚方向嘛。”

在黑手佣兵团调转方向冲向小树林的时候，尚在洼地中的顾飞便再次踏上征程。

“抓紧时间。”这是韩家公子对他的叮嘱。

“瞬间移动，动！”顾飞用行动回答，立刻一个瞬移飘了出去。聊天频道里，韩家公子又开始不断地报上坐标，指引顾飞前进的路线。

刚才韩家公子也上过山顶，朝下张望时仔细观察了地形，对一路可执行的路线都了然于胸，一切依然处于他精妙的算计中。

如果黑色食指沿着那些掩护体一路下山寻觅，发现洼地里的6人是必然的事。所以韩家公子注意到黑手佣兵团的举动，立刻让剑鬼和御天神鸣沿来时的路线返回了那片小树林。

可怜小树林里的黑手团成员小影还在找他们6人的下落，却不知自己已经沦为了他们的猎物。剑鬼和御天神鸣偷偷摸进树林里，立刻就看到了在里面东张西望的小影，2人轻松将其拿下。

黑色食指听了报告，立刻率众朝这边赶来捉人，此时就已经中了韩家公子的调虎离山。他们离开的同时，顾飞上山打了个时间差，等他们到了树林，顾飞也差不多快到山头了。

剑鬼和御天神鸣当然要从树林里跑路，虽然从树林里跑出会立刻暴露在山顶的眼睛之下，但根据韩家公子的计算，用不了多久顾飞就可以冲上山头把几个“眼睛”干掉。没了“眼睛”自然无法从大局上对逃跑的人进行围追堵截，单凭速度死追，韩家公子完全不担心剑鬼和御天神鸣。

谁想到黑色食指想法还挺多，到了树林看人跑了还不追，此时他倒是看出了调虎离山的意味，但在树林里空浪费了时间。等发现树林无人时，顾飞已经完美上山，山顶的“眼睛”甚至没来得及向黑色食指汇报一下剑鬼和御天神鸣的动向，就这么被干掉了。

此时对抗赛时间已经过去三分之一，公子精英团7比0领先。

游戏中的天气不是一成不变的，时不时会来点变化，哪怕到了对抗地图里也走得这个拟真思路。此时无缘无故突然吹起了一阵风，正处于地图最高点的顾飞霎时感到心旷神怡，下面洼地旁的韩家公子情绪也不错，居然还和顾飞开了个玩笑：“你站山顶吹风的样子还不赖！”

黑手佣兵团的兄弟们这会儿心情就烦躁了，多大的风也吹不走的那种烦燥。

黑色食指凝神远眺那高峰，口道：“这帮家伙果真不简单，能一路杀到这里，不是偶然。”这称赞不是没由来的。黑色食指刚刚中计声威大损，夸对手两句即显得自己心胸开阔，同时也是对失误的一个解释：对手很强大，吃亏很正常。当老大的人物，总是这么有城府。

“现在对方已经有积分了，会不会开始用大风筝跑了！”有人焦虑。

“用大风筝倒好了，咱们的围追也不是白练的。”黑色食指道，“现在就怕他们藏起来，这地图看来并不如我们想得那么简单。”

黑色食指的话倒也深刻揭示了韩家公子的战略当真是以情报为基础，做足了准备功夫。从佣兵战的第一场开始，他就一直在关注着地图的类型、变化，加之在行会战中的研究。韩家公子关注地图已经十几场了，黑色食指此时才意识到地图也有许多内容，再想开始研究也只能望洋兴叹了。

于是黑色食指也没张罗着手下开展地图研究工作，继续远眺那高峰分析敌我形势：“对手一共6人，不可能会和咱们正面对抗，只能采取这种迂回周旋的办法。但是这样一来，他们阵中那3个战士、骑士和牧师，这3人的机动力是远远不够的。就像现在，盗贼和弓箭手在树林引诱我们过去；法师上山顶灭掉了“眼睛”；那么这3人呢？这3人到底藏在哪里？”

“这3人之前肯定也上过山，之后下山，有他们3个速度不能太快。所以下了山走不远，之后一直有我们的“眼睛”，却没有看到异常。但是盗贼和弓箭手去到了树林……”黑色食指嘟囔着，忽然反应过来，招呼身边的人道，“搜搜这树林旁一切可以成为山顶视觉盲点的东西！”

“我们为什么不敢分散行动？因为顾忌对方阵中秒杀法师的群秒能力，因为不知道他们几个高手在一起到底有多大能量，但现在他们分头行事，我们为什么还要怕？大家分成10人1组。”黑色食指又发现了一个大问题。

“老黑！”有人喊停了黑色食指，是月下独白，“那个法师并不只是会放法而已，以他的身手和实力，10个人的小队未必能对付得了他！”

“好！”黑色食指必须尊重和顾飞有过交手经验的月下独白的意见，“那么20人对付他1

个，应该没问题了吧？”

“这个……应该没问题！”月下独白是真不敢妄下结论。当天他找了人想堵顾飞，差不多也是这人数，可惜最后没堵上。

“就由你带着20个人，想办法把在山顶把他给收拾了。”黑色食指说。

“呃……好！”带了20人还怕区区1人的话，月下独白真没脸再继续混了。不过此时顾飞占据山头成了“眼睛”，这帮人又不知什么偷袭路线，这样气势汹汹地冲上山，吓跑是有可能的，收拾了恐怕有难度。

“你、你，还有你！”月下独白从自己小队里抽了3个人出来，“你们绕到山后去，把他的目光吸引住，我们抓紧时间从正面冲上。”

3人领命去了，这边搜寻树林周边的分队也有不少发现，经过黑色食指筛选，两道地沟和公子精英团爬过的那道墙脱颖而出。

“他们就是通过这些掩护绕到这树林的，每条道去一支小队，沿着道走，一定会有发现。注意要隐蔽！”黑色食指吩咐着，不免有些得意。

近80人共分了8队，2队跟着月下独白围剿顾飞去了，3队顺着发现的掩护体去了，黑色食指手边还有3队人，立刻又分了2队出去：“你们沿刚才那盗贼和弓箭手逃跑的方向，尽量扩大搜索范围。一会儿月下独白拿下高峰后，会给你们指示。”

2队人领命也去了，这时黑色食指身边也没剩下几人了。黑色食指看了看左右，又留了1人在这树林中：“看起来他们很喜欢这小树林，你就藏在这里，如果发现他们的人，立刻报告，但绝对不要暴露你自己，知道了吗？”

如此悉数安排完毕，黑色食指发现自己和身边的3个跟班好像反而没什么事做了。略一踌躇后，4人也一起出了树林，追着月下独白那伙人去了。

风继续吹着，对战地图中，黑手佣兵团的人各行其事，悄没声息地移动着。

最快的一路人，却是月下独白的两队：绕道山后的3人放慢速度佯装上山，他们这边17人却已经急吼吼地开始朝上冲锋。

山越高，风越大。

这点小规律平行世界都没有忽略。待得冲上顶端，月下独白立刻看到一抹黑色：顾飞矗立在山顶中间，那黑色法师长袍被风吹得跟风衣一样“呼啦呼啦”酷得要死。

顾飞听到人声已经抬头，望着月下独白，笑道：“是你啊，怎么才来！”

就在顾飞站在山边吹风时，韩家公子严肃地问了他一个问题：“千里，诚实点说，你一个人可以打多少个？”

“10个应该没问题。”顾飞自信地说。

“极限？”韩家公子说。

“极限这么朦胧的概念，不太好说啊……”顾飞为难。

“哦，那你在山上不要下来了。”

“干什么？”

“挑战极限。”韩家公子说。

月下独白一看顾飞尚在山顶，很是得意，以为自己计谋得逞。他是身先士卒第一个冲上山头的，此时身后玩家一个一个上得山来。月下独白紧盯顾飞，希望欣赏到一些惊恐的表情。

遗憾的是顾飞脸上还是那抹微笑，清点着人数说：“17人？怎么没凑个整数？”

居然没看到？月下独白正惊诧，那3人也已经跳上山头。顾飞立刻回头望了眼：“20人，原来是个整数啊！”

月下独白不知顾飞搞什么玄虚，但20人在此，没理由怕对手1个。当即一挥手，20人分散站位，已将顾飞围在了中间。大家心头都憋着火呢，被这伙人牵着鼻子跑半天了，总算有个发泄的时候了。

“20人，这就是挑战极限啦？”顾飞这还给韩家公子发消息呢！

“凑合着吧！应付不了不要喊救命，没人有工夫理你。”韩家公子回道。

顾飞收了收心神，集中注意力面对眼前众人：“还有吗？”

“什么还有吗？”月下独白没明白。

“还有人要来吗？”顾飞说，“20人有点难度，出手太残忍的话不要怪我！”

“开什么玩笑！”月下独白不知为何心下有点小颤。明明己方占据着人数20倍的优势，还有什么可怕的，“动手！”

“天降火轮！”

“火树千重焰！”

20人中的法师各选自己喜好的范围法术率先发动进攻。在这等包围下，范围法术是避无可避的，当初和对酒当歌一战中，顾飞身陷重围时就是这么被无奈地被烧死，连个垫背的都没拉上。

但有个词叫今非昔比，如今的顾飞拥有技能瞬间移动，任何包围都不存在问题。对方点燃火焰的时候，顾飞扬手也是一句吟唱，“咻”一下人已经闪到某人身后。这有点像传统游戏丢手绢，20个人围成圈，顾飞就是那手绢，谁都在猜测他会丢到谁身后，但谁都不知道那个倒霉鬼究竟是谁！

顾飞可没功夫研究这些，从众人眼前消失地同时，已经闪到了某人身后，将这人推了一把，顺便递了一剑。

这可是真正地把人往火坑里推，推不说，还塞了一剑，唯恐对方的法师法术不够劲爆，秒不掉此人。

此人在自己人的火光中化身白光去了。上来就折了一人，一圈人心中都是一寒，不过很迅速地调整了心态，继续朝顾飞袭来。

月下独白倒没太慌张，只是心中默数：一次瞬间移动了。

据他们收集总结的情报，顾飞的法力可使用法术上限为4次。耗干顾飞的法力还是月下独白心中的最有效方案。

顾飞伸剑“刷刷”一抖，方才在圈中时有弓箭手放了追踪矢，此时追着瞬移飞至，顾飞伸剑一抖挑落。之后连退数步，对方显然以为顾飞想逃，1名盗贼甚是心急，一个疾行就逼了上来。眼看盗贼就要追至身前，顾飞不退反进，且身子斜侧，伸腿一横，手上更是漫不经心地推了一把。

“哎呀！”盗贼被顾飞连绊带推，一个踉跄，这一个踉跄以后就冲出了山头，脚下突然一个大斜坡，盗贼自然刹不住，“哎呀”叫得连绵不绝，一路滚下山去。

这叫声又是响彻整个地图，韩家公子听了还发来短信慰问：“又搞什么鬼！”

“推了个人下山。”顾飞镇定回复。

“把人干掉啊！推下山这能死吗？”韩家公子不满。

“唔，好像死了。”顾飞略有惋惜地回复。

系统方面刚刚传来消息，公子精英团又得一点积分——滚下山的家伙直接摔成白光了。这一路颠簸不知吃了多少苦头才把生命全颠完，顾飞说全力出手可能会有些残忍，此言不假。

“那你就接着推人下山吧！”只要把人挂掉，怎么个死法韩家公子已是顾不上了，因为他们这里也要忙了。

爬墙头的10人小队，沿墙头下了洼地，接着朝山脚方向前进，终于在前方发现了贴边站立的韩家公子3人。10人自然是大喜过望，赞叹老大料事如神。

“你们已经被包围了！”有哥们儿可能是港片看多了，此时弯弓上箭，对着3人一边前进一边呐喊。

10人各抄家伙，吟唱的吟唱，放箭的放箭，各自展开攻势。弓箭手的箭矢率先奔出，战无伤踏前一步，也没闪躲，直着身子就把箭硬扛了，身后韩家公子刷下回复术给他补充生命，佑哥也是一个体力祝福，增加战无伤的物理防御。

“火树千重焰……”这边一名法师吟唱着，想一团火把3人一起烧了，结果不知何处一道箭矢疾驰而至，正中法师脑门。

燃起的火因为法师已亡，那是一点伤害也没有，余下9人也被这突出其来的箭矢弄得一阵慌乱。忽然洼地旁人影一晃，一人卷着尘土飞奔而下，手里匕首毫不含糊地找人就捅。战无伤也在此时发动进攻，正是他最擅长的冲锋取消接旋风斩，一头扎入敌阵就“呼啦呼啦”转起了圈。远端御天神鸣那不知何处的箭矢，也依然一箭紧跟一箭地射着。

韩家公子轻松地施展着回复术，佑哥冲入阵中，给剑鬼打打下手——战无伤那还旋着呢，自己人也近不了身。

黑色食指明显失算，原以为对方已经分成了1人、2人、3人在分头行事，却不知剑鬼和御天神鸣在从树林里冲出后，得知顾飞灭掉山顶的“眼睛”，立刻兜了个圈又与公子一行会合。没有山顶监视的“眼睛”，地图自然是任他们随意驰骋。

而对于黑手团的10人，如果说面对3人可以随意打发掉的话，面对5人就不是这么一回事了。高手们的装备、技术本就在他们之上，再加上娴熟的配合，灭他们10人那是连时间问题都不必考虑的。

眼看队友一个个倒下，负责此队的小队长是恨得咬牙切齿，呼救信号早已发出，但己方小队是各选方向去的，此时援助根本来不了这么快。中计，彻底的中计啊！老黑！你想利用人家分头行事来个分而化之，现在被人家将计就计，把我们这一队给消化掉了！小队长临去前心中忿恨地想着，对于黑色食指的又一次布置失误表示强烈不满。

“解决！”战无伤拍了拍手收剑入袋。

“千里，怎么样了？”韩家公子给顾飞去了消息，却没有得到回复，显然此时是真的开始激战，没有闲暇再和他瞎扯了。

“如果此时千里正好把山顶的家伙全解决了，那就完美了！”韩家公子叹息，却知要求不能太过分，一人独扛20人已经够逆天了，还要求瞬间就把20人给砍掉，这怎么可能？要知道，本文作者是很严谨的！

“现在山顶算是有眼睛，撤离有点不方便……但对方的援军怕也快到了。”韩家公子心中盘算着。从远处放冷箭的御天神鸣也冲回了洼地，冲着几人喊道：“那边还有几个，过去解决了吧？”

“哪里？”几人一起爬出洼地朝前一望，那边山坡有4人已经跑到了山脚，却又停下了脚步。

“哟，好像是团长，这可是个大买卖啊！”韩家公子欣然道。

山脚下的正是黑色食指和3名手下，他们本是想追着月下独白去瞅瞅传说中的秒杀法师的，突然收到下边分队来报说发现对方3人众，并吹嘘说可以很快拿下。

结果黑色食指还没来及说两句鼓励的话，那边忽然又开始大叫救命。黑色食指一边下山一边朝着对方报的这坐标处赶去，结果一路上就看对方积分“嗖嗖”地上涨，己方参战人数“哗啦哗啦”往下掉。

10人很快就这么掉光了，黑色食指和3个兄弟才刚刚冲到山脚。

已经牺牲在外的人这时才发来详细情况：对方不是3人，是5人，超厉害，10人绝对应付不了！

于是黑色食指和3个兄弟立刻停下了脚步。

黑色食指自认也是高手，但没觉得自己是逆天高手，公子精英团那一个个是什么来头他们早查过了：剑鬼，战无伤，御天神鸣，佑哥——精英团，名副其实。

现在对方一共5个人，四大高手，还有一个是团长，肯定也不会弱。而自己这里呢？4个人中，自己算是个高手，这那3个就指望不上了。

于是黑色食指停止了前进，转而催促其他小队快些赶到。

但是，他不进攻，不代表公子精英团的5人不会主动进攻。

5人一起钻出洼地后，朝着这4人大步流星地杀过来了。

发现5人时黑色食指一怔，4对5的对抗，会是什么结局他已经盘算过了。此时一见对方主动出击，当机立断："先上山！"

比起远处赶回的分队来说，山顶上的月下独白小队距离更近，先和他们汇合，然后打得过就打，打不过就拖，其他分队应该很快就到。黑色食指心中如此计较，一边催促其他3人赶紧上山。

其实这本不用催促，因为4人中真论移动速度黑色食指这个战士是最慢的。其他3人如果撒开了脚步朝山顶跑，安全系数自然会大增。但此时为了兼顾黑色食指的笨重移动，不得已只能拖着步伐往上跑。

"站住，想跑啊！"御天神鸣跑得快，射程又远，4人没走几步已经进了他的攻击范围，张弓就是一记狙击。于是就见4人在山坡上努力攀爬，屁股后面箭矢不断飞来，就这么成了御天神鸣的活靶。4人中也无牧师，中了箭只能忍着，自是叫苦不已。尤其第一个被御天神鸣狙击射中的家伙，瞬间被射得只剩一点血皮，差点没吓晕过去。

"攻击太高了！"这家伙胆寒之下，撒了脚丫地飞奔。余下的黑色食指已经很奋力了，其他两人很想奋力，却得迎合黑色食指的速度，很痛苦。

4人一前三后正爬得不亦乐乎，忽听得山顶发出数声惊叫，一抬头，就见3人站在山边张着双臂猛甩了两下，然后仰天就翻了下来。

4人大惊，后有箭矢追兵，前有滚木，哦不是，滚人拦路，古时候的攻高战大概也不过如此吧！

跑前面那人不自量力，看到滚下来的是自家兄弟，冲上前想拦。一时间他也不考虑一下他的力量有多少，对方从山顶这么滚了一路，重力势能转化成了多少动能？凭他这纤细的双臂，是否足以协同摩擦力和滚人达到二力平衡？

他做到了！真的二力平衡了！但物理知识告诉我们，二力平衡下物体有两种状态，一是静止，二是……直线运动。

很悲哀，这哥们达到的是第二状态，转眼间二人就你追我赶地滚下去了。

再下边一些的黑色食指等人，一看上面兄弟这惨样，一时都没敢动，装作很措手不及的样子，任凭先滚到的家伙擦身而过。,3人互望一眼，都暗道一声惭愧。

眼看又有人滚至，3人这次下了决心，协力上前。1人顶不住，3人一起总没问题吧？

3人合力，拦下1个的确挺轻松。已经滚了半山的同伴被救了还“嗷嗷”直叫呢，可见这滚得确实很痛苦。

“兄弟，兄弟，没事了！”拦了这人的一名跟班摇着他真挚地呼唤着。

“哦？”那人缓缓睁开眼，一看自己果真已经停下，大喜过望，连声道谢。

“谢什么，自家……”话没说完呢，这真挚的大兄弟就化身白光去了。黑色食指和另一位神色一变，都忘了身后还有追兵！黑色食指连忙将这个滚了半截山的拎起来：“快，上山。”

“上山？”此人惊呼，“山上很危险！”

“危险？”黑色食指很茫然，“山上不是就一个人吗？”

山上的确只有一个人，却是最危险的一个。

顾飞此时正扯着嗓子大喊：“火树千重……”

“嗖嗖嗖嗖！”不等他喊完，所有人都开始闪了。秒杀法师啊！谁还会怀疑顾飞法术的威力，当然是越早闪越安全。众人眼睛都紧盯着顾飞剑指的方向，发现是山头正中，于是乎当然是四散着朝山边躲闪。

顾飞要的就是这效果，当即中途改道，一个瞬间移动飞到了山边，有3个家伙在猝不及防中就这样被顾飞推下，发生了方才那一幕。

“2次瞬间移动，1次双炎闪了……”月下独白一边计算着，心一边“扑通扑通”狂跳。

如果不是顾飞有法力贫瘠问题，如果他的法力可以无休止地使用……20人？怕是30人也会被他秒干净吧？月下独白就不明白了，此人为什么反应这么快，任何攻击都会被他在得手的前一刻闪过，而他做出的反击，却没有人能拦得下、闪得掉。

和顾飞交手至此，最初1人被推下山，1人被推入火坑，双炎闪秒杀3人，刚刚又推3人下山。山顶20人，此时只剩12人，但是顾飞的法力也只剩1次双炎闪攻击或是1次瞬间移动了。月下独白总算还沉得住气，喝令大家：“不要乱，他的法术吟唱时间很长，听他唱完了再慢慢躲也来得及。”

此时对手的确已经认清顾飞的缺陷，月下独白又有和顾飞交手的经验。他们一直分散站位，双炎闪1秒3的机会顾飞抓住了一次，已经不可能再有第二次；而刚刚假唱范围法术把众人诈到山边然后推下的残忍手法看来也被看穿了。

“还有一次法术……他会用什么呢？”月下独白紧盯着顾飞，“不会是瞬间移动到我身边把我推下山吧！”月下独白扫了眼身后，虽然明知自己离山边还有大段距离，但心底还是觉得有些发毛。

其他人的心态和月下独白如出一辙，在人多势众的情况下，却是想先看看顾飞的举动。

顾飞依旧是月下独白上山时那镇定的微笑，他明显占据着主动，因为局势一直在他的掌控之下。

20人的话，这山顶着实有些挤了……现在12人，看起来好像差不多了吧！

顾飞静静地想着，突然跨出一步，他又一次主动出手了。

山顶，顾飞一人独对12人！

这次出手，本着就近原则，顾飞剑一扬就戳向了身旁不远的1名战士。

“第4次法术吗！”月下独白已经开始计算了，如果顾飞第4次法术吟唱出手，那么他会毫不犹豫地指挥众人上前将其团团围上。

结果不见顾飞出声，剑身也没见任何火光，那战士在直挺挺地中了顾飞这一剑后，一瞅伤害，非常惊奇地喊道：“没事，随便一剑！”

他是很高兴，月下独白却觉得挺郁闷——他巴不得顾飞刚才一个双炎闪秒了这战士。如今顾忌顾飞这最后一次法术，一旦团团围上，一个双炎闪就把他们秒个支离破碎了。

战士随口一言让月下独白挺郁闷，对顾飞来说就更加恼火了。

精妙的顾家剑法，在对方口中是“随便一剑”？

随便一剑，你倒是闪一个给我看啊！顾飞泪流满面了，这些个玩家都太不专业了！难道就没人注意到：自己的攻击从来没人能闪开吗？秒杀法师，也总得先砍中了人才秒杀吧？如果有能力闪得开的话，攻击再高又何用。比如，就像我这样……

顾飞一边想着，一边闪掉了这战士反手劈回来的一斧。

这种毛手毛脚的攻击。在顾飞眼里浑身上下都是破绽。真要是实战，顾飞真是随便一剑就可以废了他。可怜这是游戏，顾飞都扎他三剑了，这家伙依然洋洋得意，舞着巨斧大刀阔斧地在那儿对砍呢！砍得还挺美：“这小子舍不得用法术了！”

“笨蛋！”月下独白心下怒骂。对手的确是舍不得用法术了，但就是因为这一个保底法术不出手，弄得其他人不敢团团围上。月下独白挥手想让远程职业给点帮助的，结果目光四处一转，猛地一惊：只剩一个弓箭手了……

弓箭手、法师，这两大远程职业要么被秒，要么滚下山，已经在之前的过程中全部被顾飞收拾了。

“开始的打斗，并不是无意义的见机行事吗……”月下独白额头上已经见汗了。一直以为之前推人、秒人、再推人都只是抓住一些可乘之机对他们进行的消耗，此时发现这消耗实则是有目的的。远程职业几乎消耗殆尽，近战职业，不敢围上前……眼下难道成了僵持局面？

这太可笑了！只剩1个法术而已，难道我们消耗不起吗！月下独白一边施展回复术救护这战士，一边指使其他人围上合攻。

“可是，他还有一个法术啊！”其他玩家迟疑。

“就一个法术了，怕什么，耗掉后他必死无疑！”月下独白吼道。他故意说得很大声让顾飞听到，他也想知道顾飞对此会有什么样的反应。

顾飞的反应，就是没有反应。他的普通攻击在牧师的回复术下基本就是无用功，但他还是一板一眼地继续捅着。倒是那战士反应激烈，双手握斧一声怒吼："不要过来！"

总算来了……顾飞看到对方的姿势，心头一喜。

旋风斩，战士的旋风斩，久违了啊！顾飞觉得自己好像已经许久没接触到这招了，而用这种方式接这招，更是尘封已久了。

竖剑一封，见缝插针。

剑与斧相交一声脆响，顾飞被旋风斩荡飞出去。那战士也是一怔，但很快欢快起来："哈哈哈，你也滚下山去吧！"

顾飞却是不以为然地鄙视了一下，他这一挡，属于借力使力，也就是说，飞的方向是在顾飞控制内的，他怎么会借着这力飞下山去？

飞在空中的顾飞，还剑，拔刀，以眨一眨眼都有可以错过的速度完成了这装备的交换，火之洗礼在手，几乎是落地的一瞬，已经一刀朝身边距离最近的玩家砍了过去。

这一刀甚是璀璨，炎之洗礼附法燃起的火焰印得此人小脸通红。

"出法术了！"其他人居然没顾自家兄弟的生死，为此欢呼着，跟着就是异常激动地团团围上，准备将顾飞砍成肉酱。

"等等，那不是法术！"月下独白气急，这种攻击他上次和顾飞交手时领教过了，是附法攻击，的确和双炎闪非常像，但是伤害却不可同日而语。

月下独白喊出这话时已经迟了，己方近战职业已经咬牙切齿地把顾飞围上，原本是分散站位的各位，几乎同一时间到达了顾飞身侧，这……难道他被旋风斩砍飞后的落地位置也是精心选定的吗？

月下独白满脸只剩难以置信的表情，他那迟到的提醒没有起到任何作用。已经冲到顾飞身旁的玩家们虽然听到了他的呼声，但此时再退恐怕也来不及，索性想着拼上牺牲个3人，也要把顾飞剁在当场。

只可惜，他们对顾飞的身手还是认识不足。

"双炎闪，闪！"顾飞早已经又一次完成了装备的交换，暗夜流光剑横在身前，顾飞的脚下在转，腰身在扭，同时胳膊、手腕，全部在朝着一个方向挥动。

这招，首先要感谢黑手佣兵团那天在城门下和顾飞的那次交手。

因为技能的时间是恒定的，在双炎闪的有限时间里，如何砍杀到更多的人是顾飞一直在研究的问题。之前只是简单的加敏捷，提高出手速度，然后计算敌人的位置，最终做到效果最大化。但那天城门下那无意间的一个转身让顾飞发现自己之前的思维真简单，自己竟然也被游戏设定固化了思维。

之前他只注意了出手速度，其实把全身可转动的部分都有效地配合起来，这一招的攻击范围会有明显提升。此时，顾飞这一记双炎闪在转动之下，范围已经达到了近450度……

这意味着，围着圈站在他身前的家伙，有的人竟要被他用同1个双炎闪攻击2次，这是任何一个法师都不可能做到的事。

白光像礼花一般在顾飞身边绚丽地绽放着。说实话，这局面月下独白都没想到，他没想到顾飞竟然可以把一圈人都秒干净了。这一圈，足足有6个人……

20人，此时只剩下6人。顾飞的法力倒真是被耗掉了，但问题是这剩下的6人，3个牧师2个骑士，还有1个弓箭手……这组合让月下独白欲哭无泪，就算弓箭手是法师克星，但眼下这局面，可以靠这一个弓箭手挽回败局吗？

月下独白这还想呢，顾飞一伸手一道雷光劈下，月下独白也不用想了，那弓箭手已经被顾飞一雷劈死。顾飞的法术在用过4个大招后，还会有一点点富余，火球术或是雷电术可以2选其1。3个牧师，2个骑士，平行世界中号称最没战力的两大职业，就这么坦诚地摆在顾飞身前了。

顾飞也没手软，韩家公子交给他的挑战任务此时还没结束呢！又一次武器转换，顾飞挥着炎之洗礼就朝月下独白去了。

月下独白自然招架不住顾飞，只能仗着身边还有2个牧师同伴时不时地回复来死扛。而且吸取上一次的经验，俩牧师站得离顾飞远远的，防止被顾飞一伸手又打断技能。2个骑士则是各给自己施加了一个力量祝福。这种时候，论战力骑士总比牧师要优秀一些，可惜也实在不能给顾飞造成什么威胁。

顾飞也并不专注在月下独白一个人身上了，时不时也转身给他们2人一人一刀，看似是3人把顾飞围在当中，但手忙脚乱的却是他们3个，可称是史上第一没出息的围攻了。

月下独白心中不是滋味，但此时又烦又惊的，还有半山上的黑色食指。

后面的追兵中，剑鬼和御天神鸣2个速度型的已经越逼越近，这还不是最可怕的，最可怕的是，就在黑色食指这一路登山的过程中，对方的积分又在蹿升。

对手一共6人，5个就在自己屁股后面，这积分是谁挣来的自然不用说。

黑色食指开始还觉得恍惚，猛然间对手“哗”一下又涨了6个积分，黑色食指的脚步一下子就停了。他越来越觉得，自己似乎是在脱离苦海然后跳入火坑？

“独白，你们上边还有多少人啊？”黑色食指发了消息。黑色食指其实已知山顶上已经挂了多少，只是觉得不敢相信。

“5个！”月下独白在战斗中，但躲来躲去始终没用，索性挨着刀给黑色食指回了消息。

“怎么会这样！”黑色食指愣了。有能力独自解决掉15个对手的人，黑色食指毫不怀疑他有能力在自己爬到山顶的时候把余下这5个解决掉……再然后，不就是自己这3人白白送死了吗？

“哎哟！”正想呢，身边一家伙又嚷了一声，御天神鸣再次准确命中了一箭。

“老黑，怎么办啊？”跟班们很焦虑，眼下前有狼后有虎，但总得有个抉择不是？此时不进不退，后面箭还射着呢，3人在半山腰上左右晃动着躲箭，乍看之下扭得还挺欢快。

黑色食指极目远眺了下，此处可以看到己方部分小队正匆匆朝这边赶来，但怎么着也肯定没有后面这几个家伙追得快了，正踌躇呢，月下独白又来了一条消息：“老黑你们到哪儿了，有人来增援我们没有？”

月下独白发现自己真是昏头了，在被杀到12人的时候。还没想着叫援兵，还指望着耗了顾飞最后的法力后将其拿下，结果落了现在这么一个下场。

“我，半山腰上呢……”黑色食指回复。

“啊？快抓紧时间上来，他已经没法力了。”月下独白大叫。

黑色食指闻声也是一振，立刻催促身边两个跟班：“快快快，继续上山。那法师已经没法力了。”上去把这法师解决，然后8人坚持顶一顶那5人的进攻，拖到援兵赶来，那时就算自己8人全部阵亡，他们被困在山上却也休想脱身，这场佣兵战就是我们胜了啊！黑色食指心中如此盘算。

没了法力的顾飞效率的确十分低下，偏偏对方还有2个牧师在旁。骑士在发现他们根本就攻击不到顾飞后，索性换了恢复生命的生命祝福。几个人轮班换着给被攻击的月下独白进行回复。

这局面维系了一会儿，几人发现原来眼下的局面一点也不凶险。没了法力的顾飞，攻击实在是弱，做的都是无用功！只是苦了月下独白在那当沙袋，而且还是刀砍火烧的，挺惨的。

顾飞又怎会不知这局面啊，之前3人围着自己，他左一刀右一刀，对方两牧师神经也有些紧张，回复术“刷刷”地丢，顾飞就盼着快点耗干对方的法力，再一个个手刃。谁知对方也没那么傻，在开头高度紧张了一会后，立刻也做出清晰判断。

顾飞“嗖”地一停手，刀插回了口袋，几人狐疑地打量着他。顾飞摊摊手：“反正也砍不死，还打什么劲啊！”

“你又有什么诡计！”月下独白十分紧张。

“刚才那局面你们不也清楚吗？只是浪费时间而已。”顾飞一边说着一边给韩家公子去了消息：“不行了，我没法力，他们剩5个，3个牧师，还有个圣骑士在这洗涮涮，没完没了的。”

“坚持，我们马上也上来了。”韩家公子说。

“是吗？”顾飞信步走到山边，朝下望去，“哟，你们的人快到了。”

顾飞这时大大咧咧地站在山边，真是一个极大的诱惑，对方骑士中的1人怔了下后，立刻蹑手蹑脚地朝他身后走去，其他4人一看立时明白了他的意图，瞬间山顶上变得鸦雀无声。

“剑鬼，御天，你们两个跑快点啊！追上他们！”顾飞挥舞手臂。那骑士听得顾飞又喊又叫，生怕他忽然又回过头来，加紧几步到了顾飞身后，就要伸手时，顾飞忽然转身。

骑士一看顾飞偏偏这时候回头，也不管不顾，猛得就朝顾飞推了过去。

但顾飞这一回头又岂是偶然，连忙身子一侧伸手抓了这骑士的一条胳膊顺势就朝前扯。一边手上奋力，腿下也使上绊了，功夫中不太多的摔技，顾飞能想到的已经全用上了。

毫不夸张地说，顾飞这一摔十分的拖泥带水，。甚至有几分死缠烂打的无赖相，但不管怎么说，这骑士终归是被他弄下去了。没错，弄下去了，说摔说投，顾飞自己都不好意思答应。

更可悲的是2人这扭打还被正在登山追逐的众人看到了，个个瞠目结舌，揣测这山顶到底已经激斗成什么模样，连这么暴露人品的厮打都出现了。

但山上的另外4人，却由这一厮打得到了极大的启发，月下独白心念一动，连忙冲着另外3人喊道："他现在没法力没伤害，抓住他扔下去！"

顾飞一听也怔了，的确，在这拟真网游里就是有这么一种无赖的打法，多出现在人多势众的一方。但这种打法被玩家们不齿，谁真要用了，那就是万众瞩目的垃圾。但俗话说兔子急了还咬人呢！月下独白等人被顾飞欺负到这份儿上了，还管什么风度不风度？气势汹汹地就要上来生擒顾飞。

坦白说这一手顾飞真怕。一刀砍过去人家也不躲了，4人直愣愣地就把你挤在中间，顾飞又没力量，技巧再高明这种局面也难施展啊！

得躲！于是山顶上，顾飞苦了个脸，在化身为山顶推手的4人围追中东逃西窜。

"还好，速度有优势。"顾飞抹了把汗，心下感慨。

黑色食指在山间的时候已经愣了一次了，等他到了山顶，又一次愣了。

山顶上不大点地方，顾飞和他的4个团员你追我赶，玩得好不快活，气氛和谐得黑色食指以为自己是穿越了。

在月下独白等4人"那边那边"、"堵住堵住"的一片呼喝声中，倒是顾飞第一个瞥见了他，那一脸发自内心的喜色绝不是伪装，顾飞朝着黑色食指就扑过来了。

"决斗吧！"顾飞喊着，这老鹰捉小鸡似的追逐游戏他真是受够了。

黑色食指还没太反应过来了，迎面冲至的顾飞已经抬手给了他一刀，火光扑面而至，把黑色食指吓一大跳，之后一看生命下降这才稍安。

月下独白此时总算也看到了黑色食指，结果却是顾飞站在黑色食指身边，严肃地望着他们4个说："别闹了，好好打！"

黑色食指身先士卒，拔剑已朝顾飞砍来，一边招呼跟自己一起上山来的两名团员："快解决他。"这二人一个弓箭手，一个盗贼；一个飞速拉开距离，一个绕到顾飞身侧想和黑色食指一起对顾飞进行夹攻。

有3个牧师一个圣骑士在场，顾飞做的依然是无用功。不过对方终于不再用那种无赖法子纠缠他，让他也松了口气。盘算着剑鬼和御天神鸣可能也就要到了，他精神一振，努力和对手周旋起来。

黑色食指原以为解决一个没法力的法师不过是三下五除二的事，连最强技能旋风斩也没舍得用，结果上手才发现顾飞的身手比传言中的更离谱：自己怎么努力那刀都砍不到他身上，而对方那刀呢？“咔啦咔啦”不知道在自己身上划了多少下了。

身边做副攻的那盗贼更是尴尬，顾飞兜了圈地围着黑色食指砍，盗贼撅了屁股在后面追。结果顾飞越转越快，于是盗贼又反向转去堵，结果顾飞也转，盗贼上山头也有些时候了，完全没出过手，就是围着黑色食指傻转，转得他和黑色食指都快吐了。

还有那个弓箭手，就连追踪矢也因为瞄不到频繁移动的顾飞，最后放开弓弦的一瞬对到黑色食指身上去了。一箭射中老大，吓得他没敢再放第二箭。

月下独白这率众又换班给黑色食指回复呢，结果黑色食指望着他们火了：“一个人回复就行了，其他人都上来把这小子围住！”身为老大都是有气节的，如之前月下独白一样当沙袋，黑色食指可没这心情。

响应团长的号召，3个牧师1个骑士也贡献自己的力量来包围顾飞。但以顾飞的移动速度，他们几个牧师根本没机会站位搞包围，山顶上到处都是顾飞游走的身影，搞到最后黑色食指也像手下那盗贼似的，只有撅着屁股在后面追的份了。

山顶又是乱七八糟的呼喝：“这边这边”、“堵住堵住”，和黑色食指刚上山时如出一辙，“原来我真的是穿越了……”黑色食指恍惚地想着。

一道劲箭的风声打乱了山上局面，御天神鸣和剑鬼终于杀到了。顾飞抹了把额头的汗：“终于来了啊！”

御天神鸣啧啧称奇：“你也有顶不住的时候啊？”

“是杀不了。”顾飞叹息，“牧师太多了，没牧师就好了……”

这话听得月下独白很忧伤，他之前一直在惆怅己方就剩3牧师2骑士没战力，如果都是战斗职业那该多好啊！感情对方法师也是如此想的，听他的意思，如果真是那种阵容，他已经把他们全干掉了。黑色食指此时脸如死灰，他已经亲自领教了顾飞有多么难缠。现在对方的2人已经到了，另外3人还会远吗？自己这些人，真的能坚持到援兵到来吗？

更关键的是，黑色食指现在连逃都没资本。此时他们在山上的共有7人，除了1个弓箭手和1个盗贼，其他都是速度最慢的类型。

“上啊！”御天神鸣也没多话，吆喝着就上了，张手一箭就射那弓箭手。剑鬼也是一个疾行冲出，奔得是那个盗贼。

这弓箭手是之前从山上滚到半路被黑色食指他们救下的，生命本来就不饱满，中了御天神鸣一个近距离狙击，还能有什么悬念？牧师虽多，却根本没有回复的机会。

黑色食指一声怒吼，一个冲锋朝御天神鸣顶了过去。

御天神鸣被逼得很狼狈，几乎是连滚带爬才从黑色食指身边闪开，堪堪将这个冲锋让过。顾飞一瞅觉得是机会，连忙欺近身来，想在猝不及防之下把黑色食指也推下山去。

这一下却是大意了，战士的力量和法师相比实在是压倒性的。所谓一力降十巧，在战士面前，顾飞之前给骑士使过的那些技巧统统没用。黑色食指条件反射地伸手一抓，把顾飞给拧了，甩了膀子一挥就把顾飞给扔出去了。

“漂亮啊！”月下独白激动，不愧是老大，也用一手将计就计把最难缠的人给解决了。

“唉，大意了！”空中的顾飞一边检讨自己，一边又一次对力量悬殊感叹了一下。接着调整身姿，维系平衡，向地面扎下炎之洗礼终止了自己的下落。

黑色食指反应过来自己干出了一件大事时，正得意地回过头来想看看顾飞是怎么滚下去的，结果就看到他稳稳地落在了山坡上。

“剑鬼、御天你们坚持一会儿啊！”顾飞朝山顶上喊了一嗓子，索性也不上去了，拿了个苹果“咔嚓咔嚓”啃了起来。

月下独白当然也听到了顾飞的声音，脸色一变，冲到山边向下一望，正看到顾飞悠然地吃苹果呢，骇然地和黑色食指四目相对。

“不能让他恢复法力啊！”月下独白快哭了。

黑色食指此时只恨刚才为什么这么用力，把顾飞扔了这么远。现在再想冲过去阻止他吃苹果，迟了啊……

月下独白进行着最后的努力，朝顾飞发了个圣光球。顾飞也没闪，争取了多点时间再多恢复一下。中了圣光球后，苹果效果被打断，但顾飞也恢复了1/4的法力，“嘿嘿”一笑后，大叫一声：“我来了”，拿了暗夜流光剑就朝山上冲回来。

“完了……”月下独白为人挺细致，此时已摸索出不少顾飞的习惯：顾飞没法力的时候会用刀；有法力的时候，就会换上这柄至今无人能鉴定出来的长剑。

其实山顶上此时被剑鬼和御天神鸣就已经杀得七零八落了。那盗贼，剑鬼一边捅，御天神鸣一边射，二人合力也是没给牧师发挥的机会；跟着再去欺负2牧师1骑士那更是轻松，这边黑色食指和月下独白还在山边叹息顾飞的复活呢！

之后的局面还能有什么悬念？黑色食指，月下独白，2牧师1骑士，都是速度缓慢的家伙，想从顾飞他们3人脚下逃跑根本不可能。之前的牧师回复坚持大法也不顶用了，这3人合力攻击，足以秒杀任何职业。

黑色食指就是这么壮烈的，剑鬼的背刺，御天神鸣的狙击，顾飞的双炎闪，三招齐下，这种前所未有的待遇下，黑色食指不死也对不起观众啊！

余下4人再还有什么可说的，3人收拾干净山顶，来到山边眺望。韩家公子他们3个没两步就要到了，另4队人马，也在地图上清晰地驰骋着。

〈25〉
清扫战场

山顶已被肃清，韩家公子他们3人很快也登了顶。

“同志们辛苦了！”韩家公子朝3人微笑。

“切！”没人理他，顾飞看他那神气的模样真想把他也推下去。

正想呢，韩家公子手臂一抬，拿出指点江山的架势，指着1队人说：“千里，那队人就交给你了。”

“唔？”顾飞抬眼看了下，拿出个苹果又开始“咔嚓咔嚓”了。

“御天，你去骚扰那队！”韩家公子又指了1队。

御天神鸣目光坚毅，把弓往肩上挽了挽：“走了！”说罢已经下山。

“剑鬼，你骚扰那队吧！”韩家公子指向了第3队。

“没问题。”剑鬼镇定从容地也跟着御天神鸣下山了。

“又没我事是吗？”战无伤挺郁闷。战士的风格本就是以高防高生命来和对手死磕，迂回游走不是他的特长。

“没你事，待着吧！”韩家公子说罢腰一弯，已经盘腿坐在了山边，口袋一摸拎出两瓶酒，“要么？”

“那个，一共是4队人啊，骚扰了3队，还有1队呢？”佑哥又在忧心。

“第4队？那个也是千里的。”韩家公子说。

“嗯？你没告诉他啊！”佑哥嘀咕。

“不用，那些人会自己找上去的。”韩家公子胸有成竹着地说。

佑哥望着山的下局面，顿时也反应过来。

3个小点已各朝对方队伍迎上，就算已经看不清3人谁是谁，但从打法风格上却一眼就可以区别开来。

那个始终没有和对手靠近，保持着距离好似遛弯的当然是御天神鸣。山顶上是看不到射出的箭的，只能看到对方10人队一会朝东，一会朝西，被御天神鸣牵着鼻子走。

那个走着走着突然消失，人出来时已在对方阵前，紧接着调头就撒丫子快跑，看上去又惊险又刺激的自然是剑鬼无疑。

第3小队，在顾飞突然瞬移消失后，整个就骚乱起来。山顶上的3人都看得到他们队中泛起的火光，接着是一圈白光，再接着，好好1队人正中央愣是出现一片空地。

顾飞左突右杀，毫不留情，双炎闪的范围现在又扩大，简直就跟战士的旋风斩似的，不消片刻10人队已经被砍杀殆尽，唯有1人落荒而逃，但也没跑出几步，突然1道闪电在那家伙头顶炸开，正对脑门，瞬时也化为白光了。

山上3人目瞪口呆，手握酒瓶的韩家公子连连感慨：“想不到从这个角度观赏，更觉得这家伙变态啊！”

收拾了1队人的顾飞此时孤伶伶地矗在荒野上，看上去一动不动。山顶上3个人哈哈大笑：“又吃苹果呢吧？”

而那个未受安排的第4小队，在顾飞和那队人交手过程中已经掉转路线，这正是韩家公子的算计：遇了顾飞的人肯定会立刻求援，于是不用安排第4队就会赶过去了。

谁想顾飞强悍的过分了，清人清得这么快，第4队刚走到半道就已经得知那边团灭了。有正常脑力的人自然想到自己10人过去也是送死，立刻停下了脚步。

“苹果吃完了没有？”韩家公子在私聊里询问。

“鄙视，我吃得是香蕉。”顾飞说。

“吃完了去267，324。那里还有一队。”韩家公子说。

“收到。”荒野上的顾飞立刻朝着那队进发了：法力少其实也有法力少的好处，从零恢复到满用的时间也少不是吗？

这第4队人在那彷徨了一会儿也行动了，却不是朝着顾飞，而是朝着另2队的人去的，另2队的人此时显然也是受到了统一指示，开始不怎么理会御天神鸣和剑鬼的骚扰，3队想要会师。只可惜，他们的动向完全在韩家公子的鸟瞰下。三队合一的速度，比不了顾飞的追击……

转眼已见顾飞追上1队，接着就是之前一幕的重复，一闪一骚乱，左一圈，右一圈，身边空出一个圈；然后四下追击一下，一人落荒而逃，“吧唧”一道闪电，雷死……整整10人就这样又覆灭了。

黑手佣兵团参战共87人。

山顶遇顾飞偷袭，漂流等3人壮烈牺牲。

小树林中进行勘探的小影同学，遭剑鬼和御天神鸣偷袭，阵亡。

之后顾飞再度偷袭小山头，消灭3人。

之后10人分队在洼地遇韩家公子等5人，团灭。

山顶月下独白20人小队，遇顾飞，团灭。

黑色食指亲领4人众，在前有狼后有虎的情况下，彷徨无助，跳入火坑，形同自焚。

这之后。公子精英团完全掌控大局——韩家公子3人坐镇至高点，其他3人下山骚扰，顾飞亲手灭两队，20人；剑鬼和御天神鸣骚扰过程中秒杀共5人。

至此，黑手佣兵团壮烈牺牲66人，只剩21人。

这21中尚有6人是之前先后去各处树林进行守株待兔的，没想到此时兔子已经把猎人们咬得差不多了。收到集合的指令，也正从树林里出来朝集合处跑呢，结果一路上就见对方积分蹿升，不大会，除了他们6个，只剩15人了。

这15人还是两队紧巴巴地凑起来的，此时面面相觑，心惊胆战。照此局面进行下去，对方不只是要胜，而且是要完胜。

已经出了场的黑色食指咬牙切齿：“全部散了，让他们找吧！拖到比赛结束，打死不让他们获得perfect！”

对抗赛的规则中，获得“perfect”的要求是在比赛时间内己方未损1人的情况下让对手全部退赛。获得“perfect”不仅胜方的经验和金钱奖励会更丰厚，更令败方痛苦的是系统会将这当作荣誉一样在系统频道里广播。佣兵团那可以说是凭着自己的实力谋取利益的生意团体，输给公子精英团这6人小团已经够丢人，还被打个“perfect”，以后黑手佣兵团还好意思拿云端城第一佣兵团的名头来招揽生意吗？

还在地图里的众人立刻四散分开，满地图地飞奔，想着对方一个一个找到总要浪费些时间，就让你们自己也尝尝恶心的大风筝战术吧！

可惜的是，有韩家公子这个地图大杀器坐在最高点，一口小酒，一个坐标指令，山下3人都用最简洁有效的路线追击着对手。连战无伤这时都有了发挥的机会，“咣当咣当”跑下山，让韩家公子给他指了一个最慢的目标迎着去了。

有明确的指挥，有彪悍的速度，这追杀如何能不顺利？公子精英团积分一路上升，最后到达86，就差一分就圆满了。

“呃，还有个一直没现身。”韩家公子说。

冲杀了一晚的顾飞，这时候发现似乎缺了点什么，心念一动，拉开了好友栏，给席小天去了条消息：“喂，还剩一个，不会是你吧？”

“嘻，你们够厉害的嘛！”

“在哪呢，自己出来吧，别浪费时间了。”

“好啊，你过来啊，我和你单挑！”席小天说，“坐标位398，137！”

顾飞一边朝着席小天说的方向去了，一边在频道里发了条消息：“最后一个人我知道她在哪儿，我去解决吧！”

“她？女的！”在某些用词方面，战无伤和御天神鸣的反应之敏捷，远超韩家公子。

“美女吗？”两人跳着脚问。

“是吧……”这点顾飞不得不承认呀！

“在哪里在哪里！”两人吼。

顾飞报上坐标时，御天神鸣仰天狂笑：“战无伤，你快得过我吗？”

“千里，你对美女会手下留情吗？”战无伤可怜兮兮地问。

“不会。”顾飞说得很决绝。

“唉，那我不去了。”战无伤早料到是这答案，他曾经见识过顾飞和重生紫晶对战时下手是多么不留情。怜香惜玉这么风雅的事，这个PK狂怕是不能理解的。

地图上，顾飞奔着那方向一路去了，御天神鸣这一路前进得却颇为曲折，最后终于在频道里“哇”一声哭了：“我找不到坐标在哪里！”

“哈哈哈哈，你个路痴还想看美女呢，迷死在罪恶的大森林里吧！”战无伤这下高兴了。

“公子帮我，指个方向。”御天神鸣喊。

“算了吧，千里已经到了，2秒钟就解决，你原地歇着吧！”韩家公子懒得指导他，要知道给御天神鸣引路是超级麻烦的。

坐标398，137的空地上，席小天就这么一直没动过，看着顾飞从远处渐渐跑近，到她身前3米处就停下脚步，非常警惕地注视着她。

“来啦！”席小天不以为意。

“嗯，就你一个人了，还打什么呀，自己退了吧！”顾飞说。

“干嘛，不敢和我交手啊？”席小天挥了挥拳头。

“你确定要和我交手吗？你知道的，我下手很重哦！”顾飞提醒，二人初识的时候，顾飞曾经一飞刀扎得席小天血流如注。

“放心好了，我有丰富的被杀经验，什么阵场我没见过呀！”席小天说。

“既然这样……瞬间移动，动！”

消失的一瞬，顾飞已经闪至席小天的身后，席小天一回头看到顾飞剑戳在地上，而她安置在那里的陷阱已经弹去，却是夹到了顾飞的剑上。

顾飞也正笑眯眯地对她说：“你挂的次数，肯定比不了我砍人的次数。”

说着把剑拎起，抹掉了上面的陷阱夹：“就冲你现在有40级，什么丰富的被杀经验，又在骗人吧？”顾飞说。

“啧，又被你识破了。”席小天还是挺镇定，“果然很厉害，比传说中的厉害。”

“过奖了，你到底想要什么花样？”顾飞越来越觉得有文章了，席小天眼巴巴喊自己过来，不是想着就靠一个身后的陷阱就能把自己拿下吧？

“呵呵，你猜啊！”席小天笑道。

“算了……时候不早了，结束吧！”顾飞端起长剑，猛然一步已经窜至席小天身前，席小天想闪，但她今天的移动着实很慢，顾飞不想再去猜了，口中默念双炎闪，一剑斜劈下去，没留丝毫余地。

白光！

双炎闪后秒不掉的弓箭手顾飞至今还没见过，席小天自然也不例外，但是几乎是与此同时，顾飞突然发觉这白光的范围在扩大，猛然间已经将自己也包裹在内！

这是怎么回事？顾飞惊诧地发现自己的生命值已经高速清零，对面的白光中，席小天右手做了个手枪状，指着顾飞，两眼一闭一睁，作瞄准姿势：“BIU……”。

席小天消失了，顾飞带着满腹的疑惑和不解，也消失了。

对战地图中最终的5人同时收到这提示，都是一怔。

“何方妖女，竟然和我们的千里大将军同归于尽了？”战无伤惊呼。

“公子，你们山上看到了什么吗？”剑鬼也很惊诧，以顾飞的手段，10个人都灭成渣了，是什么人居然单枪匹马就把顾飞给灭了？虽然对方也挂了，但也绝对是一项很了不起的成就。韩家公子和佑哥也是面面相觑，他俩刚才正聊天呢，一点动静都没注意到。

“呃，听千里的话，那人和他是认识的吧，是不是这个原因，被暗算了？”佑哥猜测。

“不靠谱的家伙。”韩家公子把酒瓶从山下甩了下去。系统已经开始计算成绩，因为顾飞的阵亡，显然公子精英团是拿不到“perfect”了。佑哥看韩家公子似乎非常不爽，连忙上前安慰：“没关系，perfect只影响经验和金钱奖励，其他奖励是完全不受影响的。”

韩家公子却好像没听到佑哥的话，望着那边2人消失的方向，愤然道：“太废了，关键时刻掉链子！”

每场对抗赛结束时，系统总是要“啪啦啪啦”地不知搞些什么核算，留在地图内的胜者一时间暂不会被传送出图。而黑手佣兵团方面在发觉败局已定时，传送阵处的人早已经离去，他们可没心思留在这里欣赏胜者的嘴脸。此时佣兵大楼外的传送阵，空空如也。

于是顾飞被传送至此时，立刻看到了和他一起挂了出来的席小天。此时系统已经在宣布最终结果，自然是公子精英团获胜，但黑手佣兵团会担忧的会将他们绑上耻辱柱的perfect特别广播却没有如期而至。

黑手佣兵团的人大为诧异，连忙翻看系统消息：公子精英团获得积分：87；黑手佣兵团获得积分：1。

“他们挂了1人吗？”黑手佣兵团自己都不敢相信。局面到了那样山穷水尽的程度，居然还干掉了对手1人，黑色食指对这样的结果异常满意，在频道里大呼小叫：“是谁，是谁干掉了他们1人？把谁干掉了？”

竟然没有人出声。

“怎么搞的，这也流行做好事不留名吗？”黑色食指笑骂着。同时他也很奇怪，这是好事啊，怎么会没人认领。

频道里议论纷纷，百般猜测。后来做出的判断，可能是对方有人不慎从山上滚落，于是就这么挂了一个。这种离奇的死法如果是以前肯定不会让人信服，但在今天的比赛中，黑手佣兵团自己有好几人就是这么窝囊地死去的，结果对手也因这么一个窝囊方式没有拿到perfect，大快人心啊！

“报应啊！”频道里大家纷纷这么说。

此时公子精英团5人也一起被传送出了地图，韩家公子东张西望着：“千里，死哪去了！”

不见人，连忙又发了消息。

“等会啊，有点事！”顾飞回复。

“酒馆等你。”韩家公子冷嗖嗖地丢了句，黑着脸走了。

“反应太大了点吧？”御天神鸣有点惊诧。没有拿到perfect，他们也觉得有点小小遗憾，但6人团能赢得对87人的胜利，这已经是个奇迹了，还奢求这么多……

“公子真是完美主义啊！”佑哥感慨。

此时的顾飞，其实离传送阵也不远，他只是跟着席小天兜到了隔壁的街道而已。

“怎么回事，我怎么会挂的？”顾飞早就迫不及待，这问题他已经琢磨了180遍，所有细节他都考虑过了。他敢肯定，当时的席小天没有任何异常举动，而他也没有受到任何攻击，无论天上飞来的还是地下冒出来的。

“伤害反射。”席小天一直把他揪到了这边街道，这才回答了他的问题。

“伤害反射？什么意思？”顾飞问。

“你没玩过网游吗？这都不明白？”席小天翻白眼。

“唔，这是第一次听说。”顾飞坦白。

席小天没脾气了，免不了要给顾飞上课：“道理很简单，我全身穿的是伤害反射的装备。你的攻击对我所造成的伤害，将有47%反射回你身上，这47%的伤害无视任何防御。所以，你是被你自己给秒了，高手。”

“哦……”顾飞明白了，竟然是如此简单的道理。顾飞粗略算了下自己装备、技能、属性的法术伤害总和，47%的程度足够秒杀自己。

“等下，不对啊！”顾飞总算也玩了这么久游戏，还是有些常识的，“我秒杀你的话，说明我的伤害值只是你的生命值而已啊！你一个弓箭手，生命值应该和我这个法师半斤八两吧？怎么会高出我将近一倍多让伤害反射秒杀掉我？”

“不好意思啊，本弓箭手现在是全体质加点的。”席小天说。

“全体质加点？”顾飞惊诧，“难怪你现在的移动那么迟钝。”

“嗯，想不到全体质加点居然也经不住你一击，你的高法伤果然不是吹出来的。不过如果是个全体质加点的重装战士的话，也许可以挺下来，那样挂的就只能是你了。”席小天得意，“哇哈哈，传说中的云端城第一高手，到底还是败在了我这骗子手上啊！”

“性格不要这么恶劣……还有，我可没输，别忘了你也被秒了，顶多是同归于尽，不分胜败。”顾飞皱着眉怔了怔，忽道，“你是不是结了什么仇，准备用这种方法和别人来个同归于尽吧？”

“不是吧，这样都会被你看穿？”席小天惊讶。

“果然很卑鄙啊！要砍人，就要像我这样嘛！”顾飞挽了个剑花，把剑收回了口袋。

“我有我的方式！”席小天淡淡道。

“那就祝你好运喽！”顾飞准备离去。

“下回砍人记得先用鉴定术，当心被人反射至死哦！”席小天讥笑。

“嗯……”顾飞点了点头，“只是不知道还会有多少人用这种方式。”说完顾飞已经转身离去，公子精英团的人尚在小雷酒馆里等他。

“总会有的吧！”望着顾飞的背影，席小天轻声嘟哝了句。

小雷酒馆，顾飞刚一进门，小雷就迎上来轻声道了句“恭喜”。虽然没有什么perfect特别广播，但毕竟是决赛，系统刚刚宣布了本次佣兵对抗赛的最终结果，云端城方面第一名是公子精英团，第二名黑手佣兵团，第三名水花佣兵团。

全城自然是一片哗然，真没想到公子精英团这个6人团真的一黑到底了，而且黑得相当有质量，云端城有名的强团几乎全被他们干掉了。

顾飞走过酒馆大堂的酒桌时，就已经听得有玩家在议论此事，毕竟这也是顾飞辛苦杀出来的成就，心下还是颇为欣慰，结果一进包间门，就见韩家公子黑着一张脸，明显只有一个意思：不满，非常不满。

“你怎么回事！怎么会晚节不保的！”顾飞还没坐稳，韩家公子已经在咆哮了。

“冷静，一定要冷静！”御天神吟和战无伤居然在积极劝解，这让顾飞十分意外，平日里如果有这种事，这两个家伙一定是在幸灾乐祸。

“嗯，没错，尤其是在这种时候。”御天神鸣说，末了看到顾飞似要开口，连忙按住他：“千里你好好坐着，认真听公子训话！”

“对的，公子你看，千里已经认错了，而且态度良好，你老人家千万别动气，气坏了身子不要紧，万一不小心一激动在这个时候把佣兵团解散了那就麻烦了。”战无伤严肃地说。

“对的对的，最终奖励还没发呢！千万不能这时候解散。”御天神鸣说。

26

冠军大奖

最终奖励系统声称是要等行会对抗赛结束后再统一发放，所以还真给了先一步结束比赛的佣兵团一段可能的解散时间。搞半天这两个家伙是在担心这个！韩家公子觉得哭笑不得，一时间火也没能再发出来，望着顾飞，也开始语重心长。

“你知道吗？”韩家公子很温柔地说，“因为你晚节不保，我们失去了拿perfect的机会，因为没有perfect，失去了发布perfect特别广播羞辱这帮家伙的机会。什么云端城第一行会，老子才是云端城第一行会，不对，是平行世界第一行会！哇哈哈哈哈……”韩家公子越说声音越大，最后直接开始狂笑。

顾飞顿悟：“喝多了吧？”

“喝多了？我咋一直没看出来？”战无伤还疑惑呢！

“行会和佣兵团都分不清了还没喝多呢？我们是行会吗？”顾飞也骂起来了。

“哦……”战无伤这才反应过来。

“千里你那到底是怎么回事啊？”佑哥终于问了这问题，大家都疑惑着呢！

“是伤害反射。”顾飞说。

“哦……”众高手释然，他们当然一听就知道这是怎么回事。

“悲哀啊！真是悲哀！”韩家公子又开始训话了：“在座的各位不都是个顶个的高手吗？伤害反射！这么克制高伤害低生命职业的东西都没想到，你们惭不惭愧，怎么就没人事先提个醒呢！”

“你不也没想到吗？”御天神鸣忍不住道。

“我？”韩家公子斜视，“纯洁高尚的我怎么会去想这么卑鄙的东西？”

这边佑哥把话已经接过去了："伤害反射，这类装备我在平行世界里目前还没见过，你们见过吗？"

大家都摇头。

"这种装备得集齐一身才能发挥作用，机率和程度不高的话，会很鸡肋。而且，为了加大反射效果，自身的防御一般会弄得非常低，也就说是先将自己至身于一个非常危险的境地，可以说单人是绝对无法生存的。"佑哥分析说。

"而且，"战无伤补充，"这种装备要对付敌人，先得敌人来攻击你。所以说只能在敌人不知情的情况下耍一次奸，没第二次。但在平行世界里可是有鉴定术的，可以鉴定对方装备，你说这种装备还有什么用？"

"话说回来，千里你不怎么用鉴定术的吧？"御天神鸣突然想起。

"呃……从来不用。"顾飞说。

几个高手互相对望了一下后，齐声喊道："真危险！"

"话说回来，今天反射你的人，既然有这手段，怎么没早来对付你，反而藏到最后？"战无伤疑惑了。

"千里和对方不是认识的吗？所以卖了个人情吧！"御天神鸣笑得贼贱，"是哪位美女啊？我有没有见过啊？"

顾飞横了他一眼："大概是想借机会拿我搞搞实验吧？她想用这法子设计别人。"

"啧啧，千里以后要注意啊，搞不齐你哪个仇家知道你有不用鉴定术的毛病，一定会用这手来阴你。"战无伤说。

"咦，难道今天佣兵战里这美女就是为了专门提醒千里这件事吗？"御天神鸣惊叹。

"这么有情有义？有没有这么狗血啊？"战无伤也惊叹。几人一起望向顾飞。

顾飞也恍惚了，这一老一小地在这吵来吵去，倒把来龙去脉分析得头头是道的……

这骗子天，真的是想提醒一下自己这件事吗？想想临走前，这家伙似乎还真说过让自己以后记得用鉴定术，虽然用的是讥诮的口吻，不过，就如战无伤和御天神鸣所嚷嚷的，这也太狗血了。顾飞是属于比较直来直去的处事风格，心有疑惑，立刻翻开好友栏准备发消息问，结果一看席小天此时已经下线了。

时针此时准确跨过9点。行会战的决赛开始，也意味着佣兵对抗赛的结束。

6人此时就在酒馆包间里团团坐，等着行会战比赛结束。系统说在两项对抗赛将在结束后统一发放奖励。会是什么呢？几人一边激动一边猜测。

不一会韩家公子酒醒了，御天神鸣却醉倒了，倒在旁边包厢沙发上睡得呼呼的。

"御天你太大意了，这种关键的时候，你怎么可以睡着……"战无伤窃笑。

时间一分一秒过去。终于，系统广播再次响起，行会对抗战结果出来：第一名，毫无悬念的纵横四海，第二名铁甲行会，第三名叫华灯初上，都是顾飞从未听说过的。

“奖励要来了！”战无伤激动地抓住了顾飞，平时他耍宝的搭档御天神鸣这会还睡着呢！

“御天，御天，发奖了，快醒醒！”还是顾飞善良敦厚，没理战无伤的阻拦，硬是把御天神鸣叫醒了。

“啊，怎么了？”御天神鸣睡眼惺忪。

“要发奖励了，行会战结束了！”顾飞说。

“Yeah！”御天神鸣一下精神了，欢呼着跳了起来。众人都笑眯眯地望着他，忽然御天神鸣脸色一变，刷的一下就白了，欢呼的劲头也没了，一副失魂落魄的样子，“那个……行会战决赛，我没去吗？”

所有人脸色都是一变，面面相觑，只有战无伤是把头深埋在双臂之间，一脸的贼笑。

“我……我……”御天神鸣已经连语言组织能力都没了。

“还真忘了这茬了……”佑哥默然道。

“你自己不应该忘记啊！”顾飞说。御天神鸣这两项比赛一路杀下来，佣兵战后就去行会战，应该已经形成习惯了才对。

韩家公子出言分析：“三天没比赛，另外要得奖励兴奋过头，还有……酒量还得练！”

“规则上是不是比赛不到场就不会有特别奖励？”剑鬼小声问佑哥，怕声音大了又刺激到御天神鸣。

“这个当然，要不特意安排在周末干什么。”佑哥也是小声回答。

御天神鸣依然像个雕塑一样站着，双手握拳，像沉默的羔羊一样恐怖。

一旁战无伤乐得双肩发颤，顾飞踹了他一脚：“你记得吧，怎么也不提醒一下！过分了啊！”

战无伤抬起头举手表态：“我真的也没记得这茬，当然，我很高兴我没记得……御天，我也替你感到高兴！”

“不像话！”众人纷纷鄙视这个无良的家伙。

“呀，发布奖励规则了！”佑哥突然叫。

所有人凝神贯注注意着系统消息，御天神鸣也因此稍回过来点气。

先公布的就是佣兵团对抗赛的奖励：

首先是第三名：随机奖励共计6件，其中3件将直接发放到佣兵对抗过程中系统统计的表现突出者的口袋中，另3件寄放佣兵大楼处，团队领取后自由分配。额外经验、金钱奖励若干。

第二名：随机奖励8件，4件系统分配，4件自由分配，经验、金钱奖励若干。

第一名：随机奖励10件，5件系统分配，5件自由分配，经验、金钱奖励若干。

平行世界全服务器的玩家此时都在竖着耳朵听着规则，听罢后，以云端城玩家反应最大。

理由还用说吗？所有云端城玩家现在都知道他们的佣兵团第一名——公子精英团一共就只有6个人，6人均分1件后，有4人可以拿到两件。至于其他主城可没有这等奇迹出现，获胜的大多是目前最高的五级佣兵团，再不济的也是3级佣兵团，人数达60，就算拿着10件奖励那也是僧多粥少的局面。这个奖励方式对公子精英团来说，便宜真是占大发了。

紧接着，系统又公布了行会战奖励。显然，行会对抗赛的规模是远在佣兵对抗赛之上的，也是这次对抗赛的真正重头戏，奖励势必更加丰厚。

果然。规则公布出来，和佣兵战奖励一个模式，但数量更多：

第三名：随机奖励30件，15件系统分配，15件自由分配，经验金钱若干；

第二名：随机奖励40件，同样一半对分，经验金钱若干；

第一名：随机奖励,50件，一半对分，经验金钱若干，除此之外，再获行会任务一项。

这行会任务却是佣兵赛第一所没有的奖励，正在玩家讨论之际，系统天音再度响起：给予获奖行会和佣兵团玩家15分钟整理口袋的时间。对于因为口袋空间问题奖励无法顺利发放的，视为放弃奖励。

这下各大行会各大佣兵团的所有人都忙活起来了。15分钟的时间，到是给了大家交流的工夫。

“之前没听说系统还会根据表现来发放奖励啊！”佑哥惊讶。

“不知道依据会是什么，积分？”战无伤说着，妒忌地望向顾飞，“不管怎么说，千里肯定是没跑了啊！”

“咱们一共6个人，发5个，悬念是在哪个衰人拿不到奖励上吧！”顾飞说着，望向韩家公子和佑哥。

衰人显然会在这二人中决出，公子精英团的战斗一直是以骚扰游击为主，这二人都没有太大的发挥。至于韩家公子的指挥，佑哥的情报搜集，显然系统不可能智能到可以把这些工作都统计进去。

两人面面相觑中……

这15分钟对所有人都是煎熬：公子精英团还算好些，因为奖励非常充裕，不怎么紧张。至于其他行会和佣兵团的成员，此时个个都是求神拜佛烧香祭祖，祈祷着系统大神可以高看自己一眼。

15分钟终于过去，小雷酒馆包间里，响起5声清脆的“叮咚”。高手们在这时候也没失节，没有猴急地去看自己得的是什么，而是抬头将所有人的表情都打量了一遍。

战无伤那一脸茫然期待的样，显然已经把他深深出卖了。

5人一齐扑哧一笑，指着他叫道：“原来衰人是你啊！”

“啊？”战无伤起身，“奖励已经发了？”

5人齐点头。

“怎么会是我的，为什么会是我的？”战无伤怒吼。

情报王、统计王、数据王集一身的佑哥又开始分析：“呃。公道来说，你在比赛中的确也没杀过多少人，而且如果还掺杂了一些其他指数，比如说，参赛时间、死亡次数什么的，你比较弱项……”

战无伤一听也无语了：他的确没杀多少，要说挂，他倒经常是团里第1个。

“算了，既然你没领到这个，一会儿5件自由分配里的少不了你一个。”韩家公子说。

“那我是不是没机会得两个了？”战无伤说。

所有人望向他，丢下了一句话：“臭不要脸。”

“来，看看是什么吧！”众人这才纷纷掏口袋，拿出手后，个个啧啧称奇。

“系统这次厚道了，按职业发的啊！”佑哥说。

韩家公子得了一根牧师法杖：“天使的狡诈：智力+10，精神+10。体质+10，回复术强化20；技能：假象的生命，瞬间补满目标生命，可持续30秒，30秒后假象生命消失，技能冷却2分钟。”

法杖给众人一看，佑哥立刻有所感悟：“这个技能，很阴险啊……”

“看我的。”说完佑哥拿出了他的奖品，“薄暮之剑，力量+10，敏捷+10，体质+10攻击强化35；10%机率造成虚弱效果。”

佑哥笑了笑，望向御天神鸣：“御天你得的是什么？”

奖励似乎也没有冲淡御天神鸣错过行会对抗决赛的惆怅，脸上依然带着别扭的表情，正从口袋里掏出装备，忽然包间里闪起了两道白光。

众人神色大变：“你拿什么东西出来？”

御天神鸣也被吓了一跳，难道这装备是什么神物？正要细看，他旁边的剑鬼说道：“没事，是我和无伤升级了。”

“哦，经验和金钱奖励发布了啊？”众人说着各自查看经验条和钱袋，都丰盈了不少。剑鬼和战无伤的经验明显更多些，这一奖励直接让二人跨上了41级。

这个你有我有大家有的奖励没什么好惊奇的，几人朝御天神鸣摆桌上的东西望去。同样是武器：“浮生之刹，敏捷+10，力量+10，射程+5，攻击强化35；10%机率造成穿透效果。”

“这个……”佑哥等人一片沉默，末了道：“和你的狙击之呼啸哪个更好不太好说呀！”

“两样换着用吧，没有十全十美的装备。”佑哥看到御天神鸣把狙击之呼啸也拿到桌上两相对照，对他说道。

御天神鸣也只能无奈地点了点头，大家的目光一起落到了剑鬼身上。

“我得的不是武器！”剑鬼一边感慨一边拿出装备。他已经有了长诛短叹，那可是越级套装。很显然，系统奖励发放的装备都是规规矩矩的，就属于目前40级水平，所以如果给剑鬼武器的话，无疑是浪费。

剑鬼摆上桌的看上去就是一块布。当然，这和顾飞他们平时自制的遮脸布不同，这是有属性的装备：

“刺客的蒙面，敏捷+10，力量+10，防御强化+10，潜行强化+20。”

“名字真朴素！”众人感叹。

“潜行强化。潜行还能怎么强化啊！”御天神鸣嘀咕。

“现在大家都没有察觉潜行的装备和技能，所以觉得潜行没有强化的必要吧！”剑鬼说着望了顾飞一眼，虽然顾飞告诉过他他反潜行靠的不是装备也不是技能，不过剑鬼还是想知道这装备对顾飞会不会有效果。

此时已轮到顾飞展示装备了，他摊开手掌朝桌上一扔：“这玩意儿。”

顾飞的奖品是1枚戒指：“镇雷之戒，攻击附电法机率12，电系法术抗性增加12。”

毫无疑问，5件装备中韩家公子的技能法杖是最优秀的。但问题也随之出现——如果装备的优劣是与对抗赛过程中所谓的系统统计挂钩的话，谁都认为顾飞应该领到最好的1件，怎么会是韩家公子？

大家都很疑惑这个问题，沉默了半晌，还是善于统计的佑哥发现了问题：“我知道了！咱们对抗赛一路下来，只有公子一个人是全勤的。”

“全勤？”众人一怔，也立刻反应过来。佣兵对抗赛第一场，传送阵处过分拥挤，而对手只有一人，于是其他人都偷懒未去，只有顾飞和韩家公子参加。

而顾飞之后却有一次和云中牧敌一行人在复活点外玩百人斩，结果也错过了一场，如此下来，果然是只有韩家公子一人参加了全部十场佣兵团对抗赛。

就如工作中旷工是最恶劣的错误一样，显然系统也对于其他几人不到场的行为进行了严厉的处罚。韩家公子虽无大功却无此大过，最终获得了系统分配中的最佳奖品。

“行了行了，我们快去看看自由分配奖励吧！”战无伤在这边早已经眼红半天了，就等着拿自己那份呢！

自由分配奖励要在佣兵大楼处领取，此时这里比较热闹，黑手佣兵团和水花佣兵团的人都来了。因为是自由分配，这个比较容易让内部产生不和谐，所以两个佣兵团都是把所有人叫到场，先把装备给大家公布一下，然后大家再共同商量统一分配，尽量做到让每一个人都没意见，其码也得是表面上没意见。

公子精英团的人一来，那气场就不一样：6人5件装备，怎么说也好分，完全没有那两个佣兵团那紧张为难的情况。

黑手佣兵团的见了这6个家伙，心中虽恨却也无法发作。比赛输就是输了，拿着当由头来挑事太没风骨，不过打打嘴仗终究还是可以的。一看这6人，水花的逆流而上和黑手这边的黑色食指一起过来了，月下独白也跟在身后。

“恭喜恭喜！”双方说着一样的话。

“同喜同喜！”韩家公子说。逆流而上当然很喜，他赢得了第三，否则就没奖励了；黑色食指就不太乐意了，听韩家公子这话，怎么像是奚落啊？

黑色食指也没法说什么，目光在6人身上一转，问道："不知道刚才是哪位在最后关头失了身啊？"

不怀好意！顾飞心中暗骂，但是此时就连公子精英团的成员也拿非常鄙夷的目光瞪向了他，把他深深出卖了。

黑色食指一看居然是顾飞，那真是觉得十分解气，黑手佣兵团里也是欢呼声一片，好像他们得了第一似的。

接着也没再多话，大家都有各自的正经事要办。那俩佣兵团各领了装备后，到一边可怜巴巴地分配去了。公子精英团进了大楼，趾高气扬地领了5件，开始协商。毕竟6人中还是会有一人拿不到奖，得合计合计。

"无伤刚才没拿到奖，分一个吧！"韩家公子说。

其他人还没表态呢，战无伤自己头点得跟孙子似的："当然，当然！"

韩家公子目光炯炯地扫向其余5人，末了目光落在顾飞身上："千里的功劳比较大，刚才的奖励又是个伪极品，他先挑一个吧！"

其他人当然没意见，战无伤很痛苦："我呢我呢？我还没挑呢？"

"滚，你还好意思！"其他人骂。

战无伤不敢再吱声了，只得伸了脖子看韩家公子公开5样奖品。

还没等众人看清呢，韩家公子已经"嗖"一下从中拿了1样塞给顾飞："不许挑了，就这个，拿走。"

"什么啊？"顾飞茫然接过一看，是一本卷轴：电系法术，掌心雷。

"哦！"大家都理解，这玩意儿只能给顾飞啊！其他人拿了也没用！

这小插曲一发生，大家突然发现他们这小团队要分奖品实在是太简单了：6人6个职业，谁合适谁拿了用，根本没争议。

这下战无伤顿时紧张起来，你说剩下4样要是没有战士合用的，他也不好勉强不是吗？

正想着，这边韩家公子"嗖嗖嗖嗖"手四面八方递了一遍，装备已经分完了。

"早知这样商量个啥，各取所需不就完了。"韩家公子淡淡道，此时其他5人人手一样物品，这意味着6人中韩家公子没有拿到自由分配的奖品。

"这个，这个……"几人都不太好意思，说实话韩家公子功劳极大，如果没有他，公子精英团不知哪一轮就被淘汰了。

"凭我华丽的指挥，奖品全归我也不过分，可惜了，都是你们这群杂碎职业用的。"韩家公子说。

五人对韩家公子那点不好意思的心情瞬间荡然无存，大家埋头各看自己奖励。

5样奖励，除去顾飞的掌心雷，剑鬼得了一件盗贼斗篷："夜行使者披风，敏捷+10，力量+10，受到攻击时有10%的机率强行进入潜行状态，潜行状态下自动恢复生命。"

佑哥也是，一本技能卷轴："残酷切割，暗黑骑士技能，制造普通攻击1.5倍的伤害，且有一定机率制造伤口。"

战无伤也是技能卷轴："技能狂化，狂暴战士技能，进入狂化状态，攻击提高1.5倍，防御下降50，持续时间30秒。"

御天神鸣则哭丧着脸，他又得了1把弓。

"系统你大爷！"御天神鸣骂着要把弓往地上摔，被众人按住。

"看看，看看！"众人嚷嚷。

"连之弓，敏捷+10，力量+10，攻击强化+10，射速+30，二连矢强化30%。"

"这个这个……嗯嗯，还行嘛，各有所长，各有所长……"众人含糊其辞的安慰着。

"御天你以后身上就挎3把弓，该用哪个就用哪个，职业弓手啊！"战无伤大笑。

奖励至此全部发放完毕，10件摆在一起来看，最具价值的显然还是韩家公子的"天使的狡诈"。虽然技能武器也要视技能来判断优劣，不过这种陌生的技能，未经测试还不好评价。

同理顾飞、佑哥和战无伤得的是技能卷轴，那也要在使用技能后才能判定优劣。相较之下剑鬼所得的夜行使者披风着实不错，潜行状态下自动恢复生命……虽然没明确标出是多少，但就这行字就已经够让人流口水了。

不过这帮高手终归还是有些失望的，因为在见识过顾飞的暗夜流光剑还有剑鬼现在用的长诛短叹，大家的梦想都是拥有这种越级装备。但很显然系统是不会刻意塑造这种过于前卫的逆天玩家。

今天为等这最终奖励，顾飞下线时间比平时已经迟了许多。出了佣兵大楼后，顾飞和几人道个别就先下线了。

佑哥、战无伤两人去尝试他们的新技能了，剑鬼也换了新装去刷怪体验，韩家公子检查了下口袋后，先行去酒馆补充酒精，御天神鸣则拿着3把弓继续忧郁着。

当夜的论坛里八卦之火熊熊燃烧：五湖四海各大主城的玩家团聚于此，讨论着本次任务中发放的大批奖励，个个艳羡不已。官方更是抓住此次比赛机会大做游戏宣传，搞了个什么对抗赛精彩视频集锦。玩家方知自己在比赛过程中还遭到偷拍，莫名其妙成了游戏公司的广告演员。不过在后期制作中所有玩家的相貌到是会全部抹去，换上了统一的游戏脸模。

视频经过后期的剪辑编排，个个精彩纷呈。尤其是云端城法师以一敌众的视频，在点击排列中居高不下。视频中的法师黑袍紫剑，对双炎伤的运用让玩家们叹为观止。更可怕的是此人加了不少敏捷，偏偏会有出手即妙的高法伤，不少玩家质疑此视频是否为游戏公司的虚假广告。但很快就有云端城的玩家出面证实，此人货正价实，正是当初一把单刀连砍盗贼8级，引出一番有关近战法师争论的家伙。

"这个人还活着啊……"对当初那事件存在记忆的公测玩家纷纷感慨。

[第三部完]